Manfred Bieler wurde 1934 in Zerbst geboren und wuchs in der DDR zum Erzähler heran. 1965 ging er von Ostberlin nach Prag und 1968 nach München, wo er noch heute lebt. Er schrieb zahlreiche Erzählungen, Hör- und Fernsehspiele und Romane, darunter »Der Kanal«, »Der Mädchenkrieg«, »Maria Morzeck oder Das Kaninchen bin ich« und »Der Bär«.

Von Manfred Bieler ist außerdem erschienen:

Der Bär (Band 3198)

Dieses Buch wurde auf chlor- und säurefreiem Papier gedruckt.

Vollständige Taschenbuchausgabe Februar 1994
Droemersche Verlagsanstalt Th. Knaur Nachf., München

Umschlaggestaltung: Adolf Bachmann, Reischach
Umschlagillustration: Nicolai Lutohin, München
Druck und Bindung: Elsnerdruck, Berlin
Printed in Germany
ISBN 3-426-60210-5

2 4 5 3 1

Manfred Bieler

Still wie die Nacht

Memoiren eines Kindes

Roman

Knaur

Widmung

Wen deine Wahrheit blendet,
der sage Lug und Trug.
Wo alles Erinnern endet,
füllt sich ein neuer Krug.
Warst du's, den ich vergessen?
War ich's, der dich gebar?
Sind Lieder ein Zeichen dessen,
das immer in uns war?

Erster Teil

1

Noch einmal werde ich geboren. Noch einmal gehe ich in dieses längst verbrannte Haus. Es ist das ehemalige Amtsgericht, wo die Eltern mit der Großmutter wohnen. Der Raum, in dem ich auf die Welt komme, ist der frühere Betsaal der Untersuchungsgefangenen. Dort sitzt die Großmutter zwischen Wannen und Kannen, Tüchern und Bettzeug. Mein Kopf ist zu dick. Der Arzt schneidet mich aus der Mutter heraus. Das Zimmer schwimmt in Blut.

2

Noch weiß ich nichts. Ich spüre eine Brustwarze zwischen den Lippen und fremde Haut an meiner Haut. Es ist Juli. Alles ist heiß und trocken, auch mein Gaumen. Ich schreie, aber die Brüste der Mutter sind leer. Eine Hand schiebt mir den Schnuller der Milchflasche in den Mund. Ich huste, um nicht zu ersticken. Eine Hand schlägt auf meinen Rücken. Ich erbreche die gezuckerte Kuhmilch. Ich weine. Eine kalte Hand klebt mir die abstehenden Ohren mit Heftpflaster an den Schädel. Zwei warme Hände bergen mich. Es wird dunkel. Es wird hell. Über meinen Augen ist ein rosiger Himmel, das Dach des Stubenwagens. Später, nach Jahren, erfahre ich, daß sich die Mutter ein Mädchen gewünscht hatte. Es sollte Marlene heißen, wie meine Cousine. Nun hat die Mutter einen

Sohn und ist darüber so traurig, daß ihr die Milch stockt. Niemand kann sie aufheitern, auch der Vater nicht. Er steht in der Tür mit einem Feldblumenstrauß. Er ist betrunken und winkt von der Schwelle her. Die Mutter verbietet ihm, näher zu kommen. Er nickt, er gehorcht. Aus seinen blauen Augen laufen blaue Tränen. Nie wird die Mutter mir vergeben, daß ich ein Junge geworden bin, bis zu dem Tag, an dem sie begreift, wie nützlich ich ihr sein kann.

3

Über meinen Augen spannt sich der rosige Himmel. Ein Mund summt, eine Stimme singt. Es ist der Mund, es ist die Stimme der Großmutter. Ich fühle ihre warmen Hände auf meiner Haut. Ich liege im Innersten der Welt. Es wird Tag und Nacht. Die Großmutter sitzt Tag und Nacht an meinem Bett. Ihre großen dunklen Augen hüllen mich ein. Ich kann nur schlafen, wenn sie singt. Ich werde wach von ihrem Lächeln. Sie hält meine Hände und küßt mich. Sie schläft nie. Sie druselt nur. Oder sie schläft immer. Sobald ich die Augen aufschlage oder mich bewege, ist sie hellwach. Sie singt mich und sich in den Schlaf. Ich höre sie singen, während ich schlafe. Sobald sie verstummt, schreie ich nach ihr, und sie setzt mit demselben Ton wieder ein, bei dem sie die unendliche Melodie unterbrochen hat. Das Lied füllt den Raum aus, dringt in die dunklen Ecken, dringt mir ins Blut, trägt mich durch Schlaf und Traum.

4

Ich erkenne die Menschen an ihrem Geruch. Ich ahne, wer zu mir tritt, wenn sich der Vorhang des Stubenwagens hebt. Die Mutter riecht ätzend scharf, nach Bohnerwachs und Essig. Der Vater stinkt nach Schweiß, nach Bier, nach Aktentaschenleder und Bleistiftstaub. Tante Martha bringt den Geruch von Leberwürsten mit. Tante Hilde wedelt den Kernseifendunst frischgewaschener Röcke unter mein Zelt. Doch über alle Gerüche hinweg verströmt die Großmutter den seligmachenden Duft der Lindenblüten, und schon von weit her wittere ich die süße Fährte aus ihrem schwarzen Kleid. Es ist ein Hauch, der das Zimmer erleuchtet und erfrischt. Ich blähe die Nüstern und rieche die Sonne. Die Großmutter lächelt, beugt sich über mich und wackelt mit der Zungenspitze vor meiner Nase. Ich spüre ein kitzelndes Ziehen in den Mundwinkeln. Die Großmutter hebt mich aus dem Stubenwagen. Ich liege auf ihrem Arm und krähe vor Freude. Sie trägt mich langsam von Zimmer zu Zimmer, damit mir nicht schwindlig wird. Darin hat sie Erfahrung. Edith, meine Mutter, war ihr letztes, das dreizehnte Kind. Nun trägt Louise, die Großmutter, ihren jüngsten Enkel zum Klavier und läßt seine nackten Füße die Tasten berühren, bis mich ein Klirren durchschauert.

5

Ich fühle die Gleichgültigkeit der Mutter, den Widerwillen, ihren wachsenden Haß, der mich mit Schüttelfrost überzieht. Eines Abends schiebt sie meinen Stubenwagen in die Wäschekammer und verbietet der Großmutter, bei mir zu bleiben. Zum erstenmal bin ich allein in der Dunkelheit. Ich zittere vor Angst und weine, aber die Mutter verläßt mich und kommt nicht zurück. Ich brülle Nacht für Nacht, bis ich außer Atem bin. Manchmal, wenn es einen Augenblick ganz still wird, höre ich die Schlappen der Großmutter über die Dielen im Korridor huschen, und mir ist, als flüstere sie meinen Namen durch das Schlüsselloch. Ich schlage gegen die Bespannung des Stubenwagens, doch ich bringe keinen Laut heraus. Meine Kehle ist heiser vom Schreien.

6

Eines Tages, ich kann schon sitzen, zerren mir zwei riesige fremde Hände den Strampelanzug herunter und legen mich auf die Wickelkommode. Dicke, behaarte Finger betasten meinen Bauch. Der Mann in dem weißen Mantel hat blitzende Gläser vor den Augen. Er fuchtelt mit den Armen und schimpft. Die Mutter wird rot und geht aus dem Zimmer. Die Großmutter kommt herein und spricht mit dem Arzt. Er hört ihr zu und nickt so oft, daß ihm die Brille auf die Nasenspitze rutscht. Er schnallt mir ein Bruchband um den Leib. Ich weine nicht, weil die Großmutter bei mir ist. Aber am Abend, allein in der dunklen Kammer, zwickt mich das Band und scheuert mir die Haut auf, bis ich jaule vor Schmerz. Die Nachbarn werden wach in der Nacht, beschweren sich über den Lärm, trampeln auf die Dielen oder klopfen mit Besenstielen gegen die Decke. Das ist Louises Stunde. Ihre leise, weiche Stimme verwandelt sich. Sie kreischt wie ein Pfau, wiehert wie ein Pferd und bellt wie ein Hund. Sie schlägt ihrer Tochter Edith die Faust ins Gesicht und stößt den betrunkenen Vater beiseite. Die Eltern fügen sich, ziehen die Schuhe aus, schleichen auf Strümpfen durch den Korridor und tragen mein Kinderbett in Louises Schlafzimmer. Von nun an ist die Großmutter die Herrin im Haus, und ich bin ihr einziger Geliebter.

7

Nachts, wenn der Wind in den Regenhauben der Schornsteine heult, suche ich die Hand der Großmutter. Sie ist sofort wach und schaltet die kleine Nachttischlampe ein. Das Licht fällt auf den hohen Spiegel des Kleiderschranks, doch die Zimmerecken bleiben im Finstern. Hinter weißen Gitterstäben sehe ich einen großköpfigen, bleichen Zwerg, der mit meiner Rassel klappert. Ich habe Angst vor ihm und schreie. Die Großmutter hebt mich zu sich ins Bett, knöpft ihr Hemd auf und drückt meinen Mund an ihre warme Brust, bis die Angst vergeht und das Geheul der Regenhauben verstummt.
Morgens heizt die Großmutter die Öfen an. Sie schiebt die Hände unter meine Achseln und führt meine wackligen Beine von Zimmer zu Zimmer. Ich sitze auf dem Fußboden und starre ins Feuer. Das harzige Holz knistert, die Funken fallen auf das Blech vor dem glühenden Loch, und die Welt ist erfüllt von einem wilden, grüngelben Duft, der mein Herz erhebt, während ich dies schreibe. Noch einmal, nach fünfzig Jahren, klopfe ich mit dem Holzspan gegen die Ofentür, bis mich die Großmutter auf den Arm nimmt und mir die Schneeflocken zeigt, die in langen Schnüren an die Fensterscheiben fliegen.
Mittags kommen die Eltern zum Essen nach Hause. Ich sitze auf einem hochbeinigen Kinderstuhl und werde von

der Großmutter gefüttert. Der Vater sitzt mir am Tisch gegenüber. Er klemmt die Serviette unter den verschwitzten Papierkragen und lächelt mich an, als fürchte er sich vor mir. Er achtet nicht auf das, was er ißt. Er schlingt alles herunter, Suppe, Hauptgericht und Kompott, leckt den kleinen Löffel blank und starrt stumm auf das Tischtuch. Sobald ihn die Mutter etwas fragt, wird er rot und verhaspelt sich bei der Antwort. Bietet ihm die Großmutter ein Bier an, schüttelt er zuerst den Kopf und leert die Flasche danach auf einen Zug. Wenn er das Zigarettenetui öffnet, stellt ihm die Mutter einen Küchenstuhl vor die Tür, und er raucht im Korridor. Ehe sich der Vater verabschiedet, streicht er mir wortlos übers Haar, und ich spüre, daß seine Hand zittert. Im Frühjahr hebt mich die Großmutter nach dem Essen auf das Fensterbrett. Dann sehe ich, wie der Vater sein Fahrrad durch den Garten schiebt und in der Pforte verschwindet. Er wartet nicht auf die Mutter. Nie. Er könnte sie ein Stück Weges begleiten, aber er hat keine Zeit.
Nachmittags sitze ich neben der Großmutter im Lehnstuhl. Während sie strickt, ziehe ich den endlosen Faden aus dem Schlitz des Wollkorbs, und Louise singt mit ihrer leisen, weichen Stimme, bis mir die Augen zufallen. Die Lieder umsummen mich, schleichen mir ins Ohr, dringen in mein Herz. Ich bin das kleine Hänschen und gehe allein in die Welt hinaus. Ich bin der Fuchs, der die Gans stiehlt. Ich bin der lustige Tiroler, der sein Bettchen verkauft und auf Stroh schläft, weil mich dort keine Feder sticht und kein Floh beißt. Ich bin der Vogel, der Hochzeit machen will. Ich schwimme auf dem See und hebe das Schwänzchen in die Höh. Ich bin das Männlein auf einem Bein mit dem purpurroten Mäntelein. Ich bin der Bäcker, der den gehlen Kuchen in den Ofen schiebt. Doch abends

gegen sechs kommt die kleine Hex, und dann bin ich auch der junge Waidmannssohn im grünen Wald, da wo die Drossel singt und das muntere Rehlein durch die Büsche springt. Es ist das Lieblingslied der Großmutter, und ehe ich sprechen lerne, erklingt in mir diese unvergeßliche Melodie.

8

Es wird Sommer. Die Nächte werden heiß, und die Eulen schreien. Große Nachtfalter und Fledermäuse fliegen am dunkelblauen Himmel. Die Mutter trägt ein kurzes Hemd und spielt bei offenem Fenster Klavier. Der Vater torkelt durch den Korridor und schmettert die Türen ins Schloß. Die Großmutter stöhnt im Schlaf. Ich schiebe die Hände in die klebrige Gummihose, um mir das Bruchband vom Leib zu reißen. Die Großmutter erwacht und zieht mich nackt aus. Ich erschrecke, als sie das Licht einschaltet und die Klemmen aus dem Haarknoten nimmt. Von ihrem grauen Mittelscheitel fallen die schwarzen Haare über Gesicht und Schultern. Ich schreie vor Angst und klammere die Hände an die Gitterstäbe, als mich die Hexe aus dem Bett heben will. Zuerst erscheint ihre Nase zwischen den langen Strähnen, dann ihr Kinn und endlich Louises lächelnder Mund. Ich zittere noch, aber die Großmutter schiebt das Bruchband in die Höhe, wischt den Schweiß ab, pudert mir die Haut und streichelt mich, bis ich einschlafe in ihrem Schoß.

9

Zu meinem ersten Geburtstag schenken mir die Eltern einen fahrbaren Kindertisch mit kombiniertem Stuhl und eingebautem Nachttopf. Die Mutter hebt mich in das zweirädrige Gefährt, und der Vater hakt ein Brett über meine Knie. Ich lache und sehe zu den Ästen hinauf, an denen die Kirschen reifen. Die Eltern entfernen sich einige Schritte und winken mir zu. Ich will von meinem Sitz herabrutschen, doch ein Geschirr, aus dem ich mich nicht befreien kann, drückt mir die Schultern gegen die Lehne, und meine Hände sind mit ledernen Manschetten an den Tisch gebunden, um zu verhüten, daß ich mir das Bruchband vom Leib reiße. Der Vater senkt die Augen, runzelt die Stirn und geht beiseite. Die Mutter versteckt sich hinter einem Busch und ruft: Kuckuck! Ich kann mich nicht nach ihr umdrehen, weil meine Hände festgezurrt sind. Ich schreie. Langsam kommt die Großmutter die kleine Freitreppe herunter. Mir zu Ehren trägt sie heute einen weißen Spitzenbesatz auf dem schwarzen Kleid. Sie ist fünfundsiebzig Jahre alt und hat das faltenlose, rotbäckige Gesicht eines jungen Mädchens. Sie beugt sich über meinen Kindertisch und lockert die Manschetten. Die Mutter verbietet es ihr und zieht die Fesseln wieder stramm. Die beiden Frauen streiten sich und brüllen über meinen Kopf hinweg. Ich schreie. Die Großmutter spuckt der Mutter vor die Füße. Aber diesmal bleibt Edith Siegerin, und der Vater nickt zu allem, was sie sagt.

Doch Louise gibt nicht auf. Bei gutem Wetter steht sie jeden Morgen auf den Stufen der Freitreppe, lehnt sich an das Geländer und beobachtet, wie mich die Mutter an den Kindertisch schnallt. Sobald Edith mit ihrem Fahrrad in der Pforte verschwunden ist, setzt sich die Großmutter zu mir, löst die Manschetten, nimmt den schmerzenden Sicherheitsgurt von meinen Schultern und gibt mir die Flasche. Wenn ich genug getrunken habe, wetzt Louise ihre Küchenmesser am Brunnenrand. Die Schneiden gleiten über den Stein und schreien. Eines Tages, nach vielen Jahren, im Schlachtraum eines Fischdampfers vor der Neufundlandbank, wird mich das gleiche Schreien dazu bringen, daß ich meinem Nachbarn, der mir den Abziehstahl gestohlen hat, das Filetiermesser auf die Brust setze.
Louise dreht die spiegelnde Klinge und läßt die Sonne an meinem Ärmel hinaufwandern. Ich hasche mit den Fingern nach dem schwankenden Fleck, und wenn ich ihn fange, ist mir, als ob ich mich geschnitten hätte. Die Großmutter küßt die unsichtbare Wunde, schält Kartoffeln, putzt Mohrrüben und klaubt grüne Erbsen aus den Hülsen. Wir sprechen miteinander in der Sprache des Himmels und der Erde. Wir hören mit den Augen und sehen mit den Ohren. Niemand außer den roten Johannisbeeren, dem duftenden Majoran und dem bitteren Beifuß kann uns verstehen. Ich weine nicht mehr, wenn die Großmutter mit ihren Schüsseln verschwindet. Sie hat mich nur an die Rückenlehne gefesselt, und bald erscheint ihr liebes Gesicht im Küchenfenster. Nähert sich mir ein Nachbarskind, jagt sie es weg, und ich schlage auf die Tischplatte, als wetze ich ein Messer. Bevor die Eltern

zum Essen nach Hause kommen, schnallt mir Louise die Manschetten um die Hände. Die Mutter strahlt, weil ich so brav gewesen bin, und der Vater schwenkt mich vor Freude durch die Luft, bis mir schwindlig wird.

11

Es klingelt. Die Großmutter nimmt mich auf den Arm und öffnet die Wohnungstür. Das Treppenhaus dröhnt von schweren Schritten. Die Stufen knarren, und tiefe Stimmen werden laut. Rabenschwarze Männer mit blitzend weißen Zähnen kommen auf uns zu. Die Großmutter lächelt und schaukelt mich. Ich zittere vor Angst und berge das Gesicht an ihrem Hals. Nunu, summt Louise und zeigt den Kohlenträgern, wo die Blechkästen abgestellt werden sollen. Die Männer rumpeln durch den Korridor, stöhnen und schimpfen, doch wenn die Großmutter spricht, sind alle ganz still. An meiner Wange spüre ich Louises Ohr, und an ihrem Zögern vor der Schwelle merke ich, daß wir in die Küche gehen. Ich schließe die Augen, ich will nichts sehen. Aber ich höre die Stühle ächzen und die Bierflaschen knallen. Ich rieche einen fauligen Geruch in der Nähe. Jemand hustet sich die Lunge aus dem Hals und faßt mir in den Nacken. Neugierig drehe ich den Kopf zur Seite. Ehe ich mich abwenden kann, streckt der Mann die rote Zunge heraus und macht mir mit dem Daumen einen schwarzen Fleck auf die Nase. Die Großmutter läßt mich in den Spiegel sehen. Ich klatsche vor Freude in die Hände. Alle lachen. Nur ich bin traurig, als uns die schwarzen Männer verlassen.

12

Seit dem Besuch der Kohlenträger habe ich als Kind nie wieder Angst vor dem Schwarzen Mann, ausgenommen die Fiebernächte, während die Zähne wachsen und die Masern meine Haut in ein juckendes, violettgesprenkeltes Fell verwandeln. Erst Jahre später kommt die Angst zurück, und dann ist es die Angst vor den schwarzhaarigen Männern.

13

Der Vater geht jeden Sonntag zum Frühschoppen. Sobald er aus dem Haus ist, zwängt die Mutter meine abstehenden Ohren unter die Mütze und schiebt mich im Korbwagen durch die Stadt. Das Verdeck ist heruntergeklappt, ich sitze aufrecht an das Steckkissen gelehnt und verschlinge die Welt mit den Augen. Wenn die Räder vom Bordstein auf das Pflaster kippen, spüre ich ein Würgen in der Kehle und presse meine Puppe gegen die Brust. Keine Angst, sagt die Mutter, und ich verstehe sie. Edith hat eine Kappe mit einer bunten Feder auf dem Kopf und blickt sich oft um. Sie ist jetzt zweiunddreißig Jahre alt und der Vater neunundzwanzig. Die Mutter fährt mich immer denselben Weg, und wir begegnen immer denselben Männern. Der eine nimmt den Hut ab und sagt ihr etwas ins Ohr. Ich bin eifersüchtig. Edith kichert, wird puterrot und nickt. Ich schreie. Der Mann kitzelt mich am Kinn und hält mir die Nase zu. Ich brülle wie am Spieß. Er läßt meine Nase los, hebt den rechten Arm so hoch, als wolle er der Mutter die bunte Feder vom Kopf reißen, und plötzlich ist er verschwunden. Dieser Lackaffe, sagt die

Mutter, und ich verstehe sie. Jetzt hält mein Korbwagen unter alten Bäumen. Auf der Bank neben der Mutter sitzt ein anderer Mann. Edith gibt ihm rasch einen Kuß, nimmt die Milchflasche aus dem Wagen und schiebt mir den Schnuller zwischen die Lippen, damit ich ruhig bin. Der Mann fängt leise zu singen an. ›Still wie die Nacht und tief wie das Meer soll deine Liebe sein‹, singt er, und ich verstehe ihn. Der Mutter kommen die Tränen. Ich verschlucke mich, doch der Mann singt weiter, bis mir Edith den Sabberlatz an den Mund drückt. Dann flüstern sie beide, und ihre Augen werden ganz dunkel. Ich kann dem Mann nicht böse sein, als er die Hand auf Ediths Knie legt.

Wenn wir nach Hause kommen, schläft der Vater auf dem Sofa, die Zeitung über dem Gesicht. Oder er liegt im Korridor, und die Mutter trampelt mit den Absätzen auf ihm herum. Oder er sitzt am Küchentisch, und sein Kopf liegt im leeren Suppenteller. Die Frauen gießen ihm kaltes Wasser hinter den Kragen, und wenn er wach wird, schleifen sie ihn ins Bett. Nachmittags beim Kaffee zittert die Tasse in seiner Hand. Er bekleckert das weiße Tischtuch. Die Mutter gibt ihm eine schallende Ohrfeige, und ich zucke zusammen, als habe sie mich geschlagen. Der Vater weint. Die Großmutter legt ihm Kuchen vor. Er bedankt sich, zermalmt das Stück mit seinen riesigen Zähnen, stippt die Krümel von der Hose, und dabei laufen ihm die Tränen aus den Augen. Nach einer Weile erhebt er sich ohne ein Wort, und ich höre seine Latschen durch den Korridor schlappen. Ich wünsche mir, daß die Eltern für immer fortgehen, damit ich allein bei der Großmutter bleiben kann.

Wenn es dunkel wird, setzt mich Louise auf den Nachttopf, redet mir gut zu, bis ich fertig bin, schnuppert an meiner Wurst, wischt mir den Hintern mit einem weichen Lappen ab und trägt den himmlischen Duft hinaus. Ich ziehe mich an den Gitterstäben meines Betts in die Höhe und betrachte mich im Spiegel des Kleiderschranks. Ich habe keine Angst mehr vor dem blassen Kind. Ich weiß, daß ich es bin, und ich liebe mich. Wenn die Großmutter zurückkommt, schwanke ich ihr entgegen und stammele die Worte, die mir aus dem Herzen kommen. Louise kniet nieder, breitet die Arme aus, und ich falle ihr um den Hals. Jeden Abend bitte ich die Großmutter, die Geschichte von Rotkäppchen zu erzählen. Ich schließe die Augen und lausche. Ich freue mich, wenn Louise das Märchen von Mal zu Mal ausschmückt und weiterspinnt. Anfangs taucht immer der böse Wolf auf, doch er verschwindet sofort, wenn es mich gruselt. Rotkäppchen geht allein in den grünen Wald, da wo die Drossel singt, wo der Kuckuck lacht und der Jäger hinter einem Baum auf das muntere Rehlein zielt. Aber er schießt nicht, der junge Waidmannssohn. Selig streichelt er seinen Leib, schiebt die Finger unter das Bruchband, liebkost seinen Schniepel und preßt die weichen Kugeln aus seinem Säckchen in den Bauch zurück, als wolle er der Großmutter beweisen, daß er ein Mädchen wie Rotkäppchen ist.
Louise knipst die Nachttischlampe an und dreht den Schirm zur Wand, damit ich nicht geblendet werde. Sie legt mich ins Bett, und soweit ich es vermag, spreche ich ihr nach: Lieber Gott, mach mich fromm, daß ich in den Himmel komm, amen. Louise küßt mich, tritt ins Zwielicht zurück, und mir sinken die Augen. Wenn mich aber

das Bruchband quält, wende ich leise den Kopf zur Seite, blicke durch die Gitterstäbe und beobachte, wie sich die Großmutter auszieht. Sie knöpft ihr Kleid vom Kragen bis zur Taille auf. Unter dem dunklen Stoff trägt sie ein plissiertes Hemd und unter dem Hemd ein weißes Leibchen. Louise dreht mir jetzt den Rücken zu, doch an den Bewegungen ihrer nackten Ellbogen erkenne ich, daß sie die Schleifen des Mieders löst und die Schnüre aus den Ösen zieht. Nach dem Rock fallen die raschelnden Unterröcke. Louise trägt keine Schlüpfer wie die Mutter, sondern eine weite knielange Hose mit Spitzenbesatz. Wenn sie sich bückt, um die schwarzen Strümpfe herunterzurollen, klafft ein großer gesäumter Schlitz in der Hose, entblößt den rosigen Hintern und den kleinen Bart zwischen den Schenkeln. Aber ich vermisse, was dem Vater und mir zwischen den Beinen hängt. Eines Abends frage ich Louise: Wo ist dein Schniepel? Sie lächelt, als schäme sie sich vor mir. Plötzlich ist Louise ganz jung. Doch gleich darauf wird sie ganz alt, hält sich das Nachthemd vor die Brust und sagt: Mir genügt es, wenn du einen Schniepel hast. Das klingt wie ein Lob. Von nun an öffne ich vor allen Onkeln und Tanten, die uns zum Kaffee besuchen, stolz meinen Hosenlatz, bis sie sich an mir satt gesehen haben.

15

Es ist Winter geworden. Bevor die Mutter aus dem Haus geht, schnallt sie mich an den fahrbaren Kindertisch im Wohnzimmer. Ich weine und wehre mich dagegen, aber Edith bleibt hart. Beim Abschiedskuß spüre ich ihre kalten, trockenen Lippen und den brandigen Geruch der Fri-

sur. Sobald ihre hochhackigen Schuhe die Treppe hinunterklappern, kommt Louise, lockert meine Fesseln, gibt mir ein paar Bauklötze und rollt den kleinen Tisch näher zum Ofen. Sie redet ein Weilchen mit mir, und wenn sie in die Küche zurückgeht, läßt sie die Tür des Wohnzimmers angelehnt. Soweit es die Manschetten erlauben, schiebe ich die Hände nach vorn, baue einen Turm, stoße ihn um und starre auf die Bauklötze, die nun unerreichbar sind. Vor Wut trampele ich auf das Trittbrett und schreie nach der Großmutter. Manchmal bringt sie einen Kosthappen gewärmten Kohl oder eine Mohrrübe und wischt mir die Tränen ab. Dann bin ich wieder allein. Oft höre ich dumpfe Schritte in der oberen Etage. Ein Mann läuft hin und her und stößt seinen Stock auf die Dielen. Ich habe Angst vor diesem Unbekannten, aber gleichzeitig wünsche ich mir, daß er mich bei der Hand nehme und durch seine Wohnung führe. Ich platze vor Neugier, doch ich bekomme ihn niemals zu Gesicht, weder im Treppenhaus noch im Garten. Irgendwann verstummen die Schritte, und Louise erzählt mir, der Herr über uns sei verreist.
An hellen Tagen sehe ich zwei Sonnen. Die eine steht am Himmel, die andere leuchtet in der Glasscheibe. Das Fensterkreuz wirft seinen Schatten ins Zimmer. Er wandert über den Teppich, berührt meine gefesselten Hände, und ich höre seinen lautlosen Zusammenstoß mit dem Klavier. Je weiter der Schatten vorandringt, um so rascher ist sein Verdämmern, bis er die Möbel, die Wände und mich selber aufzulösen scheint.

Im Frühsommer trägt mich die Großmutter durch den riesigen ummauerten Garten, in dem einst die Untersuchungsgefangenen des Amtsgerichts ihre Runden gedreht hatten. Die Steine unter Louises Schuhen knirschen wie die Zähne des Vaters, wenn er seinen Zorn verbeißt. Manchmal bleibt Louise stehen, grätscht die Beine, und ich höre ein zirpendes Plätschern. Im Weitergehen schüttelt sie die Röcke, und über ihre Schulter hinweg sehe ich die kleine Pfütze auf der Erde. Wir stellen uns unter ein Dach aus lauter Blättern. Die Zweige neigen sich im Wind, und mir ist, als atme der Baum mit meiner Brust. Ich herrsche über die ganze Welt. Auf mein Geheiß fallen die Apfelblüten ab. Zu meinen Füßen liegt mitten im Sommer rotgesprenkelter Schnee. Ich locke den Ball herbei, den Louise zwischen die Erdbeeren geworfen hat, doch er gehorcht mir nicht, und vor Wut schlage ich der Großmutter ins Gesicht. Ich erwarte, daß sie sich bückt und den Ball aufhebt. Aber Louise blitzt mich an aus ihren dunklen Augen, schleppt mich zum Brunnen und drückt mir den Kopf herunter. Ich sehe mich selbst in der finsteren Tiefe und schreie vor Angst. Louise zerrt mich ins Haus zurück, bindet mir die Manschetten um die Hände und dreht das Radio auf, damit die Nachbarn nichts von meinem Gebrüll hören. Ich hasse die Großmutter. Vor Haß trieft mir der Geifer von den Lippen. Ich möchte Louise den Dutt abreißen und die Zöpfe zerschneiden. Ich möchte sie mit dem Wiegemesser zerstükkeln, mit dem sie den Schnittlauch hackt. Ich möchte ihr die Augen ausstechen und ihre Finger mit der Geflügelschere abzwicken. Aber in der Nacht finde ich keine Ruhe. Ich sehe die Großmutter auf der Hackbank liegen. Sie hält mir ihre blutigen Armstümpfe entgegen und blickt mich an aus leeren Augenhöhlen. Sie öffnet den Schlitz in der knielangen Unterhose und steckt ihren riesigen Schniepel in meinen Mund. Ich ersticke und erwache. Ich rüttele an meinen Gitterstäben, bis mich die Großmutter in ihr Bett holt. Laß mich unter deine Decke, bitte ich sie und kuschele mich in ihren Arm.

17

Alle reden von meinem Geburtstag, aber niemand beachtet mich. Ich spüre die Unruhe in der Wohnung, das geheimnisvolle Tuscheln und Wispern. Alle sind erregt und gereizt. Die Großmutter kocht und bäckt. Außer den Lieferanten läßt sie keinen Menschen in die Küche. Manchmal hört es sich so an, als falle Geschirr zu Boden und zerspringe in tausend Stücke. Edith und eine Scheuerfrau putzen die Fenster und bohnern die Dielen. Irgendwem bin ich immer im Wege. Die Mutter schickt mich in den Korridor, damit der Teppich im Wohnzimmer gesaugt werden kann. Die Scheuerfrau läßt mich erst aufs Klo, nachdem sie das Becken gereinigt hat. Der Vater legt das Jackett ab, steigt auf die Trittleiter und wischt die toten Fliegen aus dem Kronleuchter. Ich darf ihn ins Schlafzimmer der Eltern begleiten. Er grinst, schüttelt den Kopf, taucht den Lappen in den Eimer und macht sich dabei die Hemdärmel naß. Wie immer, wenn er nicht weiß, was er sagen soll, runzelt er die Stirn, und zwischen seinen schwarzen Augenbrauen erscheint eine tiefe Falte. Brauchst du ein Handtuch? frage ich ihn, aber er sieht mich nur schief an und klettert die Leiter hoch.

Während er die Lampenschalen putzt, spiele ich mit der

Quaste, die am Schlüssel des Kleiderschranks baumelt. Die Tür geht von selber auf, und ich sehe die Krawatten des Vaters über einer Messingstange hängen. Sie sind wunderschön gemustert, manche haben blaue und rote Punkte, manche haben Streifen, und andere sehen wie kleine Blumensträuße aus. Ich ziehe eine Krawatte herab, lege sie mir um den Hals und stelle mich vor den Spiegel. Jetzt bin ich auch ein Mann. Jetzt darf mich keiner mehr an den Kindertisch binden. Aber eine Krawatte ist zuwenig. Ich hole mir noch eine, noch eine und noch eine, bis mich zwei nasse Hände packen und mir die Hose herunterreißen. Vor Überraschung bin ich stumm. Plötzlich schlägt der Vater zu. Ich kann es nicht glauben, selbst jetzt nicht, während ich diese Zeilen schreibe, doch beim nächsten und jedem weiteren Hieb brülle ich. Der Vater keucht vor Wut, hechelt wie ein Hund und läßt den Kleiderbügel erst fallen, als die Großmutter hereinstürmt.
Es gibt eine kleine Pause wie im Radio, bevor eine Stimme sagt, was die Uhr geschlagen hat. Louise hält dem Vater die Faust unter die Nase und schreit: Gnade dir Gott, wenn ich das noch ein einziges Mal erlebe, du versoffener Tippelbruder mit deiner lausigen Verwandtschaft! Der Vater wird knallrot und starrt in seine Handteller, als ob er die Großmutter ohrfeigen möchte. Aber dazu fehlt ihm der Mut. Er wischt sich nur die Finger an der Hose ab und will verschwinden. Pack gefälligst deinen Krempel zusammen, kommandiert die Großmutter. Der Vater schultert die Leiter, nimmt den Eimer und schluchzt, als er Louise bitten muß, ihm die Tür zu öffnen.
Bis in den späten Nachmittag macht mir die Großmutter kühlende Umschläge. Gelegentlich sieht Edith herein und fragt, wieviel Hefe der Teig für den Kirschkuchen braucht, wann sie die Buschbohnen aufsetzen soll oder

welches Suppengrün in die Fleischbrühe gehört. Scher dich raus, du dummes Luder, antwortet Louise jedesmal und erzählt mir das Märchen vom tapferen Schneiderlein zu Ende, ohne sich im geringsten stören zu lassen. Ich liege auf dem Bauch und denke an den Vater. Ich hasse ihn, weil er mich wegen seiner dämlichen Krawatten verdroschen hat. Ich hasse ihn, weil mein Hintern brennt. Ich hasse ihn, weil er nicht zu mir kommt und mich fragt, ob ich noch Schmerzen habe. Ich hasse ihn, aber er tut mir auch leid, weil ihn die Großmutter einen Tippelbruder genannt hat.

18

Gegen Abend öffnet die Mutter Türen und Fenster, damit der Brat- und Backgeruch verfliegt. Louise schmirgelt den Küchenherd, bis die Ringe blinken, und Edith fährt mit dem Staublappen über die Klaviertasten. Der Vater will das Radio einschalten, doch die Mutter sagt, daß wir Strom sparen müssen, und er verzichtet. Ich setze mich auf das Sofa und sehe von weitem zu, wie sich der Vater die Fingernägel über dem Aschenbecher schneidet. Er benutzt dazu keine Schere, sondern ein Taschenmesser, und wenn er fertig ist, sind die Nägel so spitz wie Vogelkrallen. Morgen kommen die Altener Großeltern, sagt er, ohne den Kopf zu heben. Da ihm niemand antwortet, wünscht er gute Nacht und nimmt die abgeschnittenen Fingernägel mit hinaus. Gott sei Dank, den sind wir los, sagt Edith und seufzt, als die Tür am Ende des Korridors ins Schloß fällt. Ich bin traurig und weiß nicht, warum. Ich möchte weinen, aber dann müßte ich ins Bett, und dazu habe ich keine Lust, denn der Himmel ist noch ganz hell.

Edith probiert mir den neuen Anzug an, den ich morgen tragen soll. Jetzt weine ich, weil das Achselfutter kneift, weil der rauhe Kragen im Nacken scheuert und die Hosenbeine in den Kniekehlen kratzen. Steh still, du Heulsuse, faucht die Mutter, während sie meine Jacke zuknöpft, und ich sehe ihre wutflammenden Augen. Ich will mich ducken, doch Edith hat schon ausgeholt und schlägt mir mit der flachen Hand ins Gesicht. Du Rotznase, du Patentekel, keift sie, unsereiner strampelt sich für dich ab, und das ist der Lohn! Sie reißt mir die Sachen vom Leib und wirft alles auf den Boden. Meinetwegen kannst du deinen Geburtstag mit sonstwem feiern, du Rabenaas, mit mir jedenfalls nicht, brüllt sie und rast aus der Tür. Laß mich nicht allein, rufe ich der Mutter nach, doch ihre Schuhe klappern schon auf der Treppe. Ich haue auf den Klavierdeckel, bis mir die Hände schmerzen.

Was ist denn hier los? fragt Louise und sammelt die Anzugteile zusammen. Ich sehe ihr an, daß sie krumm geht vor Müdigkeit. Plötzlich kommt mir eine Idee, und ich sage: Wenn du das Gitter heute nacht offenläßt, gehe ich gleich ins Bett. Louise lächelt dankbar, drückt die Faust um meinen Daumen und führt mich in ihr Schlafzimmer. Wehe, du verpetzt es deiner Mutter, dann kommen wir in Teufels Küche, sagt sie und hebt das Gitter ab, damit die offene Seite meines Betts an ihre Matratze grenzt. Das muß aber unser Geheimnis bleiben, schärft mir Louise ein, schließt die Vorhänge und zieht sich aus. Ich bete und drücke die Augen zu, doch Louise durchschaut mich. Sie streichelt meinen Schniepel, und vorsichtshalber singt sie noch ein paar Strophen von dem Rehlein im grünen Wald. Aber ihre Hand wird schwer, ihre Stimme wird leise, und bald ist alles ganz still.

Ich will wach bleiben. Ich will wissen, wann die Mutter

zurückkommt. Ich reibe meinen gestriemten Hintern auf dem Laken und krümme die Zehen, um nicht einzuschlafen. Als kein Licht mehr durch den Vorhang fällt, höre ich die Wohnungstür klappen. Ich warte eine Weile. Die Großmutter schnarcht. Ich klettere über ihre Füße und schleiche zur Tür. Der Korridor ist dunkel, doch aus der Tür des Eßzimmers dringt ein schmaler gelber Schein. Ich blicke durch den Spalt. Die Mutter ist beim Friseur gewesen. Sie sitzt allein an dem langen Tisch und weint. Sie merkt gar nicht, daß ich mich auf den Stuhl neben ihr setze. Nach einer Weile knallt sie die Stirn gegen die Tischplatte und trampelt mit den Füßen auf die Dielen. Plötzlich lehnt sie sich zurück, zerwühlt ihre schöne Frisur und starrt mir ins Gesicht, als habe sie nicht mich an ihrer Seite erwartet, sondern diesen Mann, der für sie ›Still wie die Nacht und tief wie das Meer‹ gesungen hat. Mir wird unheimlich. Das Gesicht der Mutter verschwimmt. Dann sieht sie mich an, als wolle sie mir in die Augen springen. Ich habe Angst vor ihr. Auf Ediths Oberlippe stehen dicke Schweißperlen. Mir ist, als ob mich die Mutter mit Haut und Haaren fressen möchte. Du bist mein ein und alles auf der Welt, flüstert sie und küßt mich, bis mir der Atem vergeht. Ich ekele mich vor dem klebrigen Schweiß. Mir wird übel. Hast du mich noch lieb? fragt die Mutter und leckt sich die Lippen. Ja, lüge ich tapfer und merke, daß ich weinen muß, ich habe dich sehr, sehr lieb.
Plötzlich, wie ein Gespenst, erscheint Louise in ihrem langen weißen Nachthemd auf der Schwelle. Der Junge gehört ins Bett, du schamloses Weibsstück mit deinen Schmachtlocken, zischt die Großmutter. Edith läßt mich von ihrem Schoß rutschen. Ich stehe zwischen den Frauen und fürchte mich vor beiden. Sehe ich nach links, lockt mich die eine, sehe ich nach rechts, zwinkert mir die an-

dere zu. Ein Dreijähriger kann sich den Hintern auch selber abwischen, droht die Großmutter. Aber wann der Junge ins Bett muß, bestimme ich, sagt Edith kleinlaut. Meine Knie zittern. Mir ist, als ob mich die Mutter und die Großmutter zerreißen wollen. Doch als Louise zu weinen anfängt, stürze ich ihr entgegen, und sie breitet die Arme aus. Du hast mich wieder mal beschwindelt, schimpft die Großmutter auf dem Rückweg. Ich kann nicht mehr antworten und sinke ins Bett.

19

Gestern, als ich das vorige Kapitel schrieb, wurde ich vierundfünfzig Jahre alt. Heute, an meinem dritten Geburtstag, komme ich mir selber aus der Tiefe der Zeit entgegen. Mein Bild ist unscharf. Ich fühle mich verwackelt und verschwommen, doch ich widerstehe der Versuchung, das Porträt nachzuschärfen oder weichzuzeichnen.

20

Schon am Morgen wird es heiß. Ich liege splitternackt auf dem Laken und sehe der Großmutter zu, wie sie sich die Klemmen in den Dutt steckt und den Spitzenbesatz an ihr Kleid hakt. Der Vater geht pfeifend im Korridor auf und ab. Ich erkenne die Melodie. Es ist sein Lieblingslied. Während mich Louise anzieht, zeigt sie schmunzelnd auf den bläulichen Stein an ihrer Halskette, und ich weiß, daß sie die Augen des Vaters meint. Edith haßt das Lied von der ›Wegewarte‹, denn darin gibt es ein paar Worte, bei denen sie Gift und Galle spuckt. Louise und ich lieben das

Lied gerade deswegen, und weil wir die Mutter ein bißchen ärgern wollen, singen wir:

›Jetzt stehst du am Wege,
da wehet der Wind,
deine Augen, die blauen,
vom Staub sind sie blind.‹

Zuerst verstummt das Pfeifen im Korridor. Dann wird die Tür geöffnet, und die Eltern treten ein. Edith lächelt, aber ihre Nasenspitze ist weiß, und der Vater blickt mich an, als sei er nicht ganz sicher, ob er mir jetzt schon gratulieren dürfe. Ich gebe ihm die Hand, und vor Freude weint er hellblaue Tränen. Die Großmutter verschwindet in der Küche. Ich folge den Eltern, und mit jedem Schritt wächst meine Neugier. Ich habe mir zum Geburtstag einen Bahnhof mit Schienen, Lokomotiven und Waggons gewünscht, außerdem ein Flugzeug mit Propeller, ein Feuerwehrauto mit einer langen Leiter und Soldaten mit Schießgewehren. Komm doch herein, sagt die Mutter freundlich. Aber ich zögere, weil mir der süße, stickige Blumenduft die Nase verstopft. Nun mach schon, drängt Edith, und ich trete zu dem mit weißem Tuch verhängten Gabentisch. Eines mußt du mir allerdings versprechen, bevor du dir die Geschenke ansiehst, fordert die Mutter. Was denn? frage ich argwöhnisch. Daß du nachts nicht mehr aus dem Bett steigst und durch den Korridor geisterst! Ich nicke, und der Vater sagt: Dafür hast du doch sicher Verständnis, nicht wahr? Ja, antworte ich. Die Mutter hebt das Tuch von den Geschenken. Zwischen Bonbons und Keksen, einem eisernen, buntgefiederten Papagei und einem Holzkasten entdecke ich meinen alten, einäugigen geliebten Teddy und erkenne ihn kaum wieder, weil er jetzt ein zweites Glasauge hat. Ich umarme ihn

und spüre plötzlich, daß er der einzige Mensch auf der Welt ist, der mich wirklich liebt. Warum weinst du denn? fragt Edith. Du hast dir ja die anderen Geschenke noch gar nicht angesehen.
Ich nicke, streichele meinen Teddy und höre die Mutter fragen, welches Geschenk mir besonders gefalle. Ich zucke die Achseln. Wir sind keine reichen Leute, da hätte ich einen anderen heiraten müssen, faucht Edith mit vor Wut bebender Stimme. Der Vater geht zum Fenster und schiebt die Gardine beiseite, als wolle er durch die Glasscheibe springen. Mir sind die Kerle zu Dutzenden nachgelaufen, sagt die Mutter und beißt sich auf die Lippen. Eine Weile bleibt alles ganz still. Dann fragt Edith noch einmal, welches Geschenk mir am meisten gefalle. Ich wünsche mich weit weg von hier, aber ich spüre den Atem der Mutter im Nacken. Deshalb tippe ich auf den Holzkasten mit den vielen buntbeklebten Klötzen, die im ganzen ein Bild von Schneewittchen und den sieben Zwergen ergeben. Die Mutter klatscht jubelnd in die Hände. Das habe ich für dich gekauft, ruft sie strahlend, verhaspelt sich aber, als sie mir erklären will, wie man die Klötze umdrehen muß, damit ein anderes Märchen erscheint. Vielleicht bringt's dir Onkel Franz nachher bei, sagt Edith, gibt mir einen Kuß und läuft in die Küche.
Nun bin ich mit dem Vater allein. Er räuspert sich und schließt die Gardine. Wir brauchen keinen Onkel Franz, sagt er mürrisch, nimmt den Holzkasten und setzt sich mit mir auf den Teppich. Ich bin sprachlos. Der Vater lächelt mich an und meint, das Spiel sei ganz einfach; ich solle die Klötze nur schön der Reihe nach umdrehen und darauf achten, daß ich sie nicht verwechsele. Wir probieren es gemeinsam. Manchmal sind sich unsere Finger im Wege, aber mir gefällt es, daß ich den Vater berühren

kann. Wenn er die Stirn runzelt, weil mir ein Fehler unterlaufen ist, schäme ich mich und werde jedesmal rot. Nach einer Weile merke ich, daß der Vater ins Schwitzen gerät und stumm auf den Wirrwarr blickt, den wir beide angerichtet haben. Die Krone des Froschkönigs liegt neben dem Hahn der Bremer Stadtmusikanten, der Uhrkasten, in dem sich das jüngste Geißlein versteckt, neben den blutigen Schuhen von Aschenputtels bösen Schwestern, die Spindel, mit der sich Dornröschen sticht, neben Frau Holles Federbett.

Ist ja nicht so schlimm, tröste ich den Vater und mich. Doch jetzt nimmt er den letzten Klotz und preßt ihn in der Faust, als sei er selber das tapfere Schneiderlein, das dem Riesen vorführt, wie es Steine zerdrücken kann. An der Schläfe des Vaters schwillt eine Ader, und seine Augen werden stechend scharf. Will er mich verdreschen, wie gestern? Nein. Die Faust öffnet sich, und bevor der Klotz zu Boden fällt, bleibt er einen Atemzug lang an dem verschwitzten Handteller kleben.

Ich glaube, es ist besser, wenn wir etwas Nützliches spielen, nicht solchen Krimskrams, sagt der Vater und erhebt sich. Kannst du überhaupt richtig grüßen? erkundigt er sich mit sorgenvoller Miene. Ich nicke. Dann mach es mir mal vor, bittet er und grinst. Ich frage ihn, wen ich grüßen soll. Er tippt auf seinen Bauch. Ich gehe auf ihn zu, strecke die Hand aus und sage: Guten Tag. Er nimmt die Hand nicht an, sondern schickt mich zurück und ruft: Kopf hoch! Brust raus! Ich gehe wieder auf ihn zu und halte ihm die Hand hin. Diesmal schüttelt er sie, rügt jedoch, daß ich zweierlei vergessen habe, den Diener und das Hackenknallen. Ich gehe zur Tür, drehe mich um und marschiere los. Halt, stopp! kommandiert der Vater, du läßt schon wieder den Kopf hängen. Ich gehe zurück und höre den Vater rufen: Macht Spaß, was? Mir wird schwindlig, als ich mich umdrehe. Entweder liegt es an der Hitze oder an den Blumen. Ich kann die Hacken nicht zusammenknallen, weil ich keine Schuhe anhabe. Ich sage es dem Vater, aber ich höre mich nicht sprechen, und plötzlich kommt es mir so vor, als verschwimme der Vater vor meinen Augen. Ich gehe auf ihn zu, stoße unterwegs an den Märchenklotz, reiße die Gardine beiseite und springe aus dem Fenster.

21

Ich liege auf dem Rücken und halte den Teddy im Arm. Lauter Frauen stehen um das Gitterbett. Ich kann nur durch den Mund atmen, weil meine Nase verstopft ist. Trotzdem rieche ich den stinkenden Salmiakgeist. Das vergeht, deswegen braucht ihr nicht den Doktor zu holen, höre ich die Frau in dem geblümten Kleid sagen, und an der Stimme erkenne ich Tante Hilde. Die Frau in der weißen Bluse muß Tante Martha sein. Ihre Hände duften nach Leberwurst, weil sie bei einem Fleischer arbeitet. Wo bleibt denn Edith? fragt sie. Niemand antwortet. Ich höre nur ein Tuscheln. Die Frau mit der Brille sagt: Er lacht ja schon wieder. Das muß Tante Adele sein, denn ich höre, wie sie Onkel Arnold mit seiner Zigarette aus dem Zimmer schickt. Alle Tanten beugen sich über mich, wie die weisen Frauen bei Dornröschens Wiegenfest. Wollen wir ihn nicht ein bißchen höher legen? fragt die eine. Vielleicht sollten wir ihm Wadenwickel machen, sagt die andere, und die dritte schlägt vor, mich kalt abzureiben. Doch plötzlich treten sie von meinem Bett zurück. Ich richte mich auf. Die Großmutter und die Mutter kommen

herein. Louise trägt noch ihre Küchenschürze, aber über dem Latz leuchtet das weiße Spitzenmuster. Auf Ediths Wangen brennen die Fingerabdrücke von Ohrfeigen. Louise bleibt stumm. Edith lächelt, während sie spricht, doch weder ich noch die Tanten glauben ihr, daß sie der Großmutter beim Würzen und Abschmecken helfen mußte. Geht mal schon ins Eßzimmer, sagt Louise zu ihren Schwiegertöchtern und wartet, bis die Tanten verschwunden sind.
Die Großmutter legt ihre Schürze ab und knüpft ein paar dicke Knoten in die langen Bänder. Dich hätte ich bei deiner Geburt ertränken sollen, sagt sie nach jeder Schlinge. Was ist denn bloß in dich gefahren!? ruft Edith, weicht vor der Großmutter zurück, und die Spuren der Ohrfeigen auf ihrer blassen Haut werden blutrot. Ich habe dich gewarnt, faucht Louise und klatscht mit den Schürzenbändern, als seien es Peitschen. Wie konntest du deinen Sohn mit Robert allein lassen? Was wäre denn, wenn sich dieser Berserker noch mal an ihm vergriffen hätte? keift die Großmutter und holt aus. Nicht vor dem Jungen, winselt Edith, nicht vor dem Jungen. Louise spuckt der Mutter in den Ausschnitt und zischt: Scher dich zu deinen Gästen, und wehe dir, wenn ich eine einzige Klage höre, du Flittchen!
Edith krümmt sich vor der Großmutter und weint. Dann trocknet sie ihr Gesicht ab, winkt mir zu und läuft weg. Die Großmutter hebt mich aus dem Bett und setzt sich mit mir in den Sessel am Fenster. Wäre ich ein Vogel, würde ich jetzt mit dem Schnabel die Glasscheibe zerpikken, die Flügel spreizen und davonfliegen. Warum zitterst du denn? fragt Louise und streichelt mich. Weil du böse gewesen bist, antworte ich und schlage ihr mit dem Schürzenband auf die Finger. Guck mich mal an, bittet sie. Ich

schüttele den Kopf und starre zu Boden. Es klingelt. Weder ich noch Louise achten darauf. Traust du dich nicht, mir ins Gesicht zu sehen? fragt sie und ruckt mein Kinn hoch. Ich sehe das Lächeln um ihren Mund, blicke in die dunklen Augen und höre Louise sagen: Wir haben doch nur Spaß gemacht, deine Mutter und ich. Nein, widerspreche ich, das war kein Spaß. Ich bin den Tränen nahe, und plötzlich ist mir, als würden Louises Augen so tief wie ein Teich. Ich will mich am Ufer festhalten, doch das dunkle Wasser schlägt über mir zusammen, und ich sinke bis auf den Grund. Du bist müde, höre ich Louise brummeln, aber das stimmt nicht, denn nach einer Weile, als sich die Tür öffnet, bin ich sofort hellwach.
Ich erschrecke. Ein Riese steht auf der Schwelle. Er hat einen Bauch wie ein Faß, einen weißen Schnauzbart und abstehende Ohren, wie der Vater und ich. Tag, Mutter Hinze, wie geht's denn immer? erkundigt er sich mit heiserer Stimme. Danke der Nachfrage, treten Sie nur ein, höre ich Louise antworten und spüre, daß sie die Schürzenbänder versteckt. Das ist dein Altener Opa, flüstert sie mir zu, doch ich kann es nicht glauben, denn noch nie zuvor habe ich einen Mann von solcher Größe gesehen. Macht er einen Schritt, ächzen die Dielen, und es hört sich so an, wie wenn er sie unter seinen mächtigen Zugstiefeletten zerknicke. Aber die blauen Augen des Großvaters blinken fröhlich, und plötzlich fürchte ich mich nicht mehr vor ihm. Du bist wohl der Kronprinz, sagt er schmunzelnd, langt eine gelbe Holzente auf vier roten Rädern aus der Jackentasche und krächzt: Das habe ich dir mitgebracht, du Toffel. Danke, Opa, sage ich, sehe meine Finger in der riesigen Pranke verschwinden, und es kommt mir so vor, als ziehe mich der alte Mann aus dem dunklen Teich, in dem ich versunken war.

22

Der Großvater gibt meine Hand nicht wieder frei, obwohl ihm Louise nachruft, daß sie mir ein frisches Hemd anziehen will. Ja, ja, brummt er und führt mich durch den Korridor. Mir wird mulmig, als ich die vielen Stimmen aus dem Eßzimmer höre. Komm, Opa, wir kehren lieber um und spielen mit der Ente, bitte ich. Hast du etwa Schiß vor diesen Heringsbändigern? fragt er. Nicht, wenn du bei mir bist, antworte ich. Wir treten über die Schwelle, und das Gespräch verstummt. Entschuldigen Sie die kleine Verspätung, sagt der Großvater, läßt meine Hand los und begrüßt die Gäste. Die Onkels sehen neben ihm wie Zwerge aus, und wenn sie sich vor ihm verbeugen, scheint es, als ob sie unter den Tisch kriechen wollen. Niemand auf der Welt, das spüre ich, kann meinen Opa übertreffen. Sogar die Tanten werden verlegen, wenn er etwas zu ihnen sagt. Nur die alte Frau in dem schwarzen Kleid am Ende der Tafel spricht kein Wort mit ihm. Das ist deine Altener Oma, um die brauchst du dich nicht zu kümmern, flüstert mir Louise ins Ohr.

23

Es ist meine Feier, doch die Erwachsenen schlagen sich den Bauch voll, als ob sie selber Geburtstag hätten. Ich sitze dem Großvater gegenüber, und er zwinkert mir zu. Ich staune, wie er einen Lammknochen zerbeißt und das Mark auslutscht. Manchmal gibt er der Holzente einen kleinen Schubs, damit sie an meinen Teller oder an das Glas von Gretchen Nagel, meiner Patentante, stößt. Ich schiebe die Ente immer wieder zurück und überfahre dabei eine gefaltete Tischkarte. Was sind das für Buchstaben? frage ich und halte Louise, die links von mir sitzt, das Papier unter die Nase. Ich höre, wie sie meinen Namen abliest, und merke, daß ich rot werde vor Stolz. Hoch soll er leben! ruft der Großvater und wischt seinen Schnauzbart an der Serviette ab. Alle außer der Mutter und der Altener Oma heben die Weingläser, um mit meiner Brause anzustoßen. Edith rührt sich nicht vom Fleck. Sie starrt mir in die Augen wie gestern abend, als wir am selben Tisch saßen und sie mich ansah, als sei ich der Mann, der für sie ›Still wie die Nacht und tief wie das Meer‹ gesungen hatte. Hoch soll er leben! jubeln die Onkels und die Tanten.

Nach einer Weile trifft mich der pfiffige Blick des Großvaters. Das letzte Mal habe ich dich bei deiner Taufe erlebt, da hast du so gefurzt, daß der Pfarrer fast ohnmächtig geworden ist, ruft er lachend und schlägt mit der Faust auf den Tisch. Onkel Franz räuspert sich, Onkel Helmerich blickt zum Fenster, Onkel Arnold beißt sich auf die Lippen, und ich krampfe die Füße um die Stuhlbeine, um nicht herauszuplatzen. Plötzlich fängt Louise an zu kichern, und das Gewitter bricht los. Die Onkels johlen, daß der Kronleuchter zittert, die Tanten wiehern hinter ihren Taschentüchern, und ich wälze mich vor Lachen auf Louises Schoß.

Aber jetzt gibt es Streit, weil die Mutter behauptet, daß die Großeltern nur bei der Hochzeit, nicht bei meiner Taufe in Zerbst gewesen seien, und während die anderen noch darüber nachdenken, sagt die Altener Oma unerwartet: Ja, Edith, das stimmt. Und meine Nachbarin, Tante Gretchen, wiederholt es. Der Riese ist wütend. Er runzelt die Stirn, knabbert an seinem Bart und reckt die Schultern, als wolle er sich einen Baumstamm samt dem tapferen Schneiderlein auf den Buckel laden. Wie wär's mit einem Trinkspruch, Robert? fragt er, nachdem es mucksmäuschenstill geworden ist. Der Vater grinst verlegen, schüttelt den Kopf, und ich schäme mich für ihn, weil er puterrot wird. Willst du etwa die ganze Innung blamieren? höhnt der Großvater. Die Onkels und die Tanten schweigen. Opa, sage ich und merke, wie mir das Herz im Halse klopft. Was denn, mein Junge? fragt er. Du kannst aber viel fressen, rufe ich über den Tisch hinweg und zeige auf seinen leeren Teller. Essen, sagt man, verbessert die Großmutter, doch jetzt überschlägt sich das Gelächter.

Vielleicht sollten wir uns ein bißchen Bewegung verschaffen, solange die Damen den Kaffeetisch decken, sagt Onkel Arnold. Gute Idee, bestätigt der Großvater, folgt den Onkels aber nicht in den Garten, sondern geht mit mir im Korridor auf und ab. Manchmal bleibt er stehen, streckt die Hände vor und macht ein paar Kniebeugen. Warum tust du das? frage ich ihn neugierig. Wegen der Verdauung, sagt er. Ich weiß nicht, was ich darauf antworten soll, bücke mich und hebe die gelbe Holzente vom Boden. Der Großvater macht wieder Kniebeugen und erzählt mir, daß ihm voriges Jahr noch die Riesenwelle am Reck gelungen sei. Dann richtet er sich hoch und fängt an zu stöhnen. Wo ist denn hier der Gaurisankar? keucht er, zieht das Jackett aus und verdreht die Augen. Der Gauri – was? frage ich. Das Klosett, Himmeldonnerwetter! brüllt er mich an. Ich zeige ihm die Tür. Er knöpft seine Hosenträger ab, und nachdem er verschwunden ist, schubse ich die Ente Schritt für Schritt bis ans Ende des Korridors. Ich weine nicht, mir ist bloß elend, und als mich Louise zum Kaffee ruft, laufe ich ins Wohnzimmer.

Edith hat die Torten schon angeschnitten, und Tante Martha, die wegen ihrer Galle keinen Kuchen essen darf, wird von den Onkels überredet, sich ans Klavier zu setzen. Sie spielt ›Das Gebet einer Jungfrau‹, und ich staune, daß ihre Finger auf den weißen und schwarzen Tasten nie ins Stolpern geraten. Die Frauen wiegen den Kopf, die Männer rauchen, der Riese priemt, und nach einer Weile wird Tante Martha von Onkel Arnold abgelöst. Was möchtest du von mir hören? fragt er, legt die Stirn in Falten und wackelt fröhlich mit seiner Glatze. Fritze Bollmann! rufe ich und klatsche vor Vergnügen in die Hände, als er mein Lieblingslied anstimmt. Es hat unendlich viele Strophen. Etwa an der Stelle, als Fritze Bollmann in den Brandenburger Bethsee fällt, stehen die Großeltern auf und bitten um Entschuldigung, daß sie nicht länger bleiben können, weil ihnen sonst der Bus in Dessau davonfahre. Sie schwindeln. Ich sehe es ihren Gesichtern an. Schade, sagen die Onkels und die Tanten. Sie schwindeln auch. Doch ich merke, daß sie ihren Schwindel hinter Schmeicheleien, Kußhändchen und guten Wünschen auf die Reise verstecken. Ach, da wäre noch etwas, sagt der Großvater plötzlich und bittet mich, ihm die Holzente zu bringen. Ich hole sie aus dem Korridor. Die muß ich nämlich auch noch meinen anderen Enkeln vorführen, brummt er unwillig, nimmt mir die Ente weg und schiebt sie in die Jackentasche. Tja, so ist das Leben, ruft er und streicht mir zum Abschied durchs Haar. Ich bringe kein Wort über die Lippen. Mir ist, als stoße mich der Riese in den dunklen Teich zurück, aus dem er mich vor ein paar Stunden gezogen hatte.

Gott sei Dank, daß wir die Bagage los sind, sagt Edith, und ich höre den Vater mit den Zähnen knirschen. Komm, wir legen uns ein bißchen hin, flüstert mir die Großmutter ins Ohr. Aber nur, wenn Onkel Arnold weiterspielt, verlange ich. Er nickt. Ich folge Louise ins

Schlafzimmer. Sie schließt den Vorhang, zieht mich aus und legt sich neben mich. Nach einer Weile spüre ich ihre Hand auf meiner Brust.

›Fritze Bollmann kam in'n Himmel,
lieber Petrus, laß mich durch,
denn ich bin ja Fritze Bollmann,
der Barbier aus Brandenburg‹,

singt Onkel Arnold. Meine Nase ist verstopft, ich muß durch den Mund atmen. Der dunkle Teich und der Bethsee verschwimmen in eins. Die gelbe Ente mit den vier roten Rädern taucht unter. Alles wird still wie die Nacht und tief wie das Meer.

24

Ich glaube, es sei schon früh am Morgen, weil ein winziger Sonnenkringel unter dem Vorhangsaum liegt. Louise ist verschwunden, doch ganz in der Nähe tuscheln zwei Frauen. Ich rühre mich nicht und lausche. Wann fahrt ihr denn an die Ostsee? fragt Tante Gretchen. Ende Juli, wenn Robert Urlaub nimmt, antwortet Edith, aber erst kaufe ich mir mal ein schickes Trikot. Nicht so laut, warnt Gretchen und beugt sich über mich. Der schläft wie ein Beamter, sagt Edith. Ich höre die beiden Frauen kichern. Dann gehen sie hinaus und schließen leise die Tür.
Ich erwache, als mir Louise das Abendessen bringt und die Nachttischlampe einschaltet. Ich rieche, daß sie Bier getrunken hat, und während sie mein Wurstbrot mit Messer und Gabel in kleine Happen schneidet, rülpst sie ein paarmal. Ist die Ostsee groß? frage ich. Louise zuckt die Achseln und schiebt mir eine halbe Senfgurke in den

Mund. Ich muß lange kauen, ehe ich weiterfragen kann. Fährt man an die Ostsee mit der Eisenbahn oder mit dem Auto? erkundige ich mich. Du fährst jetzt in dein Bett, sagt die Großmutter mürrisch. An meinem Geburtstag will ich aber länger aufbleiben als sonst, maule ich. Louise legt das Besteck zusammen, und ich sehe das Messer in ihrer Hand. Mir ist, als gleite der Widerschein der Klinge über meine Brust. Deinetwegen schinde ich mich seit drei Tagen, koche und backe, schäle Kartoffeln, putze Gemüse, und jetzt kommst du mir mit solchen Frechheiten, du Rotznase, du Ekelpaket, du niederträchtiger Wanst, du Rabenaas! keift die Großmutter. Ich bin starr vor Entsetzen. Los, beten! kommandiert Louise. Ich schüttele den Kopf. Sie holt aus. Lieber Gott, mach mich fromm, stammele ich. Dann erstickt meine Stimme. Das Licht läßt du brennen, bis ich wiederkomme, sagt Louise und trägt das Tablett hinaus. Ich lege mich ins Bett und warte. Nach einer Weile läßt sich der Vater blicken. Er lächelt und stemmt die Hände gegen das Türfutter. Seine Achseln sind naßgeschwitzt. Er hampelt mit den Füßen, als wolle er eintreten, winkt aber ab und stolpert über die Schwelle zurück. Schlafe, mein Prinzchen, schlaf ein! grölt er durch den Korridor und trampelt mit den Absätzen auf das Linoleum.

Die Onkels im Wohnzimmer singen ›Mädle, ruck, ruck, ruck an meine grüne Seite‹. Sie dürfen mich doch nicht zwicken! höre ich Tante Hilde kreischen. Und ob! brüllt Onkel Helmerich, ein schöner Arsch kann auch entzükken! Dann singen die Tanten ›O wie wohl ist mir am Abend‹, und die Onkels brummen dazu: ›Bim, bam, bim, bam!‹ Dann spielt jemand auf dem Klavier. Die anderen singen ›Hoch, ein dreimal Hoch, ein dreimal Hoch dem Sanitätsgefreiten Neumann‹ und schütten sich aus vor Lachen. Mir wird kalt. Louise erscheint, dreht den Lampenschirm zur Wand und zieht sich aus. Bist du wieder lieb? fragt sie. Ja, sage ich leise und überlege, wie ich antworten würde, wenn ich schon ein großer Mann wäre. Ich muß an die spiegelnde Klinge denken, die das Licht auffängt, und während mir die Augen zufallen, stoße ich der Großmutter, der Mutter und allen Tanten das Messer in den Bauch.

25

Bei der Niederschrift der folgenden Sätze frage ich mich, welchen Sinn es hat, die Nachwehen eines Kindergeburtstages vor einem Leser oder einer Leserin auszubreiten. Ist es wirklich erwähnenswert, daß ich am anderen Morgen Leibschmerzen hatte und der Arzt, weil es ein Sonntag war, mich erst gegen Abend untersuchte? Sind solche Einzelheiten wichtig oder belanglos? Überschätze ich mein Gedächtnis? Male ich des Effekts wegen manche Szene zu grell aus? Laufe ich nicht Gefahr, die Spuren meiner Erinnerung für die einzig gültige Wahrheit zu halten? Weiß ich überhaupt, wohin die Reise geht? Wem kann ich versprechen, daß ich unterwegs nicht zusammenbreche, wenn sich der Himmel verfinstert und die Erde wankt?

26

Alles ist so, wie es immer war, und alles ist anders geworden. Ich bin an den alten Gurt gefesselt und trage ein neues Bruchband. Morgens, bevor Edith zur Arbeit geht, schiebt sie den Kindertisch unter den Apfelbaum. Wehe,

du weinst, droht sie mit erhobenem Zeigefinger, und ich sehe ihr nach, bis sie den Garten verlassen hat. Ich weine nicht. Ich weine erst, wenn der Baumschatten weiterwandert und die Fliegen an meinen Poren saugen. Ich kann sie nicht verscheuchen. Ich kann den Schweiß nicht wegwischen. Ich kann nur schreien. Sobald mich die Großmutter hört, kommt sie die Treppe herunter, wischt mir den Schweiß von der Stirn und zieht den Tisch in den Schatten. Wehe, du gibst dich mit diesen Pachulken ab, sagt sie jedesmal und zeigt zur Gartenmauer hin, wo die Jungen und Mädchen spielen. Versprichst du mir das? fragt Louise mit ihrer Reibeisenstimme. Ja, antworte ich widerwillig und gräme mich vor Neid auf die ungebundenen Kinder. Ich sehne mich danach, bei ihnen zu sein. Zwischen uns liegen nur ein paar Gemüsebeete. Aber immer, wenn dort drüben ein lautes Lachen ertönt, sträuben sich meine Nackenhaare. Ich weiß bald, wie die Kinder heißen, und auch meinen Namen müssen sie längst kennen, doch niemand kommt mir zu nahe. Entweder übersehen sie mich, oder sie sind zu feige, mit mir zu sprechen. Aber ihr Lachen dringt sogar in meinen Schlaf. Ich träume davon, daß mich die Kinder losbinden. Eines Nachts besucht mich Traudel im Traum, das schönste Mädchen von allen. Ich schenke ihr meinen Teddy, doch sie stößt mich zurück. Dann hebt Edith den Zeigefinger, wackelt mit der Zunge, als hänge ihr eine weiße Schlange aus dem Hals, und ich erwache vor Angst.
Der Sommer brennt. Die Vögel sitzen in den Bäumen und stecken die Köpfe unter die Flügel. Hinter der Mauer rattert ein unsichtbares Auto durch die Straße. Ich denke an die Ostsee und fürchte mich vor den hohen Wellen, von denen Herr Zabel, ein Bauunternehmer und Freund des Vaters, gestern gesprochen hat. Herr Zabel fährt uns

nächste Woche nach Binz, und seine Tochter Rosi wird auch dabei sein. Das gefällt mir nicht.

Louise bringt den fast vergessenen Holzkasten mit den Märchenklötzen in den Garten, flößt mir kalten Pfefferminztee ein und lockert die Manschetten, ehe sie wieder im Haus verschwindet. Jetzt kann ich die Arme weiter vorstrecken und die Klötze drehen. Ein Bild erscheint, noch kein großes Bild, aber ich erkenne den Tischlein-deck-dich-Esel, weil ihm hinten und vorn die Goldstücke herausplumpsen. Ich bin selig. Heute abend zeige ich dem Vater, was ich ohne seine Hilfe geschafft habe. Er wird mich loben und stolz auf mich sein. Ich suche den nächsten passenden Klotz und höre unerwartet Stimmen. Ich sehe die Jungen und Mädchen von der Gartenmauer her auf mich zukommen. Sie bringen ihr Spielzeug mit. Am liebsten würde ich mich verkriechen. Ich zittere vor Angst, mache mir in die Hosen und starre auf den Holzkasten. Plötzlich zersplittert das Bild des Tischlein-deck-dich-Esels. Traudel hat einen Märchenklotz aus dem Kasten gezogen und besieht ihn von allen Seiten. Ich merke, wie mir der Geifer von den Lippen tropft. Ich möchte den Gurt zerreißen und scheuere mich wund an den Riemen. Was ist das für ein Spiel? fragt Traudel. Jetzt stehen alle Kinder um mich herum. Ich beiße die Zähne zusammen und zerre an den Manschetten. Warum bist du angebunden? will einer der Jungen wissen und legt seinen Ball auf den Holzkasten. Ich sehe den Sand zwischen die Klötze sickern und fühle, wie mir der Kot an den Schenkeln herunterrinnt. Kannst du nicht antworten? fragt Traudel freundlich und macht eine Bewegung, als wolle sie meine Manschetten abschnallen. Ich beiße mir auf die Zunge. Bist du stumm? erkundigt sich Traudel und lächelt dabei. Ich liebe sie, ich hasse sie und spucke ihr ins Gesicht.

27

Ich habe diesen Blick nie vergessen. Nach allen Liebschaften, Scheidungen und Zerwürfnissen sah ich diese überraschten, ungläubigen und entsetzten Augen immer wieder vor mir. Es war ein Staunen darin, ein Ekel und eine Trübsal, an der ich schuld war, ich allein. Aber es kümmerte mich nicht. Ich machte mir nichts daraus. Es war mir gleichgültig. Beim Abschied brannte ich mir eine Zigarette an, blies der einst geliebten Frau den Rauch in die Augen, genauso wie damals, als ich Traudel ins Gesicht spuckte, und ging auf die Suche nach einer neuen Flamme, die mich entzünden und verbrennen sollte.

28

Es ist Abend geworden. Die Fledermäuse torkeln am Himmel. Der Vater schwankt durch den leeren Garten. Edith läuft ihm entgegen und zerrt ihn ins Haus. Von ihr erfährt er, was am Nachmittag geschehen ist. Er wird kreidebleich. Er stinkt nach Bier und putzt sich gründlich die Zähne, bevor er mit mir eine Etage höher geht. Ich sehe die geschwollenen Adern auf seiner Stirn und spüre die schweißnassen Finger um mein Handgelenk. Ich muß an den unbekannten Mieter denken, der in irgendeinem Winter so lange auf die Dielen pochte, bis er starb. Ich verspreche dem Vater, daß ich die Hacken zusammenknallen, mich verbeugen und entschuldigen werde. Er gibt mir keine Antwort, sieht nur starr geradeaus, zieht die Krawatte zurecht und drückt den Klingelknopf. Die Türglocke scheppert. Ich spüre die Gänsehaut an Armen und Beinen. Mein Herz steht still. Traudels Mutter erscheint auf der Schwelle und fragt: Sie wünschen? Der Vater räuspert sich und sagt mit seiner Bürostimme: Ich möchte mich lediglich vergewissern, ob es zutrifft, daß mein Sohn Ihre Tochter verunreinigt hat. Gottogott, sind Sie ein Krümelkacker, ruft die Frau, machen Sie deswegen bloß keine Sperenzchen, und gehaben Sie sich wohl, mein Herr! Ich verbeuge mich. Die Tür fällt ins Schloß. Der Vater knirscht mit den Zähnen und läßt mich auf der Treppe vorangehen. Als wir im Korridor stehen, gibt er mir von hinten einen Tritt. Ich rutsche aus auf dem Linoleum und stürze. Du Rotznase, du Dreckskerl, schnauzt er, und eine große dunkle Welle schwappt über mich hinweg.

29

Ich sitze in der Klemme. Mir geht es wie Bileam, der segnet, wo er verfluchen muß. Hinderte mich nicht meine Erinnerung, ich hätte keine Bedenken, zwei Ferienreisen an die Ostsee in eine einzige umzuwandeln. Ich würde mir dadurch manches erleichtern, denn der Abstand beträgt nur ein Jahr. Es käme auch meiner Faulheit entgegen. Doch der Unterschied zwischen den beiden Aufenthalten in Binz verlockt mich, ins Fegefeuer der einen wie in den Abgrund der anderen Reise hinabzusteigen. Das sind große Worte, weiter nichts. Ich mache mir selber Mut. Ich flüstere beim Schreiben vor mich hin, als genügte es nicht, die Schrift auf dem Papier zu sehen. Mir wäre es am liebsten, wenn das Telefon klingelte, doch es bleibt still. Ich überlege, ob ich diesem Absatz eine neue Form, eine weniger vertrackte Gestalt geben soll. Aber wozu? Das sind Ausreden. Ich habe Angst vor dem, was in mir lauert.

Es ist der Tag vor der Abreise. Die Großmutter, die Mutter und ich sitzen in einem Gartenlokal, nicht weit entfernt vom Tor, wo ein Fuhrwerk hält. Wir erwarten Frau Zabel. Sie hat uns zum Kaffee eingeladen, aber der Tisch bleibt leer. Ich langweile mich und ziehe vor Ungeduld die Nase schief. Laß das, sagt Louise und erschießt mich mit ihrem dunklen Blick. Aber ich kann es nicht lassen. Meine Nase rümpft sich nach rechts, selbst wenn ich es ihr tausendmal verbiete. Wie alt ist Rosi Zabel? erkundige ich mich. Fünf, antwortet die Mutter und schabt mit den Fingernägeln über das Tischtuch. Ich frage, warum der Kellner nichts zu trinken bringt. Wir fangen lieber erst an, wenn Frau Zabel kommt, sagt Edith mit ihrer Samt- und Seiden-Stimme. Du kannst den Kaffee doch auch selber bezahlen, rufe ich über den Tisch. Edith zieht die Stirn glatt, und ich sehe, daß sich ihre Ohren dabei anlegen. Wieder verzieht sich meine Nase. Du sollst nicht dauernd solche Fratzen schneiden, du Peies! faucht die Mutter. Scher dich dahin, wo der Pfeffer wächst! zischt sie mir ins Gesicht und wird knallrot. Wirklich? frage ich und schäme mich, weil ich weinen muß. Verschwinde! faucht die Mutter, und Louise senkt den Kopf, als fürchte sie sich vor meinen Augen.

Ich gehe bis zum Tor und wische mir unterwegs die Tränen ab. Auf dem Kutschbock des Fuhrwerks hockt ein Mann. Er raucht Pfeife, spuckt in hohem Bogen auf den Bürgersteig und treibt die Träger an, sich beim Abladen zu beeilen. Sie lassen die Fässer auf ein Kissen plumpsen und rollen sie ins Lokal. Von den Kummeten der beiden Pferde hängen Ketten aus goldblinkenden kleinen Tellern bis zum Bauch herunter. Sie erinnern mich an den

Schwanz des Papierdrachens, den ein Nachbar im vorigen Herbst steigen ließ. Zwischen den Hinterbeinen des einen Pferdes erscheint plötzlich eine kohlrabenschwarze Wurst, so lang und so dick wie mein Arm. Aber es ist keine Wurst, beileibe nicht, sondern ein riesiger Schniepel, der auf das Pflaster pinkelt, und vor Angst, daß er mich bespritzt, trete ich einen Schritt zurück. Die Pfütze wird immer größer. Ich überlege, wieviel ich wohl trinken müßte, um so lange pinkeln zu können. Nach einer Weile schrumpft der Schniepel zusammen, und jetzt pinkelt das andere Pferd, obwohl es keinen Schniepel hat. Das Pferd macht es genauso wie die Großmutter; es hat nur keinen Schlitz in der Hose und keinen Bart zwischen den Schenkeln. Der Kutscher läßt die Peitsche knallen, und erst jetzt merke ich, wie verschwitzt meine Hände sind.

Du siehst ja wieder gediegen aus, spottet Edith. Wo hast du dich denn herumgetrieben? fragt sie und schließt, ohne die Antwort abzuwarten, meinen obersten Hemdknopf. Ein Glas Brause und zwei Kännchen Kaffee stehen auf dem Tisch. Louise streitet mit Edith darüber, ob das Badezeug im Koffer oder in der Reisetasche ist. Sie irren sich beide, weil ich meine Strandhose zu Ediths Trikot in den Wäschebeutel gesteckt habe. Soll ich es der Mutter verraten? Nein, das bleibt mein Geheimnis, wie die Sache mit dem Pferd ohne Schniepel.

Warum so spät? ruft Edith, während Frau Zabel und ihre Tochter näher kommen. Sie tragen schöne Kleider, grün und weiß, wie die Engel im Weihnachtsliederbuch. Ich mache einen Diener, und Rosi grinst, weil ich mich auch vor ihr verbeuge. Der Kellner schleppt Kuchen und Kaffee heran. Die Frauen sprechen alle gleichzeitig. Ich wundere mich, wie gut sie sich verstehen, ohne einander zuzuhören. Mir ist, wie wenn tausend Fliegenklatschen auf mein Trommelfell schlügen. Ich schiele zu Rosi hin. Sie hat lange Zöpfe, lange Wimpern und dunkle Augenbrauen. Bevor Rosi die Tasse an den Mund hält, kräuselt sie die Lippen, und ich habe das Gefühl, als sitze mir eine Prinzessin gegenüber, so weiß wie Schnee, so rot wie Blut und so schwarz wie Ebenholz. Auch Frau Zabel ist schön, weil sie gern lacht und kleine weiße Stoffblumen im Haar trägt. Mit tut es leid, daß Edith so häßlich ist. Ich nehme mir vor, ihr ein Kleid aus lauter weißen Spitzen zu schenken, sobald ich groß bin. Nun habt ihr euch wenigstens kennengelernt, nicht wahr? flüstert mir die Mutter ins Ohr. Ich schaue sie an, nicke begeistert und spüre im selben Augenblick einen Schlag gegen das Schienbein. Ich beiße die Zähne zusammen und reibe die schmerzende Stelle. Rosi spielt mit ihrem Strohhalm, tunkt ihn in das Brauseglas und sieht sich um, als suche sie jemand. Ich kann es nicht sein. Meinem Blick weicht sie aus, fängt an zu kichern und schüttelt sich vor Vergnügen. Guck mal, wie sich deine neue Freundin amüsiert, sagt Edith und stimmt in Rosis Gelächter ein. Ob Mutter oder Mädchen, sie halten gegen mich zusammen, fühle ich. Kannst du nicht auch ein bißchen lustig sein? fragt Louise mitleidig. Ich möchte mich in ihren Schoß werfen, fürchte mich aber vor dem Spott der anderen. Mir bricht der Schweiß aus. Mir steigt das Blut zu Kopf. Ich schäume vor Wut. Rosi hat mich unterm Tisch getreten! brülle ich verzweifelt und weiß nicht, wohin mit den Augen. Wird schon nicht so schlimm gewesen sein, sagt Edith und wirft mir einen bitterbösen Blick zu. Ist das wahr? erkundigt sich Frau Zabel bei ihrer Tochter, ohne die Stimme zu heben. Ja, antwortet Rosi und zieht das ›A‹ in die Länge, als wolle sie es bis zum Abend ausdehnen, um nicht verdroschen zu werden. Jetzt ist es soweit, denke ich und erwarte, daß diesem

Fratz die Ohrfeigen ins Gesicht prasseln. Nichts passiert. Warum hast du ihn denn getreten? fragt Frau Zabel. Es war doch nur Spaß, deswegen braucht er mich nicht gleich zu verpetzen, sagt Rosi. Edith nickt beifällig. Dann entschuldige dich wenigstens, verlangt Frau Zabel, nachdem sie sich vergewissert hat, daß ich keine Schmerzen mehr habe. Ich sehe Rosi herankommen, stehe auf, spüre ihre Finger in meiner Hand und lese ihr jedes Wort von den Lippen ab. Bravo! ruft ein dicker Mann, zieht Rosi an seine Brust und gibt ihr einen Kuß. Das ist Willy Zabel, flüstert mir Edith zu, doch ich laufe schon dem Vater entgegen. Er lächelt. Er bückt sich. Er breitet die Arme aus, und ich schlinge die Hände um seinen Nacken, während er mich zum Tisch trägt. Hier fehlen noch zwei Stühle, Robert, sagt der fremde Onkel. Jawohl, Willy, antwortet der Vater und setzt mich auf Louises Schoß. Ich sehe, wie er zwischen den Tischen verschwindet und nach einer Weile mit zwei Stühlen zurückkommt. Danke, Robert, sagt Herr Zabel, und ich wundere mich darüber, daß der Vater diesem dicken Kerl gehorcht, als sei er sein Knecht. Die Männer bestellen Bier. Die Gesichter der Frauen glänzen. Ich werde müde. Rosi zwinkert mir zu, wirft die langen Zöpfe über die Schulter und ist wieder schön wie die Engel im Weihnachtsliederbuch.

31

Seit heute früh, seit der Abfahrt, darf ich zu Herrn Zabel Onkel Willy und zu Frau Zabel Tante Herta sagen. Aber dazu komme ich kaum, denn im Auto ist es heiß geworden, und mir klebt die Zunge am Gaumen. Onkel Willy sitzt am Lenkrad und schwitzt. Neben ihm sitzt der Vater

mit der Landkarte und schwitzt. Ich schwitze zwischen Edith und dem Koffer. Rosi sitzt am Seitenfenster und schwitzt. Die Mutter sagt in Onkel Willys Nacken, daß alle nur deswegen schwitzen, weil ich die salzige Seeluft brauche; sonst müßte der Doktor die Polypen herausschneiden. Nein, bloß das nicht. Lieber triefe ich vor Schweiß, statt mir mit einem Messer im Rachen herumfuchteln zu lassen.
Ich frage Onkel Willy, warum uns manche Wagen überholen. Er erklärt es mir. Ich beneide die Leute in den offenen Autos. Die Männer tragen Lederkappen und Schutzbrillen, damit ihnen, wie Onkel Willy sagt, nicht der Staub in die Augen fliegt. Die Frauen recken die Arme hoch und schwenken die flatternden Kopftücher. Haltlose Bagage, sagt der Vater, aber mir ist, als hörte ich das Geräusch der schwirrenden Seide. Ich lehne mich an den Koffer. Ein wilder Hauch weht mir ins Gesicht. Ich sitze nicht mehr zwischen Edith und Rosi, sondern steuere ein schnelles Auto voller schöner Frauen mit sausenden Tüchern, die sich im Wind blähen, und ziehe die Schutzbrille über meine Lederkappe. Onkel Willy parkt den Wagen unter einem Baum. Edith, Tante Herta und Rosi schlagen sich in die Büsche. Ich höre ihr Gelächter, das zirpende Pissen und wie ihnen die Gummibänder der Schlüpfer auf die Haut klatschen. Während die beiden Männer eine Decke auf dem Gras ausbreiten, sehe ich mich nach einer Stelle um, wo ich unbeobachtet pinkeln kann. Rosi stört mich. Wohin ich auch gehe, sie folgt mir, pflückt gelben Löwenzahn und windet einen Kranz daraus. Hau endlich ab! fauche ich, doch sie ruft zu den Männern hin: Der Kleine muß mal pinkeln! Ich werde knallrot, sehe den Vater herankommen, spüre, wie er mir den Hosenstall aufknöpft und meinen Schniepel herausfischt. Streng dich ein

bißchen an, sagt er unwillig. Aber ich kann nicht, und je öfter der Vater meinen Schniepel reibt und schüttelt, um so mehr ekele ich mich vor seiner verschwitzten Hand mit den seitwärts eingekerbten Fingernägeln. Es ist die Hand, die mich geschlagen hat, die Hand mit dem Kleiderbügel. Du bist ein Waldheini, höre ich die Mutter sagen, doch sie sagt es nicht zu mir, und kaum hat sich der Vater weggedreht, pinkele ich einen Riesenstrahl.
Vor dem Picknick ziehen sich alle die Schuhe aus und laufen auf nackten Sohlen durch das Gras. Zum erstenmal, seit wir unterwegs sind, muß ich an die Großmutter denken, wie sie heute morgen in der Pforte stand und weinte, als ich mich von ihr verabschiedete. Doch jetzt bringt Onkel Willy den Freßkorb, und Edith öffnet die Thermosflasche. Tante Herta und Rosi haben keinen Hunger, sie nippen nur an dem kalten Tee und machen danach einen Spaziergang. Ich esse mein Butterbrot und sehe plötzlich, daß Edith ihre Zehen unter Onkel Willys Hand schiebt. Er scheint es gar nicht zu beachten, pafft weiter an seiner Zigarre und fragt den Vater, wie viele Kilometer wir noch vor uns haben. Robert entfaltet die Landkarte, und während er die Entfernung mit einem geknickten Grashalm abmißt, streichelt Onkel Willy Ediths nackte Wade. Der Vater nennt eine unendlich lange Zahl. Drei bis vier Stunden, was? fragt Onkel Willy, und Edith zieht den Fuß zurück, als Tante Herta und Rosi mit einem frischen Löwenzahnkranz herankommen.

Wir fahren weiter. Ich merke, daß sich Rosi mit mir versöhnen will, denn sie schiebt ihren Kranz durch den Koffergriff und erwartet, daß ich ihn aufsetze. Aber ich sehe starr geradeaus und überlege, warum Onkel Willy der Mutter den Fuß gestreichelt hat. Ich weiß es nicht. Ich könnte es verstehen, wenn Edith mit Onkel Willy verheiratet wäre, doch sie ist die Frau des Vaters, und sobald er erführe, was sich hinter seinem Rücken getan hat, würde er die Mutter totschlagen. Dann bleibe ich mit ihm und Louise allein. Sonntags gehen wir zu Edith auf den Friedhof und gießen die Blumen. Wenn mich der Vater künftig verdreschen will, gibt es niemand mehr, der mich in Schutz nimmt. Die Großmutter ist zu alt und zu schwach. Aber vielleicht ist alles ganz anders. Vielleicht sind die Eltern mit Zabels so gut befreundet, daß es dem Vater nichts ausmacht, wenn sich die Mutter von Onkel Willy streicheln läßt. Hat er sie denn überhaupt gestreichelt, oder hat er nur versehentlich die Hand auf ihren Fuß gelegt? Das kann jedem passieren. Wie sollte Onkel Willy denn auch Ediths Wade streicheln, wenn er zur gleichen Zeit eine Zigarre raucht und die Landkarte schwenkt? Das ist doch Firlefanz. In Wahrheit hat sich die Mutter die Zehen im Gras abgewischt und ist dabei mit Onkel Willys Hand zusammengestoßen. Weiter ist nichts gewesen, gar nichts.

Warum seid ihr denn so still dahinten? fragt Tante Herta, und ehe jemand antworten kann, ruft Rosi: Er will sich den Kranz nicht aufsetzen lassen! Das würde ich mir an seiner Stelle auch verbitten, sagt Onkel Willy und lacht. Doch Edith knufft mich in die Seite, bis ich mir die laschen Stengel auf den Kopf drücke. Jetzt siehst du aus wie ein Pfingstochse, sagt Rosi und quietscht vor Vergnügen. Ich reiße den Kranz herunter und werfe ihn ihr ins Gesicht. Nun aber Ruhe, kommandiert Tante Herta, und Rosi streckt mir die Zunge heraus, als genieße sie meine Wut.

33

Der Himmel hat sich bezogen. Im Auto ist es schwül. Wind kommt auf, bläst den Staub in die Felder, und die Chausseebäume neigen sich. Allmählich wird es dunkel. Beim ersten Blitz sagt Onkel Willy, es sei nur ein Wetterleuchten. Ich habe keine Angst vor Gewitter, ich liebe es sogar, weil Louise und ich für dicke Milch schwärmen. Nur die Mutter fürchtet sich und zuckt zusammen, wenn es donnert. Beim nächsten Blitz schaltet Onkel Willy die Scheinwerfer ein, und als es anfängt zu regnen, sehe ich den Scheibenwischer wie einen dünnen Hundeschwanz über das Frontfenster wedeln. Der Vater knipst die Taschenlampe an, sieht auf die Karte und knipst die Lampe wieder aus. Ist es noch weit? fragt Rosi leise. Niemand antwortet. Also muß die Ostsee hinter den Bergen bei den sieben Zwergen liegen. Ich lehne mich zurück, weil ich müde werde. Doch bald merke ich, daß zwei Hände auf mich zukrabbeln. Die eine Hand kommt von links und gehört Edith. Die andere Hand kommt von rechts und gehört Rosi. Was wollen sie von mir? Ediths Hand ist verschwitzt, und Rosis Hand ist eiskalt. Erst jetzt begreife ich den Sinn der Krabbelei, puste Ediths Hand trocken und reibe Rosis Finger zwischen meinen, bis sie ganz warm sind. Du bist aber lieb, flüstern beide wie aus einem Mund.

Der Regen pladdert auf das Dach, die Reifen plumpsen in die Schlaglöcher, und an den Scheiben klebt der Matsch. Sind wir bald in Binz? frage ich. Gleich, sagt Onkel Willy, biegt nach rechts, fährt auf die erleuchteten Fenster zu und parkt vor einem Gasthof. Was soll das nun wieder? fragt Tante Herta boshaft. Himmel, Arsch und Zwirn, schimpft Onkel Willy, dort marschieren wir rein, hauen uns ein Kotelett zwischen die Kiemen und warten, bis das Sauwetter vorbei ist, nicht wahr, Robert? Der Vater nickt, dreht sich zu Edith um und will ihr Knie berühren. Sie stößt seine Hand weg und sagt zu Onkel Willy: Bitte nicht solche Ausdrücke vor den Kindern, ja? Die haben schon andere Sachen gehört, das kannst du mir glauben, Edith, sagt Tante Herta und steigt aus dem Wagen.
In der Schankstube sitzen lauter Männer an hellen Holztischen, spielen Karten, rauchen Zigarren und trinken Schnaps aus kleinen Gläsern. Der Wirt zeigt uns den Weg zum Klosett. Als wir zurückkommen, liegt vor jedem Platz ein Bierdeckel. Was gibt's noch zu essen? erkundigt sich Onkel Willy. Der Wirt winkt zu einer Schiefertafel über der Theke hin. Kartoffelsalat mit Speckstippe, weiter nichts? fragt der Vater. Der Wirt schüttelt den Kopf. Dann lassen Sie mal anrollen, brummt Onkel Willy. Jetzt spricht der Wirt zum erstenmal. Wieviel Bier, wieviel Köm? Als er die Bestellung aufgenommen hat, frage ich den Vater, was Köm bedeutet. Schnaps aus Kümmel, erklärt er mir und leckt sich die Lippen, als habe er den Geschmack schon auf der Zunge. Anfangs nippt der Vater nur an seinem Glas. Dann kippt er das zweite, das dritte und spült mit Bier nach. Trink nicht soviel, sagt Edith. Der Vater grinst und erzählt, daß er hier in der Gegend schon mal gewesen sei und beim Richtfest mit den Zimmerleuten getanzt habe. Mit den Männern? frage ich. Der

Vater nickt, und in seinen blauen Augen stehen blaue Tränen. Er macht doch nur Spaß, zischt mir Edith ins Ohr. Aber das glaube ich nicht. Ich will wissen, ob die Frauen beim Richtfest auch mittanzen dürften. Halt jetzt die Klappe! faucht mich Edith an, und Robert blickt stumm in sein leeres Glas. Warum hat der Vater nur mit Männern getanzt? überlege ich, fische dabei, genau wie Rosi, die Speckstücke aus der Soße und schiebe sie an den Tellerrand. Wir beide trinken Brause, Tante Herta und Edith trinken Kaffee. Onkel Willy trinkt Selterswasser, und der Vater trinkt Bier. Ich kann es noch immer nicht glauben, daß er mit einem Mann getanzt hat, linksrum und rechtsrum, wie Onkel Arnold mit Tante Hilde im Korridor bei meinem Geburtstag.
Rosi gähnt, und ich zähle die Bierdeckel. Wüßte ich nicht, wie der Mann mit dem schmalen Bärtchen auf der Fotografie an der Wand heißt, würde ich denken, ich sei in einem fremden Land. Die Kartenspieler reden nicht wie bei uns zu Hause. Trotzdem klingen mir die Worte allmählich so vertraut in den Ohren, als sei es Louises Stimme, wenn sie mich morgens weckt. Ich weiß nicht, welcher Teufel mich plötzlich reitet. Rieke, upstan, Larken piepen! rufe ich jubelnd und klatsche in die Hände. Für eine Weile herrscht Totenstille. Bist du verrückt geworden? bellt mir die Mutter ins Gesicht. Doch ehe ich mich entschuldigen kann, dröhnt es aus den Kehlen der Kartenspieler: Lat se piepen, lat se papen, ick hev noch nich utjeslopen! Und jetzt lachen alle. Sogar die Mutter hat Mühe, sich ein Schmunzeln zu verkneifen, und glaubt wahrscheinlich, mit Rieke sei sie selber gemeint. Aber der Vater streicht mir zärtlich übers Haar, und nun weiß ich ganz sicher, daß er noch nie mit einem Mann getanzt hat. Den Spruch kennst du wohl von der Großmutter? fragt er lächelnd.

Ich rieche den Kümmelschnaps und nicke tapfer. Du bist ein Prachtkerl, lobt er mich, zieht das Portemonnaie aus der Hosentasche und zögert einen Augenblick, bevor er den polierten Fingernagel unter die Lasche schiebt. Laß mal stecken, Robert, sagt Onkel Willy, das geht auf meine Rechnung.

34

Es ist tiefdunkle Nacht. Der Regen hat nachgelassen. Niemand fragt, wie lange die Reise noch dauert. Von Tante Hertas Schoß bin ich auf Ediths Schoß gewechselt. Der Koffer steht nicht mehr zwischen Rosi und mir, sondern am Fenster. Wenn wir durch ein Dorf fahren, bellen die Hunde. Manchmal muß Onkel Willy bremsen, weil ein Betrunkener auf der Straße steht. Rosis Kopf rutscht von der Rückenlehne auf meine Schulter. Ihre Haare kitzeln mich, und sobald sich der Wagen in die Kurve legt, streifen die Zopfhalter über meine Knie. Edith hat sich ein Tuch vor die Augen gebunden, damit sie von den Autos, die uns entgegenkommen, nicht geblendet wird. Tante Herta schnarcht, Onkel Willy trommelt auf das Lenkrad, und der Vater summt dazu. Ich spüre Rosis Lippen an meiner Wange und will von ihr wegrücken, doch die Mutter hält mich fest. Rosis Hand wandert von meinen Knien bis zum Hosenstall und bleibt dort liegen. Rosis Hand ist so groß wie der Deckel einer Zuckerdose. Bald haben wir's geschafft, sagt Onkel Willy. Rosis Hand bewegt sich. Ihre Finger knöpfen mir den Hosenstall auf und suchen meinen Schniepel. Als ihr Daumen das Gummiband meines Schlüpfers anhebt, überläuft mich eine Gänsehaut. Ich möchte schreien, will Rosi aber nicht verpetzen. Sie drückt meinen Schniepel und flüstert mir ins Ohr: Hast du schon mal Onkel Doktor gespielt? Ich weiß nicht, was ich antworten soll. Wenn der Doktor zu uns kommt, spielt er nicht mit mir, sondern horcht mich ab und schreibt ein Rezept. Ich spüre, wie Rosi nach meinem Säckchen greift, und stoße ihre Hand beiseite. Mir wird schlecht, stöhnt die Mutter und reißt sich das Tuch von den Augen. Mußt du dich übergeben? fragt Onkel Willy. Edith nickt. Wir steigen aus. Mir zittern die Beine in der kühlen Luft, während ich den Hosenstall zuknöpfe. Die Männer pinkeln in den Chausseegraben. Edith erbricht sich, und Robert geht mit ihr eine Weile hin und her, bevor alle wieder ins Auto klettern.

35

Warum schreibe ich nicht weiter? Was hindert mich, die letzten Kilometer dieser Reise zu Papier zu bringen? Warum laufe ich stundenlang durch mein Zimmer und zerdrücke einen Zigarettenstummel nach dem anderen? Etwa deswegen, weil ich in den vorigen Kapiteln die Plätze der Mitfahrer oder die Positionen des Koffers verwechselte? Nein, das schert mich wenig. Wo Tante Herta saß oder das Gepäck stand, wird dem Leser gleichgültig sein. Aber was läßt mich zögern? Ich stehe vor einem Rätsel und will versuchen, ihm auf die Sprünge zu kommen. Ich muß herausfinden, was sich hinter der Hemmung verbirgt. Zwei Tage vergehen, leer und heiß. Ich fahre mit dem Finger über die Landkarte von Zerbst nach Binz. Ich addiere die Entfernungen zwischen den einzelnen Teilstrecken und bringe die Orte durcheinander, bis ich glaube, wahnsinnig zu werden. Am dritten Tag halte ich es nicht mehr aus und fahre zum Schwimmen. Gegen Abend, auf dem Rückweg, höre ich plötzlich eine Stimme. Du Schweinigel, sagt sie zu mir über fünfzig Jahre hinweg. Nun kann ich weiterschreiben.

36

Im Auto ist es warm geworden. Tante Herta schnarcht. Rosi hat sich zurückgelehnt und die Augen geschlossen. Gleich sind wir auf dem Rügendamm, sagt Onkel Willy zum Vater, und beide beugen sich vor. Ich sehe nur den gelben Widerschein der Lampen im Wasser. Edith ist eingenickt. Ihr Atem bläst gegen meinen Nacken. Die Männer reden über ein Haus, das sie bauen wollen. Rosis Hand kommt ganz unerwartet. Ich zucke zusammen und höre Edith widerwillig knurren. Nach einer Weile stupst Rosis Nase an mein Kinn, und ich spüre, daß sie mir einen ihrer langen Zöpfe in die Hand drückt. Jetzt schlafen alle, jetzt können wir endlich richtig Onkel Doktor spielen, sagt sie leise. Ich klemme mir ihren Zopf unter die Nase, doch er ist zu dick und fällt immer wieder herunter. So nicht, sagt Rosi, rutscht ein bißchen vor, zieht das Kleid hoch und spreizt die Beine. Ich weiß nicht, was ich machen soll. Ich weiß nur, daß ich mich fürchte und daß mir etwas Gräßliches bevorsteht. Rosi schnappt nach meiner Hand und schiebt sie mit dem Zopf zwischen ihre Schenkel. Ich fühle mich wie im Backofen. Irgendwann müssen meine Finger verbrennen. Mach schon, du brauchst bloß mit deinem Piephahn zu wackeln, sagt Rosi. Ich streichele ihren Bauch mit dem Zopfende, und mir ist, als schwenkte ich Roberts Rasierpinsel. Ja, das ist schön, haucht mir Rosi ins Ohr, hör nicht auf, mach weiter! Ich ekele mich vor ihr und fühle, wie mir der Schweiß über den Rücken läuft. Bleib noch, flüstert Rosi und biegt meinen Daumen um, als ich mich wegdrehen will. Ich stöhne, obwohl es kaum schmerzt, doch Tante Herta wird wach davon, und im selben Moment brüllt mir Rosi ins Gesicht: Du Schweinigel! Kabbelt ihr euch etwa? erkundigt sich Onkel Willy seelenruhig, und ich merke, wie Rosi den Rocksaum über die Knie streift. Der Vater schweigt. Er dreht sich nicht mal um. Er läßt mich im Stich. Nur Edith fragt prompt, ob ich schon wieder unartig gewesen sei. Rosi antwortet für mich. Er wollte mir den Zopf unters Kleid schieben, sagt sie und zieht die Nase hoch, als ob sie weinen müsse. Hoffentlich hast du dem Jungen dabei nicht den Arm ausgekugelt, sagt Onkel Willy. Ach, der ist so lieb, dem würde ich nie weh tun, beschwichtigt Rosi ihren Vater, und alle lachen. Ich reibe meinen Daumen und bleibe still. Ich bin kein Schweinigel. Ich wollte nicht Onkel Doktor spielen. Rosi ist ein Schweinigel. Ich spüre noch, wie mich jemand ins Bett legt. Mir fallen die Augen zu. Jetzt bin ich in Binz.

37

Wo ist die Ostsee? Ich sehe nur Häuser. Der Mutter ist das Meer anscheinend schnuppe. Sie geht mit mir durch die Straßen, bleibt vor den Geschäften stehen und zieht mir jeden Augenblick den Scheitel gerade. Männer in hellen Anzügen und Frauen in weißen Kleidern kommen uns entgegen, manchmal auch Matrosen in blauen Uniformen mit wehenden Mützenbändern. An einer Ecke treffen wir den Vater. Ich will ihm die Hand geben, weil ich ihn seit dem Frühstück nicht gesehen habe, aber er betrachtet den verglasten Stadtplan, und während er der Mutter erklärt, wo unsere Pension liegt, sehe ich die Hosen um seine dünnen Waden flattern. Robert geht voraus, doch wir verlaufen uns. Nach einer Weile macht er ein Gesicht, als wolle er die Mutter und mich totschlagen. Bei einem Fremdenführer erkundigt sich Edith nach dem Hotel, in das uns Onkel Willy und Tante Herta zum Mittagessen eingeladen haben. Wir stehen in der Empfangshalle herum, und die Eltern machen sich gegenseitig Vorwürfe, weil wir zu früh gekommen sind. Vom langen Laufen in den neuen Schuhen schmerzen mir die Füße. Ich möchte mich in einen der schönen Ledersessel setzen, doch der Vater hebt den Daumen, und ich lehne mich an eine Säule. Von der Decke herab hängt eine Uhr mit vier Zifferblättern und goldenen Zeigern. Die Uhr dreht sich, und mir wird schwindlig. Als ich vor Zabels die Hacken zusammenknalle, fühle ich den Boden unter mir wanken und kann mich nicht verbeugen. Entschuldigt die Verspätung! ruft Onkel Willy. Auf Ediths Gesicht leuchten rote Flecken. Das ist kein gutes Zeichen. Ich weiß nicht, ob sich die Mutter giftet, weil sie vergessen hat, ihre Lippen zu schminken, oder weil Tante Herta beim Friseur gewesen ist. Ich weiß auch nicht, warum der Vater plötzlich wie ein Gepäckträger und Onkel Willy in seinem blauen Jakkett mit den goldenen Knöpfen wie ein Kapitän aussieht. Zum erstenmal finde ich Robert schäbig, und Onkel Willy erscheint mir wie der liebe Gott. Er ist es, dem sich sofort die Fahrstuhltür öffnet; er ist es, der den Schalter drückt, und er ist es, der mich auf den Arm nimmt, als mir das Herz in die Hose rutscht.

Rosi erwartet uns schon an einem gedeckten Tisch. Sie kommt mir entgegen, und während die Erwachsenen in den Speisekarten blättern, führt sie mich zu einem der riesigen Fenster, um mir die Ausflugsdampfer am Ende der hölzernen Mole zu zeigen. Ich habe das Meer gefunden und kann mich nicht satt sehen daran. Ein Schiff löst sich von der Mole. Boote folgen ihm, und der Wind bläht die weißen Segel. Ich möchte eine Möwe sein und weit weg über das Wasser fliegen. Auch beim Essen blicke ich immer wieder aufs Meer hinaus, und Edith mahnt mich, den Damast nicht zu bekleckern. Rosi gibt mir einen Stoß unterm Tisch, aber nicht wie vorgestern in Rephun's Garten, sondern ganz zart. Prima, was? fragt sie. Ich lächele und nicke mit vollem Mund. Onkel Willy lädt uns alle zu einem kleinen Tennisturnier am späten Nachmittag ein, weil es um diese Zeit kühler wird. Im selben Atemzug verspricht er, genügend Racketts und Bälle, notfalls auch passendes Schuhwerk für die Damen zu besorgen. Rosi, Tante Herta und ich sind begeistert. Aber was antwortet der Kümmeltrinker und Schlagetot darauf? Freut er sich? Fragt er wenigstens, ob Edith und ich mitspielen möchten? Nein. Er leide an Rückenschmerzen von der Reise her, außerdem ermüde ihn jede Art Sport viel zu schnell, sagt er, doch je länger er redet, um so deutlicher wird mir und jedem am Tisch, daß der schäbige Robert lügt. Nur Edith und Tante Herta halten das Gespräch noch eine Weile am Leben. Dann unterschreibt Onkel Willy die Rechnung, und Rosi sieht mir beim Abschied traurig in die Augen.

38

Die Eltern machen mit mir einen Verdauungsspaziergang und sprechen kein Wort dabei. Ich trotte neben ihnen und habe nur den einen Wunsch, daß die Großmutter plötzlich hinter einem Busch hervortritt, mich bei der Hand nimmt und mit mir nach Hause fährt. Aber ich erkenne schon die Pension, und als wir die Treppe zum ersten Stock hinaufsteigen, ruft uns der Portier nach: Bitte nicht die Schuhe vor die Tür stellen, meine Herrschaften, sondern selber putzen!

39

Noch heute habe ich diese scharfe, krächzende Stimme im Ohr, und es wundert mich, warum ich in so vielen Gasthöfen, Absteigen und Hotels übernachtete, ohne mich jemals an den Portier der Binzer Pension zu erinnern. Er war ein kleiner gedrungener Mann mit einem weißen Schnauzbart, stand tagsüber vor der Tür, setzte sich gegen Abend in einen Korbstuhl und spuckte den Kautabaksaft auf das Pflaster. Warum erwähne ich ihn überhaupt? Weil er nichts von mir wollte. Weil er mich weder beachtete noch schikanierte.

40

Unser Zimmer ist winzig. An der einen Wand steht mein Kinderbett, an der anderen die Betten der Eltern, und neben dem Waschtisch steht der Schrank. Die Mutter, noch gerötet vom Verdauungsspaziergang, hilft mir aus Hemd und Hose und packt mich ins Bett. Der Vater klappt die Schranktüren auf, damit ich ihn nicht beobachten kann, solange er sich auszieht und das Nachthemd über den Kopf stülpt. Edith hängt ihr Kleid auf den Bügel und schlüpft zu Robert ins Bett. Jetzt wird aber geschlafen, und zwar sofort, sagt sie. Ich hätte meinen Teddy mit auf die Reise nehmen sollen, fällt mir ein. Es wäre schön, wenn ich ihm jetzt in sein altes und in sein neues Glasauge sehen könnte. Ich bin nicht müde. Ich habe keine Lust zu schlafen, wenn die Sonne durch die Ritzen der Jalousie scheint. Ich überlege, warum wir in einer häßlichen Pension wohnen und Zabels in einem wunderschönen Hotel mit Blick auf das Meer, die Boote und die Dampfer. Haben wir kein Geld? Ist der Vater vielleicht gar nicht schäbig, sondern nur arm? Hat uns Onkel Willy deswegen das Mittagessen spendiert? Jetzt knarrt das Bett, in dem die Eltern liegen. Laß mich gefälligst in Ruhe, und heb's dir für heute abend auf, höre ich Edith flüstern, und Robert grunzt. Ich denke an die Uhr im Hotel, die sich unentwegt dreht. Die vier Zifferblätter kreisen mir vor den Augen. Die Möwen torkeln über den Segelbooten. Dann tauchen sie ins Meer und nehmen meinen Kummer mit.

41

Die Eltern sind fertig angezogen und beugen sich über mein Bett. Edith trägt ein grünes, fast durchsichtiges Kleid, und Roberts Beine stecken in braunen Knickerbokkers. Hast du Lust, einen Strandmarsch mit mir zu machen? fragt er. Am liebsten würde ich ihm vor Freude um den Hals fallen, doch die Mutter stiert mich an, als wolle sie sagen ›Wehe, du läßt mich allein!‹, und ich schüttele den Kopf. Na, dann eben nicht, brummt Robert. Ich höre ihn die Treppe hinuntergehen, und plötzlich kommen mir die Tränen. Was heulst du denn? fragt die Mutter und verspricht mir, daß ich statt der neuen Schuhe die alten Sandalen tragen darf, wenn ich aufhöre zu weinen. Laß doch

den Vater durch den Sand latschen, das ist seine Sache, spöttelt sie, wir kaufen uns nachher Eiswaffeln. Mit Himbeereis? frage ich und klatsche jubelnd in die Hände, als Edith nickt.
Aus dem Pavillon an der Strandpromenade erklingt Musik. Ich würde gern eine Weile stehenbleiben, weil mir das Lied bekannt vorkommt, doch die Mutter ist in Eile, und ich folge ihr. An jeder Ecke wird Eis verkauft, aber Edith zerrt mich von einem Friseurladen zum anderen und besichtigt die Preislisten, bis sie den richtigen Salon gefunden hat. Vor dem Geschäft steht eine hohe Waage, in die jeder, der sich wiegen will, eine Münze stecken muß. Dort kannst du dich draufsetzen, bis ich fertig bin, sagt die Mutter. Und wann gibt's das Himbeereis? frage ich. Ediths Augen werden klein und giftig. Sie stürzt sich auf den nächsten Eismann und kommt mit einer großen Waffel zurück. Danke, sage ich. Rühre dich nicht von der Stelle, schärft sie mir ein und verschwindet im Laden.
Es ist kein Himbeereis, sondern Vanille. Ich setze mich auf die Gummimatte der Waage, schiebe die Zunge zwischen die krümeligen Waffeln und schlecke ganz langsam, damit ich nicht zu früh fertig werde. Kein Mensch will sich wiegen lassen. Alle gehen an mir vorbei, die Frauen in seidenen Strümpfen und hochhackigen Schuhen, die Männer in hellen Socken und breiten Sandalen. Jetzt müßte Rosi kommen und mich hier sitzen sehen. Vielleicht würde sie mich fragen, ob sie sich auch mal auf die Waage stellen darf. Vielleicht hätte Rosi sogar Lust, eine Münze in den Schlitz zu stecken, und wenn sie nicht bis an den Schlitz heranreicht, würde ich einen Buckel machen, damit sie auf meinen Rücken klettern kann. Aber Rosi kommt nicht. Alle gehen an mir vorbei. Keiner will wissen, wieviel er wiegt. Ich lecke das geschmolzene Va-

nilleeis ab, zerbreche die Waffeln und werfe den Spatzen die Krümel hin. Aber sie trauen sich nicht heran, als hätten sie Angst vor mir. Ich trampele mit den Sandalen auf den Bürgersteig, und alle schwirren weg. Nicht sehr weit, nur bis zu den Blumenkästen an der Promenade, aber trotzdem: Ich habe ihnen gezeigt, wer der Stärkere ist. Ich lasse mich nicht unterkriegen. Ich will groß werden, größer noch als der Vater, und so reich wie Onkel Willy.
Edith kommt aus dem Laden. Ich erkenne sie kaum wieder. Du bist wirklich brav gewesen, dafür darfst du dir auch etwas wünschen, sagt sie, und als sie mir einen Kuß gibt, spüre ich die dunkelroten Ponyfransen über meine Stirn wischen. Was möchtest du gern? fragt die Mutter, und plötzlich begreife ich, daß sie sich das Haar nur deswegen hat färben lassen, weil Tante Herta gestern beim Friseur gewesen ist. Stell dich mal auf die Waage und stecke Geld in den Schlitz, bitte ich. Wenn's weiter nichts ist, sagt die Mutter, tritt auf die Gummimatte, langt Münzen aus dem Portemonnaie und schiebt eine davon in den Schlitz. Ich sehe den Zeiger nach unten kippen. Er wippt eine Weile hin und her, bis er bei irgendeiner Zahl stehenbleibt. Willst du auch mit rauf? fragt die Mutter. Ich stelle mich neben sie und halte mich an ihr fest. Wir lachen beide, als das Kippen und Wippen des Zeigers von neuem beginnt. So, nun ist Schluß, sagt Edith streng. Ich bitte und bettele darum, daß wir noch eine Weile auf der Waage stehenbleiben. Nein, sagt die Mutter, alles hat sein Ende. Aber im selben Atemzug verspricht sie, daß ich mir heute abend das Feuerwerk ansehen darf, wenn ich sie jetzt zum Tennisplatz begleite.

Edith und ich starren durch den Maschendraht. Wir beobachten, wie sich Onkel Willy und ein anderer Mann die Bälle zuschlagen. Ich muß immerzu den Kopf hin und her drehen. Tennis ist ein blödes Spiel. Der Vater wußte schon, warum er Onkel Willy gestern beschwindelte. Dauert's noch sehr lange? frage ich, weil mir die Füße schmerzen. Edith schweigt. Sie hat nur Augen für das Spiel. Aber was tut's denn, ob ein Ball im Netz oder zwischen den Strichen landet? Wenn alle Bälle verschossen sind, saust ein Junge in weißen Hosen über den Platz und sammelt sie auf. Ich würde ihm gern helfen, doch der Zaun trennt uns. Wann sind die beiden endlich fertig? frage ich die Mutter. Du bist ein unausstehliches Ekel, scher dich da drüben hin, zischelt sie leise, um Onkel Willy und den anderen Mann nicht zu stören. Wird's bald! faucht sie. Ich gehe ein paar Schritte beiseite und setze mich auf eine umgekippte Schubkarre. Ich wünsche mir nur eines: Weg von hier. Na, mein Kleiner? höre ich Onkel Willy rufen und will mich hochstemmen. Bleib ruhig noch ein Weilchen sitzen, sagt die Mutter verlegen, und als sie an den Zaun tritt, wird ihr Nacken so rot wie ihr gefärbtes Haar. Er flüstert mit Edith durch den Maschendraht und fummelt an seiner Gürtelschnalle. Der andere Mann hat sich längst verdrückt. Der Junge in der weißen Hose rollt das Netz ein. Onkel Willy bringt uns mit seinem Wagen in die Stadt, ruft Edith und glüht vor Freude.

Wo seid ihr mit Robert verabredet? erkundigt sich Onkel Willy unterwegs, ruckelt an einem Hebel und streift der Mutter dabei das Kleid hoch. Edith nennt den Namen des Lokals, tippt gegen das Fenster und sagt zu mir: Siehst du dort den kleinen Hund, der ist doch niedlich, was? Ich sehe keinen Hund. Aber dafür sehe ich, wie Onkel Willy die Hand zwischen Ediths Beine schiebt, und mir steigt das Blut zu Kopf. Ich möchte dem Kerl die Finger einzeln herausreißen, ich möchte sie ihm zerquetschen, abhacken und durch den Fleischwolf drehen. Was habt ihr eigentlich morgen vor? fragt Onkel Willy seelenruhig. Edith räuspert sich. Robert fährt mit dem Kutter nach Hiddensee, sagt sie. Und du? will Onkel Willy wissen. Ach, meint Edith gleichgültig, ich bleibe im Bett und schlafe mich mal richtig aus. Den ganzen Tag? fragt Onkel Willy erstaunt. Wieso nicht? sagt die Mutter, wenn's zu traurig wird, fällt mir bestimmt was ein. Onkel Willy lacht und zieht die Hand zwischen den Strümpfen hervor, weil er kurz vor dem Lokal noch mal einen Hebel bewegen muß. Der Vater erwartet uns schon. Großer Gott, warum hast du bloß deine Haare so ruiniert, murmelt er und blickt dabei auf seine braunen Knickerbocker, als müsse er sie mit Ediths grünem Kleid und ihrer roten Frisur vergleichen. Das geht dich einen feuchten Kehricht an, was ich mit meinem eigenen Geld mache! keift die Mutter. Schimpf nicht vor dem Jungen, bittet Onkel Willy, und ich müßte ihm dankbar sein, weil er mich in Schutz nimmt. Aber mir wird schlecht, als ich sehe, wie er dem Vater zum Abschied die Hand schüttelt.

43

Nach dem Abendessen drehen wir zu dritt eine große Runde. Robert hat im Lokal kein Bier getrunken, auch keinen Schnaps, weil Edith hartnäckig darauf bestand, daß er heute nüchtern bleiben müsse. Deswegen läßt der Vater ein bißchen den Kopf hängen, aber er verhält sich anders als sonst, freundlicher und gesprächiger. Ich frage ihn, wie ein Feuerwerk funktioniert. Er redet ziemlich lange, macht oft Pausen und gebraucht schwierige fremd klingende Wörter, die ich nicht immer verstehe. Aber das ist mir egal. Ich höre ihm trotzdem zu, weil er jetzt, in der Dämmerung, eine schöne Stimme hat. Edith hängt sich bei ihm ein und fragt, wo er am Nachmittag gewesen sei. Der Vater erzählt, daß er am Strand eine Stelle gefunden habe, wo das Wasser flach genug zum Baden sei, auch für Nichtschwimmer. Gehen wir dort morgen hin? frage ich. Nein, morgen noch nicht, weil ich nach Hiddensee fahre, sagt er. Nimm mich mit, bitte ich und umklammere seine Hand. Nein, da wirst du seekrank, ruft er lachend, aber wenn wir nächstes Jahr wieder nach Binz fahren, darfst du mit auf den Kutter. Versprichst du mir das? Ehrenwort, sagt er. Du oller Dicker, du denkst auch an alles, sagt Edith, fängt an zu weinen und wischt sich die Tränen aus dem Gesicht. Nu, nu, brummt der Vater, legt ihr den Arm um die Hüfte und sagt: Eigentlich finde ich deine Frisur gar nicht so schlecht. Meinst du das wirklich? fragt sie schüchtern. Robert nickt stumm, aber ich fühle, daß er die Wahrheit sagt. Ich habe noch eine Überraschung für dich, flüstert Edith, läßt Robert in ihre Handtasche blicken und klappt sie gleich wieder zu. Ich weiß, was in Ediths Handtasche steckt. Ich habe gesehen, wie sie vorhin in dem Lokal eine kleine Schnapsflasche kaufte, während der Vater auf dem Klo saß. Gehen wir jetzt zum Feuerwerk? frage ich. Das kannst du dir auch vom Zimmer aus ansehen, sagt Robert, und wir machen uns auf den Heimweg. Es ist dunkel geworden. Mir brennen die Füße. Ich bin müde und schlurfe über das Pflaster. Kannst du nicht mehr? höre ich den Vater fragen. Er hebt mich an und setzt mich auf seine Schultern. Ich falte die Hände über seiner Stirn.

Ich spüre seine Bartstoppeln an meinen Schenkeln. Ich bin so glücklich wie noch nie zuvor. Ich umarme seinen Kopf und lege mein Gesicht auf sein schwarzes Haar.

44

Es ist Nacht. Aber es ist auch hell und laut. Es pfeift und donnert und kracht. Ich ziehe die Bettdecke über die Ohren, doch meine Neugier ist stärker. Schießpulver, hat der Vater gesagt, Schießpulver, Goldregen und Silberregen braucht man zu einem richtigen Feuerwerk. Und er hat noch ein Wort gesagt, das so ähnlich klang, als rede Onkel Willy von seinem Tennisschläger. Wenn das grelle Licht durch die Ritzen der Jalousie hereinfällt, wirkt das ganze Zimmer gestreift und vergittert, sogar der Vater in seinem kurzen Turnhemd und die Mutter mit ihren gespreizten Beinen. Edith ist splitternackt und strampelt wie ein gefangener Vogel. Robert stößt seinen riesigen weißen Schniepel in sie hinein. Ja! kreischt die Mutter und knabbert an ihrem Daumen. Sind wir nicht zu laut? fragt sie. Ach, woher denn, sagt Robert, und was er jetzt macht, sieht fast so aus, als schiebe er eine Münze in Ediths Schlitz. Nun fehlt mir noch die Waage vor dem Friseurgeschäft und der Zeiger, der nach unten kippt. Aber plötzlich erlischt das Licht. Erst jetzt, in der Finsternis, wird mir angst und bange. Ich halte mich an meinem Schniepel fest und reibe ihn, bis das Wippen in den Betten der Eltern von neuem beginnt. Mach schon, drängt die Mutter, streng dich mal ein bißchen an, oder hast du keine Puste mehr? Doch, doch, gleich kommt's, stöhnt der Vater. Aber wehe, du bleibst drin, flüstert Edith. Keine Bange, sagt Robert und ächzt, als habe ihn jemand getreten. Jetzt ist alles zu Ende, spüre ich, der Schnaps, das Feuerwerk, die Raketen, der Goldregen und das Schießpulver. Alles ist vorbei. Nur meine Angst vor morgen bleibt, meine Angst vor den nächsten Tagen, ehe wir nach Hause fahren und ich Louise in die Arme sinke.

45

Mir knurrt der Magen. Es wird schon bald Mittag. Ich habe mir das Hemd und die Hosen von gestern angezogen. Der Vater muß längst auf Hiddensee sein. Die Mutter liegt immer noch im Bett und schläft mit offenem Mund. Ich weiß nicht, ob ich sie wecken soll, und warte. Als das Zimmermädchen anklopft, ist Edith sofort hellwach. Heute mache ich die Betten selber, ruft sie durch die Tür, und das Zimmermädchen trollt sich. Dreh dich mal um, sagt Edith. Ich höre sie pinkeln. Hast du schon? fragt sie und hält mir den Nachttopf hin. Ich ekele mich vor der gelben Brühe und schüttele den Kopf. Na, dann los, sagt die Mutter, knöpft mir den Hosenstall auf und langt meinen Schniepel heraus. Ich muß unbedingt pinkeln, kann aber nicht, weil eine durchsichtige Blase an einem weißen Gummiring in der Pisse schwimmt. Vorwärts, kommandiert Edith, nimmt den Nachttopf zum Waschbecken mit und läßt kaltes Wasser über meine ausgestreckte Hand laufen. Jetzt geht's dir wieder besser, was? fragt sie lachend. Ich schäme mich, weil ich noch nicht groß genug bin, selber auf den Stuhl zu klettern und ins Waschbecken zu pinkeln.
Die Mutter zieht ein Laken ab, hält es gegen das Licht und tauscht es gegen das andere Laken aus. Kann ich ein bißchen auf die Straße? frage ich. Bei dir piept's wohl,

sagt sie, öffnet ihr Necessaire und fängt an, sich die Fingernägel zu lackieren. Sobald Edith einen Nagel bepinselt hat, darf ich ihn trockenpusten. Der Lack stinkt, doch ich habe wenigstens eine Beschäftigung und muß nicht die Wände anstarren wie vorhin, als ich wach wurde. Während Edith die Finger in die zerdrückte Frisur stupst, merke ich, daß sich die Farbe ihrer Haare mit der Farbe des Nagellacks beißt. Aber das bleibt mein Geheimnis. Soll sie doch aussehen, wie sie will. Als die Betten aufgeschüttelt sind, hängt sich Edith die Handtasche über den Arm und sagt: So, dann können wir. Willst du heute kein Kleid anziehen? frage ich. Die Mutter wird knallrot, schlüpft in das Grüne von gestern, und wir gehen die Treppe hinunter.

Das Frühstückszimmer duftet noch nach Kaffee, doch die Kanne ist kalt, und die Brötchen sind hart geworden. Edith beschwert sich nicht, sie bleibt ganz ruhig und entschuldigt sich sogar bei der Mamsell für die Verspätung. Hauptsache, Sie haben gut geschlafen, sagt die dicke Bedienerin mürrisch, blickt mich aber plötzlich an, als spüre sie den Hunger in meinen Augen, und verschwindet in der Küche. Weißt du nun, wie man das macht? fragt die Mutter leise. Ich verstehe kein Wort und schüttele den Kopf. Du bist eben dumm wie alle Männer, sagt sie, legt mir den Arm um die Schulter und feixt. Am liebsten würde ich ihr unterm Tisch einen Fußtritt geben, doch jetzt kommt die Mamsell mit einem großen Tablett, und während Edith ihr beim Absetzen hilft, sagt die dicke Bedienerin: So eine feine Dame wie Sie war schon lange nicht bei uns. Danke, sagt die Mutter und will noch etwas hinzufügen, aber die Mamsell hat sich schon verdrückt und schließt die Durchreiche.

Jetzt sind wir allein, essen und trinken nach Herzenslust,

bis wir satt sind. Die Mutter wischt sich den Mund ab und bittet mich, ihr die Zeitung zu holen. Wollen wir nicht zum Strand gehen? frage ich. Edith sieht auf die Uhr, runzelt die Stirn und zischt: Die Zeitung! Ich bringe sie und setze mich der Mutter gegenüber an den Tisch, um die Bilder auf der Rückseite zu besichtigen. Wackele nicht dauernd, höre ich Edith hinter der Zeitung sagen und schlage die Beine übereinander. Als Edith das letzte Blatt endlich umdreht, merke ich, daß sie während der ganzen Zeit keine Zeile gelesen, sondern sich die Lippen geschminkt hat. Plötzlich leuchtet mir ein, warum und auf wen wir hier warten. Edith wickelt die Zeitung um den Klemmstab, steht auf und tritt ans Fenster. Bleib sitzen, faucht sie, als ich ihr folgen will, und trommelt mit den lackierten Fingernägeln gegen die Scheibe. Ich möchte weit, weit weglaufen, zu Louise, zu Tante Gretchen, zu Onkel Arnold oder zu Tante Martha, die an meinem Geburtstag so schön das ›Gebet einer Jungfrau‹ gespielt hat. Aber es ist zu spät. Der Portier mit dem weißen Schnauzbart steht in der Tür und krächzt: Ein Herr Zabel möchte Sie sprechen, Madame. Bitten Sie ihn herein, antwortet Edith, wird leichenblaß und legt ihre Handtasche auf einen Stuhl.

Ich wollte mit Robert einen Spaziergang machen, sagt Onkel Willy, fuchsrot im Gesicht, tritt zum Tisch, schnappt sich die Zeitung und fuchtelt mit ihr, als wolle er sie jemandem um die Ohren hauen. Dann weiß er nichts mehr mit der Zeitung anzufangen und wirft sie über Ediths Handtasche. Aber Robert ist doch nach Hiddensee gefahren, ruft Edith so laut, daß die Scheiben klirren. Der Portier verschwindet. Die Durchreiche wird geöffnet und wieder geschlossen, nachdem die Mamsell die Mutter erkannt hat. Ja, dann nimm wenigstens ein Weilchen Platz, bittet Edith. Danke sehr, sagt Onkel Willy und will sich setzen. Vorsicht! zischt die Mutter. Im letzten Moment begreift er seinen Fehler, reicht Edith die Handtasche und wendet sich mir zu. Hast du heute nacht das Feuerwerk gesehen? fragt er scheißfreundlich, bleckt die Zähne und setzt sich auf den Stuhl neben Edith. Ja, sage ich, Rosi auch? Er vergißt, mir zu antworten. Das war doch fantastisch, sagt er, diese Farben am Himmel, dieses Blitzen und Glühen und Prasseln, na, ihr wißt schon, was ich meine, ich kann mich nicht so richtig ausdrücken. Im Gegenteil, widerspricht die Mutter, und während Onkel Willy weiterschwärmt, schiebt sie ihm unseren Zimmerschlüssel unter der Zeitung zu. Er stutzt einen Moment, und seine Ohren werden blutrot, als er mich fragt: Würdest du mir einen Gefallen tun, mein Junge? Ja, gern, antworte ich, nachdem die Mutter zugestimmt hat. Du traust dich sicher schon allein zum Briefkasten, was? Ich nicke, nehme ihm die Ansichtskarte mit dem Foto seines Hotels aus der Hand, und er steckt mir noch ein paar Groschen in die Hosentasche. Kauf dir ein Eis davon, sagt Onkel Willy, und Edith ruft mir nach: Aber immer schön auf dem Bürgersteig bleiben!

Es ist weit zum Briefkasten. Doch deswegen weine ich nicht. Die Tränen laufen mir einfach aus den Augen. Ich kann es nicht ändern. Ich frage mich nur: Wie kommen so viele Tränen überhaupt in meinen Kopf hinein? Ich weiß keine Antwort. Ich stelle mich auf die Zehen, kann die Klappe des Briefkastens aber nicht erreichen und bin froh, als mir jemand hilft. Jetzt könnte ich in die Pension zurückgehen. Aber wer hat mir denn gesagt, wann ich wieder zu Hause sein muß? Niemand. Soll ich mich vielleicht ins Frühstückszimmer setzen und warten, bis Edith und Onkel Willy fertig sind? Oder soll ich die Treppe hochgehen, die Tür aufreißen und den beiden sagen, daß ich alles dem Vater erzähle? Nein. Was ist denn in dich gefahren! würde mich die Mutter anbrüllen und irgendeinen Schwindel erfinden, warum Onkel Willys Hose am Bettpfosten hängt.

Ich gehe nicht zurück. Ich treibe mich lieber herum, kaufe mir ein Eis und weiche den Hunden aus. Auf der Strandpromenade entdecke ich Rosi und folge ihr mit großem Abstand, ohne daß sie mich bemerkt. Ein blonder Junge spricht sie an. Er ist älter als ich. Rosi wirft die Zöpfe über die Schultern und kichert. Ich bleibe stehen und beobachte die beiden. Mir bricht der Schweiß aus. Ich möchte Rosi mit ihren eigenen Zöpfen erwürgen, weil sie mit diesem blonden Jungen redet und lacht. Für eine Weile wird mir schwarz vor Augen. Als ich wieder sehen kann, ist Rosi verschwunden. Ich lehne mich gegen einen Fahnenmast und blicke auf das Meer. Mir ist noch schwindelig. Die Boote hüpfen über das Wasser, und die Segel flattern wie Laken an der Wäscheleine. Eine alte Frau mit einem riesigen Hut und einer langen Perlenkette beugt sich zu mir herunter. Ohne Hut und Kette würde ich sie für die Großmutter halten. Hast du dich etwa verlaufen? fragt sie freundlich, zupft an dem hellen Spitzenbesatz des schwarzen Kleides, und plötzlich sehe ich eine behaarte Warze an ihrem Kinn. Nein, flüstere ich und renne weg. Ich bin allein, hämmert es in meinen Ohren, ich bin allein. Aber zugleich weiß ich, daß ich nicht allein bin zwischen den vielen Leuten und den Rückweg in die Pension genau kenne. Die Großmutter hält die Hand über mich. In Louises Schutz darf ich tapfer und feige sein, dreist und scheu. Sie verläßt mich nie, auch nicht in Binz. Es ist ein Spiel, das ich mit mir selber spiele und immer gewinne. Ich fürchte mich, ohne Angst zu haben, und ich habe Angst, ohne mich zu fürchten. Als mir Rosi noch einmal begegnet, frage ich sie, ob wir gemeinsam auf die Mole klettern wollen. Ach, lieber nicht, du bist mir zu klein, sagt sie hochnäsig, winkt dem blonden Jungen zu, der ihr nachgeschlichen ist, und geht mit ihm davon. Ich bin allein. Das ist ein schönes Spiel. Ich habe es schon wieder gewonnen. Ich weiß nur nicht, warum ich weine.

46

In der Pension wird es still gegen Abend. Die meisten Gäste sind ausgegangen. Edith hat belegte Brote gekauft, weil das Essen in den Lokalen zu teuer ist. Wo bleibt er denn bloß? fragt sie, und ich trete wieder ans Fenster, um die Rückkehr des Vaters nicht zu verpassen. Aus Hiddensee hat er mir bestimmt etwas mitgebracht, eine Muschel, einen Bernstein oder irgendein anderes Geschenk. Wir sollten ihm vielleicht ein Stück entgegengehen, sagt Edith, blickt lange über mich hinweg auf die schummerige Straße, und plötzlich spüre ich ein Zittern, als sie die Hände von meinen Schultern nimmt. Das habe ich geahnt! faucht sie und reißt beide Fensterflügel auf. Siehst du ihn? Ja, sage ich. Der Vater hat den Hut in den Nacken geschoben, hält sich am Zaun fest und winkt uns mit der freien Hand fröhlich zu. Du rührst dich keinen Schritt von der Stelle, zischt mir Edith ins Ohr und rast die Treppe hinunter. Ich sehe sie aus dem Haus treten und auf den Vater zulaufen. Er lacht wie ein kleiner Junge und schüttelt den Kopf, als sich Edith bei ihm einhakt. Guten Morgen, guten Morgen! ruft er immer wieder und will die Mutter von sich wegschieben, doch sie zwingt ihn Schritt um Schritt in die Pension.

Ich muß eine Ewigkeit warten, ehe die Treppenstufen knarren. Die Mutter stößt Robert über die Schwelle und stellt ein großes Kaffeetablett auf das Waschbecken. Trink, zischt sie. Der Vater grinst und zwinkert mir zu, als sei ihm Staub in die Augen geflogen. Er hockt sich auf die Bettkante und macht Miene, sich auszustrecken, aber Edith hält ihm den Kaffee an den Mund, und Robert schluckt gehorsam. Danke, sagt er und will die Tasse zurückgeben, doch die Mutter keift: Bis zum letzten Schluck, du Saufsack! Er nickt und trinkt. Edith stopft dem Vater ein belegtes Brot zwischen die Zähne. Während er kaut, zieht sie ihm die Schuhe aus und hebt die Beine auf das Bett. Ich sehe, wie er das Gesicht verzieht, als ihm Edith zwei Kissen unter den Kopf schiebt, damit er nicht gleich einschläft. So, sagt sie, nun kannst du erzählen, wo du gewesen bist. Auf Hiddensee, lallt Robert und wackelt mit den Fingern wie ein Klavierspieler. Ja, auf Hiddensee, wiederholt er mit schwerer Zunge und macht eine lange Pause nach jedem Wort, als müsse er sich das nächste gründlich überlegen. Du warst nicht auf Hiddensee! zischt die Mutter. Das muß ich wohl besser wissen, blubbert er und verteilt dabei den Sabber auf seinen Lippen. Ich ekele mich vor der blasigen Spucke. Ich wünsche mir, der Vater wäre in der Ostsee ersoffen und mausetot. Edith hält ihm zwei Billetts unter die Augen und fragt: Was ist denn das hier? Was hattest du denn in Arkona und Stubbenkammer zu suchen? Nie im Leben bist du auf Hiddensee gewesen! schnauzt sie. Und wo warst du? erkundigt sich Robert feixend. Frag den Jungen, frag dein eigen Fleisch und Blut! brüllt Edith. Doch der Vater hat sich schon umgedreht, und nach einer Weile fängt er an zu schnarchen. Laß dir's schmecken, mein Kleiner, sagt die Mutter sanft, und wir essen die belegten

Brote, bevor ich ins Bett muß. Lieber Gott, sagt Edith, und ich spreche ihr nach: Mach mich fromm, daß ich in den Himmel komm, amen.

47

Der Schreibtisch, an dem ich sitze, ist mit Dutzenden von Zetteln übersät. Ich ordne sie, um den Ablauf der noch verbleibenden Ferienzeit (vier Tage) nicht aus den Augen zu verlieren. Daß Onkel Willy, der Unternehmer mit dem Faible für die Mutter und der untrüglichen Neigung zum Vater, bereits am ersten der vier Tage Binz verließ und mit seinem Auto nach Zerbst zurückfuhr, steht außer Frage. Aber welchen Unterschied macht es schon, ob ich den Bau der Strandburg und die Begegnung mit einer furchterregenden Eisbärattrappe auf den zweiten und die zahllosen, meist verwackelten Schnappschüsse auf die beiden restlichen Tage verteile? Rosi und ich im Badezeug mit winzigen Sonnenschirmen auf den nassen Bezügen des Strandkorbs. Ich lächele, obwohl mir diese langzöpfige Bestie gerade einen schartigen Stein in die Hose geschoben hat. Oder: Ich sitze zwischen Tante Herta und Edith beim Kurkonzert und zupfe den Schorf von der verbrannten Unterlippe: Oder: Nichtschwimmer am Baltischen Meer. Rosi, die Eltern und ich tauchen die weißen Rümpfe ins kalte Wasser und grinsen vor Entsetzen. Oder: Ein Gruppenbild à la Heilige Familie. Der Vater lehnt sich gegen die Strandburg, die Mutter sitzt in seinem Schoß, und ich lasse den heißen Sand durch die Finger rieseln. Gut. Und weiter? Ich weiß nicht weiter. Es gibt keine Erinnerung an die Heimreise. Wir fuhren mit dem Zug. Das ist alles, was ich weiß. Mein Herz stolpert.

Mir ist, als müsse ich sterben. Mein Gedächtnis hat mich verlassen. Es ist ausgelöscht. Ich spüre einen schabenden Druck in den Schläfen, als würde mein Gehirn von Korkenziehern durchbohrt. Wir starren uns an, das Papier und ich, der Aschenbecher und ich, die Leere und ich, die Schlaftabletten und ich. Warum muß ich sterben, ohne gelebt zu haben? Fließt in meinen Adern kein Blut? Sieht niemand die Tränen in meinen Augen? Kenne ich weder Liebe noch Schmerz? Törichte Frage. Ohne Ergriffenheit, ohne Leidenschaft und Mut, ohne Begeisterung und Freude hätte ich keine Romane schreiben können. Aber wie weit liegt das zurück? Wo sind sie geblieben, die Bücher und die Gefühle? Verweht, wie Spreu im Wind? Ich denke oft an ein Gedicht, das vor fast dreißig Jahren entstand, und schon damals, bei der Niederschrift, war mir zumute, als polterten die Schollen auf meinen Sarg. Ich bin ein lebender Leichnam. Wer hat mich dazu verdammt?

48

Ach Mutter, liebe Mutter mein,
Wo ist der Mann, der Vögel fängt?
Hier sind nur Menschensteller.
Ach Mutter, liebe Mutter mein,
Ohrfeigen und Kaninchenbein,
Teerpappenduft im Sonnenschein
waren doch viel süßer
als Protokoll und Einlaßschein,
als Ordensband und Menschenklein,
waren doch viel süßer.
Die Milch, der gelbe Löwenzahn,

der Hund, der Hof, der bunte Hahn
sind hinter deinen Bergen.
Ach Mutter, liebe Mutter mein,
durch meine Nächte knallt Nagan,
Soldaten, Puppen bringet man
in weißen Kindersärgen.
Der kleine runde Silberring,
der Tontrog, der das Wasser fing,
sind jetzt zerbrochen,
weil ich die Nacht im Boden hing,
die Welt aus meinen Fugen ging,
aus unseren leeren Wochen.
Ach Mutter, liebe Mutter mein,
wo ist der Mann, der Vögel fängt?
Ich sah nur Menschensteller.

49

Louise ist kühl zu mir. Irgend etwas hat sich geändert. Ich spüre es sofort an dem laschen Begrüßungskuß. Ich darf wieder in ihrem Zimmer schlafen, aber am nächsten Tag untersucht der Doktor meinen Rachen, und weil die Wucherungen trotz der salzigen Seeluft noch immer nicht abgeschwollen sind, verbietet er der Großmutter strengstens, im selben Bett mit mir zu nächtigen. Sie verspricht es ihm, und zu meiner Überraschung hält sie sich daran. Du bleibst, wo du bist, faucht Louise, wenn ich die Hand zwischen die Gitterstäbe schiebe. Sie läßt sich nicht erweichen, sondern flößt mir Tropfen ein, damit ich auch durch die Nase, nicht nur durch den Mund atmen kann. Sag was, bitte ich sie jeden Abend vorm Einschlafen. Die Großmutter schweigt. Singst du noch ein Liedchen? frage ich. Louise bindet stumm die Zöpfe hoch und dreht sich auf die Seite. Warum redest du nicht mit mir? brülle ich wütend. Weil du mich vergessen hast in eurem Binz, sagt Louise und sieht mir so tief in die Augen, als gebe es für sie keine Geheimnisse auf der Welt. Wenn du ein lieber Junge wärst, hättest du mir ein kleines Andenken mitgebracht, wenigstens eine Muschel oder einen hübschen Stein, flüstert sie. Da war überall nur Sand, sage ich und spüre, wie mir die Tränen kommen. Ach, du Schwindler, ruft die Großmutter lachend und hebt mich in ihr Bett.

50

Heute ist der 13. August. Ich hasse diesen Tag, ohne zu wissen, warum. Ich möchte ihn aus dem Kalender streichen. Das Datum ekelt mich an wie eine schwärende Wunde. Ich weiß, es ist der Tag, an dem die deutsche Hauptstadt von den Russen geteilt wurde. Aber Paris war auch geteilt, ehe es den Kapetingern in die Hände fiel; um Jerusalem stritten sich Kaiser, Päpste, Kreuzfahrer und Kalifen, und auf eine Kreisstadt wie Konstanz am Bodensee erheben heutzutage geschäftstüchtige Schweizer oder Deutsche, denen es weder um das heilige Grab noch um die Klagemauer geht, ihre vergleichbar friedlichen Ansprüche. Nein, ich will nichts hören vom dreizehnten August und seinen Fanfaronaden. Am liebsten wäre es mir, wenn dieser Tag endgültig in der Versenkung verschwände. Weshalb? Ich habe keine Ahnung. Ich finde ihn entbehrlich. Oder versuche ich, etwas zu verheimlichen? Warum bringe ich es nicht übers Herz, die Wahrheit auszusprechen, auch um den Preis, daß ich daran zerbreche? Welche Wahrheit? Bin ich zu feige? Was habe ich noch zu verlieren? Was lähmt mir die Zunge? Was in jenem August geschah, als ich verrückt wurde, darf sich nicht wiederholen. Es war grauenhaft. Ich hatte das Gefühl, als befände ich mich im Innersten einer heillosen Umwälzung, eines entsetzlichen Verlusts und einer schwarzen Verzweiflung, die mich gegen meinen Willen überwältigte. Das darf nie wieder vorkommen, verstehst du? Ja. Sag es noch einmal. Ja. Ich wohnte damals im Berliner Osten, wenn auf mein Gedächtnis Verlaß ist. Louise war längst gestorben. Gegen Kriegsende hatte man sie in die Irrenanstalt Hoym eingeliefert und dort wahrscheinlich euthanasiert, denn ihre Urne wurde der Friedhofsverwaltung erst nach der Kapitulation zugestellt. Plötzlich, jetzt, mitten im Satz, schüttelt mich ein rasender Einfall. Ich kann es noch nicht glauben, doch nun überkommt es mich wie eine Erleuchtung: Louise wurde 1861 geboren. Ich lege den Kopf aufs Papier und weine. An nichts anderes hatte ich an jenem 13. August 1961 gedacht. Ich hörte, wie mich Louises Stimme über ein Jahrhundert hinweg zu sich rief, als die Züge in den S-Bahnhöfen stehenblieben, und während man vor dem Brandenburger Tor die Sperren errichtete, ging ich von Westberlin nach Ostberlin zurück, um die zu Asche verbrannte Großmutter nicht allein zu lassen.

51

Du mauserst dich, sagt Louise, eines schönen Tages bist du flügge, breitest die Arme aus und fliegst. Sie hat recht. Ich wasche mir schon selber das Gesicht und bin stolz darauf, daß ich mich allein abtrocknen kann, auch hinter den Ohren und zwischen den Zehen. Meine alten Hosen passen dem Teddy besser als mir. Ich muß gewachsen sein. Jeden Tag male ich Bilder mit Buntstiften, den blauen Himmel, die blitzende Sonne, den silbernen Mond, die gezackten Sterne, ein grünes Auto, wie das von Onkel Willy, gelbe Schäfchen mit dicker Wolle und schwarze Hunde mit langen roten Zungen, vor denen ich ein bißchen Angst habe, weil sie mir so gut gelingen, als könnten sie mich beißen. Aber Louise lacht darüber, und die Angst verfliegt.

Auch die Eltern mausern sich, seit es Herbst geworden ist. Der Vater läßt sich einen piekfeinen Anzug nach Maß schneidern und trägt eine goldene Uhr in der Westentasche. Statt zum Bauamt radelt er morgens zum Bahnhof, steigt in den Zug und kommt erst spätabends zurück. Nur sonntags betrinkt er sich noch, aber die Zeit, als Robert den Kopf in den Suppenteller legte, ist vorbei, weil er neuerdings im Dessauer Behördenhaus arbeitet.

Die Wochen schleppen sich hin. Die Kohlenmänner kommen, die Schwalben fliegen weg, und Louise strickt Wintersocken. Eines Abends kramt die Mutter in ihrer Handtasche und merkt, daß sie etwas Wichtiges vergessen oder verloren hat. Sie läuft in den Korridor. Ich renne ihr nach, doch sie will mich nicht mitnehmen, und als der Vater eintritt, hängt Edith ihren Mantel sofort an die Garderobe. Wolltest du noch ausgehen? fragt Robert hämisch. Ach was, schnauzt Edith, ich habe mir bloß einen Knopf angenäht. Sie lügt, aber das wundert mich nicht mehr.

Der nächste Tag ist ein Sonntag. Der Vater marschiert zum Frühschoppen, und die Mutter fragt mich, ob ich mit ihr einen kleinen Stadtbummel machen möchte. Ich jubele vor Freude. Louise zieht mich warm an, und Edith schminkt sich die Lippen, ehe sie mir in den Mantel hilft. Wir schlendern durch eine endlose Straße. Wenn die Mutter gegrüßt wird, reißt sie den Arm hoch und sagt: Heil Hitler! Nach einer Weile wechsele ich an ihre linke Seite, damit sie die rechte Hand ungestört in die Luft werfen kann. Manche Häuser kommen mir so vor, als hätte ich sie schon irgendwann gesehen. Doch entweder irre ich mich, oder es muß eine Ewigkeit her sein, denn alles andere ist mir fremd, und meine Füße bewegen sich wie im Traum. Ich wäre nicht überrascht, wenn wir zu einer Bank kämen, auf der ein Mann sitzt und Ediths Lieblingslied singt. Aber es gibt keine Bänke auf dem Bürgersteig und keine Männer, die dort ›Still wie die Nacht und tief wie das Meer‹ anstimmen. Wohin gehen wir eigentlich? frage ich, als die Mutter vom Markt abbiegt. Das wirst du gleich merken, antwortet sie und weist auf zwei hohe Schornsteine. Die Straße ist lang, doch ich würde bis ans Ende der Welt laufen, um nicht allein mit Louise und ihrem Strickkorb auf dem Sofa sitzen zu müssen. Was ist das für ein Haus? frage ich vor dem geschlossenen Tor. Die Maschinenfabrik Meinecke, sagt Edith, fischt einen Schlüssel aus der Handtasche, spricht ein paar Worte mit dem Portier und führt mich in ein riesiges Zimmer, wo es nach Leim und Zigarrenasche riecht. Auf dem Tisch stehen Ungetüme aus schwarzem Wachstuch, so groß wie Bierkästen. Das sind Schreibmaschinen, erklärt die Mutter, zeigt mir den Platz, an dem sie tippt, öffnet dabei eine Schublade, nimmt blitzschnell einen Brief heraus und steckt ihn in die Handtasche. Dann wollen wir mal, sagt sie, und auf ihrem Gesicht erscheinen rote Flecken. Gibt es hier ein Klo? frage ich. Himmelherrgott, raunzt die Mutter, kannst du das nicht zu Hause erledigen? Ich schüttele den Kopf. Edith rollt die Lippen ein, als müsse sie sich das Lachen verbeißen, und ist wieder ganz lieb. Komm, mein Kleiner, sagt sie zärtlich, begleitet mich auf eine stinkende Toilette, und als sie mir danach beim Anziehen hilft, höre ich sie flüstern: Wehe, du erzählst dem Vater oder der Großmutter, wo wir gewesen sind. Ich nicke, und plötzlich wird mir eiskalt. Keiner Menschenseele darfst du was verraten, sonst knallt's! faucht sie. Hast du mich verstanden? Ja, sage ich. Auf dem Heimweg wird Edith wieder fröhlich. Wenn sie die Handtasche schwenkt, muß ich an den Brief denken, doch sie braucht keine Angst zu haben, daß ich sie verrate. Louise erwartet uns schon. Sie steht in der offenen Tür und hält den Finger vor den Mund. Gott sei Dank, sagt die Mutter seufzend, und während sie mir im Flur den Mantel abnimmt, höre ich das dröhnende Schnarchen des Vaters aus dem Schlafzimmer.

52

Hinter das Geheimnis dieses Briefes bin ich nie gekommen, auch nicht in Ediths Nachlaß. Sie hatte alles vernichtet, was sie hätte verraten können. Nur ich kenne das Ausmaß ihrer Korrespondenz. Jahrzehntelang schrieb sie wöchentlich mindestens drei Briefe. Sie saß wie die Spinne im Netz. Ihre Post tastete sich vor bis zur entferntesten Verwandtschaft. Weder Verlöbnisse noch Hochzeiten, weder Geburtstage noch Konfirmationen, weder Taufen noch Begräbnisse blieben ohne Gruß. Keine angeheiratete Nichte entging ihr, kein Großonkel, kein Schwippschwager, kein Adoptivkind, keiner ihrer gegenwärtigen oder ehemaligen Liebhaber. Sie hatte alle Fäden in der Hand. Sie umwarb, umschmeichelte, umspeichelte jedes Opfer mit dem süßen, berauschenden Gift ihrer Komplimente. Sie verwöhnte die Adressaten mit ihrer flüssigen Schrift, mit ihren feurigen Geständnissen, ihren heuchlerischen Versprechungen und ihren himmelschreienden Lügen. Warum erwähne ich das? Weil ich von meiner Mutter dieses Spinnenhafte, Ekelhafte, Gehässige, Verleumderische, Klatsch- und Tratschsüchtige geerbt habe? Oder bringe ich die Rede darauf, weil ich glaube, daß ich ohne den Einfallsreichtum meiner Mutter, ohne den Witz ihrer Erfindungen, ohne ihre Belesenheit, ohne das Wuchernde ihrer Phantasie, ohne die Schmiegsamkeit ihrer Sprache und ohne den von ihr geerbten unzähmbaren Lebenswillen niemals fähig gewesen wäre, aus meinem Schreiben einen Beruf zu machen?

53

Heiligabend ist schon vorbei, doch am ersten Feiertag gibt es eine Überraschung. Familie Zabel besucht uns. Tante Herta und Edith sind eine Weile schrecklich verlegen, und genauso ergeht es mir mit Rosi. Auch Onkel Willy und der Vater stolpern umeinander herum, bis sie sich für die Sessel am Ofen entscheiden. Nur Louise ist nicht aus der Fassung zu bringen, serviert Gebäck, stutzt die langen Dochte mit der Lichtschere und zündet die Kerzen an. Die Männer trinken Kognak und reden. Die Frauen trinken Likör und tuscheln. Ich schiele zu Rosi hin, aber sie klemmt die Beine unter den Stuhl, knabbert Spekulatius und zupft die Krümel aus dem Pullover. Sie übersieht mich einfach, die Bestie, wirft die Zöpfe nach hinten und starrt auf die Eisblumen am Fenster. Onkel Willy erzählt, daß er ein großes Mietshaus gebaut habe, doch sobald er dabei von Geld spricht, verfinstert sich Roberts Miene, als wolle er sagen: Schwamm drüber! Oft wird es so still, daß

ich die Uhr ticken höre, und schließlich bitten alle die Mutter, sich ans Klavier zu setzen. Während wir ›O Tannenbaum‹ singen, tippt Rosi auf einen in Weihnachtspapier gewickelten Karton, bis ich begreife, was sie von mir erwartet. Wirst du wohl! faucht Louise, als ich die Schleife aufbinden will, doch nachdem das Lied zu Ende ist, ruft Onkel Willy: Pack's ruhig aus, mein Junge! Ich drehe den Kopf zu Edith. Anscheinend hat sie nichts dagegen. Ich bedanke mich bei Onkel Willy, löse das Band und nehme den Deckel vom Karton. Ich kann nicht glauben, was ich sehe. Ich kann nicht glauben, daß es für mich bestimmt ist. Mir kommen die Tränen, als ich ein funkelnagelneues feuerrotes Spielzeugauto in Händen halte. Am liebsten würde ich es wieder zurücklegen. Es gehört dir, deswegen brauchst du doch nicht zu weinen, sagt Tante Herta, aber ich schlinge Onkel Willy schon die Arme um den Hals, und er preßt mich an seine Brust, bis mir die Luft vergeht. Selbst heute noch, während ich diese Zeilen schreibe, weht mich aus der Tiefe der Jahre eine leise Rührung an, denn selten im Leben hat mir ein Geschenk solche Freude bereitet wie jenes kleine rote Blechkabriolett mit den glänzenden Speichen und den blitzenden Scheinwerfern.
Wir werden es gleich mal starten, sagt Onkel Willy, befestigt die Batterie und erklärt mir, wie der Knopf am Ende des Kabels gedreht werden muß, um das Auto zu lenken. Mir bricht der Schweiß aus, weil der Wagen nur schnurrt, statt sich zu bewegen, und ich sehe, wie Rosi vor Vergnügen in ihren Daumennagel beißt. Doch als Onkel Willy das Auto vom Teppich auf die Dielen setzt, saust es los, und die Welt um mich herum versinkt. Ich bin der rote Flitzer. Ich fahre auf der Autobahn. Ich trage eine Lederkappe. Ich schiebe die Schutzbrille über die Augen. Ich rase so schnell wie die Feuerwehr. Ich bin der erste am

Ziel. Jetzt kann ich mich nicht darum kümmern, ob der Vater den Korkenzieher und die Weingläser sucht. Jetzt will ich auch nicht wissen, wo Rosis Geschenk für die Großmutter liegt. Doch Onkel Willy ermahnt mich, an den Gabentisch zu treten, und fügsam bewundere ich Louises Zierkamm aus Elfenbein, auch Vaters silbernen Zigarrenabschneider und den geblümten Kleiderstoff, den Tante Herta der Mutter gekauft hat. Was würdet ihr denn davon halten, wenn wir nächsten Sommer wieder gemeinsam nach Binz fahren? fragt Onkel Willy. Aber mit meinem roten Auto! rufe ich laut, und alle außer Louise lachen schallend. Der Vater rollt die Unterlippe vor und überlegt eine Weile, ehe er sagt: Wenn mir die Leute in Dessau Urlaub geben, warum nicht? Darauf trinken wir noch einen Schluck zum Abschied, verlangt Onkel Willy, hebt sein Glas, prostet ringsum, und als er mit Edith anstößt, merke ich, daß er ihr heimlich zuzwinkert. Küßchen hier, Küßchen da, bleibt alle gesund und guten Rutsch ins neue Jahr. Doch zwischen Tür und Angel sagt Rosi hämisch: Mein Weihnachtsgeschenk ist viel schöner als deins. Was hast du denn gekriegt? frage ich. Ein richtiges Fahrrad, kein Spielzeug, ätsch, kräht sie und streckt mir die Zunge heraus.

54

Wie groß ist die Seele? Wie umfangreich? Welche verborgenen Zimmer gibt es darin? Wo liegen die Schlüssel zu den geheimen Kammern? Ich frage danach, weil ich oft nicht begreifen kann, was alles im Gemüt dieses Kindes, das meinen Namen trägt, Platz findet. Wie, zum Beispiel, gelingt es einem Dreijährigen, sowohl vor Fremden wie vor sich selbst zu verschweigen, daß seine Mutter ein Verhältnis mit dem Freund ihres Mannes hat? Wohin gerät ein solches Geheimnis? An welchem unzugänglichen Ort wird es aufbewahrt, um das Herz zu vergiften? Liebt ein Sohn seine Mutter auch dann noch mit kindlicher Liebe, wenn er sieht, daß sie sich von ihrem Verehrer die Hand zwischen die Knie schieben läßt, oder möchte er den Kerl umbringen? Wohin flüchtet sich die Not eines Jungen, der vom Vater verprügelt und von der Großmutter mit leidenschaftlicher Eifersucht verwöhnt wird? Fühlt er sich irgendwann im Recht, oder schleppt er den Mühlstein des schlechten Gewissens durch seine Tage und Nächte? Vertraut er den Menschen, die ihn umgeben, oder wird er verfolgt von der ständigen Angst, sich selbst und die Eltern zu verraten? Findet er jemals den Schlüssel zu dem verborgenen Zimmer, oder bleibt es ihm auf ewig versperrt? Glaubt er dann vielleicht, es würde ihm helfen, die Tür mit der Brechstange zu öffnen, oder verfällt er gar auf die Idee, seinem Leben ein Ende zu setzen? Wer den Akker der Vergangenheit bestellt, stößt auf Dreck und Gold. Groß ist die Diana von Ephesus.

55

Der Geburtstag des Vaters fällt auf den dritten Sonntag im Februar. Schon gestern hat der Postbote eine Glückwunschkarte von Onkel Willy und Tante Herta gebracht, doch heute bleibt der Briefkasten leer, und weil der angekündigte Besuch einiger Freunde des Vaters noch immer nicht eintrifft, beginnen wir mit dem Verteilen der Gaben. Louise schenkt Robert einen Schal, die Mutter schenkt ihm einen Anhänger für die Uhrkette, und von mir bekommt er ein selbstgemaltes Bild. Soll das ein Uhu sein? fragt er schmunzelnd. Nein, sage ich verblüfft und lasse den Vater raten, bis er endlich begreift, daß es sich um einen Adler handelt. Sehr schön, sagt er, rollt das Blatt zusammen und streift einen Gummiring darüber, bevor es ihm einfällt, sich zu bedanken. Ich hatte gehofft, er würde meinen Adler an die Wand hängen oder unter die Glasplatte der Kommode schieben, doch an der Art, wie er die Rolle beiseite legt, wird mir klar, daß er das Bild längst vergessen hat. Zum Mittagessen trinkt der Vater ein paar Flaschen Bier, kippt den Rest des Weihnachtskognaks und streckt sich anschließend auf dem Sofa aus. Na, dann gute Nacht, Marie, höre ich die Mutter sagen, und nach einer Weile kreischt sie: Daß deine Freunde noch antanzen, glaubst du wohl selber nicht mehr! Robert gibt keine Antwort, doch manchmal sehe ich, wie er das Gesicht ins Kissen drückt und sich die Augen wischt. Er tut mir leid. Am liebsten würde ich mich zu ihm setzen, doch ich befürchte, daß er mich wegstößt. Ein herrlicher Geburtstag, schimpft Edith, da hätten wir uns das Kuchenbacken sparen können. Robert räuspert sich und schweigt. Los, sagt die Mutter zu mir und Louise, wir machen einen Spaziergang, sonst werde ich verrückt. Worauf wartest du noch? fragt sie. Ich habe keine Lust, mitzugehen. Ich will den Vater an seinem Geburtstag nicht allein lassen. Dann bleib doch zu Hause, und wir besuchen Tante Hilde, faucht Edith. Mir wird schwummerig, als ich die Türen knallen höre. Nach einer Weile sehe ich die beiden Frauen über den Schnee auf der Schloßfreiheit gehen. Louise dreht sich noch einmal um und winkt. Doch die Mutter hat schon die Bartholomäikirche erreicht und beschleunigt den Schritt, als wolle sie vor mir und der ganzen Welt davonlaufen.

Jetzt bin ich allein mit dem Vater. Alle haben ihn im Stich gelassen, seine Frau, seine Schwiegermutter und seine Freunde. Jetzt hat er nur noch mich, und ich bin neugierig, wie wir uns die Zeit vertreiben werden. Der Vater könnte seinen Zirkelkasten holen und mir beibringen, wie ich einen Kreis schlagen soll. Er könnte mir zeigen, wie er seine goldene Uhr aufzieht. Er könnte mir erzählen, wie er Baumeister geworden ist. Er könnte mir auch verraten, ob es wirklich stimmt, daß er mit den Zimmerleuten beim Richtfest gescherbelt hat. Er könnte mir sogar erklären, warum der Altener Opa voriges Jahr die gelbe Ente mit den vier roten Rädern wieder eingesteckt hat, statt sie bei uns zu lassen. Aber der Vater bleibt stumm. Er geht in die Speisekammer, holt eine Flasche Schnaps, zieht den Korken mit den Zähnen heraus und gießt den Schnaps in sein leeres Bierglas. Dann schaltet er das Radio ein und sucht nach einem Sender mit Musik. Als er ihn gefunden hat, langt er sein Klappmesser aus der Hosentasche, und plötzlich spüre ich, wie mir kalt wird, obwohl ich am Ofen sitze. Ich möchte schreien vor Angst, aber ich traue mich nicht. Erst als der Vater mit den Fingern knackst und anfängt, sich zu maniküren, wird mir wohler. Trotzdem verstehe ich nicht, daß er gleichzeitig Schnaps trinkt und seine Nägel dabei so geschickt schneidet, bis sie wie Vogelkrallen aussehen. Jetzt klappt der Vater das Messer zu und starrt mich an, als bohre er mir mit seinen blauen Augen zwei Löcher durch die Stirn. Wollen wir vielleicht irgendwas spielen? frage ich ihn und merke das Zittern in meiner Stimme. Der Vater zuckt die Achseln. Meinetwegen, brummt er und erkundigt sich, ob ich Mühle, Dame oder Sechsundsechzig kann. Das ist noch zu schwer für mich, aber wir haben ja die Märchenklötze, antworte ich. Geh mir bloß damit vom Leibe, sagt der Vater mißmutig und trinkt einen Schluck Schnaps. Plötzlich kommt mir eine Idee. Soll ich mein rotes Auto holen? frage ich. Wenn's dir Spaß macht, von mir aus, bitte, sagt der Vater und wischt sich den Mund am Jackenärmel ab. Ich bin im Nu wieder da, lasse den Wagen flitzen, und der Vater schaltet das Radio aus. Möchtest du auch mal lenken? frage ich ihn. Er grinst verlegen und schüttelt den Kopf. Du hast doch heute Geburtstag, bettele ich. Na, dir zuliebe, sagt er, nimmt das Kabel mit dem Druckknopf und gerät ins Schwitzen, während er das Auto um Louises Fußbank herumsteuert. Da wird einem ja direkt schwindlig, ruft Robert und hält sich an einer Stuhllehne fest. Komm, wir spielen weiter, bitte ich ihn, und er dreht noch ein paar Runden. So, jetzt bist du wieder dran, sagt er nach einer Weile, tritt einen Schritt zurück, und bevor ich schreien kann, verschwindet der rote Flitzer unter seinem Pantoffel. Ein krächzendes Geräusch zerreißt mir die Brust. Jetzt ist es ganz still. Jetzt höre ich nur noch die Uhr ticken. Das war meine Schuld, sagt der Vater grimmig. Ich beuge mich über den roten Flitzer, streichele das eingedrückte Blech und die verbogenen Räder. Er schnurrt nicht. Er bewegt sich nicht mehr. Mein roter Flitzer ist tot. Ich höre den Vater sprechen und verstehe kein Wort. Mir laufen nur immerzu die Tränen aus den Augen. Der Vater will mich hochheben, aber ich trampele gegen seinen Bauch, bis er mich absetzt. Er schiebt seine Vogelkrallen unter das Blech. Keine Bange, das bringe ich schon wieder in Ordnung, sagt er. Du schwindelst! brülle ich, packe seine goldene Uhrkette und sehe, wie er erschrickt. Verlaß dich darauf, sagt er, ich gebe dir mein Ehrenwort, verspricht er und macht sich von mir los, weil es geklingelt hat. Ich folge ihm zur Tür. Ein blonder Mann steht auf dem Fußabtreter und sagt: Tut mir leid, Robert,

daß ich so spät komme, aber es ging nicht früher. Der Vater zieht den blonden Mann in den Korridor und umarmt ihn. Mein lieber Heinz, du bist der einzige, der heute an mich gedacht hat, sagt der Vater schluchzend und preßt die Stirn gegen den Mantel des fremden Mannes. Ist deine Frau zu Hause? fragt der blonde Heinz. Nein, sie muß aber bald hier sein, sagt der Vater und schickt mich zu meinem roten Flitzer ins Wohnzimmer. Jetzt ist alles aus. Jetzt weiß ich, daß mich niemand mehr lieb hat. Jetzt stelle ich das zerquetschte Auto mitten auf den Tisch, und der Vater wagt keinen Widerspruch.
Als Louise und Edith nach Hause kommen, ist der fremde Mann längst verschwunden. Aber die Mutter hat Luchsaugen. Wessen Handschuhe liegen da im Korridor? will sie wissen. Erzähle doch erst einmal, wie es bei Hilde war, drängt der Vater. Antworte gefälligst, wonach ich dich gefragt habe, zischt die Mutter. Herr Kahlenbohm, mein ehemaliger Kollege beim Stadtbauamt, war auf einen Sprung hier, erklärt Robert und trippelt über die Dielen wie ein Hampelmann an unsichtbaren Schnüren. Ach, der warme Bruder, sagt Edith gleichgültig, wird aber rot dabei und spitzt den Mund, als wolle sie dem Vater vor die Füße spucken. Louise nimmt das zerquetschte Auto vom Tisch und zeigt es herum. Wer hat Onkel Willys Geschenk kaputtgemacht? fragt die Mutter und stiert mich an. Ich schüttele den Kopf, obwohl mir nicht ganz geheuer ist, weil ich es gewesen bin, der mit dem roten Flitzer spielen wollte. Der Vater sieht stumm zu Boden. Das wirst du mir büßen, schreit die Mutter und schlägt ihm ins Gesicht. Du kaufst sofort ein neues Auto, und zwar genau dasselbe, sonst brauchst du dich hier nie wieder blicken zu lassen!

56

Jeden Abend, wenn der Vater nach Hause kommt, wird mir elend, denn jeden Abend fragt ihn die Mutter, wo das Auto bleibt. Jeden Abend hat er einen frischen Schwindel parat, und jeden Abend fühle ich mich schuldig. Das eine Mal sagt er, solche Autos seien in den hiesigen Geschäften nicht lieferbar. Das andere Mal behauptet er, noch immer nach den passenden Ersatzteilen zu suchen, und als er sich wegen einer Feuerwehrübung in Dessau zum drittenmal herauswinden will, läuft Edith die Galle über. Kümmere dich nicht mehr darum, faucht sie, ich kaufe das Auto von meinem eigenen Gehalt, und du kannst dich hinscheren, wo der Pfeffer wächst! Aber nun geschieht etwas Wunderbares. Der Vater haut mit der Faust auf den Tisch. Ist das nur dein Sohn oder auch meiner? donnert er, daß die Fensterscheiben klirren, und als sich die Großmutter einmischen will, knallt er ihr die Tür vor der Nase zu. So habe ich ihn gern, selbst wenn er brüllt. Doch jetzt muß ich ins Bett, umarme meinen Teddy und höre noch eine Weile, wie sich die Eltern weiterzanken.
Früh am nächsten Morgen torkele ich zwischen dem Vater und der Mutter zum Bahnhof. Louise hat mir den Wintermantel angezogen, damit ich mich nicht erkälte. Aber weil wir so schnell gehen, schwitze ich unter dem dicken Stoff, und bei jedem Schritt brennen mir die Füße. Fahren wir wirklich nach Dessau? frage ich den Vater. Er nickt und drückt meine Hand. Gib acht auf den Jungen, sagt Edith. Laß ihn keine Sekunde aus den Augen, flüstert sie immer wieder, bis wir auf dem Perron stehen. Wenn dem Jungen was passiert, bringe ich mich um, droht die Mutter und gibt mir einen Kuß. Wehe, du läßt ihn irgendwo allein, hast du gehört, Robert?

Jetzt brauchst du nicht mehr zu weinen, sagt der Vater, als der Zug den Bahnhof verlassen hat. Er wickelt ein Wurstbrot aus dem Papier, teilt es mit dem Taschenmesser in zwei Hälften und gibt mir die eine davon. Meine Angst vor der blitzenden Klinge verfliegt. Ich beiße ins Brot, und noch nie hat mir die Leberwurst so gut geschmeckt wie heute. Wozu ist der rote Griff da oben? frage ich den Vater, und er erklärt mir, wie die Notbremse bedient wird. Dann zeigt er auf die verschneite Landschaft. Er weiß, wie jeder Baum heißt, auch wenn keine Blätter an den Ästen hängen. Das sind Pappeln, sagt er, die schützen vor Wind, wenn sie dicht beieinander stehen. Und dort? frage ich. Das sind Eichen, die geben das beste Bauholz, antwortet er, und während wir über ein schwarzes Wasser fahren, sagt der Vater: Das ist die Elbe.
Der Dessauer Bahnhof kommt mir viel schöner vor als der Zerbster. Er sieht aus wie eine Ritterburg mit lauter Säulen, Schaltern und kleinen Geschäften. Vielleicht können wir das Auto gleich hier kaufen und wieder nach Hause fahren? frage ich den Vater. Nein, dazu müssen wir schon in die Stadt, sagt er lächelnd und nimmt meine Hand. Dessau ist groß und stinkt nach Hefe. Wir gehen auf den breiten Bürgersteigen. Es hört sich lustig an, wenn eine Straßenbahn klingelt oder ein Auto hupt, doch sobald die großen Brauereipferde wiehern, erschrecke ich mich und suche die Hand des Vaters. Was ist das für ein Haus? frage ich. Das Theater, antwortet er kurz angebunden. Ist es noch weit bis zu dem Autogeschäft? frage ich. Nur noch ein paar Schritte, tröstet er mich und zeigt auf eine graue Turmspitze, die bis in die Wolken ragt. Doch je näher wir dem Turm kommen, um so schneller verschwindet er hin-

ter den hohen häßlichen Häusern, und plötzlich habe ich das Gefühl, als flüstere mir jemand ins Ohr: Über den Bergen, bei den sieben Zwergen ist es noch tausendmal schöner als hier.
Der Vater bleibt vor einem Spielzeugladen stehen, besieht sich im Schaufenster und zupft die Krawatte zurecht. Du weißt doch, wie man grüßen muß, nicht wahr? fragt er, drückt die Türklinke, ohne meine Antwort abzuwarten, und ich folge ihm. Der Laden riecht muffig. Der Verkäufer übersieht meine Hand, und ich verzichte sowohl auf den Diener wie auf das Hackenknallen. Was kann ich für Sie tun, verehrter Herr? fragt der Verkäufer grinsend und schließt seine schmutzige Wolljacke, während ich die hohen Regale bestaune. Der Vater nimmt den Hut ab und erklärt, was wir suchen. Aha, sagt der Verkäufer, als sei ihm ein Licht aufgegangen, schiebt ein weißlackiertes Holzauto über den Ladentisch und blökt mit verstellter Stimme: Tut-tut, tut-tut. Am liebsten würde ich gleich wieder umkehren, aber jetzt sagt der Vater in seiner umständlichen, höflichen Art, er habe eigentlich an ein rotes Kabriolett mit Batterie und Fernlenkung gedacht. Rot, rot, rot, sagt der Verkäufer seufzend, steigt langsam eine Leiter hinauf und steckt die Nase in jedes Fach. Ich sehe, wie der Schnee von meinen Stiefeln schmilzt, und höre den Verkäufer rufen: Einen roten Feuerwehrwagen hätten wir, mit Motorspritze und Wasserkasten, darauf könnte ich Ihnen sogar Rabatt geben. Was meinst du? fragt der Vater lächelnd, als habe er nichts dagegen einzuwenden, aber ich blicke ihm fest in die Augen, und er sagt: Nein, danke, davon sehen wir nachher noch genug bei der Feuerwehrübung. Nehmen Sie doch ein grünes Auto, schreit uns der Verkäufer hinterher, grün ist die Hoffnung, das sollten Sie wissen als gebildeter Mensch.

Verrückter Hund, schimpft der Vater, knallt die Tür ins Schloß, setzt den Hut auf, und wir traben weiter. Ich finde, der Vater hat sich ungeschickt benommen. An seiner Stelle hätte ich sofort gemerkt, in welche Bruchbude wir geraten waren, als der Verkäufer Holzautos mit Blechautos verwechselte. Doch vielleicht war der Vater auch nur deswegen in diesen armseligen Laden gegangen, weil ihm die Spielzeuge dort besonders billig schienen, und allmählich kommt mir der Verdacht, daß er den Feuerwehrwagen gekauft hätte, wenn ich nicht dabeigewesen wäre.

Manchmal denke ich, wir gehen im Kreis oder haben uns verlaufen. Aber der Vater beruhigt mich. Er kennt sich aus. An einer Straßenkreuzung zeigt er mir das riesige Polizeipräsidium mit den blitzenden Fenstern vom Erdgeschoß bis zum Dach hinauf. Ich lege den Kopf in den Nacken und zähle die Stockwerke, doch nach dem fünften weiß ich nicht weiter, und der Vater sagt nur: Von ganz oben besichtigen wir später die Feuerwehrübung. Kann man da nicht runterfallen? frage ich und versenke die Faust in seiner Manteltasche. Ach bewahre, ich bin doch bei dir, sagt er schmunzelnd, legt mir die Hand auf die Schulter und führt mich durch viele unbekannte Straßen zu einem anderen Spielzeuggeschäft. Na, wie gefällt's dir hier? fragt er, während ich die Nase ans Schaufenster drücke. Das ist so schön, flüstere ich vor Freude, trete einen Schritt zurück, weil mein Atem das Glas beschlagen hat und wische die Scheibe mit dem Ärmel blank. Jetzt sehe ich mich wieder, und hinter meinem Spiegelbild erblicke ich ein Wunder.

Vorwärts, drängt der Vater, und wir gehen hinein. Eine Frau in einem grünen, fast durchsichtigen Kleid eilt uns entgegen, hilft dem Vater und mir aus dem Mantel und erkundigt sich mit freundlicher Stimme nach unseren Wünschen. Ich achte nicht darauf, was die beiden reden. Ich gehe über den schmalen Teppichschoner und schaue auf eine Welt mit Bergen, Flüssen, Tälern, Fabriken und kleinen Städten hinunter. Eine glitzernde Lokomotive zieht einen langen Zug hinter sich her, verschwindet in einem finsteren Tunnel, fährt über Brücken und hält an jedem Bahnhof, wenn die Frau in dem grünen Kleid einen Hebel umlegt. Macht Spaß, was? fragt sie lächelnd. Ich nicke und entdecke erst jetzt die winzigen Tiere zwischen den Dörfern und die Fahne auf dem Dach eines hohen Hauses, das beinah so aussieht wie das Polizeipräsidium.

Ich hab's gefunden! höre ich den Vater rufen, bringe aber kein Wort über die Lippen, und als er mir ein nagelneues rotes Kabriolett zeigt, schüttele ich den Kopf. Was hast du denn daran auszusetzen? fragt er verblüfft. Guck mal, erklärt er mir, hier ist die Batterie, hier das Kabel mit der Fernlenkung, und alles funktioniert, wie bei Onkel Willy. Ich weiß nicht, wieviel Zeit vergeht, ehe ich antworte, denn plötzlich erinnere ich mich an etwas. Ich sehe, wie Onkel Willy am Steuer sitzt, einen Hebel umlegt, dann das grüne, fast durchsichtige Kleid der Mutter hochstreift und seine Hand zwischen ihre Schenkel schiebt. Warum kaufst du mir nicht dasselbe Auto? frage ich den Vater und merke, daß mir schwindlig wird. Es ist doch dasselbe, antwortet er und wischt sich den Schweiß von der Stirn. Nein, widerspreche ich, mein Flitzer war dunkelrot, und der hier ist ganz hell. Der Vater starrt mir ins Gesicht. Ich weiß, daß er mich am liebsten erwürgen möchte. Ich habe Angst vor seinen blauen Augen, die immer kleiner und stechender werden. Du willst wohl, daß ich dir die elektrische Eisenbahn kaufe, du Rotznase? giftet er mich an.

Nein, von dir will ich gar nichts, flüstere ich und sehe, daß er vor Wut die Fäuste ballt, bis die Knöchel durch die Haut schimmern. Jetzt schlägt er mich tot, denke ich und werde zu Eis. Entschuldigen Sie, hier ist ein Kunde, der sich auch für dieses Modell interessiert, höre ich die wohlbekannte freundliche Stimme sagen. Ich drehe mich um und erkenne, daß die Frau kein durchsichtiges Kleid trägt, sondern einen grünen Pullover mit langen Ärmeln und einen braunen Rock. Haben Sie sich schon entschieden? fragt sie lächelnd. Danke, sagt der Vater, wir kaufen nichts, packt meine Hand, wehrt den Versuch einer Verkäuferin ab, uns beim Anziehen der Mäntel zu helfen, und zerrt mich aus dem Laden. Er geht immer ein paar Schritte vor mir her und blickt sich nie um. Nur wenn wir den Fahrdamm überqueren, gibt er mir die Hand und läßt sie auf der anderen Straßenseite gleich wieder los. Manchmal wartet er, bis ich ihn eingeholt habe, aber mir brennen die Füße, und ich bin froh, als wir uns in ein Lokal setzen.

58

Ich will mir jetzt auch eine Ruhepause gönnen. Es ist keine Faulheit. Ich bin erschöpft. In meinen Augen hat sich der Ansturm der Erinnerungen, die durch den grünen Pullover ausgelöst wurden, noch nicht gelegt, und ich würde mich besser fühlen, wenn das nächste Kapitel schon der Vergangenheit angehörte. Ich fürchte mich vor dem, was mich erwartet. Ich kann es weder herbeirufen noch überspringen. Ich weiß, daß ich Gefahr laufe, mit solchen Einschüben den Fluß der Erzählung zu unterbrechen. Aber sei's drum. Ich werde mich eine Weile schlafen legen, und falls ich keinen Schlaf finde, durch mein Zimmer wandern. Vielleicht spiele ich Klavier oder betrachte die Bilder eines Malers, in dessen Landschaften ich zu Hause bin. Oder ich öffne die Fenster und vertreibe die Lemuren, damit, wenn das Glück winkt, die treueste der Musen, Kalliope, gegen Abend erscheint.

59

Es ist laut und stickig geworden in dem Lokal. Der Vater hat eine Schlachtschüssel servieren lassen und trinkt Bier aus einem großen Humpen. Wenn er das Glas an die Lippen setzt, proste ich ihm mit meiner Brause zu, doch entweder merkt er es nicht, oder er stellt sich blind, weil er mir böse ist. Er schabt das Fett vom Schweinebauch, träufelt Senf darüber und schleckt genießerisch Happen für Happen. Manchmal sieht er auf die Uhr und sagt, daß wir uns beeilen müßten, um die Feuerwehrübung nicht zu verpassen. Doch nach einer Weile lädt er sich eine neue Portion Sauerkohl auf den Teller, zerdrückt die gelben Kartoffeln in der Blutwurst, und ich folge seinem Beispiel, weil mir seit dem Marsch durch die Stadt der Magen knurrt.

Das ist der beste Speck, den ich je gegessen habe, sagt der Vater, spießt die Gabel in einen grauen Brocken und hält ihn mir zum Kosten hin. Ich spüre, daß er es gut meint und sich wieder mit mir vertragen möchte, aber ich ekele mich vor dem triefenden Fett an den Gabelzinken und schüttele den Kopf. Nun hab dich nicht so, beiß rein, damit du groß und stark wirst, ermuntert er mich, und ich tue ihm den Gefallen. Schmeckt's? fragt er lächelnd. Ja, danke, lüge ich, und wie zur Strafe für meinen Schwindel

schiebt er mir noch ein paar Brocken in den Mund. Na siehst du, der Appetit kommt beim Essen, sagt er vergnügt und klopft mir auf die Schulter. Am liebsten möchte ich die ranzigen Brocken ins Taschentuch wickeln, doch dann würde der Vater merken, daß ich ihn hinters Licht geführt habe, und er wäre gekränkt oder beleidigt. Ich nippe an der Brause, um den Speck herunterzuschlucken. Aber die Brocken sind zu groß, ich kann sie nur mit der Zunge in die Backe schieben. Mir wird heiß und kalt, als der Vater die Rechnung bezahlt. Was mache ich mit diesem ekelhaften Zeug, wenn wir auf der Straße sind? Kann ich überhaupt noch sprechen? Soll ich den Speck heimlich wegwerfen, oder soll ich ihn einfach in den Schnee spukken? Wenn mich der Vater dabei ertappt, verdrischt er mich vielleicht. Also muß ich etwas sagen, bevor es knallt. Mir kommt eine Idee. Wenn ich die Lippen beim Sprechen nur so weit öffne, daß mir die Speckbrocken nicht aus dem Mund fallen, könnte es gelingen. Ich muß noch mal aufs Klo, bitte ich den Vater. Dann aber dalli, antwortet er und will vorangehen, doch ich sage ihm, daß er mich nicht zu begleiten braucht, weil ich mir die Hosen schon selber ausziehen kann. Nie im Leben, faucht er, ich habe deiner Mutter versprochen, daß ich dich keine Sekunde allein lasse, und dabei bleibt's.
Wir treten in die Kabine. Der Vater streift mir die Hosen über die Knie, setzt mich auf die Kloschüssel und lehnt sich gegen die Tür. Jetzt lächelt er wieder wie vorhin, als er mir bei Tisch auf die Schulter klopfte, und nach einer Weile fragt er freundlich: Na, wird's bald? Ich schüttele den Kopf und sehe seine Hände auf mich zukommen. Dann gib dir doch ein bißchen Mühe, flüstert er, spielt mit der einen Hand an meinem Schniepel, tätschelt mit der anderen Hand meinen Podex, und plötzlich spüre ich, daß

sein Daumen um das kleine Loch zwischen meinen Hinterbacken kreist. Ich kann nicht, sage ich, starre in das verschwitzte Gesicht mit der hängenden Unterlippe und fühle ein Zittern in den Knien. Jetzt verliert der Vater die Geduld. Er spricht kein Wort. Er beugt sich über mich und zwickt mir mit den Fingernägeln in die nackte Haut. Die scharfen Vogelkrallen tun mir weh, aber ich beiße die Zähne zusammen, und wenn der Vater zukneift, schlucke ich jedesmal einen Speckbrocken herunter, wie der eiserne Papagei, den mir die Eltern zu meinem dritten Geburtstag geschenkt haben, damit ich ihm Nüsse in den Schnabel stecken kann. Nun ist auch der letzte Brocken verschwunden, und ich stehe auf. Na, nicht zu ändern, falscher Alarm, sagt der Vater nach einem Blick in die leere Kloschüssel und zuckt die Achseln.

60

Himmel und Menschen, Tschakos und Hüte, und über allem das gelbe Polizeipräsidium mit der Fahne auf dem Dach. Ich klammere mich an den Vater. Ihm öffnet sich jede Absperrung, jede Tür. Er hält dem Portier seine Einladung vor die Nase, und schon stehen wir in einer verglasten Halle, von der zwei geschwungene Steintreppen zum nächsten Stockwerk hinaufführen. Mir ist zumute wie in dem Binzer Hotel, wo Onkel Willy, Tante Herta und Rosi wohnten. Auch hier gibt es eine Uhr mit goldenen Zeigern, doch sie hängt nicht von der Decke herunter, sondern klebt an der Wand und hat nur ein einziges Zifferblatt. Der Vater präsentiert mich einem Mann mit einer tiefen Narbe im Gesicht. Wie alt bist du denn, mein Kleiner? fragt er freundlich, und obwohl der Vater drohend die Stirn runzelt, antworte ich: Bald vier Jahre. Dann geben Sie bitte acht, wenn Sie mit Ihrem Sohn aufs Dach steigen, sagt der Narbige, streicht mir übers Haar und wünscht gute Unterhaltung. Wer war der Herr? frage ich. Der Branddirektor, brummt der Vater und geht mit mir über die Stufen der geschwungenen Steintreppe. Jetzt stehen wir vor zwei dunklen Schächten mit offenen Kabinen, die sich zögernd, aber unaufhaltsam nach oben und unten bewegen. Eine Frau erscheint im linken Schacht, gleitet an mir entlang und schwebt aufwärts, während in dem anderen Schacht der Helm eines Feuerwehrmanns versinkt. Ist das ein Fahrstuhl wie in Binz? frage ich den Vater und trete beiseite, als jemand aus der Kabine springt. Nein, das ist ein Paternoster, der sich immerzu dreht, erklärt mir der Vater und läßt den Arm vor meinen Augen kreisen. Und wo hört der Paternoster auf? frage ich weiter. Ein Paternoster hat überhaupt kein Ende, sagt der Vater und setzt den Fuß auf die nächste Stufe, als ob er in Eile sei. Aber ich bleibe stehen. Dann fährt der Paternoster wohl auch durch den Keller und durch das Dach? frage ich. Ja, natürlich, antwortet er, was denn sonst? Da müssen die Leute doch kopfstehen, wenn die Kabinen umkippen, sage ich und spüre, wie sich mir plötzlich die Haare sträuben. Ach was! schnauzt der Vater verärgert, und ich sehe ihm an, daß er keine Lust hat, noch länger darüber zu reden. Also entscheide dich, sagt er, entweder zu Fuß oder mit dem Paternoster. Ich blicke auf die gemaserten Steinstufen, höre das Knirschen der Kabinen in meinem Rücken und sage leise: Am liebsten würde ich jetzt wieder nach Hause fahren. Aha, sagt der Vater, und ich sehe die Narbe auf seiner Stirn anschwellen. Sie ist kleiner als die Narbe des Branddirektors und nicht so tief, aber sie macht mir mehr Angst. Der Vater greift in seine Manteltasche, langt ein Zugbillett heraus und fuchtelt mir damit vor den Augen herum. Bitte sehr, wispert er böse, zum Bahnhof findest du doch selber, und bestell deiner Mutter einen schönen Gruß von mir, du Satan!

Ich sehe ihn die Treppe hinaufgehen. Ich höre seine Schritte. Ich sehe, wie sich seine Hand über das Geländer schiebt. Ich sehe seine Mantelschöße gegen die Treppenstäbe schlagen. Dann sehe ich gar nichts mehr durch meine Tränen und schreie: Warte auf mich, laß mich nicht allein! Es wird ganz still. Kein Schritt, keine Stimme, und wieder, wie heute früh, glaube ich, mir flüstere jemand zu: Über den Bergen, bei den sieben Zwergen, ist es tausendmal schöner als hier. Vater, wo bist du? rufe ich. Keine Antwort. Ich hetze die Stufen hinauf und höre meine eisernen Absätze über die steinerne Treppe klicken, als liefen die Stiefel hinter mir her, als jagten sie mich wie einen Spitzbuben, wie einen Dieb oder wie einen Verbrecher.

Der Vater lehnt an der Wand. Ich halte mich an seinen Mantelknöpfen fest und schnappe nach Luft. Hoffentlich schreibst du dir das hinter die Ohren, sagt er grinsend. Ich möchte ihm vor Wut in die Augen spucken. Ich wünsche mir, daß er die Treppe hinunterfällt und sich das Genick bricht. Doch jetzt nimmt er mich auf den Arm, und ich spüre einen Riß in der Brust, als würde mir das Herz mitten durchgeschnitten. Weine nicht, ist ja alles wieder gut, brummt der Vater, und ich schmiege das Gesicht an seinen Hals, während er mich bis ins oberste Stockwerk trägt. Dort setzt er mich ab, zeigt auf die Kabinen in den dunklen Schächten und fragt: Fürchtest du dich immer noch vor dem Paternoster? Nein, antworte ich ihm zuliebe, weil er verschwitzt und außer Atem ist, aber ich weiß, daß ich lüge.

Wir machen halt vor einer Eisentür, die von einem Feuerwehrmann bewacht wird. Alles an ihm gefällt mir, der Helm mit dem Nackenleder, das Beil im Koppel und die krumme Stange, die Louises Schnürhaken ähnelt. Doch ich merke, daß der Vater allein mit dem Feuerwehrmann reden will, und stelle mich an ein kleines Fenster. Zuerst sehe ich nur den grauen Himmel. Aber plötzlich ist es, als schwebe ich, obwohl meine Füße den Boden berühren. Das ist kein Wunder. So geht es mir oft, wenn ich lange gelaufen bin, ich werde nicht schwer, sondern leicht. Kindern ist der Zutritt verboten, höre ich den Feuerwehrmann sagen, doch das ist unwichtig, denn jetzt stehen lauter Türme und Schornsteine vor meinen Augen, und Tauben schwirren durch die Luft. Ich fühle, daß ich fliege, ohne die Arme auszubreiten, wie eine Wolke oder ein Zeppelin. Ich darf nur nicht abstürzen, ich muß immer weiterfliegen. Na gut, wenn's Ihnen der Branddirektor persönlich erlaubt hat, höre ich den Feuerwehrmann sagen und sehe, wie sich die Tür öffnet. Die Türme und die Schornsteine sind jetzt ganz nah oder ganz fern, das kann ich nicht unterscheiden. Ich sehe nur ein riesiges Loch, das zwischen uns liegt, und erstarre. Du brauchst wirklich keine Angst zu haben, ich bin doch bei dir, flüstert mir der Vater ins Ohr, aber in seiner Stimme spüre ich ein Zittern, als fürchte er sich selber vor dem Abgrund. Komm, sagt er, packt meine Hand, und wir treten auf das flache Dach hinaus. Schön langsam, höre ich den Feuerwehrmann rufen, schlurfe über die Teerpappe und kneife die Augen zu. So ist es richtig, sagt der Vater, und ich gehe blind weiter. Nach einigen Schritten spüre ich, wie er mir unter die Arme greift und mich auf seinen Schoß hebt. Ein wunderbarer Blick, höre ich den Vater sagen, und an der Art, wie sich sein Mantel bauscht, wird mir klar, daß er die Hand ausstreckt. Aber ich will nichts sehen. Plötzlich neigt er sich vor und ruft: Da kommt der Spielmannszug mit dem Schellenbaum. Jetzt kann ich mich nicht länger halten und reiße die Augen auf. Stillgestanden! brüllt eine Stimme aus dem Lautsprecher, und ich merke, daß der Vater sogar im Sitzen die Hacken zusammenknallt. Trompeten blasen, Trommeln scheppern, dazwischen erklingen die silbernen Glöckchen, die Pauke dröhnt, und ich stampfe den Takt dazu, bis mir meine Nachbarin, eine griesgrämige alte Pute, das Gezappel verbietet. Jetzt hält ein Offizier eine lange Rede, die ich nicht begreife, und danach marschiert der Spielmannszug ab.

Ist alles schon vorbei? frage ich enttäuscht. Ach bewahre, jetzt fängt es erst an, sagt der Vater und zeigt zum Hof hinunter, wo Feuerwehrleute eine riesige Bretterbude errichten und sie mit Stroh ausstopfen. Ich wüßte gern, was das zu bedeuten hat, aber jetzt tritt ein Mann zu uns, begrüßt den Vater und krault mir in den Haaren, als streichele er seinen Hund. Die beiden Männer reden und reden. Nach einer Weile nehmen sie mich an die Hand, schlendern mit mir hin und her, reden und reden. Es geht um ein Geschäft, merke ich, doch nicht etwa um einen Bäcker- oder Fleischerladen, sondern um Geld. Das langweilt mich. Nur wenn der Name Zabel fällt, klingelt es bei mir. Ich muß an Rosi denken und an das Fahrrad, das sie zu Weihnachten geschenkt bekommen hat, diese Ziege. Schade, daß sie mich jetzt nicht sieht, hoch oben auf dem Dach des Polizeipräsidiums. Sie würde platzen vor Neid. Doch für heute ist Rosi wahrscheinlich genug gestraft, weil sie bei dem Schneematsch nicht radfahren kann.

Wann geht's denn endlich weiter? frage ich, nachdem uns der Mann verlassen hat. Der Vater bewegt die Lippen, aber ich verstehe kein Wort. Ein grauenhaftes Jaulen erfüllt die Luft, macht mich taub und zerreißt mir fast die

Trommelfelle. Ich sehe, wie sich der Vater zu mir beugt und seinen Hut festhält. Er brüllt mir immer wieder etwas ins Ohr, doch ich verstehe ihn erst, als er den Kopf zurücklegt und seinen Adamsapfel wackeln läßt. Jetzt sauge und schlucke ich so viel Spucke, bis mir die Zunge wie ein trockener Lappen im Mund liegt. Das Jaulen verkümmert zum Winseln, und als es still geworden ist, höre ich ein Klopfen in den Schläfen. Bum, bum! donnert es leise, wie ein Gewitter, das abzieht oder näher kommt. Doch schon wieder gibt es Geschrei. Im Anschluß an den Alarm werden Sie jetzt unseren Löschtrupp erleben! brüllt eine Männerstimme durch den Lautsprecher, und gleich darauf schlagen Flammen aus der riesigen Bretterbude im Hof.

Ich taste nach der Hand des Vaters, spüre den Gegendruck und sehe ein grünes Feuerwehrauto heranrasen. Die Männer in den blauen Uniformen springen ab und kurbeln eine Leiter in die Höhe. Ein Wasserstrahl spritzt über die lodernden Bretter. Ich rieche den Gestank von brandigem Gummi und verkohlendem Holz. Die Feuerwehrmänner zerschlagen den Schuppen mit Äxten und richten die Schläuche auf die Trümmer, bis der letzte Funke verglimmt. Mein Gott, was werde ich der Großmutter alles zu erzählen haben, schießt es mir durch den Kopf. Großartig, was? höre ich den Vater fragen und nicke. Doch nach einer Weile spüre ich wieder das Klopfen in den Schläfen. Es ist lauter geworden. Ich höre es nicht nur in der Stirn, sondern auch in der Brust und im Bauch.

Es folgen die Übungen mit Rutschtuch und Sprungtuch! brüllt der Lautsprecher. Der Vater führt mich in die Nähe der niedrigen Mauer, die das Dach begrenzt. Aus dem obersten Stockwerk wird ein langes Tuch herabgelassen und am Boden von den Feuerwehrleuten ergriffen. Ein Mann erscheint auf der Fensterbrüstung, schickt die Untenstehenden zuerst nach links und dann wieder nach rechts, bevor er das Signal gibt. Bitte Ruhe! brüllt der Lautsprecher. Der Mann stößt sich vom Fenster ab, und mir ist, als rutsche ich mit ihm über die Stoffbahn in den Hof hinunter. Das war kein Kunststück, mäkelt der Vater und zieht mich bis zu der niedrigen Mauer, damit wir den Sprung nicht verpassen. Eine Weile wird mir schwarz vor Augen. Gleich ist es soweit, höre ich den Vater sagen und blinzele über die Brüstung. Feuerwehrmänner traben durch den Matsch und schleppen etwas heran, das wie ein eingewickelter Teppich aussieht. Dann packen sie die Zipfel, treten auf Kommando zurück und spannen ein großes rundes Tuch.

Bitte Ruhe! brüllt der Lautsprecher. Alle Geräusche verstummen. Ich höre mein Herz im Halse schlagen und sehe einen Mann mit flatternden Hosen in die Tiefe fallen. Mir ist, als müsse ich die Arme ausbreiten, um ihn aufzufangen, doch er steht schon neben dem Sprungtuch und bedankt sich für den Applaus. Ich spüre wieder das Hämmern in den Schläfen und höre ein Sausen in den Ohren, als blase mich der Wind vom Dach. Wollen wir nicht lieber runtergehen? frage ich den Vater. Was jetzt kommt, ist doch ein Kinderspiel, antwortet er seelenruhig und zeigt zu einem Fenster, in dem zwei Feuerwehrleute einen dikken Stoffballen aufschnüren, der bald danach wie eine riesige graue Raupe an der Hauswand herunterkriecht. Plötzlich wird mir schlecht.

Es folgt die Übung mit dem Rettungsschlauch, höre ich den Lautsprecher brüllen und sehe, wie einer der beiden Feuerwehrmänner die Stiefel in den Schlitz der langen Röhre hängt. Achtung! brüllt der Lautsprecher. Ich zucke zusammen und fühle ein gräßliches Rumoren im Bauch, während der andere Feuerwehrmann im Schlund der grauen Raupe verschwindet. Mir ist, als schlängele ich mich durch einen endlosen Darm und müsse in der nächsten Windung ersticken. Ganz hübsch, sagt der Vater und lacht, weil der Feuerwehrmann beim Herausklettern über die eigenen Füße stolpert. Auch die Zuschauer lachen. Nur ich zittere vor Angst, denn das Mittagessen steigt mir in den Mund und verstopft meine Kehle. Hat's dir Spaß gemacht? fragt der Vater. Ich beiße die Zähne zusammen und nicke. Zieh nicht dauernd solche Fratzen, nörgelt er und zwickt die Vogelkrallen in meinen Nacken. Doch jetzt läuft ihm schon die Soße mit den Speckbrocken über den Mantel, und seine Augen sagen, daß ich sterben muß. Er verdrischt mich nicht. Er glotzt mir nur ins Gesicht und drückt meinen Kopf auf die niedrige Mauer, als wolle er mich hinabstürzen. Du Mistkerl hast mir den ganzen Tag verdorben, faucht er, reißt mich von der Brüstung weg und gibt mir einen Stoß in den Rücken. Ich torkele über die Schwelle der Eisentür und höre den Feuerwehrmann rufen: Bleiben Sie denn nicht bis zum Zapfenstreich? Der Vater gibt keine Antwort, schiebt mich in eine der dunklen Kabinen des Paternosters und springt mir nach. Erst jetzt fängt er an, mich zu piesacken, stellt seine schweren Schuhe auf meine Fußspitzen, drückt mich gegen die Wand, bis ich nach Luft schnappe, und während wir durch den Keller fahren, flüstert er mir ins Ohr: Wenn du zu Hause ein einziges Wort erzählst, schlage ich dich tot.

61

Von Alexander Solschenizyn gibt es eine Erzählung mit dem Titel ›Ein Tag im Leben des Iwan Demissowitsch‹. Es ist eine der schönsten und traurigsten Geschichten, die ich je gelesen habe. Aber es sind Erwachsene, die dort geschunden werden, keine Kinder, soweit ich mich erinnere.

62

Ein Wort über meine Eltern. Sie laden alles auf mich ab, ihre Verbitterung, ihre Wut, ihre Geilheit, ihre ungestillten Sehnsüchte, ihr Scheitern im Beruf, ihren grenzenlosen Neid, ihren Geltungsdrang, ihre Eifersucht auf Männer und Frauen, ihre schmutzigen Witze, ihre Ungeduld, ihre Pfennigfuchserei, ihren falschen Stolz, ihren Mißmut, ihre Feigheit, ihre Begeisterung für jeden Hohlkopf, ihre Besessenheit von Wahnideen, ihre Angst vor dem Alleinsein, ihren Hunger nach Liebe und ihr Scheitern an sich selbst. Doch was das schlimmste ist: Ich, der Fünfzigjährige, bin der Erbe ihrer Gefühle.

63

Es schneit. Aus dem Himmel fallen die Flocken auf Berge und Täler, auf Fabriken und Flüsse, auf winzige Dörfer und Städte herunter. Eine elektrische Eisenbahn verschwindet in einem finsteren Tunnel. Die Schneeflocken fallen auf mein Bett und decken mich zu. Ich lege den Kopf in Louises Schoß. Sie singt das Lied von dem munteren Rehlein und dem jungen Waidmannssohn, der hinter einem Baum steht und auf das Rehlein zielt. ›Getroffen war's und sterbend lag es da‹, singt die Großmutter und streichelt meinen Nacken, bis der Jäger aus des Waldes Saum tritt und spricht: ›Das Leben ist ja nur ein Traum.‹

Wochenlang sitzt Louise an meinem Bett. Durch die vereisten Fenster dringt wenig Licht herein. Nachts höre ich Schritte im Korridor. Sie schlurfen nicht übers Linoleum, sondern knallen auf steinerne Stufen. Ich stürze in einen Abgrund und breite die Flügel aus. Aber sie tragen mich nicht, und ich erwache vor Angst. Mir sträuben sich die Haare. Ich bin schweißgebadet. Das Hemd klebt mir am Leib. Du hast dich ein bißchen erkältet, weiter nichts, sagt Louise, trocknet mich ab, zieht mir ein frisches Nachthemd über und wärmt mich zwischen ihren Beinen, bis mir die Augen zufallen.

Morgens, wenn der Vater über alle Berge ist und Louise schon den Küchenherd heizt, huscht die Mutter zu mir und küßt mich. Daß sie zwei schwarze Zähne hat und aus dem Mund stinkt, weiß ich seit langem. Nur ihr zuliebe habe ich immer so getan, als würde es mich nicht stören. Doch neuerdings wird mir schlecht von dem fauligen Geruch, und eines Tages drehe ich den Kopf weg, als sie mich küssen will. Was ist los? fragt Edith und hält sich beim Sprechen ein Taschentuch vor den Mund. Nichts, lüge ich. Wer hat dir verraten, daß ich heute zum Zahnarzt muß? faucht sie, und ich verbeiße mir das Lachen, weil ihr Atem das Taschentuch flattern läßt. Na, warte, du bist auch bald dran, du widerliches Vieh! zischt Edith und trampelt plötzlich mit den Schuhen auf die Dielen, als wolle sie die hohen Hacken abbrechen. Was hast du denn? flüstere ich und merke, daß mir die Tränen kommen. Schmerzen, wimmert Edith und klappt das Kinn herunter. Ich starre in ihren beinah zahnlosen Mund, sehe die blasse Zunge zwischen dem feuerroten Fleisch und spüre, wie sich mein Magen anhebt. Edith zerrt mich aus dem Bett und gibt mir einen Stoß. Ich taumele vor den Spiegel. Findest du etwa, daß du hübscher bist als ich? jault die Mutter. Sieh dich doch an, du Hampelmann! ruft sie mit einem gräßlichen Lachen, das ihren Mund zerreißt. Ich blicke in den Spiegel und erkenne mich nicht. Meine Augen sind verklebt. Meine Hände hängen aus den zu kurz gewordenen Ärmeln. Meine Ohren sind blutrot. Meine Beine zittern. Du Rotznase! giftet mich Edith an und verschwindet.

64

Ich will niemanden sehen. Ich stelle mich tot. Vielleicht bin ich auch schon tot. Ich rolle mich zusammen wie ein Hund. Nur Louise ist bei mir, Tag und Nacht. Ich rieche meinen Schweiß. Ich lecke meine Haut. Ich kratze meinen Bauch. Ich reibe meinen Schniepel, Tag und Nacht. Ich beiße in mein Kissen und nuckele an den Zipfeln. Ich erwache von meinem Schnarchen. Ich döse weiter, Tag und Nacht. Irgendwann legt sich eine große Hand auf meine Stirn. Die Hand schiebt mir einen kalten Löffelgriff zwischen die Lippen und drückt meine Zunge herunter, bis ich zu ersticken glaube. Aber ich schreie nicht, denn es ist eine Hand ohne Vogelkrallen. Der Doktor leuchtet mir mit einer Taschenlampe in den Rachen und sagt: Das sieht schlimm aus. Meinen Sie, daß er operiert werden muß? höre ich die Mutter von weit her fragen, als stehe sie nicht im Zimmer, sondern im Korridor oder auf der Treppe. Jedenfalls sollten Sie Ihren Sohn schleunigst zu einem Facharzt nach Dessau bringen, sagt der Doktor, und plötzlich verschwimmt sein Gesicht vor meinen Augen. Ein Füllfederhalter raschelt über Papier. Dessau heißt das Wort. Wie soll es sonst heißen? Schlachtschüssel oder Polizeipräsidium? Paternoster oder Rettungsschlauch? Dessau heißt das Wort. Ein Zettel wird abgerissen. Ich habe Ihnen die Adresse meines Kollegen aufgeschrieben, sagt der Doktor. Vielen Dank, höre ich die Mutter antworten. Sie beugt sich über mich und lächelt. Ich erkenne sie kaum wieder. Ihr Mund ist voller weißer Zähne. Gibst du mir jetzt einen Kuß? fragt sie. Ich nicke und schlinge die Arme um ihren Hals. Aber was habe ich davon? Nichts. Gegen Abend schließt sich die Mutter ins Wohnzimmer ein und schreibt einen Brief. Als ich die schweren Schritte des Vaters im Korridor höre, schiebe ich den zertrampelten roten Flitzer unter Louises Wäsche, weil ich nicht will, daß das Auto noch einmal leidet. Aber der Vater kommt nicht zu mir, sondern geht ins Schlafzimmer.

Nach ein paar Tagen erhält Edith die Antwort auf den Brief. Morgen fahren wir beide nach Dessau, sagt sie und läßt ihr Gebiß blitzen. Mit demselben Zug wie der Vater? frage ich ängstlich. Wo denkst du hin, flüstert sie und zwinkert mir zu. In der Nacht klettere ich aus dem Gitterbett und überlege, wo ich mich verstecken kann. In der Speisekammer? Unter dem Eßzimmertisch? Auf dem Klo? Im Kleiderschrank? Hinter dem Sofa oder zwischen den Brikettkästen in der Küche? Ich will nicht nach Dessau, nie wieder. Wo bist du denn, mein Junge? fragt die Großmutter leise, und ich höre ihre Hände über das Laken wischen, als wolle sie die Falten glätten. Komm doch zu mir, bittet sie traurig. Ich rühre mich nicht von der Stelle. Hast du mich überhaupt noch lieb? fragt Louise aus dem Dunkel. Mir zittern die Beine. Ich möchte weglaufen und hierbleiben. Ein Schluchzen schüttelt mich. Komm, summt die Großmutter, komm, mein Einziger, und plötzlich ist mir, als neigten sich die Dielen. Da bist du ja, murmelt sie, und ich kuschele mich an ihre Schulter. ›Das Rehlein trank wohl aus dem kühlen Bach, derweil im Wald der muntre Kuckuck lacht...‹ singt die Großmutter leise. Aber ich finde keinen Schlaf. Hinter dem Baum am Waldessaum steht ein schwarzhaariger Jäger, der wie der Vater aussieht. Er hebt die Büchse und zielt auf mich. Er schiebt seinen schwarzbehaarten Zeigefinger in meinen Mund, drückt mit der Vogelkralle das Zäpfchen herunter und erstickt mich. Ich keuche und fuchtele mit den Händen. Ich schlage der Großmutter und dem Jäger ins Gesicht. Laß mich endlich schlafen, du verdammter Lauser! faucht die Großmutter, doch dann wird ihre Stimme wieder ganz weich, ganz mild, ganz zärtlich, und ich schwimme in meinen Tränen.

65

Am anderen Morgen, gleich nach dem Frühstück, werde ich von Edith und Louise gründlich gewaschen. Dann reiben sie mich mit gewärmten Tüchern ab, wickeln Wattebäusche um Streichhölzer, kratzen mir das Schmalz vom Trommelfell, lassen mich bitteres Mundwasser gurgeln, ziehen mich warm an und kämmen mir das Haar. Im Spiegel erkenne ich einen bleichen Jungen. Seine abstehenden Ohren beulen die blaue Wollmütze aus. Er trägt einen grauen Mantel und schwarze Lederschuhe. Neben ihm steht eine Frau und schminkt sich die Lippen. Auf ihrer Frisur sitzt eine Kappe mit einer bunten Feder. Gefällst du dir? höre ich die Mutter fragen und schüttele den Kopf, wie der Junge im Spiegel. Aber Edith achtet nicht darauf. Mach unterwegs bitte keine Sperenzchen, droht sie mir, während wir die Treppe hinabgehen, und Louise winkt uns nach, bis die Haustür ins Schloß fällt.

Auf dem Weg zum Bahnhof spüre ich, daß uns jemand folgt. Wenn ich mir die Strümpfe hochziehe, bleibt der rotbäckige Mann stehen und wartet, bis wir weitergehen. Die Mutter sieht sich nicht um. Aber sie freut sich, wenn ich die bunte Feder an ihrer Kappe bewundere, und läßt die weißen Zähne blitzen. Vor dem Lokal, wo ich im vergangenen Jahr die Brauereipferde beobachtet habe, breitet sich eine große Pfütze aus. Wir machen einen Bogen um sie herum, und ich merke, daß der rotbäckige Mann verschwunden ist.

Ich stehe wieder auf demselben Perron wie an dem Tag, als der Vater mit mir nach Dessau fuhr. Aber heute ist der Zug noch nicht eingelaufen. Er hat Verspätung. Vielleicht kommt er überhaupt nicht. Dann könnte der Arzt in Dessau auf mich warten, bis er schwarz wird. Ich sehe den Schienenstrang entlang. Was würde passieren, wenn ich mich auf die Gleise lege? Würde mich der Zug überrollen? Würde es sehr weh tun, wenn mir die Räder Arme und Beine zerquetschen, oder wäre ich schon tot, wenn ich kopfüber auf den Schotter falle?

Stell dich nicht so nahe an die Bahnsteigkante, höre ich die Mutter sagen und staune, weil sie mit ihrer wippenden bunten Feder an der Kappe zu einem Herrn tritt. Wo habe ich ihn schon mal gesehen? Als Edith mit mir in die Maschinenfabrik Meinecke ging? Hatte er nicht auf der Alten Brücke gesessen? War er es gewesen, der für Edith ›Still wie die Nacht und tief wie das Meer‹ sang? War er nicht auch so rotbäckig gewesen wie dieser Mann, mit dem sie jetzt redet? Warum schiebt sie ihm plötzlich ein Kuvert in die Manteltasche? Warum lacht sie dabei und kitzelt sein Kinn mit der bunten Feder? Was ist in dem Kuvert? Geld? Hat mich die Mutter an den Mann verkauft? Wohin gehöre ich eigentlich? Zu ihr, zu Louise, zu Onkel Willy, zum Vater oder zu diesem rotbäckigen Fremden? Ist er derselbe Mann, der uns von der Schloßfreiheit bis zu Rephun's Garten nachgeschlichen ist? Ich platze vor Eifersucht und laufe zur Mutter. Donnerwetter, sagt der rotbäckige Mann und sieht mir lange in die Augen. Ich weiß nicht, was ich antworten soll. Ich spüre nur, daß meine Beine zittern. Ja, Fatty, so vergeht die Zeit, sagt die Mutter und putzt sich die Nase. Dann kommt der Zug. Mach's gut, Edith, und du auch, mein Junge, sagt der rotbäckige Mann fröhlich, hilft uns die Stufen hinauf und setzt sich in einen anderen Waggon. Ich sehe ihn nicht wieder. Weder in Jütrichau noch in Tornau, weder in Roßlau noch in Dessau steigt er aus. Er wird wohl nach Leipzig gefahren sein, sagt Edith und schminkt sich die Lippen nach.

66

Wer ist mein Erzeuger? Wer hat mich in die Welt gesetzt? Der Vati-Vater oder der Fatty-Vater? Der finstere Baumeister oder der singende Saufaus? Als Fünfzigjähriger beuge ich mich der Weisheit des Code Napoléon: ›La recherche de la paternité est interdite.‹

67

In Dessau ist es wärmer als in Zerbst. Am Himmel steht eine weiße Sonne und trocknet die Pfützen vom Bürgersteig. Ich spüre den Boden wanken, als die Mutter meine schweißnasse Hand losläßt und plötzlich so schnell geht, daß ich ihr kaum folgen kann. Sie läuft immer ein paar Schritte vor mir her, als ob sie nicht zu mir gehöre. Vielleicht denkt sie noch an Fatty. Vielleicht schämt sie sich für mich, weil ich meine Schuhe vor dem Bahnhof schmutzig gemacht habe. Aber an ihren seidenen Strümpfen klebt auch Dreck. Manchmal verschwindet ihre Kappe hinter einem breiten Männerrücken, und mir fällt jedesmal ein Stein vom Herzen, wenn die wippende bunte Feder endlich erscheint. Trödele nicht, sagt Edith über die Schulter, ohne sich nach mir umzudrehen. Am liebsten möchte ich mich auf das Pflaster legen und nie wieder aufstehen. Irgend etwas muß passieren, ehe mir der Doktor das Messer in den Hals steckt und meine Polypen herausschneidet. Vorhin sind wir bei Hochwasser über die Elbbrücke gefahren. Ob es bald eine Überschwemmung gibt? Steht die ganze Stadt dann unter Wasser? Weder die Mutter noch ich können schwimmen. Also müssen wir ertrinken. Das will ich nicht. Ein Unfall tut's auch. Ein Auto könnte mich überfahren. Aber dann wäre ich tot, und Louise würde weinen. Eigentlich genügt es, wenn ich mir ein Bein breche, damit ich nicht zum Doktor muß. Aber wie soll ich das anstellen? Dazu fehlt mir die Kraft. Dazu bin ich noch zu klein. In zwei Jahren kommst du in die Schule, haben die Eltern an Weihnachten gesagt. Aber warum bin ich immer noch nicht groß und stark genug, mir selber das Bein zu zerbrechen?

Wehe, du weinst! höre ich die Mutter zischen und blicke

durch meine Tränen auf die winzigen Pflastersteine vor dem Haus des Doktors. Die Steine bilden einen Fächer, und sobald ich blinzele, fängt der Fächer an zu winken, als zeige er mir die Richtung, in die ich davonlaufen soll. Das könnte dir so passen, schreit die Mutter, haut mir in den Nacken und stößt mich in den Hausflur. Mit dir hat man nichts als Ärger, faucht sie, drückt mich gegen die Wand und reißt mir die Wollmütze vom Kopf, ohne die Schnur unterm Kinn aufzuknoten. Du siehst ja wieder mal gediegen aus, spottet Edith und kramt in ihrer Handtasche, findet aber nicht, was sie sucht. Hier ist es zu dunkel, sagt sie und geht mir voran die halbe Treppe hinauf. Ich kann die Füße nur mühsam anheben. Ich torkele. Vor meinen Augen tanzen dunkle Kreise. Du kriegst gleich noch eine geklebt, wenn du heulst, höre ich die Mutter schimpfen und lehne die Stirn an das kalte Fensterglas. Dreh dich gefälligst um, flüstert die Mutter. Sie lächelt, spuckt sich in die Hand, schmiert mir die Spucke in mein verschwitztes Haar und zieht mir mit dem Kamm den Scheitel gerade, während ich in den Hinterhof starre. Ich kenne diesen Hof. Er war nur viel größer. Ein Feuerwehrmann sprang aus dem Fenster und landete im Sprungtuch. Ich möchte durch das Fenster in den Hof springen. Ich möchte die Arme ausbreiten und wegfliegen, irgendwohin, wo mich niemand findet, wo mir niemand weh tut. Jetzt kannst du dich wenigstens wieder unter Menschen blicken lassen, sagt Edith und gibt mir einen Schubs. Ich gehe nicht weiter. Ich will nach der Fensterklinke greifen, doch sie ist zu hoch. Ich klammere die Hände ans Fensterbrett. Ich kralle die Fingernägel ins Holz und spüre den Schmerz bis in die Schultern. Mir ist, als splittere der Lack, und ich lasse mich zu Boden fallen. Wirst du wohl aufstehen? faucht Edith und schlägt mir mit der Handtasche ins Gesicht. Ich klammere mich ans Geländer und schüttele den Kopf. Grün und blau verdresche ich dich, zischt Edith, reißt meine Hände von den Treppenstäben und zerrt mich weiter hinauf. Ich hasse sie. Ich hasse ihre harten Finger. Ich hasse ihre seidenen Strümpfe. Ich hasse ihre hochhackigen Schuhe. Ich hasse die bunte Feder an ihrem Hut. Ich hasse ihre Stimme. Ich hasse jedes Wort von ihr. Ich hasse ihr Lächeln, während sie mich fragt, ob ich nun wieder artig sei. Ja, sage ich leise und spüre, wie sich mir der Magen umdreht, als Edith auf die Klingel drückt.

68

Ich stelle mich blind. Ich will nichts sehen. Ich tappe in den Korridor. Ich spüre den Fußabtreter unter meinen Sohlen. Ich klammere mich an Ediths Hand und folge ihr. Ich höre das Linoleum knirschen. Ich stolpere über eine Schwelle und reiße die Augen auf. Das ist kein Doktor, sondern eine Frau. Das ist auch keine Frau, sondern ein Mädchen in einem weißen Kittel mit einer weißen Haube. Hier sind wir falsch. Warum kehren wir nicht um? Warum gehen wir nicht zum Bahnhof und fahren nach Hause? Ich bin Schwester Monika, sagt das Mädchen in dem weißen Kittel und hilft der Mutter aus dem Mantel. Ist das der kleine Patient aus Zerbst? höre ich eine tiefe Männerstimme rufen und erschrecke, weil ich nicht weiß, woher die Stimme kommt. Jawohl, Herr Doktor, antwortet Schwester Monika, hängt unsere Mäntel an die Garderobe und zeigt der Mutter, wo wir Platz nehmen sollen. Alles ist so sauber. Alles ist so weiß. Aber alles stinkt nach Bohnerwachs, nach Mottenpulver, nach Salmiakgeist, nach verbrannten Haaren und faulen Eiern. Meine Beine sind steif wie Stelzen und schwer wie Blei. Ich höre ein Schnappen in den Knien, als ich mich hinsetze. Ich starre auf den Tisch und rühre mich nicht von der Stelle. Schwester Monika schreibt alles, was ihr die Mutter zuflüstert, auf einen Block. Mir bricht der Schweiß aus. Eine Weile wird mir schwarz vor Augen. Ich krampfe die Hände um die Tischkante, damit ich nicht vom Stuhl falle. Dann wird es wieder hell. Die Mutter flüstert immer noch mit Schwester Monika. Ich verstehe kein Wort. Sie beißen sich vor Lachen auf die Lippen. Mir läuft der Schweiß in den Kragen. Ich taste mit den Augen über den Tisch und das Linoleum hinweg bis zu einem Glasschrank, in dem viele braune Flaschen stehen. Dann drehe ich den Kopf. Langsam, damit mir nicht schwindelig wird. An dem großen Fenster hängt eine grüne Gardine mit einer langen Schnur und einer dicken Quaste. Schwester Monika und die Mutter feixen wieder, und mir ist, als hätten sie die Köpfe vertauscht. Nur noch ein paar Minuten, höre ich den Doktor brüllen und sehe Schwester Monika hinter den beiden Wandschirmen verschwinden, die den Raum in zwei Hälften teilen. Ich höre Wasser rauschen und beiße auf meine trockene Zunge. Ich spüre ein Zittern in den Beinen, als wackele das ganze Haus. Gleich hast du's geschafft, sagt die Mutter und tätschelt mich mit ihrer kalten Hand. Plötzlich steht der Doktor vor mir. Alles an ihm ist weiß, das kurze Haar, die Augenbrauen, der Schnauzbart und der Kittel. Nur das Gesicht ist feuerrot, und am Hals hängt ihm ein runder Spiegel mit einem Loch in der Mitte. Das ist der Tod. Ich weiß es genau. Ich höre das Klopfen in den Schläfen und das Brausen in den Ohren, wie damals auf dem Dach des Polizeipräsidiums. Jetzt muß ich sterben. Jetzt wirft mich der Doktor aus dem Fenster. Aber er übersieht mich. Er hat nur Augen für Edith, das falsche Luder, für die bunte Feder an ihrer Kappe, für die geschminkten Lippen, für die blinkende Brosche an ihrem Ausschnitt, für das durchsichtige Kleid und die seidenen Strümpfe. Tut mir leid, daß Sie warten mußten, gnädige Frau, sagt er schmeichelnd, aber seien Sie froh, daß Sie sich angemeldet haben, denn heute ist Hochbetrieb. Erst jetzt sieht mir der Doktor ins Gesicht. Er ähnelt dem Altener Opa, der mir zum Geburtstag die gelbe Ente mit den vier roten Rädern schenkte und sie dann wieder mitnahm. Also Steppke, dann wollen wir mal, sagt der Doktor barsch, flüstert der Mutter noch etwas ins Ohr, als könne er sich nur schwer von ihr losreißen, und führt mich durch die Lücke zwischen den beiden Wandschirmen. Ich sehe mich gehen, aber ich bin es nicht, der dort geht. Ich sehe mich in dem Behandlungsstuhl sitzen, aber ich bin es nicht, der dort sitzt. An meiner Stelle ist ein anderer dorthin gegangen und hat sich zwischen die Armlehnen gesetzt.

Schwester Monika tritt auf ein Pedal, und während sich ihr Kittel über dem Knie spannt, schwebe ich in die Höhe, bis mir so ist, als ob ich brechen müßte. Das genügt, höre ich den Doktor sagen und sehe, wie er sich den runden Spiegel mit dem Loch in der Mitte an die Stirn schnallt. Ich werde steinhart von Kopf bis Fuß. Jetzt machen wir mal den Mund auf, höre ich den Doktor sagen und spüre, daß er mir mit seinem dicken Finger die Zunge herunterdrückt. Aha, brummt er, schöne Schweinerei. Ich muß rülpsen und will mich dafür entschuldigen, aber der Doktor schnauzt: Wirst du wohl stillhalten! So ist es brav, höre ich die Schwester Monika sagen und fühle ihre Hand auf meiner Stirn. Kannst du schon zählen? höre ich den Doktor fragen. Nur bis fünf, antworte ich. Was hast du denn für Spielzeug? höre ich den Doktor fragen. Alles mögliche, antworte ich. Erzähl doch mal, höre ich Schwester Monika sagen. Früher hatte ich ein rotes Auto, aber das ist kaputt, antworte ich und sehe Ediths Schatten auf dem Wandschirm. Und jetzt? höre ich den Doktor fragen. Einen Teddy mit echten Glasaugen, einen eisernen Papagei und einen Holzkasten, antworte ich und sehe, wie mir Ediths Schatten mit der Faust droht. Ich habe auch noch Märchenklötze, sage ich und merke, wie mir etwas übers Gesicht gestülpt wird. Was sind das für Klötze? höre ich den Doktor von weit her fragen. Auf der einen Seite ist Schneewittchen, auf der anderen Tischlein-deck-dich und auf der dritten –. Na, was denn? höre ich den Doktor flüstern, reiße die Augen auf und starre in ein goldenes Sieb. Es schwebt dicht über meiner Nase, und aus den winzigen Löchern haucht mich ein ekelhafter Gestank an. Nein! höre ich mich schreien, schlage in die Luft und stoße das Sieb beiseite. Dir müßte mal jemand ordentlich den Hintern versohlen! brüllt der Doktor, und ich sehe Ediths Schatten über den Wandschirm huschen. Gut, daß Sie uns helfen, gnädige Frau, sagt der Doktor und stiert durch das runde Loch in seinem Spiegel. Ich will nach Hause! schreie ich. Alle beugen sich über mich. Mir rinnt der Schweiß den Rücken hinab. Mir laufen die Tränen aus den Augen. Das goldene Sieb kommt immer näher und deckt mich zu. Ich höre Tropfen fallen, aber es regnet nicht. Die Mutter, der Tod mit dem weißen Schnauzbart und Schwester Monika beugen sich über mich. Sie drükken meine Hände auf die Armlehnen und blecken ihre weißen Zähne. Der feuerrote Tod will mich fressen. Die Hexe mit der bunten Feder reißt das Maul auf und will mich verschlingen. Der Tod und die Hexe vertauschen die Köpfe. Jetzt wird es heiß, höre ich die Hexe mit dem weißen Schnurrbart sagen. Wehe, du weinst! brüllt der Doktor mit der feuerroten Feder an der Kappe und klemmt mir ein Stück Holz zwischen die Zähne. Ich sitze wieder an meinem Kindertisch im Garten und spiele mit den Märchenklötzen. Kannst du nicht antworten? fragt Traudel freundlich, und ich sehe, daß sie Schwester Monikas Haube auf dem Haar trägt. Ich beiße die Zähne zusammen und zerre an den Manschetten. Warum bist du immer angebunden? höre ich Traudel fragen und sehe den Sand zwischen die Klötze sickern. Bist du stumm? fragt Traudel lächelnd. Schön ein- und ausatmen, brüllt der feuerrote Tod duch das Loch im Spiegel. Ich höre Tropfen fallen, aber es regnet nicht. Wehe, du weinst, dann verdirbst du alles! brüllt der Tod mit dem weißen Schnauzbart. Meine Haut wird mir zu eng. Meine Kehle wird glühend heiß. Ich rieche mein brennendes Fleisch. Eine weiße Sonne blendet mich. Wehe, du weinst! höre ich die Hexe schreien. Der sengende Schmerz zerreißt meinen Rachen. Ich schnappe nach Luft und falle in ein weißes Loch.

69

Es ist dasselbe Zimmer. Es ist derselbe Tisch. Es ist dieselbe grüne Gardine. Ich sitze auf einem Stuhl am Fenster. Ich weiß nicht, wie ich hierhergekommen bin. Hat mich Schwester Monika getragen, oder bin ich allein gegangen? Ich kann niemanden fragen. Meine Zunge ist dick und taub. Ich beiße auf die Zungenspitze, aber es tut nicht weh. Ich spüre einen Kloß im Hals. Mir ist, als müsse ich ersticken. Ich kann nicht sprechen. Aus meiner Kehle krabbeln tausend glühende Ameisen und bohren

sich in meinen Gaumen. Schwester Monika geht mit zwei braunen Flaschen an mir vorbei. Ich will schreien, aber die dicke Zunge verstopft mir den Rachen. Die Mutter und der Doktor stehen in der Lücke zwischen den Wandschirmen und unterhalten sich. Wann fahren wir endlich nach Hause, zu Louise? Der Doktor hat den Spiegel mit dem runden Loch in der Mitte nach oben geklappt, und Edith läßt die bunte Feder vor seiner Nase tanzen. Warum kümmern sich die beiden nicht um mich? Warum spricht Edith kein Wort mit mir? Warum fragt sie mich nicht, ob ich Schmerzen habe? Warum muß ich hier allein am Tisch sitzen? Warum stellt sie sich mit dem Doktor vor den Wandschirm und flüstert ihm etwas ins Ohr? Sagt sie ihm, daß wir unseren Zug nicht verpassen dürfen? Warum setzt sie sich nicht zu mir? Warum schäkert sie mit dem Doktor, statt mir eine Geschichte zu erzählen? Warum streichelt sie mich nicht? Wann gehen wir endlich zum Bahnhof? Warum wendet sich Edith ab, wenn ich ihren Blick fangen will? Was habe ich denn Böses getan?
Es klingelt. Ich zucke zusammen, als schlage mir jemand ins Genick. Edith hat das Klingeln überhört und redet weiter mit dem Doktor. Schwester Monika verschwindet. Ich sehe ihr nach und nage an meiner Zunge. Es tut immer noch nicht weh. Ich glaube, ich könnte mir eine Nähnadel durch die Zunge spießen, ohne etwas zu merken. Ich stoße mit dem Schuh gegen das Tischbein, dreimal. Die Mutter lächelt, legt den Zeigefinger auf den Mund und dreht mir wieder den Rücken zu. Im Korridor raschelt der Fußabtreter. Schritte knirschen über das Linoleum. Mantelknöpfe klicken an die Garderobe. Rauhe Stimmen sprechen, heisere und grelle, doch ich verstehe kein Wort. Mir wird heiß und kalt. Ein großer schwarzgelockter Junge tritt über die Schwelle, gefolgt von vier an-

deren Jungen. Jeder hat einen rosaroten Zettel in der Hand. Alle sind größer als ich, älter als ich und gehen bestimmt schon zur Schule. Das kratzt mich jetzt nicht. Ich will nach Hause fahren und winke zur Tür. Aber plötzlich steigt mir das Blut zu Kopf. Edith dreht sich von dem Doktor weg und starrt dem schwarzgelockten Jungen ins Gesicht, als wolle sie ihn umarmen und abküssen. In ihren Augen gibt es mich nicht mehr. In ihren Augen ist kein Platz für mich. Ihr Blick stößt meinen Blick zurück und zieht den Blick des Schwarzen zu sich. Er lächelt. Edith hebt das Kinn, leckt sich die Lippen und bleckt die Zähne. Ich sehe die Grübchen in ihren Wangen und erstarre zu Eis. Ein beißender Schmerz zerreißt meine Brust, zersägt meine Rippen, zerfleischt mein Herz. Ich platze vor Eifersucht, aber ich kann den großen Jungen nicht verdreschen, nicht zertrampeln, nicht umbringen, nicht erschlagen, nicht erschießen. Schwester Monika beginnt, die rosaroten Zettel einzusammeln. Edith sieht sich um, doch ihr Blick gilt nicht mir. Sie wartet ab, bis der fünfte Junge, ihr schwarzhaariger Liebling, an die Reihe kommt. Dann geht sie mit dem Doktor zum Wandschirm.

Setzt euch an den Tisch, aber wehe, wenn's Ärger gibt, dann schmeiße ich euch raus, und zwar achtkantig! bellt Schwester Monika und zwinkert mir aufmunternd zu. Zwei Jungen nehmen mich in die Mitte. Links von mir sitzt der Schwarzhaarige, Ediths Liebling. Rechts von mir sitzt ein blonder Junge mit einer Narbe an der Stirn. Mach dich nicht so breit, du Dreikäsehoch, flüstert der Schwarze und gibt mir einen Schubs. Ich rücke ein Stück zur Seite und berühre dabei den Blonden. Fang bloß nicht an zu stänkern, du Piesepampel, beschwert sich das Narbengesicht und drückt mich gegen den Schwarzen. Die anderen lachen. Ruhe hier! brüllt der Doktor, daß die Fensterscheiben klirren. Schwester Monika ruft einen Namen. Der Rothaarige mir gegenüber wird blaß, und seine Sommersprossen kleben ihm plötzlich wie Fliegendreck im Gesicht. Trotzdem tut er mir leid, als er dem Doktor hinter den Wandschirm folgt. Wie heißt du eigentlich? fragt der Schwarze. Ich beiße mir auf die Lippen und spüre ein Zittern in den Knien. Edith sieht nichts und hört nichts. Sie sitzt auf einem Hocker vor dem Wandschirm und liest Zeitung. Wenn du nicht weißt, wie du heißt, müssen wir uns eben einen Namen für dich ausdenken, sagt der Schwarze grinsend. Wie wär's mit Schlappohr? fragt ein Junge, der bisher geschwiegen hat, und tritt mir unterm Tisch gegen die Schienbeine. Oder Hosenscheißer? Gefällt dir Hosenscheißer? Oder Heulsuse? Oder Rotzlöffel? fragen alle durcheinander, bis Schwester Monika drohend die Faust hebt. Eine Weile bleibt es still. Hinter dem Wandschirm höre ich Wasser rauschen. Du bist wohl nicht von hier? fragt der Blonde mit dem Narbengesicht. Ich schüttele den Kopf. Der Rothaarige kommt an den Tisch zurück. Hat's weh getan? fragen die anderen. Ach was, antwortet er großspurig, kratzt sich den Popel aus der Nase und schmiert ihn ins Tischtuch. Mir wird schlecht. Ich stehe auf und will zu Edith laufen, aber der Schwarze läßt mich nicht durch. Erst wenn dich die Schwester ruft, sagt er und drückt mich auf den Stuhl zurück. Wie soll ich dem Schwarzen bloß erklären, daß der Doktor meine Polypen längst herausgebrannt hat und daß ich deswegen nicht mehr sprechen kann? Heule nicht, du kommst noch früh genug dran, zischt der Blonde. Ich will schreien, aber die dicke Zunge ist mir im Weg. Schwester Monikas weiße Haube schwebt von dem weißen Glasschrank an Edith vorbei zu den weißen Wandschirmen.

Ich wimmere und schluchze. Meine Hände sind naß von Schweiß und Tränen. Wenn du nicht sofort aufhörst mit dem Gejammer, kannst du was erleben, droht mir der Schwarze. Au ja! flüstert der kleinste Junge am Tisch und zieht seine Spange aus dem Haar, als wolle er mich mit ihr erstechen. Kinkerlitzchen, sagt der Schwarze, greift nach der Vorhangschnur und schlenkert die dicke Quaste vor meiner Nase. Weißt du, was dir blüht, wenn du noch mal weinst? fragt er. Ich sehe Edith um den Doktor herumscharwenzeln. Warum kommt sie nicht her und verbietet den Jungen, mich zu ärgern? Ich zerbeiße mir die Zunge, aber ich bringe kein Wort über die Lippen. Ich kann nur röcheln. Jetzt reicht's mir, der heult schon wieder, sagt der Rothaarige. Weißt du, was jetzt passiert? fragt das Narbengesicht. Ich schüttele den Kopf, und mir ist, als spritzten meine Tränen über den Tisch. Wir wickeln die Schnur um deinen Schniepel, und dann hängen wir dich so lange aus dem Fenster, bis du nicht mehr weinst, sagt der Rothaarige. Der kleine Junge mit der Haarspange klatscht vor Vergnügen in die Hände. Amüsiert ihr euch schön? fragt Edith und läßt ihre bunte Feder wippen. Jaja, antwortet der Schwarze scheinheilig. Ich will aufstehen, aber er krallt die Finger in meinen Nacken. Mir wird schwarz vor Augen. Du weißt doch, daß wir im zweiten Stock sind? höre ich den Blonden fragen. Wir ziehen dich an deinem Schniepel immer hoch und runter, höre ich Ediths Liebling sagen und mache mir in die Hosen. Jetzt ist alles ganz dunkel. Jetzt ist die Schnur gerissen. Jetzt liege ich auf dem Pflaster. Jetzt bin ich tot. Manchmal höre ich etwas. Manchmal höre ich nichts. Manchmal erkenne ich die Gesichter der Jungen. Manchmal verschwinden sie und tauchen woanders wieder auf. Manchmal ist es, als spielten die Jungen mit mir Versteck. Pfui Deibel, hier stinkt's, höre ich den Blonden sagen und spüre den Kot an meinen Schenkeln. Ich will niemanden sehen. Mir wird glühend heiß. Mein Kopf ist ein roter Ballon. Ich stehe in Flammen. Deswegen brauchst du doch nicht zu weinen, höre ich Schwester Monika sagen und trete nach ihr. Ich höre Ediths Kichern und gleich darauf das Gelächter des Doktors. Ich torkele in den Korridor. Edith schiebt mich in ein weißgekacheltes Bad. Schämen solltest du dich, du Ferkel! schimpft sie immer wieder, während sie meine Unterwäsche spült und auswringt. Ich steige in das nasse Zeug. So eine Blamage, meckert Edith und schließt meinen Hosenstall. Du hast dich nicht mal anständig verabschiedet, faucht sie, zieht ihren Schlüpfer herunter und setzt sich auf die Klosettbrille. Guck ein bißchen aus dem Fenster, flüstert sie. Ich stelle mich taub und blicke über die Dächer. Hoffentlich kriegen wir noch den Zug, höre ich Edith nach einer Weile sagen und spüre, wie sie mir die Schnur der blauen Wollmütze unters Kinn bindet.

70

Es ist ein seltsamer Gedanke. Aber er ist nicht ganz abwegig. Ich kann mir sehr wohl vorstellen, daß er eines Tages Wirklichkeit wird. Nehmen wir an, ich, der Fünfzigjährige, sitze nach der Niederschrift der beiden vorigen Kapitel in meinem Arbeitszimmer. Es klingelt. Aber das ist zu umständlich. Nehmen wir lieber an, es würde an die Tür geklopft. Herein, würde ich sagen. Nein, das würde ich nicht sagen, denn ich wüßte ja, wer hinter der Tür steht. Ich würde den Mund halten. Dann würde sich die Tür öffnen. Ein Herr in einem weißen Mantel träte ein, begleitet von zwei muskulösen Pflegern und einem Kind, das ich selber bin. Sie verzeihen die Störung, würde der Arzt sagen. Wir tun nur unsere Pflicht, würden die Pfleger sagen und mich und das Kind in die Mitte nehmen. Wir würden quer durch die Stadt fahren. Ich würde mich auf dem Schoß halten. Im Innenhof der Psychiatrie würden wir aussteigen. Ich würde mich auf den Arm nehmen und behutsam die Treppe hinauftragen. Die beiden Pfleger würden unsere Taschen leeren, uns die Schnürsenkel aus den Schuhen ziehen und die Tür hinter sich abschließen. Hier ist nun mein Arbeitszimmer. Es klingelt. Aber das ist zu umständlich. Nach einer Weile wird an die Tür geklopft. Herein, sage ich zu mir und lege die Stirn auf den Schreibtisch.

71

Louise bewundert mich. Sie sagt, ich sei der tapferste und schönste Junge auf der ganzen Welt. Ich stelle mich morgens an das offene Fenster und atme tief ein und aus. Endlich kann ich wieder durch die Nase Luft holen. Meine Brust wird weit. Ich laufe durch den Korridor und singe. Louise lobt mich, weil ich nachts nicht mehr schnarche. Sie setzt mir meine Lieblingsspeisen vor, Milchreis mit gebratenen und überzuckerten Wurstscheiben oder Kartoffelbrei mit geschmolzener Butter. An Louises Geburtstag im Mai gibt es sogar Hühnerfrikassee mit Klößchen und anschließend heißen Vanillepudding, nur für mich. Ach, der schmeckt herrlich! Aber in den Garten, wo die Kinder spielen, darf ich nicht. Edith verbietet es, weil wir am Sonntag bei Familie Brehm zum Kaffee eingeladen sind. Du würdest dich heute bloß erkälten, sagt sie, und der schäbige Robert zuckt hilflos die Schultern. Abend für

Abend horche ich die Großmutter nach den Brehms aus. Kannst du dich wirklich nicht mehr an Onkel Franz und Tante Hilde erinnern? fragt Louise ungläubig und starrt mir lange in die Augen. Ich schüttele den Kopf und schiebe die Unterlippe vor, weil ich mich schäme. Die waren doch voriges Jahr bei deinem Geburtstag, und Onkel Franz hat Klavier gespielt! behauptet Louise. Nein, das war Onkel Arnold, widerspreche ich ihr und kann mich plötzlich selber nicht mehr daran erinnern, welcher der beiden Onkel das Lied von dem Barbier aus Brandenburg gesungen hat. Aber deinen Cousin und deine Cousinen wirst du hoffentlich wiedererkennen? fragt Louise. Ich zucke die Achseln wie Robert, wenn er nicht weiter weiß. Die Großmutter sagt mir, wie alt der Cousin und die Cousinen sind. Solche Zahlen helfen mir nicht. Die Kalender und die Uhren gehören den Erwachsenen. Sie wissen immer, welchen Tag wir heute haben und wie spät es ist. Der Vater und die Mutter haben nie Zeit. Ich kenne keine Zeit. Was hat es zu bedeuten, wenn ein Blatt vom Kalender gerissen wird oder der Uhrzeiger schräg steht? Ich lebe in einem Loch außerhalb aller Zeit. Ich bin der Schmetterling, der sich auf eine Blume setzt und die Flügel aneinanderlehnt. Ich bin die Taube, die in den Schlag schwirrt, wenn sich der Himmel verfinstert. Ich bin der Hund, der seine Kette in die Hütte schleppt. Ich bin die Schwalbe, die in der Dämmerung nach den letzten Fliegen schnappt. Ich bin die Fledermaus, die um den Bartholomäiturm torkelt, bis sie ihre Nische gefunden hat. Ich bin die Nachtigall, wenn es dunkel wird und das Käuzchen schreit. Merke dir wenigstens die Namen, höre ich die Großmutter sagen. Dein Cousin heißt Hans, deine Cousinen heißen Marlene und Gretchen. Kommst du mit zu Brehms? frage ich. Nein, vier Treppen kann ich nicht mehr steigen, wehrt Louise ab und legt meinen Kopf auf ihre Schulter.

72

Ich weiß, warum der Vater wütend ist. Heute darf er nicht zum Frühschoppen gehen, sondern muß meine Haare mit der Haarschneidemaschine stutzen. Deswegen läßt er seine Wut an mir aus. Ich möchte ihn umbringen, weil er mich ziept und zwickt, bis mir die Tränen kommen. Er behandelt mich wie ein Stück Vieh. Er merkt gar nicht, daß ich weine, und als er mir die Haare naß macht, gibt es sowieso keinen Unterschied mehr zwischen Wasser und Tränen. Mist! brüllt er jedesmal, wenn er den Scheitel schief gezogen hat, und kratzt mich mit dem Kamm, als wolle er mir die Haut vom Kopf schaben. Na, jetzt siehst du beinahe wieder wie ein Mensch aus, sagt er grantig und hält mir seinen runden Taschenspiegel vor die Nase. Aber ich sehe nichts. Der Spiegel bleibt leer. Entweder ist er zu klein, oder der Vater dreht ihn absichtlich in die falsche Richtung. Ich koche vor Wut. Irgendwann bin ich so groß wie du, brüllt es in mir. Irgendwann kaufe ich einen riesigen Spiegel und zerschlage ihn auf deiner Kartoffelnase, du Ekel. Irgendwann spucke ich dir ins Gesicht, du Giftspritze. Irgendwann hole ich deine Krawatten aus dem Schrank und schneide sie alle mittendurch, du Mistvieh.
Die Mutter ist aufgedonnert wie ein Pfingstochse. Sie trägt ein feuerrotes Kleid und eine Halskette aus weißen Holzperlen. Herr Meinecke, Ediths Chef, hat ihr die Kette zum Geburtstag geschenkt. Wehe, du besäufst dich bei Brehms oder fängst wieder an, von deiner Walze zu er-

zählen, schärft sie Robert ein, während er seine Manschettenknöpfe behaucht und blank reibt. Und du untersteh dich, Onkel Franz nach seinem Klumpfuß zu fragen, droht sie mir und zieht meine Hosenträger straff. Das wäre eine Hundsgemeinheit, trompetet die Mutter. Ich will mich von Louise verabschieden, aber sie hat sich eingeschlossen und keift durch die Tür: Schert euch hin, wo der Pfeffer wächst!
Robert stiefelt voran. Die Hosenbeine schlenkern um seine dünnen Waden. Mir ist, als habe er Angst, irgendwas zu verpassen. Lauf nicht so schnell, bittet Edith, aber ihr zum Trotz legt er noch einen Schritt zu. Nur wenn ihm ein Bekannter entgegenkommt, drosselt er das Tempo, nimmt den Hut ab und grüßt. Dieser Jammerlappen, dieses Wrack, dieser Schlappschwanz, höre ich die Mutter flüstern und frage, wen sie meint. Ach, diesen Knickstiefel da drüben, antwortet Edith lachend und streichelt meinen Hals. Aber auf dem anderen Bürgersteig steht niemand, und vor dem Haus, wo Brehms wohnen, wartet der Vater. Willst du klingeln? fragt er. Ich schüttele den Kopf, weil ich mich vor dem Cousin und den Cousinen fürchte. Nur Mut! drängt er und hebt mich hoch. Ach, verdammt, jetzt hast du auf den verkehrten Knopf gedrückt, schimpft der Vater und setzt mich ab wie einen Koffer. Deswegen brauchst du den Jungen nicht so rumzuschubsen, faucht Edith und drückt auf die oberste Klingel. Robert wischt den Schweiß aus seinem Hut und wedelt sich Luft zu. Nach einer Weile summt es, und gleich darauf summt es noch einmal. Edith wirft sich gegen die Tür, und wir treten in den großen, kühlen Flur. Hast du dir den Namen gemerkt, wo der Junge geklingelt hat? fragt der Vater und glotzt mich an mit seinen blauen Augen, als wolle er mir den Kopf abreißen. Mach bloß nicht solchen Wind, sagt

Edith und geht die Treppe hinauf. Im ersten Stock bleibt Robert stehen und kontrolliert die Türschilder. Hier ist es wahrscheinlich nicht, sondern einen Stock höher, sagt er stirnrunzelnd. Mein Gott, wenn ich das geahnt hätte, sagt Edith seufzend und lehnt sich an das Geländer. Du kriegst wohl keine Luft mehr? fragt Robert spöttisch. Da muß ich dich leider enttäuschen, antwortet Edith und bleckt ihm ihre weißen Zähne entgegen. Im dritten Stock klingelt der Vater zuerst an der linken Tür. Diese Krümelkackerei, höre ich die Mutter flüstern und lehne mich an ihre Hüfte. Wir müssen uns doch bei den Leuten entschuldigen, verlangt Robert. Eine alte Frau öffnet und fragt: Sie wünschen? Ich glaube, mein Sohn hat vorhin versehentlich bei Ihnen geklingelt, sagt der Vater und macht eine Verbeugung. Nicht daß ich wüßte, sagt die alte Frau und wirft die Tür ins Schloß. Soll ich's noch mal hier probieren? fragt Robert wehleidig und blickt zur Nachbartür. Wenn du willst, daß ich heute noch verrückt werde, dann bitte! zischt die Mutter. Aber jetzt poltert ein schwerer Schritt im vierten Stock. Bum, bum, dröhnt es auf dem Podest. Plötzlich beugen sich Onkel Franz und Tante Hilde übers Geländer. Ich erkenne sie sofort, und vor Freude hüpft mir das Herz im Hals. Wie lange wollt ihr denn noch warten? fragt Onkel Franz mit seiner tiefen Stimme und lacht, daß das ganze Treppenhaus widerhallt. Zwei Mädchen und ein Junge tauchen hinter ihm auf und kommen mir ein paar Stufen entgegen. Sie drohen mir nicht. Sie schlagen mich nicht. Sie reißen mir nicht die Haare aus. Sie machen sich nicht lustig über mich. Sie sagen mir, wie sie heißen, und ich sage ihnen meinen Namen. Nie im Leben hätte ich gedacht, daß du schon so groß bist, sagt Marlene. Nachher spielen wir beide Kasperletheater, sagt Hans. Aber erst zeige ich dir meine Puppenstube, sagt

Gretchen und legt den Arm um meine Schulter, als sie merkt, daß mir auf den letzten Stufen ein bißchen schwindelig wird.

73

Ich kann es noch immer nicht fassen. Am liebsten würde ich mir die Augen reiben und sagen: Es ist ein Traum. Aber ich sitze wirklich zwischen meinen Cousinen. Sie tragen wirklich blaue Kleider, und in ihren blonden Haaren hängen wirklich weiße Schleifen. Marlene, die größere, gießt mir Kakao in die Tasse. Gretchen legt ein Stück Streuselkuchen auf meinen Teller, und der Kuchen schmeckt wirklich wie Streuselkuchen. Es ist kein Traum. Ich bin hellwach. Ich sehe die Porzellanrosen und die Kuchenkrümel auf der Tischdecke. Ich sehe meinen Cousin Hans mir gegenüber. Ich sehe den dunklen Schreibtisch hinter Hans und die geblümte Tapete an der Wand. Ich sehe ein braunes Klavier. Ich sehe mein Gesicht in dem verglasten Schrank mit den vielen Büchern. Ich sehe den Erker mit den schmalen Fenstern. Ich sehe den Vater neben Tante Hilde sitzen und die Mutter neben Onkel Franz. Heute ist Weihnachten oder Ostern oder Himmelfahrt. Mir wird so unheimlich und so feierlich. Doch mein Cousin Hans grinst. Er verzieht dauernd die Nase, schiebt die Zunge hinter die Lippen und wackelt mit den Ohren, bis ich es nicht mehr aushalte und vor Lachen platze. Ich erwarte eine Ohrfeige oder einen Schlag ins Genick. Ich ziehe schon den Kopf zwischen die Schultern und ducke mich. Sitz gerade und benimm dich anständig, flüstert die Mutter über den Tisch. Aber jetzt prusten alle, und als es wieder still geworden ist, sagt Onkel Franz mit seiner tiefen Stimme, halb grimmig, halb lustig: Bei uns wird nicht getuschelt, Edith, das mußt du dir ein für allemal merken. Ich staune, weil die Mutter nicht widerspricht. Sie bleibt stumm. Sie schaukelt nur ihre weiße Holzperlenkette und wird so rot wie ihr Kleid. Tante Hilde hat die gleichen braunen Augen wie Louise und Edith. Aber Tante Hildes Blick ist offen und fröhlich, nicht so verkniffen und stechend wie der Blick der Mutter. Tante Hilde lacht auch ganz anders. Sie hält sich nicht die Hand vor den Mund, sondern läßt ihren Busen wippen und klatscht sich dabei auf die Schenkel.

Wir gucken mal aus dem Fenster, sagt Hans und zwinkert mir zu. Aber nur mit Onkel Franz, ruft die Mutter, und Robert hebt drohend den Zeigefinger. Alles klar, sagt Hans, nimmt mich an die Hand und tritt mit mir in den Erker. Bum, bum, bum, stampft uns der dicke Stiefel von Onkel Franz hinterher. Wehe, du lehnst dich zu weit raus! höre ich Edith blöken und rieche den Rauch von Onkel Franzens Zigarre. Hans öffnet ein Fenster. Wir sehen über die halbe Stadt. Prima, was? fragt er. Ich nicke und spüre, wie mir das Herz im Hals schlägt. Die Bäume am Haus sind so hoch, daß uns das Laub die Hände streichelt. Hans drückt mich ein bißchen beiseite und zeigt mir das Postamt. Warst du schon mal drin? fragt er. Nein, flüstere ich und blicke in die grüne Tiefe. Dort kaufe ich meine Briefmarken, erklärt er mir stolz, ohne zu merken, daß ich noch immer hinuntersehe. Du brauchst keine Angst zu haben, sagt er nach einer Weile, und ich fühle, wie er mir den Arm um die Schulter legt. Ewig möchte ich hier stehenbleiben, neben Hans, ganz oben, hoch über der Stadt. Ich weiß, daß ich nicht abstürze, solange Onkel Franzens Zigarrenrauch über unseren Köpfen schwebt.

Macht das Fenster mal wieder zu! höre ich die Mutter

quengeln und wende mich ab von dem verlockenden Grün. Mir ist, als hätte ich etwas Unwiederbringliches verloren. Aber Onkel Franz lächelt mir zu. Er stampft nicht zu Edith zurück, sondern legt seine Zigarre in den Aschenbecher, setzt sich ans Klavier, und alle außer dem Vater singen mit.

›O Täler weit, o Höhen,
o schöner, grüner Wald,
du meiner Lust und Wehen
andächt'ger Aufenthalt...‹

Ich kenne das Lied. Ich werde immer traurig, wenn ich es höre. Ich weiß nicht, warum. Ich sehe lieber woandershin, damit es niemand merkt, falls mir die Tränen kommen. Aber der dicke Stiefel, mit dem Onkel Franz aufs Pedal tritt, ist auch nicht zum Lachen. Warum hat er einen Klumpfuß? Hat er sich das Bein gebrochen, oder ist ihm ein Auto drübergefahren? Wie zieht er sich die Hose aus? Was macht er mit dem Klumpfuß, wenn er ins Bett geht? Läßt er sich beim Schuster nur den dicken Stiefel besohlen oder auch den Schnürschuh? Wie kann er von morgens bis abends hinterm Bankschalter stehen, ohne daß ihm die Füße weh tun?

Die letzte Strophe ist verklungen, und nun geschieht ein Wunder. Onkel Franz antwortet auf jede meiner stummen Fragen, als habe er sie alle gehört. So hat mich meine Mutter schon auf die Welt gebracht, daran ist nichts zu ändern, sagt er zum Schluß, und seine Augen werden ganz dunkel. Ich will die Nase hochziehen, aber es hilft nicht. Plötzlich kommen mir die Tränen. Ach, mein lieber Kleiner, du hast so ein gutes Herz, ruft Onkel Franz, greift mir unter die Achseln und drückt mich lange an seine Brust. Wer von uns beiden weint jetzt, er oder ich? Mach dir keine Sorgen um mich, ich kann sogar Fahrrad fahren mit meinem Klumpfuß, sagt er in seinem tiefen Brummbaß und streichelt mir das Haar, bevor er mich absetzt. Los, wir klettern auf den Boden und spielen Kasperletheater, sagt Hans. Du hältst mal die Klappe, mischt sich Marlene ein und fragt Onkel Franz, ob sie jetzt zum Heimabend gehen darf. Er nickt und preßt die Lippen zusammen, als tue es ihm leid um seine große Tochter. Daß du mir aber nicht rumstrolchst und pünktlich zu Hause bist! kommandiert Tante Hilde. Marlene bläst erleichtert die Backen auf, winkt allen zu und verschwindet.

Möchtest du vielleicht meine Puppenstube sehen? fragt Gretchen lächelnd und führt mich, ohne die Antwort abzuwarten, ins Schlafzimmer. Mich verwirren die riesigen Betten von Onkel Franz und Tante Hilde. Mich verwirren die weißlackierten Schränke, die hellen Gardinen und das glänzende Parkett. Doch am meisten verwirrt mich meine schöne Cousine, die Zwillingsschwester von Hans. Eigentlich bin ich ja für solchen Kinderkram viel zu alt, sagt Gretchen, während sie mir die winzigen Tische und Stühle und Betten und Kanapees in der Puppenwohnung zeigt. Aha, sage ich und nicke. Wenn man erwachsen wird, kann man sich um solchen Firlefanz nicht mehr kümmern, sagt Gretchen und wischt mit einem großen Schwung ihre blonden Haare nach hinten. Das ist klar, sage ich und versuche, die Stimme von Onkel Franz nachzuahmen, aber es klingt eher so, als ob ich heiser sei. Zu Hause spielst du wahrscheinlich mit deinem Kaufmannsladen oder mit deinen Soldaten, sagt Gretchen. Jaja, lüge ich tapfer und denke an die Märchenklötze. Nächstes Jahr darf ich übrigens auch schon zum Heimabend gehen, sagt sie und dreht sich auf dem Absatz, bis der blaue Rocksaum um ihre Knie wirbelt. Findest du's besser, wenn ich später mal einen reichen Mann oder einen Offizier heirate? fragt sie und hält sich einen Augenblick an mir fest, als ob ihr schwindelig sei. Was soll ich darauf nun wieder antworten? überlege ich und sehe zum zweitenmal, daß Gretchen ihr blondes Haar zurückwirft. Ich stehe wie auf glühenden Kohlen. Am liebsten würde ich in die Puppenstube kriechen und mich unter dem winzigen Sofa verstekken. Na, was ist? fragt Gretchen. Vielleicht heirate ich dich, rutscht es mir über die Lippen, und vor Scham werde ich knallrot. Bei dir piept's wohl! faucht sie mich an, zeigt mir einen Vogel, und ich strecke die Zunge raus. Wir sind beide überrascht, und plötzlich müssen wir beide lachen. Was quasselst du denn so lange mit dieser Ziege? brüllt Hans hinter mir, und ich sehe, wie sich Gretchen auf ihn stürzen will. Nun aber Ruhe! ruft Tante Hilde von der Schwelle her, und die Zwillinge sind still. Komm, meine Kleine, du hilfst mir beim Abtrocknen, bittet Tante Hilde. Immer ich, murrt meine schöne Cousine und lächelt mir zu, bevor sie ihrer Mutter in die Küche folgt.

Warte noch ein Weilchen, sagt Hans. Wir rühren uns nicht vom Fleck. Dann tritt er mit mir in den Korridor und blickt sich um. Aus dem Wohnzimmer tönt Radiomusik. Aus der Küche schallt das Gelächter von Tante Hilde, von Gretchen und der Mutter. Die Weiber sind verschwunden, endlich haben wir freie Bahn! jubelt Hans und steigt mir voran eine schmale, steile Treppe hoch. Wo willst du denn hin? frage ich und spüre ein leichtes Gruseln. Das wirst du gleich erleben, sagt er von der obersten Stufe herab und öffnet eine knarrende Brettertür. Ich folge ihm. Es ist stockfinster, und alles riecht muffig. Wo sind wir hier? frage ich. Auf dem Dachboden, sagt Hans, preßt meine Hand und ruft: Huhu, ich bin der böse Geist, huhu! Damit kann er mich nicht erschrecken. Das hat Louise auch

schon mal probiert und ist dabei über ihre eigenen Beine gestolpert. Plötzlich blakt ein Licht, keine Lampe, bloß eine Glühbirne ohne Schirm. Dort steht mein Kasperletheater, sagt Hans und zeigt auf ein Gehäuse, vor dem ein roter Vorhang baumelt. Nein, noch nicht anfassen, erst müssen wir die Puppen auspacken, warnt mich Hans mit so tiefer und strenger Stimme, daß ich Onkel Franz zu hören glaube.
Die Puppen sind in einer Kiste, doch der Deckel läßt sich nicht öffnen. Irgend jemand hat zwei Nägel zur Hälfte hineingeschlagen und umgebogen. Wir versuchen, die Nägel herauszudrehen, reiben uns aber nur die Finger wund. Paß auf, ich hole schnell eine Zange, sagt Hans. Nimm mich mit, bitte ich ihn, doch unter seinen Schritten ächzt schon die Treppe. Ich möchte ihm nachlaufen, aber dann würde er mich für einen Feigling halten. Ich bleibe hier und warte. Vielleicht schaffe ich es sogar allein, die Nägel aus der Kiste zu drehen. Nein, sie stecken zu tief im Holz. Soll ich mal hinter den Vorhang gucken? Nein, ich mache ihn bloß kaputt. Aber einen kleinen Blick kann ich wenigstens riskieren. Komisch. Hinter dem Vorhang ist gar nichts. Nur ein graues Spinnennetz. Warum kommt Hans nicht zurück? Hat er der Mutter verraten, daß ich auf dem Dachboden bin? Plötzlich höre ich etwas rascheln. Die Spinne hinter dem Vorhang kann es nicht sein. Spinnen sind ganz leise. Woher kommt das Geräusch? frage ich mich und sehe einen winzigen Schatten davonflitzen. War es eine Maus oder eine Ratte? Mir stehen die Haare zu Berge. Ich will schreien und bringe kein Wort über die Lippen. Ich will wegrennen, aber meine Füße sind tausendmal schwerer als ein Klumpfuß. Die Spinne ist aus dem Vorhang gekrochen. Sie läßt sich an einem hauchdünnen Faden herunter und krabbelt mit ihren grauen

Klauen auf mich zu. Aber plötzlich ist die Spinne tot. Hans ist auf Zehenspitzen hereingeschlichen und hat sie zertreten. Ich falle ihm um den Hals, und er lacht. Wo warst du so lange? frage ich ihn und schmiege mich an seine Brust. Ich mußte den Werkzeugkasten suchen, sagt er und zeigt mir die Kneifzange. Ich zerreibe die Reste der Spinne unter meinen Sohlen. Hast du etwa Angst gehabt? fragt Hans, während er die Nägel aus der Kiste zieht. Ach bewahre, keine Spur, antworte ich und wische mir den Schweiß von der Stirn.

Hier habe ich früher immer mit Gretchen gespielt, damals war sie noch nicht so zickig, sagt Hans, teilt die Puppen zwischen uns auf und erklärt mir, daß der Daumen und der Mittelfinger in die Ärmel gehören und der Zeigefinger in den Kopf. Für sich selber nimmt er den Kasper mit der Zipfelmütze und das Krokodil mit den scharfen Zähnen. Mir gibt er die Hexe und die Großmutter des Teufels. Doch dagegen wehre ich mich. Später können wir ja tauschen, schlägt er vor, du kriegst von mir das Krokodil, und ich kriege deine Hexe. Was spielen wir eigentlich? frage ich ihn. Moment, sagt Hans und beginnt die übrigen Puppen zu zählen, als wolle er sich vergewissern, daß ihn niemand bestohlen hat. Aber irgendwie ist er nicht bei der Sache. Manchmal wedelt er mit der Zipfelmütze des Kaspers oder mit dem gehörnten Teufel vor seinem Hosenschlitz, runzelt die Stirn und wackelt mit dem Bauch. Dann wieder setzt er die Königskrone auf seinen Finger oder hält sich den Bart des Räubers unters Kinn, ohne mich im geringsten zu beachten. Ich muß mir dauernd das Lachen verbeißen, aber Hans merkt es nicht und bleibt ganz ernst. Soll ich schon hinter den Vorhang gehen? frage ich. Er zuckt die Achseln, läuft vom Kasperletheater zur Tür und wieder zurück. Irgendwas treibt ihn weg, spüre ich, und irgendwas hält ihn fest. Plötzlich bleibt er stehen. Wenn du schweigen kannst, verrate ich dir ein großes Geheimnis, sagt Hans, und ich sehe ihm an, daß er blaß wird. Weißt du schon, wie man ein Baby macht? fragt er flüsternd. Ich schüttele den Kopf. Guck mal 'ne Weile woandershin, sagt er. Ich drehe mich um und höre Hans über die Bretter gehen. Wo ist denn meine blonde Puppe? brummt er von weitem. Ich blicke rasch über die Schulter und sofort wieder auf die Dachziegel. Ich habe etwas gesehen. Ich habe eine kleine Krone gesehen, wie sie die Prinzessin im Märchenbuch von König Drosselbart trägt. Aber ich will mehr sehen. Hast du die Puppe schon gefunden? frage ich und drehe mich ganz leise um. Zuerst kommt es mir so vor, als ob Hans verschwunden sei. Aber dann merke ich, daß er im Schatten der Rumpelkammer steht. Er hat seinen Schniepel aus der Hose gezogen und stößt ihn der schönen blonden Prinzessin unters Kleid. Siehst du, so wird ein Baby gemacht, aber wehe, du erzählst es jemand! wimmert er, legt sich die Prinzessin übers Knie und drischt mit der Zipfelmütze des Kaspers auf ihren nackten Hintern. Das darfst du nicht, Gretchen, das darfst du nie wieder tun! kreischt er und schlägt so lange zu, bis ihm die Hand weh tut. Jetzt hat sie ihr Fett weg, sagt er und schleudert die Puppe zu Boden. Tritt sie tot! verlangt er immer wieder, aber ich muß mir das Lachen verbeißen, weil er sich dabei den Hosenstall zuknöpft. Und wann kommt das Baby? frage ich Hans. Du bist für so was noch zu klein, und außerdem ist mir die Lust vergangen, sagt er, steckt die Kneifzange in die Hosentasche und grinst. Dann schaltet er das Licht aus. Du darfst aber erst runterkommen, wenn ich pfeife, verlangt er und verschwindet. Es dauert eine Weile, bis ich den Pfiff höre. Auf den letzten Stufen spüre ich meine

Beine zittern. Ich weiß nicht, warum. Hans erwartet mich an der Korridortür. Vorsicht! zischt er und zeigt auf den Läufer. Ich stehe starr. Aus dem Wohnzimmer höre ich Geschirr klappern und die Stimmen von Tante Hilde und der Mutter. Vor meinen Füßen liegt Hundedreck. Riech mal dran, der ist noch ganz frisch, sagt Hans, ohne mit der Wimper zu zucken. Ich schüttele den Kopf. Traust dich wohl nicht? fragt er, hebt das Häufchen mit spitzen Fingern vom Boden und will es mir unter die Nase halten. Ich ekele mich und ahne zugleich, daß mir mein Cousin einen Streich spielen möchte. Laß dich von diesem Affen nicht beschwindeln, ist doch bloß Pappmaché, höre ich die Prinzessin sagen und sehe, wie sich Hans vor Lachen überkugelt.

74

Es gibt Abendbrot. Auf dem Tisch stehen Platten mit gekochtem Schinken und kaltem Braten, mit Kartoffelsalat, gefüllten Eiern und sauren Gurken. Alle stopfen sich den Bauch voll. Alle reden durcheinander. Nur der Vater schweigt und nippt verdrossen an seinem Bier. Die Mutter trinkt Likör, ein Glas nach dem anderen, beugt sich zu Onkel Franz und flüstert ihm etwas ins Ohr. Plötzlich hat er nichts mehr dagegen, daß sie tuschelt, sondern legt den Arm um ihre Hüfte und lauscht geduldig. Nach einer Weile merkt er, daß ich ihn beobachte. Du brauchst nicht gleich eifersüchtig zu werden, deine Mutter nimmt dir schon keiner weg, sagt er lächelnd. Jetzt wird auch Hans hellhörig. Unsere Blicke begegnen sich, und wir nehmen das Pärchen gemeinsam unter die Lupe. Als Tante Hilde aber eine Maibowle hereinbringt, hat Hans nur noch Augen für seine Mutter. Das war nun wirklich nicht nötig, Schwesterherz, ruft Edith, während die Schüssel abgesetzt wird. Ach, das behauptest du jedesmal, wenn du bei uns zu Besuch bist, sagt Onkel Franz, und alle außer mir und dem Vater lachen sich halb krank. Ich überlege, warum Hans mit mir vorhin nicht Kasperletheater spielen wollte. Ich überlege, wozu wir überhaupt auf den Dachboden gegangen sind. Ich überlege, warum Hans die Prinzessin verdroschen und immer ›Gretchen‹ zu ihr gesagt hat. Ich überlege, wie Hans ein Baby machen wollte, als er der schönen blonden Puppe seinen Schniepel unters Kleid schob. Aber ich komme und komme nicht darauf.

Onkel Franz öffnet seine Zigarrentasche,und ich sehe, wie der Vater sofort nach Streichhölzern sucht. Ach, immer diese Qualmerei, beschwert sich Tante Hilde und fuchtelt vor ihrer Nase herum, als sei das ganze Zimmer schon verraucht. Robert hat die Streichhölzer gefunden, aber nun ist es zu spät, und er schiebt sie neben den Salzstreuer. Na gut, dann spiele ich jetzt zu Ehren meiner lieben Frau die Mondscheinsonate, sagt Onkel Franz, hinkt mit seinem Bumbum-Schritt zum Klavier und schlägt die Noten auf. Ist es draußen auch dunkel genug? fragt er lachend. Schwarz wie im Sack, höre ich die Mutter antworten und begreife nicht, warum sie kichert. Alle Mann an Bord? fragt Onkel Franz und legt die Hände auf die Tasten. Warte mal, sagt Tante Hilde, dreht sich zu Gretchen und erkundigt sich bei ihr, wann Marlene zu Hause sein wollte. Gleich nach dem Heimabend, antwortet die Prinzessin und zwinkert mir zu, als steckten wir unter einer Decke.

Onkel Franz spielt ganz langsam und ganz leise. Edith und Tante Hilde schunkeln mit todernsten Gesichtern. Hans hält sich die Ohren zu und feixt. Robert stehen die

Tränen in den Augen. Ich starre auf die Tapete. An der Wand neben dem Ofen hängt ein weißer Männerkopf. Edith und Tante Hilde sitzen so still, als seien sie eingeschlafen. Die Musik wird unheimlich laut, doch zwischendurch wird sie wieder leise, das wechselt ab. Was ist das für ein Kopf an der Wand? überlege ich. Warum hat sich der Mann nicht mal die Haare gekämmt? frage ich mich und staune, wie Onkel Franz immer die richtigen Tasten trifft. Er spielt so schnell, daß ich nicht weiß, wohin ich zuerst sehen soll. Seine Finger fliegen. Die Töne klettern weit hinauf, ziehen mich in die Höhe und trillern durch die Luft, bis sie mit einem ungeheuren Donner in der Tiefe verschwinden.

Bravo, ruft Robert und kippt dabei den Salzstreuer um. Das gibt Zank, höre ich Gretchen flüstern. Himmlisch, ruft die Mutter, und wir alle klatschen Beifall. Mach dir man keinen Fleck ins Hemd, Edith, sagt Onkel Franz lachend und will zum Tisch zurückkehren. Warte mal, bitte ich ihn, wer ist der Mann dort an der Wand? Ludwig van Beethoven, der hat auch die Sonate komponiert, antwortet Onkel Franz, während er sich den Schweiß von der Stirn wischt. Und warum hat er nur einen halben Kopf? frage ich. Wirst du wohl mal die Klappe halten, zischt Edith über den Tisch. Das ist bloß eine Gipsmaske, erklärt mir Hans, und ich bin beleidigt, weil er immer alles besser wissen muß.

Jetzt ist aber Feierabend mit eurem traurigen Mondschein, sagt Edith und nötigt Onkel Franz wieder ans Klavier. Du kannst es doch selber, wehrt er ab, doch die Mutter geniert sich und bleibt dabei, daß Onkel Franz spielen soll. ›Wem Gott will rechte Gunst erweisen‹, stimmt Edith an, und sogar der Vater brummt mit. Ich sehe ein grünes Waldmeisterblättchen in meiner verdünnten Maibowle schwimmen. ›Lustig ist das Zigeunerleben‹, stimmt Edith an, und ich sehe die silbernen Löffel in den Gläsern blitzen. ›Schön ist die Jugend bei frohen Zeiten‹, will Edith anstimmen, aber ich sehe, wie der Vater die Faust auf den Tisch schlägt. Spiel mal endlich einen richtigen Marsch! ruft er mit überschnappender Stimme. Welchen hättest du gerne, den Petersburger, den Torgauer oder den Hohenfriedberger? fragt Onkel Franz und blättert in seinen Noten. Mir egal, Hauptsache Tschingdarassabum! brüllt Robert und reißt den Arm hoch und runter wie ein Tambourmajor bei der Parade. Vielleicht den Dessauer Marsch? höre ich Onkel Franz fragen und spitze die Ohren. Meinetwegen, antwortet der Vater grinsend. Bist du nicht schon müde? säuselt mir Edith zu. Nein, nein, sage ich. Wann ist es denn soweit mit Dessau? höre ich Onkel Franz fragen und sehe, wie die Mutter ärgerlich den Kopf schüttelt. Dauert noch ein Weilchen, sagt Robert und weicht meinem Blick aus. Habt ihr etwa schon gepackt? fragt Tante Hilde leise. Ach bewahre, so schnell schießen die Preußen nun auch nicht, höre ich die Mutter flüstern. Mir fällt ein Stein vom Herzen. Onkel Franz haut in die Tasten. ›So leben wir, so leben wir, so leben wir alle Tage‹, singen die Erwachsenen und die Kinder. Ich möchte mitsingen, aber ich kann nicht. Du kippst ja gleich vom Stuhl, mein Kleiner, höre ich Onkel Franz sagen und spüre, wie er den Arm um mich legt. Daß du mir den Jungen bloß nicht verwöhnst, quengelt die Mutter. Ich fische das grüne Waldmeisterblättchen aus meinem Glas und behalte es in der Hand. Ich sehe noch, wie es sich vor meinen Augen zusammenrollt. Aber dann sehe ich gar nichts mehr.

Wer von uns beiden ist erschöpft? Ich oder ich? Das Kind oder der Fünfzigjährige? Wem klopft das Blut in den Schläfen, ihm oder mir? Wer beugt sich über den eigenen Rand und blickt in eine ungeahnte Tiefe? Wohin gehen wir, du und ich? Was wurde uns gestohlen, dir und mir? Wer nahm die Liebe aus deinem und meinem Herzen? Wer raubte dir und mir das Glück der kleinen Freuden, die Wohltat der unbefleckten Zärtlichkeit, das Geheimnis der Tränen, die Unschuld der Spiele, die Lust am Leben? Wer von uns beiden feiert im Juli seinen vierten Geburtstag, du oder ich? Wen laden Robert und Edith dazu ein? Den Cousin und die Cousinen? Nein. Marlene, Hans und Gretchen sind mit ihren Eltern in die Ferien gefahren, auf einen Bauernhof. Wir beide, du und ich, stehen mit den Nachbarskindern auf der Freitreppe des ehemaligen Untersuchungsgefängnisses, schwenken Hakenkreuzfähnchen und werden von der Mutter fotografiert. Gut, gut. Aber wer von uns beiden weiß eigentlich noch, was im August geschah, als wir zum zweitenmal nach Binz fuhren? Auf mich darfst du dich nicht verlassen. Ich habe alles vergessen. Sprich du!
Der Vierjährige erzählt: Onkel Willy und der Vater sind zu Hause geblieben. Deswegen hat sich Tante Herta ans Steuer gesetzt und die Mutter daneben. Unterwegs wollte mir Rosi die Trillerpfeife wegnehmen, mein Geburtstagsgeschenk von Louise, aber ich habe mich gewehrt. Wir haben nicht in der Pension gewohnt, wie voriges Jahr, sondern in einem anderen Hotel. Tante Herta und die Mutter haben sich immer gestritten. Eines Abends haben uns die beiden eingesperrt, Rosi und mich. Aber durch die Wand konnten wir alles hören. Du wolltest mir meinen Mann

ausspannen, du Hure, du Miststück, du Drecksau! hat Tante Herta geschrien. Auf so einen Lackaffen wie deinen Willy kann ich dankend verzichten! hat Edith zurückgebrüllt und nach jeder Ohrfeige von Tante Herta laut um Hilfe gerufen. Aber die Zimmermädchen haben sich taub gestellt, und Rosi hat immer nur geweint. Am nächsten Morgen sind wir wieder nach Zerbst gefahren. Unterwegs hat keiner was gesagt. Aber Rosi hat sich gerächt und meine Trillerpfeife aus dem Fenster geworfen.

Der Fünfzigjährige überlegt: Willy Zabel scheint seiner Frau, aus welchen Gründen auch immer, den Ehebruch irgendwann gebeichtet zu haben, sonst wäre es nicht zu den Ohrfeigen gekommen. Doch solche Binsenweisheiten sind ungenügend. Ich werde ein paar Schritte zurückgehen, um einen größeren Sprung zu wagen. Zwischen dem Verzicht des Vaters auf die Fortsetzung der Beamtenlaufbahn und seinem Wechsel als Angestellter ins Dessauer Behördenhaus besteht, wie ich glaube, ein noch ungeklärter Zusammenhang. Ich vermute, daß es sich um eine Bestechungsaffäre handelte. Der Unternehmer Zabel brauchte die Genehmigung für ein Bauvorhaben, und Robert, sein Intimus, verschaffte sie ihm auf rechtswidrige Weise, trotz der zu befürchtenden Folgen. Die Beziehung zwischen den beiden Männern kann also nur eine sehr innige gewesen sein. Als Gegengabe erhielt Robert – wie armselig! – einen Maßanzug, eine goldene Uhr und eine Einladung an die Ostsee. Ich bin sicher, daß er unter dieser Erniedrigung litt. Er mußte sich nicht allein übertölpelt, sondern auch beleidigt und entehrt fühlen, selbst wenn es ihm gelegentlich Spaß machte, mit der goldenen Uhr, die ihm sein geliebter Willy geschenkt hatte, ein wenig zu prunken. Im Grunde war Robert tief verletzt, brachte aber nicht den Mut auf, seinem Freund die Wahrheit zu sagen. Für den abrupten Wechsel vom Zerbster Bauamt ins Dessauer Behördenhaus dürfte jedoch ein anderer Umstand zwingend gewesen sein. Meiner Ansicht nach war ihm ein neidischer Kollege, vielleicht sogar der blonde Heinz, jener einzige Gast an Vaters Geburtstag, auf die Sprünge gekommen und hatte versucht, Robert zu erpressen. Auch die Sehnsucht der Mutter, eines Tages in die Residenzstadt Dessau zu übersiedeln, mag dabei mitgewirkt haben. Doch das sind Spekulationen. An der Ostsee wurde das Dreiecksverhältnis offenbar und erwies sich als eine sublime Spielart der Homosexualität, an der sich Robert nur halbwegs, Willy mit schlechtem Gewissen, Edith dagegen hemmungslos und mit doppeltem Genuß beteiligte, weil sie beide Männer erhörte. Die Freundschaft zerbrach, und Rosi wie ihre Eltern gerieten für immer aus meinem Gesichtskreis.

76

Louise bringt mir die Namen aller Wochentage und Monate bei. Jetzt haben wir August, und der Himmel bleibt hell, bis die Sterne scheinen. Manchmal setzt sich die Mutter ans Klavier, schlägt das Liederbuch ›Der kleine Rosengarten‹ auf und singt. Wie heißt der Mann dort über dem Klavier? frage ich sie eines Abends. Richard Wagner, antwortet Edith leise. Warum hat er einen Hut auf? frage ich weiter. Das ist kein Hut, sondern ein Barett, sagt Edith. Haben Onkel Franz und Tante Hilde auch einen Kopf von Richard Wagner? Nein, bei denen hängt Ludwig van Beethoven, antwortet Edith, knallt den Klavierdeckel zu und weint.

Im September ziehen Wolken auf und verdunkeln die

Zimmer. Ein Gewitter bricht los. Ich drücke die Stirn gegen die Fensterscheibe, und mir ist, als laufe der Regen über mein Gesicht. Am anderen Morgen kommt der Obstmann mit seinen Körben und stellt sie auf die Fußmatte, damit das Linoleum nicht schmutzig wird. Bloß Pflaumen? fragt Louise. Der Mann mit der Lederschürze hat den Kopf ins Genick gelegt und starrt nach oben. Mein Gott, sind das schöne Stuckdecken! staunt er. Ja, die sieht man nicht alle Tage, antwortet Louise geschmeichelt und kauft zwei Körbe Reineclauden. Wie in einem richtigen Schloß, sagt der Obstmann zum Abschied und verbeugt sich vor der Großmutter. Ich schnipse die Pflaumenkerne in den Eimer, sehe die Nachbarskinder durch die Pfützen springen und bin neidisch auf sie, weil es ihnen niemand verbietet.
Seit der Obstmann bei uns war, fehlt mir etwas in der Wohnung, aber ich komme nicht darauf, was es sein könnte. Der eichene Spazierstock des Vaters hängt am Garderobenhaken, und darunter steht Ediths Schirm. Im Schlafzimmer der Eltern liegen die Paradekissen auf den Betten und spiegeln sich in den dunklen Schränken. Der lange Eßzimmertisch und die Stühle sind mit Schonbezügen verhüllt. Auch hier, wie in allen anderen Zimmern, gibt es Stuckdecken. Was ist daran so Besonderes? Bin ich etwa ein Prinz, weil der Obstmann gesagt hat, daß wir wie in einem richtigen Schloß wohnen?

77

Es ist Herbst geworden. Alle Vögel sind weggeflogen. Nur die Spatzen und die Krähen sind mir treu geblieben. Im November fällt der erste Schnee, doch er taut gleich wie-

der. Morgens fährt der Vater nach Dessau, und die Mutter geht in die Maschinenfabrik Meinecke. Louise und ich sitzen fast den ganzen Tag in der Küche, um Kohlen zu sparen. Manchmal darf ich mit dem Feuerhaken die Herdringe herausnehmen und ein halbes Brikett in die Glut werfen. Die Großmutter ist mürrisch und weint oft, aber sie verrät mir nicht, warum. Ich blicke durch das Fenster im Wohnzimmer. Die Pfützen sind gefroren. Die Kinder schlittern übers Eis. Doch Edith hat mir verboten, allein auf die Straße zu gehen.
Immer, wenn es vom Bartholomäiturm zwölf schlägt, wird an der Haustür geklingelt, und Gretchen Nagel, meine Patentante, holt mich zum Spaziergang ab. Während ihrer Mittagspause schlendern wir über die Alte Brücke, durch die Badergasse und über die Neue Brücke bis zur Breiten Straße. Tante Gretchen hat mich gern. Sie liest mir geduldig vor, was auf den Ladenschildern geschrieben steht. Ich darf sogar Schneebälle gegen die Mauern werfen. Dann bringt sie mich zur Schloßfreiheit zurück, und ich bedanke mich für den schönen Ausflug. Doch irgend etwas stimmt nicht mit Tante Gretchen. Manchmal kommen ihr unterwegs die Tränen. Manchmal macht sie halt vor einem Geschäft und kann keinen einzigen Buchstaben erkennen. Weinst du? frage ich und lasse meine Stiefel über den Schnee rutschen. Mir sticht nur die Sonne in die Augen, antwortet sie lächelnd und klappt den Mantelkragen hoch. Aber seitdem wird mir jedesmal unheimlich, wenn mich Tante Gretchen an der Schloßfreiheit abliefert. Immer wieder vermisse ich etwas. Anfangs nur die Blumenetagère im Wohnzimmer. Dann die Truhe im Korridor. Bald darauf meinen Kindertisch. Wenig später den Notenständer. Schließlich das Richard-Wagner-Bild, von dem auf der nachgedunkelten Tapete nur noch

ein heller Fleck zu sehen ist. Findest du's nicht hübscher so? fragt Edith. Ich zucke die Achseln. Am folgenden Tag, nach dem Spaziergang, kommen mir auf der Treppe zwei Männer entgegen, die Louises grünes Sofa mit dem rosa Muster und den weißen Häkeldecken heruntertragen. Ich laufe die Stufen hinauf und klingele Sturm. Die Großmutter ist verweint. Sie geht in die Küche und spricht bis zum Abend kein Wort. Als die Eltern nach Hause kommen, erklären sie mir, das Sofa müsse frisch gepolstert werden. Sie lügen und lügen und lügen. Ich erinnere mich genau, daß sich der Vater und Onkel Franz darüber unterhalten haben, wann es denn soweit mit Dessau sei, und plötzlich fällt es mir wie Schuppen von den Augen, warum mich Tante Gretchen in ihrer Mittagspause durch die Stadt begleitet. Ich soll nicht wissen, was allen anderen längst kein Geheimnis mehr ist. Ich soll der letzte sein, der es erfährt. Auch Louise hat mich hinters Licht geführt. Was helfen mir jetzt ihre Tränen? Ich will nicht nach Dessau. Ich will nicht wieder in den Paternoster steigen. Ich will nicht wieder auf dem Dach des Polizeipräsidiums stehen. Ich will nicht wieder Speckbrocken schlucken. Ich will nicht wieder, daß mir der Vater mit seinen Vogelkrallen in den Hintern zwickt. Ich will in Zerbst bleiben mit meinen Märchenklötzen, mit meinem Teddy, mit meinem Papagei und mit meinem roten Flitzer, auch wenn er tausendmal kaputt ist. Warum müssen wir nach Dessau? frage ich die Mutter. Das geht dich einen feuchten Kehricht an! keift Edith, doch plötzlich wird sie stutzig. Wer hat dir solchen Unsinn erzählt? erkundigt sie sich wehleidig. Ich falle in ein abgrundtiefes schwarzes Loch. Es dauert ein oder zwei Wochen, ehe ich wieder auf den Beinen bin. Aber nun geben die Eltern das Versteckspiel auf. Edith kündigt ihre Stelle in der Maschinenfabrik Meinecke und kommt mit

einem großen Blumenstrauß nach Hause. Ich erkenne sie kaum wieder. Ihre Augen sind verweint, ihre Haare sind zerzaust, in ihren Strümpfen sind Laufmaschen vom Hüfthalter bis zu den Fersen, und sie stinkt nach Schnaps. ›In einer Nacht im Mai, da kann soviel passieren . . .‹ grölt Edith, während sie von Louise und dem Vater ins Bett gebracht wird. Aber auf dem Kalenderbild leuchtet schon der Weihnachtsbaum.
Manchmal kommt es mir so vor, als müsse ich sterben, weil sich außer Louise niemand mehr um mich kümmert. Abends spannt der Vater einen Bogen Zeichenpapier über den Schreibtisch und beschriftet Kartonschnipsel, die er mit der Mutter auf dem Bogen verschiebt. Hierher gehört das Klavier, sagt der Vater. Nein, hierhin! schreit Edith und zerreißt die Zeichnung. Manchmal brüllen beide gleichzeitig. Dann hört es sich so an, als ob Hunde bellen und Schweine quieken. Manchmal tritt die Mutter vor Wut gegen den Tisch, oder der Vater steht auf und schmettert die Tür ins Schloß. Wenn ich nachts aus meinem Gitterbett zu Louise krieche, umarmen wir uns, und vor dem Einschlafen bete ich stumm: Lieber Gott, mach mich fromm, daß ich nicht nach Dessau komm, amen. Das habe ich selbst erfunden und bin stolz darauf.
Robert und Edith nehmen jetzt kein Blatt mehr vor den Mund. Sie sprechen nur noch davon, welche Möbel verkauft werden sollen, weil die Dessauer Wohnung zu klein für uns ist. In der Woche zwischen dem zweiten und dritten Advent besucht uns ein Mann, zu dem die Eltern ›Herr Taxator‹ sagen. An alles, was ihm gefällt, hängt er ein Schild mit Zahlen drauf. Dann rechnet er sie zusammen und läßt den Vater unterschreiben. Ist es Ihnen recht, wenn die Sachen übermorgen abgeholt werden? fragt der Taxator. Robert nickt, und die Mutter beißt in

ihr Taschentuch. Noch zweimal schlafen, merke ich mir. Doch als es endlich klingelt, stehen keine Möbelträger vor der Tür. Tante Gretchen ist gekommen und holt mich zum Spaziergang ab. Sie duftet nach Parfüm. Wir gehen den alten Weg während ihrer Mittagspause. Tante Gretchen ist lustig und aufgekratzt. Sie erzählt mir eine Geschichte, wie die Bauschüler vor Jahren dem Roland auf dem Zerbster Markt die Stiefel mit Schuhcreme beschmiert haben. Ich nicke nur. Findest du das nicht komisch? fragt Tante Gretchen. Ich schüttele den Kopf. Möchtest du mal an meinem Kragen riechen? fragt sie und beugt sich zu mir herunter. Ich stoße sie zurück. Du solltest dich was schämen! brülle ich ihr ins Gesicht, und plötzlich wird Tante Gretchen puterrot. Das war doch bloß ein Spaß, flüstert sie. Nein, heute wolltest du mich schon wieder beschwindeln, fauche ich sie an und renne voraus zur Schloßfreiheit. Ich höre ihre Schritte hinter mir, doch als ich mich umdrehe, lehnt sie an der Gartenmauer und schnappt nach Luft. Ich strecke ihr die Zunge heraus und laufe die Treppe hoch. Louise läßt mich eintreten und hilft mir aus dem Mantel. Eine Weile bleibe ich im Korridor stehen, um Tante Gretchens Klingeln abzuwarten. Aber es rührt sich nichts. Die Wohnung ist fast leer. Edith hat den dunklen Schlafzimmerschrank, die Hälfte der Stühle aus dem Eßzimmer und die Sessel im Wohnzimmer eingebüßt. In Louises Zimmer fehlt der Spiegelschrank, und der Vater hat auf die Flurgarderobe verzichtet. Nur der eichene Spazierstock lehnt an der Wand.

Eines Morgens in der Woche vor Weihnachten geht die Mutter zur Post, um allen Verwandten und Bekannten unsere künftige Adresse zu schicken. Von der Schloßfreiheit bis zur Post und wieder zurück braucht sie höchstens eine halbe Stunde. Aber aus irgendeinem Grund verspätet sich Edith und kommt nicht einmal zum Mittagessen. Was machen wir denn nun? fragt Louise nachdenklich, doch ihrer Stimme höre ich an, daß sie weder enttäuscht noch traurig ist. Wir könnten der Mutter ein Stück entgegengehen, schlage ich vor. Ach, da habe ich eine bessere Idee, meint Louise, und ich merke, wie sie sich ein Lächeln verbeißt. Verrate es mir! rufe ich und klatsche vor Freude in die Hände. Aber sie will immer noch nicht mit der Sprache heraus. Bitte, bitte! bettele ich, und endlich gibt sie nach. Wir machen uns jetzt beide ganz fein und feiern heute schon Heiligabend, sagt die Großmutter. Und wann gibt's die Geschenke? frage ich neugierig. Louise sieht mir lange in die Augen. Ihr Blick hüllt mich ein wie ein warmes Tuch. Eile mit Weile, antwortet sie kopfschüttelnd, und ich muß ihr versprechen, nicht eher in die Küche zu kommen, bis sie mich ruft. Ich ziehe ein frisches Hemd an, starre auf die Tapete und warte. Dort, mir gegenüber, stand vorige Woche noch der Karton mit den Märchenklötzen, dem Papagei und dem roten Flitzer. Jetzt liegt nur der Teddy darin. Oder irre ich mich, weil es draußen schon dunkel geworden ist? Wir können anfangen! höre ich die Großmutter rufen und laufe in die Küche. Doch hinter der Schwelle bleibe ich wie angewurzelt stehen. Auf dem gedeckten Tisch liegt ein kleiner Adventskranz, in dem eine rote Kerze steckt. Frohe Weihnachten! wünscht mir Louise. Ich bringe kein Wort über die Lippen. Die Großmutter trägt das schwarze Seidenkleid mit dem weißen Spitzenbesatz. Guten Appetit! sagt sie und setzt mir meinen geliebten Kartoffelbrei mit den gebratenen und gezuckerten Wurstscheiben vor. Danke, sage ich, und als Louise die braune Butter darübergießt, bin ich im siebten Himmel. Der Adventskranz duftet. Die silbernen Bestecke glänzen. Das gelbe Licht über dem Docht schwebt vor meinen Augen, und dahinter strahlt Louises Gesicht. Sie ißt ganz wenig und nippt nur an ihrem Weinglas. Manchmal putzt sie sich die Nase, und es kommt mir fast so vor, als habe sie geweint. Jetzt müssen wir aber Schluß machen, sonst erwischt uns deine Mutter, mahnt mich Louise und bläst die Kerze aus. Schade, maule ich im Dunkeln. Wehe, du erzählst jemand, daß wir heute schon Weihnachten gefeiert haben! flüstert mir die Großmutter ins Ohr und küßt mich auf den Mund, bevor sie die Lampe einschaltet. Das grelle Licht blendet mich. Bleib ruhig sitzen und leck deinen Teller ab, sagt Louise, und ich höre ihre Pantoffel durch den Korridor schlappen. Es dauert eine Weile, bis sie wieder erscheint. Jetzt trägt sie nicht mehr das schwarze Kleid mit dem Spitzenbesatz, sondern ihre Kittelschürze und darunter schon das Nachthemd. Sie legt ein Brikett in die Glut und setzt Wasser auf. Nachdem der Abwasch erledigt ist, darf ich ihr beim Silberputzen helfen. Anschließend verstecken wir das Tischtuch, den Adventskranz und die Kerze in der Speisekammer. Als die Eltern nach Hause kommen, kann ich mich kaum noch auf den Beinen halten. Der Junge sieht aus wie Braunbier mit Spucke, sagt Robert. Ja, du bist wirklich müde, mein Kleiner, sagt Edith, und Louise bringt mich zu Bett. Eine Weile höre ich sie das Lied von dem jungen Waidmannssohn singen. Dann fallen mir die Augen zu.

Am nächsten Morgen drehe ich mich auf die Seite und taste im Halbdunkel nach Louise. Schläfst du noch? frage ich leise, damit sie sich nicht erschrickt. Sie gibt keine Antwort, und vor Angst schlägt mir das Herz im Hals. Ist die Großmutter tot? Ich schiebe die Hand über das Laken. Es ist kühl und glatt. Ich drücke auf den Knopf der Nachttischlampe und erstarre. Neben mir sehe ich statt der weißen Bezüge zwei rote Inletts. Bist du schon wach? höre ich die Mutter fragen und spüre, daß sie sich auf die Bettkante setzt. Ich bringe nachher gleich frische Wäsche, sagt sie und streicht mir mit den Fingernägeln durch das Haar. Mein Mund wird trocken. Meine Beine werden steif. Das ist nämlich so, höre ich Edith sagen, und jetzt erzählt sie mir eine Geschichte: Weil Louise schlecht laufen kann, hat der Vater sie vorhin mit dem Zug nach Dessau zu Onkel Arnold gebracht, und bei ihm wird sie bleiben, bis unsere neue Wohnung eingerichtet ist.
Mir zerspringt die Brust. Ich fühle, wie meine Arme und Beine zu Stein werden. Alle haben mich belogen. Tante Gretchen mit ihren Mittagspausen. Edith mit ihrem Weg zur Post. Aber tausendmal mehr noch die Großmutter mit ihrer falschen Weihnachtsfeier und ihrem Seidenkleid, mit ihrem Adventskranz und der roten Kerze, mit ihrem Kartoffelbrei und ihrem Kuß. Müde wollte mich Louise machen, damit ich nicht merke, daß sie nachts aus dem Bett steigt. Warum hat sie sich nicht von mir verabschiedet, bevor sie zu Onkel Arnold fuhr? Warum hat sie mich im Stich gelassen ohne ein Wort? Ich zertrampele deinen Bauch, du Hexe! schreie ich lautlos. Ich schlage dich tot, die Lügenmaul! brülle ich stumm. Du sollst verrecken, du Rabenaas! jault mein Herz.

79

In der ersten Nacht, allein ohne die Großmutter, finde ich keine Ruhe. Die Eltern schnarchen. Ich klettere aus dem Gitterbett und kuschele mich unter Louises Decke. Aber mir fehlt etwas. Niemand singt. Ich rufe leise. Niemand hört mich. Ich knipse das Licht an und aus, immer wieder. Vielleicht sieht es jemand auf der Straße. Aber der Vorhang ist zugezogen. Ich höre ein Kratzen in der Tapete. Sind es Spinnen oder Kakerlaken? Mir stehen die Haare zu Berge. Soll ich die Eltern wecken? Sie würden mich nur auslachen. Ich singe das Lied von dem jungen Waidmanssohn, und es hilft. In der zweiten Nacht nehme ich den Teddy mit ins Bett. Du brauchst keine Angst zu haben, beruhige ich ihn und halte mich an ihm fest. Doch sein Plüschfell ist kratzig, und wenn ich das Licht einschalte, starrt er mich unentwegt an. Seine Augen gleichen den Augen Louises. Was hast du zu mir gesagt? höre ich den Teddy flüstern. Gar nichts, antworte ich und bebe am ganzen Leibe, weil ich weiß, daß ich lüge. Rabenaas, Hexe, Lügenmaul hast du mich genannt! höre ich Louise zischeln und lösche das Licht. Doch ihre Stimme verfolgt mich auch im Dunkeln. Alles hast du mir zu verdanken, du niederträchtiger Fratz, wispert sie, und jedes Wort rauscht auf mich hernieder wie ein Peitschenhieb. Ich krümme mich. Ich wälze mich auf die Seite. Ich zerbeiße mir die Daumen und genieße meinen Schmerz. Ich will wieder ganz brav sein, verspreche ich Louise und spüre ihre zärtliche, weiche, nach Majoran und Kamille duftende Hand auf der Stirn.

Am Heiligabend müssen der Vater und ich im Korridor warten, bis die Mutter den Baum geputzt hat. Als das Glöckchen bimmelt, dürfen wir eintreten. Eine kleine

Tanne steht auf dem Tisch. Die Kerzen brennen. Von den Zweigen hängen Lamettafäden und goldene Papiersterne. Fröhliche Weihnachten! wünscht Edith und gibt mir einen Kuß auf den Mund, wie neulich Louise. Nur der Vater geht leer aus. Ich will ihm die Hand geben, doch er übersieht mich und holt einen Kasten Bier aus dem Korridor. Vorher wird aber gesungen, droht ihm die Mutter und klappt den Klavierdeckel auf. Wir singen ›Stille Nacht, heilige Nacht‹, aber ich höre ein anderes Lied aus längst vergangenen Tagen. Auch Roberts Brummbaß kann es nicht übertönen. Ein Mann hat es irgendwann gesungen, und zwar unter einem großen Baum mit tiefhängenden Ästen. ›Still wie die Nacht und tief wie das Meer soll deine Liebe sein‹, hat der Mann damals im Schloßgarten gesungen, und Edith sind die Tränen gekommen, genauso wie heute bei der Bescherung. Der Vater schenkt mir eine Blechschachtel, in der seine alten, aber wenigstens schon angespitzten Buntstiftstummel liegen. Die Mutter schenkt mir Ohrenschützer, und in dem Päckchen von Louise finde ich einen Nikolaus aus Schokolade. Ich bedanke mich für alles. Nach dem Abendbrot darf ich noch aufbleiben. Die Eltern lesen ihre Weihnachtspost und scheinen danach nicht mehr zu wissen, was sie mit sich und mit mir anfangen sollen. Ich würde am liebsten heute schon nach Dessau fahren, damit endlich alles vorbei ist. Aber der Umzug findet erst Anfang Januar statt, hat mir die Mutter verraten. Robert trinkt Bier. Edith knabbert Makronen und wirft die Krümel in den Aschenbecher. Ich klemme meine Ohrenschützer an den Kopf und balanciere über die Dielenritzen. Ich fühle mich wie ein Seiltänzer ohne Stange und Netz. Es macht Spaß, durch die Luft zu gehen und trotzdem nicht herunterzufallen. Aber jetzt läuten die Glocken. Der Vater stellt das Radio an, und das

Glockenläuten kommt nun auch aus dem Lautsprecher. Die Mutter stellt das Radio bald wieder ab, doch das Dröhnen schwingt noch nach. Sogar die Gläser und die Teller zittern. Dann wird es still, und ich lege die Ohrenschützer zu den Buntstiften. Hättest du was dagegen, wenn du heute mal in Louises Bett schläfst und der Junge bei mir? höre ich die Mutter fragen und bin enttäuscht, als der Vater die Stirn runzelt. Hab dich nicht so, ist doch Weihnachten, bettelt Edith. Na schön, meinetwegen, antwortet der Vater und redet ein Weilchen darüber, daß er demnächst bei den Junkerswerken angestellt wird. Darfst du dann mit einem richtigen Junkersflugzeug fliegen? erkundige ich mich. Robert grinst verlegen, kontrolliert seine Vogelkrallen und gähnt. Machen wir Feierabend, sagt er, schnappt sich eine Bierflasche und verschwindet. Gute Nacht! rufen wir ihm hinterher, doch er dreht sich nicht um. Die Mutter löscht die Kerzen, und ich folge ihr ins kalte Schlafzimmer. Sie zieht mir rasch die Sachen aus und nimmt mich zu sich ins Bett. Wir kuscheln uns eng aneinander. Ich spüre ihre Wärme durch mein Hemd dringen. Plötzlich fängt Ediths Bauch an zu wippen. Robert und fliegen! prustet sie vor Lachen und vergräbt das Gesicht im Kissen. Sei still! bitte ich sie, weil mir der Vater ein bißchen leid tut. Edith stemmt sich auf die Ellbogen. Ohne mich könntest du heute genausowenig schlafen wie die beiden letzten Nächte, sagt sie und zieht mein linkes Bein über ihre Hüfte. Woher weißt du das? frage ich erstaunt. Weil ich durchs Schlüsselloch gesehen habe, antwortet die Mutter seelenruhig und haucht den Atem in die kalte Luft. Am nächsten Abend unternimmt der Vater einen schüchternen Versuch, sich wieder neben der Mutter einzuquartieren. Aber sie sagt, ich sei erkältet, und von nun an bleibt Robert bei den Gespenstern in Louises Zimmer. Wärme mich, bittet Edith Nacht für Nacht. Ich schlinge die Arme um ihren Hals. Ich schiebe die Füße zwischen ihre Schenkel. Manchmal rollt sie sich im Halbschlaf über mich und stöhnt. Doch dann kichert sie plötzlich und dreht mir den Rücken zu.

Die dunklen Tage zwischen Weihnachten und Silvester ziehen sich unendlich lang hin. Oft bin ich allein in der Wohnung und fürchte mich vor jedem Schritt auf der Treppe. Manchmal trete ich ans Fenster und blicke über den grauen Schnee, bis der Bartholomäiturm in meinen Tränen ertrinkt. Manchmal wandere ich um den Eßzimmertisch und zähle die Stühle, obwohl ich genau weiß, daß es nur noch sechs sind. Manchmal setze ich mich ans Klavier und haue vor Angst immer auf dieselbe schwarze Taste, bis die Nachbarn durch das Treppenhaus brüllen. Wenn die Mutter kommt, erzählt sie mir jedesmal, was sie in Dessau gekauft hat: Tapeten, Gardinen, ein Küchenbüffet, einen Kleiderschrank, eine Bettumrandung und eine Frisiertoilette mit einem großen Spiegel. Sie verrät mir auch unsere neue Adresse: Zimmerstraße 4. Aber Schloßfreiheit 10 finde ich schöner. Was ist ein Zimmer gegen ein Schloß? Ich möchte mich verkriechen, doch es gibt kein Versteck mehr in dieser Wohnung. Ich kann mich eine Weile hinter den Vorhang stellen. Aber was hilft's?

Am letzten Tag des Jahres darf ich die Mutter zum Fischmarkt begleiten und der Marktfrau zusehen, wie sie einen Karpfen erschlägt, ihn zerteilt und abschuppt. Ich trage das Netz zur Schloßfreiheit zurück, doch bei jedem Schritt kommt es mir so vor, als schnappe der tote Fisch mit seinem Maul nach mir. Am Abend bringe ich keinen Bissen herunter, auch nicht, als der Vater verspricht, mich pünktlich zu wecken, damit wir einen Silvesterspaziergang machen können. Dafür sorgt schon die Mutter. Kurz vor Mitternacht zieht sie mich warm an, und wir gehen über die Schloßfreiheit. Prost Neujahr! rufen die Leute. Der Vater kennt alle Glocken im Zerbster Kreis, weil er jeden Kirchturm bestiegen hat. Das ist die Glocke von Sankt Nikolai, sagt er, und ich spüre das Zittern in seiner Stimme, weil die Eltern dort getraut wurden. Das ist die Glocke vom Bartholomäiturm, sagt die Mutter und weint, als ich ihr die Hand drücke. Das ist die Glocke von Buhlendorf, sagt der Vater und putzt sich die Nase. Das ist die Glocke von Sankt Marien, sagt die Mutter und wischt sich immer wieder die Tränen aus dem Gesicht.

Am ersten Dienstag im Januar fährt der Möbelwagen vor. Gegen Mittag ist die Wohnung leer. Einer von den Pakkern hebt mich zur Fahrerkabine hinauf, und für einen Augenblick schwebe ich hilflos zwischen Himmel und Erde.

Zweiter Teil

1

›Ich rieche, rieche Menschenfleisch...‹ liest mir Louise aus dem Märchen von dem Teufel mit den drei goldenen Haaren vor. Aber ich rieche nur den Gestank der Heringsräucherei, der Zuckerraffinerie und der Hefefabrik. Seit Onkel Arnold die Großmutter zu uns gebracht hat, ist die Wohnung noch kleiner geworden. Anfangs schläft Louise auf dem Sofa, wechselt aber bald in die Kammer, und mein Gitterbett kommt ins Schlafzimmer der Eltern. Dort lehne ich mich jeden Morgen an die Marmorplatte der neuen Frisiertoilette, blicke in den riesigen Spiegel und schneide Fratzen, bis Edith aus dem Haus geht, um Arbeit zu suchen. Ich hasse diese Stadt mit ihren hohen Schornsteinen. Ich hasse diese Straße mit ihren verkrüppelten Bäumen. Ich hasse diese Treppe mit ihren ausgetretenen Stufen. Ich hasse diesen Korridor mit seinen schäbigen Garderobenhaken und der weißen Kommode. Nein, sage ich zu der neuen Küche und dem zischenden Gasherd. Nein, sage ich zu dem großen, leeren, mit Maschendraht umzäunten Hof. Nein, sage ich zu den gelben Rollos, zu allen Tapeten und Gardinen. Ja, sage ich nur zu dem winzigen Turmzimmer, in das zwei Stufen hinaufführen, zu dem schönen alten Klavier mit dem Richard-Wagner-Bild, zu meiner Spielkiste mit den Märchenklötzen, dem Papagei und dem Teddy. Der rote Flitzer ist verschwunden. Ich kann mir denken, wer ihn unterwegs aus dem Möbelwagen geworfen hat.

2

Ich bin neugierig. Die Namen der Mieter im Haus genügen mir nicht. Ich will alles sehen, alles wissen, alles erkunden. Die Großmutter begleitet mich bis zur Ecke, und ich klatsche vor Freude in die Hände, wenn Lastwagen, Fuhrwerke oder Autos an uns vorbeirollen. Auf der gegenüberliegenden Straßenseite steht ein Lokal. ›Bräustübl‹, liest mir Louise vor, verzieht den Mund, als wolle sie ausspucken, und wir kehren um. In meinen Augen ist die Zimmerstraße überhaupt keine Straße. Sie hat kein Pflaster und keinen Bürgersteig, weder Gullys noch Rinnsteine. Sie besteht aus Schlaglöchern und Dreck, aus Reifenspuren und Pfützen, aus verrostetem Schrott und stinkendem Matsch. Doch mich lockt es trotzdem ins Freie. Ich nötige Louise Tag für Tag, mit mir spazierenzugehen. Nicht weit, das hat Edith verboten, aber wenigstens bis zum ›Bräustübl‹, dann wieder zurück, an den Postgaragen und der Heringsräucherei vorbei bis zur Nr. 4, und manchmal sogar bis zu dem blauen Tor am Ende der Straße.

Die Erwachsenen im Haus sind freundlich zu mir, oder sie übersehen mich. Vor den Kindern der Familie Reichwein im zweiten Stock habe ich Angst. Olaf und Hella sind kleiner als ich, doch sobald ihre Schritte die Stufen herunterklappen, linse ich vorsichtig durch den Briefschlitz. Wenn die beiden morgens mit ihren Täschchen im Treppenschacht verschwinden, renne ich ins Schlafzimmer und sehe ihnen aus dem Fenster hinterher. Ich weiß nicht, wohin sie gehen. Aber wenn sie gegen Mittag nach Hause kommen, blicke ich wieder durch den Briefschlitz. Jetzt sind ihre Gesichter fröhlich und verschwitzt, und plötzlich habe ich keine Angst mehr vor Olaf und Hella.

3

Jeden Sonntag geht der Vater ins ›Bräustübl‹ zum Frühschoppen. Jeden Sonntag, den Gott gibt, wie Louise sagt. Es ist für mich der schlimmste Tag der Woche. Beim Frühstück sind wir noch zu viert. Aber nur die Mutter spricht, und wir hören mit an, wie lange sie schon vergeblich nach Arbeit sucht. Robert legt sich wieder ins Bett. Louise setzt Wasser auf. Edith schaltet Radiomusik ein, und ich leiste ihr Gesellschaft, bis mich der Vater ruft. Ich bringe ihm die Pantoffeln ans Bett. Er steht auf und schlurft ins Bad. Ich halte ihm den Spiegel, während er sich mit dem Pinsel das Gesicht einseift. Manchmal muß ich mir das Lachen verbeißen, wenn der Schaum an seiner wulstigen Nase hängenbleibt. Aber Robert merkt nichts. Er rasiert sich gründlich gegen den Strich, oft bis aufs Blut, wäscht sich die Backen mit Kölnisch Wasser, manikürt seine Vogelkrallen und schlüpft in den grauen Maßanzug, den ihm Onkel Willy vor der Reise nach Binz geschenkt hat. Also bis gleich, verabschiedet er sich. Wir drei wissen, was das bedeutet. Entweder kommt der Vater pünktlich zu Tisch, oder die Großmutter muß das Essen für ihn warm stellen. Wir warten. Edith weint, wenn Robert bei seiner Rückkehr sofort mit steifen Beinen ins Schlafzimmer stakt. Aber auch während der Woche gibt es Tage, an denen der Vater betrunken nach Hause kommt. Dann zieht mich Louise in ihre Kammer, und ich höre, wie Robert von Edith geohrfeigt wird. Die Großmutter behauptet zwar, daß er sich nur den Modder von den Schuhen wischt, aber ich glaube ihr kein Wort. Schließlich kann ich Backpfeifen von Scheuerlappen unterscheiden. An manchen Abenden, wenn mich der Krawall weckt, steige ich aus meinem Gitterbett und beobachte den Vater durch den Türspalt. Er macht stumm den Mund auf und zu, wie der Silvesterkarpfen vom Zerbster Fischmarkt. Er hat immer die Hosen heruntergelassen und klammert sich an die Garderobenhaken. Im Saum seines weißen Oberhemds ist immer ein brauner stinkender Fleck. Du Schlappschwanz, du Schwein, du Drecksau! höre ich Edith fauchen und sehe, wie sie Robert immer wieder ins Gesicht schlägt, ohne daß er sich wehrt. Mir ist, als spüre ich jeden Hieb auf meiner eigenen Haut. Zitternd vor Angst klettere ich ins Bett zurück, schmiege mich an meinen Teddy und streichele ihn, bis mir die Augen zufallen.

4

Der Frühschoppen bleibt das größte Vergnügen des Vaters, und Anfang April lädt er mich trotz Ediths Widerspruch sogar ein, ihn ins ›Bräustübl‹ zu begleiten. Der Zapfer mit der grünen Schürze salutiert bei unserem Erscheinen. Der Kellner nennt den Vater ›Herr Baumeister‹ und fragt mich, ob ich Zitronen- oder Waldmeisterbrause trinken möchte. Zitrone, sage ich und werde rot vor Freude. Wie schön sind diese glatten Holzstühle, diese getäfelten Wände, diese schmiedeeisernen Lampen, denke ich und begreife auf einmal, warum es den Vater jeden Sonntag hierher zieht. Statt bei Louise und Edith zu sitzen, würde ich mir an seiner Stelle auch lieber Hirschgeweihe und Butzenscheiben ansehen. Danke, daß du mich mitgenommen hast, flüstere ich dem Vater zu, und er tippt sein Bierglas gegen meine Brause, ehe er sich eine Zigarre anzündet. Ich finde es wunderbar, wie er die Lippen vorstülpt und kleine blaue Rauchringe in die Luft bläst, bis sie sanft verschweben. Mach weiter, bitte ich ihn und halte den Atem an, damit die folgenden Ringe noch größer werden. Aber nach ein paar Zügen legt der Vater die Zigarre in den Aschenbecher und wendet das Gesicht zur Tür. Ich folge seinem Blick und sehe einen Mann in einem schwarzen Anzug hereinkommen. Mir scheint, als sei ich dieser Halbglatze und diesen Tränensäcken schon irgendwann in der Zimmerstraße begegnet, entweder allein oder mit Louise. Jetzt tritt er an unseren Tisch, und der Vater erhebt sich. Ist hier noch ein Plätzchen frei? fragt der fremde Mann und verwandelt seinen strengen Mund in ein freundliches Lächeln. Aber natürlich, Herr Kutarsky, antwortet der Vater. Ich verbeuge mich, knalle die Hacken zusammen und spüre, wie sich eine weiche Hand um meine Finger schließt. Aha, das ist also der Kronensohn, schnarrt Herr Kutarsky und nimmt neben dem Vater Platz. Die beiden Männer reden über das Sudetenland, über die Junkerswerke, über Mussolini und über Grundstückspreise. Herr Kutarsky hat eine spitze Nase. Er ist älter als der Vater, und das freut mich für Robert. Manchmal läßt Herr Kutarsky die Lider bis zu den Tränensäcken sinken und gähnt. Doch dann reißt er die Augen auf und spricht genau den Satz zu Ende, den er gerade angefangen hat. Wenn Herr Kutarsky Bier trinkt, springt sein Adamsapfel aus dem Kragen und rutscht in das weiße Hemd zurück. Ich erinnere mich plötzlich, wie Robert vor einigen Tagen mit heruntergelassenen Hosen im Korridor stand und die Garderobenhaken umklammerte. Mir wird schlecht. Ich starre auf die grüne Schürze des Zapfers. Ich will nicht mehr wissen, was damals geschehen ist. Es wird ein Traum gewesen sein, weiter nichts. Wenn der Vater trinkt, fließt ihm das Bier in den Hals, ohne zu stocken. Wenn Herr Kutarsky raucht, bläst er dicke blaue Ringe, und ich darf sie mit dem Daumen fangen. Wenn der Vater raucht, bleibt ihm der Tabaksaft an den Lippen kleben, und gleich darauf muß er husten. Sie hatten sich bei mir doch unlängst nach einer Stelle für Ihre Gattin erkundigt? höre ich Herrn Kutarsky fragen und spitze die Ohren. Jawohl, ganz recht, antwortet der Vater, und es kommt mir so vor, als lege er die Hände an die Hosennaht, wie es die Soldaten machen, wenn sie strammstehen müssen. Und? fragt Herr Kutarsky. Meine Frau hat leider noch nichts gefunden, sagt der Vater und senkt den Kopf, als schäme er sich sowohl für Edith wie für mich und die ganze Welt. Eine wirklich gute Stenotypistin, falls sie auch Maschine schreibt, könnte ich vielleicht gebrauchen, sagt Herr Kutarsky und verlangt die Rechnung, ehe es Robert gelingt, das Portemonnaie aus der Hosentasche zu fischen. Schicken Sie Ihre Gattin mal zu mir, sagt der Mann mit der Halbglatze und steckt dem Kellner einen Geldschein zu, bevor er uns seine weiche Pfote reicht.

5

Bei gutem Wetter gehen die Eltern jeden Sonntagnachmittag mit mir spazieren. Wenn wir von der Zimmerstraße in die Elisabethstraße einbiegen, zögert der Vater einen Augenblick. Ich weiß, er würde lieber im ›Bräustübl‹ sitzen, statt einen Ausflug zu machen. Doch das Lokal mit den bunten Butzenscheiben ist nachmittags geschlossen. Aus der Hundehütte neben den Omnibusgaragen springt immer ein weißer Spitz an einer langen Kette und bellt, wenn der Vater den Eichenstock wirbeln läßt. Du Mistvieh! höre ich Robert schimpfen und finde es seltsam, daß er den Hund ärgert. Am Eisenbahnübergang müssen wir manchmal warten, und die Mutter unterhält sich flüsternd mit dem Schrankenwärter, während der Vater dem Zug entgegensieht. Der Mann in der blauen Uniform schäkert mit Edith. Es fällt ihr schwer, sich von ihm zu trennen. Aber wenn Robert mit der Stockspitze auf das Pflaster klopft, verabschiedet sie sich, und wir gehen über die Gleise. Im Siegfriedsgang wird mir immer unheimlich, weil rechts und links Brennesseln stehen. Ich weiß nicht, was ich tun soll, falls mir jemand entgegenkommt. Der Weg ist zu schmal, um auszuweichen. Ich ziehe die Kniestrümpfe so hoch wie möglich und stemme die Fäuste in die Taschen, damit die Hosen länger werden. Diese Straße heißt Akazienwäldchen, sagt der Vater nach einer Weile und bleibt auf der Weggabelung stehen. Dort drüben ist das Landgericht und gleich um die Ecke das Theaterrestaurant, erklärt er weiter. Die Mutter kräuselt den Mund, bis der Lippenstift abblättert, und ich langweile mich zu Tode, weil ich alles, was der Vater sagt, schon irgendwann gehört habe. Können wir uns nicht mal ein paar Geschäfte ansehen? fragt Edith und zwinkert mir zu. Nein, jetzt zeige ich euch noch den Schloßgarten, sagt Robert und trabt weiter. Er geht nie neben oder zwischen uns, sondern immer vorneweg, als wolle er Abstand wahren. An der Orangerie macht er regelmäßig halt und kreuzt die Arme vor der Brust. Kentaur und Nymphe, trichtert er uns ein. Die Mutter grinst, und mir schießt das Blut in die Ohren. Auf dem Sockel steht ein bronzener Mann mit Pferdeleib und Pferdefüßen, und von seinem Pferderücken rutscht eine nackte Frau herunter. Das ist noch nichts für dich, höre ich die Mutter sagen und folge ihr auf eine Straße, die mir immer so vorkommt, als ob sie zum Bahnhof führe oder zu dem Doktor, der meine Polypen weggebrannt hat. Aber der Vater ist schon hinter uns

her. Wir gehen am Behördenhaus vorbei, wo er früher angestellt war, als wir noch in Zerbst wohnten, und Edith zeigt mir sein Fenster im dritten Stock. Auf dem Heimweg werde ich müde. Der Vater hebt mich auf die Schulter, und die Mutter trägt seinen Hut in der Hand. Also dann, sagt er jedesmal an der Ecke der Zimmerstraße, setzt mich ab und verschwindet im ›Bräustübl‹.
Ich habe auch nichts davon, wenn die Eltern sonntags in eine andere Richtung gehen, zum Georgium mit den Sieben Säulen, zur Muldbrücke mit dem rauschenden Gestänge oder in die Stadt. Der Vater blickt mich sofort strafend an, wenn ich auf der vornehmen Kavalierstraße die Absätze klickern lasse, und die Mutter kocht vor Wut, wenn ich im Café Altmann versehentlich die Ellbogen auf den Tisch stütze. Die Eltern sprechen kein Wort miteinander. Robert mampft den Streuselkuchen in sich hinein, und Edith schnattert mit einer Frau am Nebentisch, bis der Vater die Rechnung bezahlt hat. Wir gehen raus. Nun weiß keiner, wohin. Zur Johanneskirche? Gut. Doch sobald ich die schmale Straße mit dem Spielzeuggeschäft und dem Speckbrockenlokal erkenne, wird mir übel. Noch ein paar Schritte, und ich sehe das gelbe Polizeipräsidium. Nein, sage ich. Was hast du denn? fragt Robert scheinheilig. Ich schüttele den Kopf. Aber dann nimmt er meine Hand und zerrt mich im Schweinsgalopp nach Hause, so daß die Mutter kaum nachkommt.
Möchtest du uns nicht mal ein Stück begleiten? frage ich die Großmutter eines Sonntags nach dem Essen. Mit dem größten Vergnügen, antwortet sie, ihr müßt nur ein bißchen warten. Nach einer Weile erscheint Louise in ihrem langen schwarzen Kleid mit dem weißen Spitzenbesatz. So willst du doch nicht etwa auf die Straße gehen! meckert Edith. Ich kann mir alles erlauben, sagt die Großmutter

bissig, hängt sich ein warmes Tuch um die Schulter und geht mit mir die Treppe hinunter. Die Eltern schließen sich uns an, sprachlos und verdattert. Nein, nach rechts zu dem Schornstein! kommandiert Louise. Ich höre Edith und Robert hinter uns tuscheln. Das kümmert mich nicht. Die Großmutter und ich gehen bis zu dem blauen Tor am Ende der Zimmerstraße und biegen in den Triftweg ein. Jetzt mußt du aufpassen, warne ich Louise, als wir uns einer Pfütze nähern. Sie lächelt nur, hebt den Rocksaum und macht einen kleinen Satz, ohne meine Hand loszulassen. Ich springe ihr nach, aber plötzlich wird sie blaß und lehnt sich gegen den Bretterzaun. Soll ich vielleicht zu Herrn Kutarsky laufen und einen Arzt rufen? fragt der Vater. Doch nicht am Sonntag, du Waldheini, flüstert Edith, schraubt ihre Parfümflasche auf und hält sie der Großmutter unter die Nase. Robert bohrt seinen Stock so tief in den Schotter, daß ich sehe, wie sich die Fingerknöchel unter seiner Haut abzeichnen. Jetzt ist mir schon wieder besser, sagt Louise. Keinen Schritt weiche ich von ihrer Seite, während wir langsam umkehren. Wie konnte das denn bloß passieren? fragt mich die Großmutter unterwegs. Weil du gehopst bist wie ein kleines Mädchen, antworte ich, und darüber muß sie schallend lachen. Als wir vor dem Haus stehen, läßt der Vater den Uhrdeckel klicken, und Louise bedankt sich bei ihm für den schönen Ausflug. Also dann nichts für ungut, sagt Robert, wischt die Stockspitze an der Matte ab und trabt mit Siebenmeilenstiefeln zum ›Bräustübl‹.

6

Von den Geräuschen, die mich morgens wecken, liebe ich am meisten das Zwitschern der Vögel hinter den gelben Fensterrollos und das Tappen der nackten Fußsohlen auf den Dielen. Mit geschlossenen Augen kann ich den schweren Schritt des Vaters vom Trippeln der Mutter unterscheiden. Auch das Schnalzen der Schranktüren höre ich gern, das Klappern der Kleiderbügel und das knisternde Seidenpapier in den Schubfächern. Doch sobald ich eine Hand auf meinem Gitterbett spüre, stelle ich mich schlafend. Um diese Zeit will ich die Eltern nicht sehen. Ich hasse ihre bleiche Haut mit den roten Quetschfalten der Kissen auf den Wangen. Ich hasse ihre rauhen, schimpfenden Stimmen. Ich hasse es, wenn sich Edith frisiert und dabei die Haarklemmen zwischen den Zähnen hält. Mich ekelt vor diesen schwarzen Spinnenklauen, vor Ediths Gesumm und ihren spucketriefenden Lippen. Das Gesicht des Vaters ist verschwiemelt, und seine Augen sind eiskalt. Manchmal glaube ich, er ist deswegen so wütend, weil es für die Mutter nur ein Katzensprung zur Firma Kutarsky ist, während er zum Junkerswerk radeln muß. Doch warum giftet er sich dann, wenn ihm Edith freitags ihre Lohntüte zeigt? Das will mir nicht in den Kopf.

Eines Morgens ist alles ganz anders. Durch die Gitterstäbe sehe ich den gelben Himmel im Spiegel der Frisiertoilette. Die Eltern wälzen sich noch herum und flüstern. Robert verlangt, daß mein Bett in Louises Kammer gebracht wird. Mir stehen die Haare zu Berge, doch Edith rettet mich. Bei dir piept's wohl, sagt sie, und nach einer Weile meint Robert: Na schön, dann eben nicht. Morgen nachmittag sind wir übrigens bei Reichweins zum Kinderfest eingeladen, sagt die Mutter, und ich fühle mein Herz im Halse schlagen. Olaf und Hella, dröhnt es mir in den Ohren, Olaf und Hella, wie zwei Glocken. Das sind die Reichweinkinder, die ich immer durch den Briefschlitz beobachte. Ich zerspringe vor Freude. Nein, nein, ohne mich, höre ich den Vater sagen und möchte ihm am liebsten die Augen auskratzen. Könntest du uns wenigstens gegen Abend von Reichweins abholen? fragt die Mutter. Tut mir leid, ich muß morgen zu einer wichtigen Besprechung, die bis in die Nacht dauern kann, antwortet Robert, doch seiner Stimme höre ich an, daß er lügt. Sogar zu fremden Leuten schickst du mich allein mit dem Jungen, jammert Edith. Wieso fremde Leute, wenn sie bloß eine Etage über uns wohnen? fragt Robert höhnisch. Himmeldonnerwetter, zeig den Reichweins doch mal, daß du ein Mann mit Familie bist! schreit Edith.

Aber es hat keinen Zweck. Robert bleibt stur. Die Dielen knarren. Die Schranktüren quietschen. Die Schubfächer krachen. Ich sehe Edith in Unterwäsche vor den Spiegel treten. Sie schminkt und pudert sich. Als Robert aus dem Bad zurückkommt, trägt er schon Spangen an den Hosenbeinen wegen der schmutzigen Fahrradkette. Eine Weile betrachtet er seine Vogelkrallen, greift in Ediths Necessaire und feilt den linken Daumennagel ein bißchen kürzer. Vielleicht erwartet er, daß jemand mit ihm spricht. Aber ich traue mich kaum, ihm in die Augen zu sehen. Also dann, sagt er leise. Weiter nichts. Gott sei getrommelt und gepfiffen, den sind wir los, seufzt Edith und schlüpft in ihr braunes Kleid mit den weißen Punkten. Wir gehen doch morgen zu Reichweins? vergewissere ich mich, während sie die Haarklemmen aus dem Mund nimmt. Selbstverständlich, antwortet sie lachend und stupst den Lippenstift gegen meine Nase. Ediths Absätze klappern die Treppe hinunter. Ich steige auf den Stuhl und öffne das Fenster. Mir tut es immer so weh, wenn mich Edith verläßt. Jetzt tritt sie aus dem Haus. Heute nachmittag gehen wir Geschenke einkaufen! ruft die Mutter, und ich sehe ihr nach, bis sie hinter dem blauen Fabriktor verschwindet.

Louise holt mich zum Frühstück. Danach helfe ich ihr beim Bettenmachen, Staubwischen und Geschirrabtrocknen. Anschließend gehe ich in das Turmzimmer und spiele mit meinen Märchenklötzen. Aber es ist wie verhext. Ich bringe kein Bild zustande. Ich kann die Klötze drehen und wenden, wie ich will. Was sucht der eiserne Heinrich bei Hänsel und Gretel? Warum hat die Mutter gesagt, daß wir heute Geschenke einkaufen müssen? Rotkäppchens Korb steht neben Aschenputtels Schuhen. Mir zittern die Hände. Für wen müssen wir Geschenke einkaufen? Edith und Louise haben ihre Geburtstage schon Mitte Mai gefeiert, ohne Gäste, ohne Sang und Klang, nur mit Käsetorte und Schorlemorle. Die Krone des Froschkönigs schwebt über Dornröschens Hecke. Sind die Geschenke etwa für das Kinderfest bestimmt?

Warum kriege ich nichts geschenkt und muß zusehen, wie Olaf und Hella alles einheimsen? Ich starre auf die Klötze. Der gestiefelte Kater beißt dem Hahn der Bremer Stadtmusikanten den Kopf ab. Frau Holle schüttelt die Betten auf und läßt mir weiße Schneeflocken in die Augen fliegen. Die schöne Müllerstochter spinnt Stroh zu Gold. Sie hat meinen Namen erraten. Ich bin Rumpelstilzchen. Ich stampfe den Fuß in die Erde und reiße mich vor Wut mitten entzwei. Dann liege ich auf den nackten Dielen und weine, bis die Sirene der Zuckerraffinerie pfeift.

Ich habe Glück. Zum Mittagessen gibt es Rouladen. Auf dem zähen Fleisch kann ich eine Ewigkeit herumbeißen, ohne ein Wort sagen zu müssen. Aber der Mutter geht es nicht schnell genug. Meine Güte, wie lange brauchst du denn für die paar Happen! stöhnt sie, legt ihr Besteck beiseite und läuft ins Schlafzimmer. Ich nehme mir ein bißchen Fleisch von Louises Portion und behalte es zwischen den Zähnen. Als Edith in die Küche zurückkommt, wird mir schwummerig. Sie ist frisch geschminkt und trägt schon den hellen Staubmantel. Bist du endlich fertig? fragt sie. Der Junge hat noch den Mund voll, höre ich Louise antworten und schiebe das Fleisch in die Backentaschen. Edith setzt sich neben mich und klappert mit den Schuhen. Freust du dich wenigstens auf unseren Einkaufsbummel? erkundigt sie sich. Ich schüttele den Kopf und schlucke dabei den letzten Rouladenrest herunter. Sei nicht immer so bockig! schimpft Edith, leckt den Zeigefinger an und fährt sich über die Augenbrauen. Ich habe aber keine Lust, antworte ich. Keine Lust, keine Lust! äfft sie mich höhnisch nach. Laß den Jungen in Frieden, bittet die Großmutter und zwinkert mir zu. Beeile dich gefälligst! faucht Edith, als ich meine Gabel auf den Teller lege, doch plötzlich verändert sich ihr Gesicht. Es wird rosig und zart. Die Zornfalten sind verschwunden, und mir ist, als habe die Mutter eine Maske aufgesetzt. Heute gehen wir beide ganz allein ins Café Altmann, und du darfst dir deinen Lieblingskuchen bestellen, flüstert sie und streicht mir lächelnd übers Haar. Ich will nicht in die Stadt und Geschenke für andere Kinder einkaufen! schreie ich und trampele vor Wut gegen das Tischbein. Im Handumdrehen verabreicht mir Edith eine schallende Ohrfeige. Ich hole tief Luft. Nicht doch, nicht doch, winselt die Großmutter, als sich Edith noch einmal auf mich stürzen will. Ich balle die Fäuste. Ich zittere am ganzen Leibe. Wenn du mich verhaust, springe ich aus dem Fenster! brülle ich der Mutter ins Gesicht. Edith wird leichenblaß. Ihr Mund ist nur ein schmaler Strich. Ihre Augen sind kälter als die Augen des Vaters. Sie atmet rasch und stoßweise. Eines schönen Tages, wenn ich unter der Erde liege, wirst du deine Frechheit bereuen, aber dann ist es zu spät! jault Edith und durchsticht mich mit ihrem gehässigen Blick. Bilde dir bloß nicht ein, daß ich dich morgen zu Reichweins mitnehme! kreischt die Mutter, rennt durch den Korridor und schmettert die Tür ins Schloß. Ich laufe ihr nicht hinterher. Ich stelle mich nicht ans Fenster und heule. Louise liegt in ihrer Kammer und schnarcht. Seit Stunden könnte ich schon im Café Altmann sitzen. Aber ich pfeife auf die Haselnußtorte und den süßen Kakao. Ich bin stur. Ich bin bockig. Ich bin halsstarrig. Als Edith nach Hause kommt, wende ich mich ab, doch ich kann es nicht verhindern, daß sie mir das Bilderbuch für Olaf und die Puppe für Hella zeigt. Am liebsten wäre ich tot.

7

Heute ist der große Tag. Den ganzen Morgen trabe ich unruhig durch die Wohnung. Die Mutter hat sich bei Herrn Kutarsky freigenommen und ist mit dem Rad in die Gärtnerei gefahren, weil sie vergessen hat, einen Blumenstrauß für Reichweins zu kaufen. Edith trödelt irgendwo herum. Wahrscheinlich sitzt sie beim Friseur und läßt sich ondulieren, oder sie muß das Fahrrad schieben, weil sie ein Loch im Reifen hat, oder sie steht wieder am Bahnübergang und schäkert mit dem Schrankenwärter. Die Sirene der Zuckerraffinerie hat schon lange gepfiffen, als Edith erscheint. Natürlich war sie beim Friseur. Sie sieht aus wie ein gerupftes Huhn, doch der Blumenstrauß, den sie mitgebracht hat, ist wunderschön. Nach dem Essen muß ich in die Badewanne. Es ist immer dasselbe Lied. Der Gasboiler spuckt abwechselnd lauwarmes und eiskaltes Wasser, und Edith fummelt vergeblich an den Hähnen herum. Dieses neumodische Zeug funktioniert nie, schimpft die Großmutter, während sie mich abtrocknet. Herr Sengebusch muß mal herkommen und den Apparat reparieren, wenn Robert keinen Klempner besorgt, sagt Edith, dreht mich zum Spiegel und kämmt mir die Haare. Was ist das für ein Herr Sengebusch? frage ich. Der Vorarbeiter von Kutarsky, ein sehr tüchtiger Mann, sagt die Mutter, und als sie in den Spiegel blickt, schwebt ein Lächeln um ihre Lippen. Aber dann zerfällt das Gesicht. Schert euch raus jetzt, ich will noch baden und mich ein Stündchen ins Bett legen, faucht Edith. Louise verschwindet in ihrer Kammer. Wann fängt das Kinderfest eigentlich an? frage ich die Mutter. Sobald du dein Nickerchen gemacht hast, antwortet sie und bindet sich ein Tuch um die neuen Dauerwellen.

Ich gehe ins Wohnzimmer. Ich kann nicht schlafen. Ich bin hellwach. Ich stelle mich an das offene Fenster und sehe auf die Straße hinunter. Immer wenn sich ein Kind nähert, erwarte ich, daß es an der Haustür stehenbleibt und bei Reichweins klingelt. Aber alle Kinder, ob groß oder klein, schlendern weiter, grüßen den Mann, der im Erdgeschoß eine Tabakwolke auf die Straße bläst, betreten das Nachbarhaus oder verziehen sich in die Villa hinter der roten Ziegelmauer. Ich höre Edith aus dem Bad ins Schlafzimmer gehen und sehe die Postautos durch die Schlaglöcher fahren. Vor der Heringsräucherei werden Kisten ausgeladen und in einen Lieferwagen geschoben. Ein fauliger Geruch steigt mir in die Nase. Ich schließe behutsam die Fenster. Nach einer Weile höre ich Schritte auf der Treppe, eile in den Korridor und linse durch den Briefschlitz. Herr Reichwein kommt näher, ruht sich einen Augenblick auf unserer Etage aus und steigt zum zweiten Stock empor. Ich gehe ins Wohnzimmer und überlege, wo Edith die Geschenke für Olaf und Hella versteckt hat. Im Turmzimmer? Nein, das ist mein Revier. Hinterm Kachelofen? Nein, dort finde ich nur die Brikettzange. Das große Büfett ist abgesperrt. Aber vielleicht in der Kredenz? Ich kann es doch mal probieren. Der Schlüssel steckt. Warum soll ich ihn nicht umdrehen? Ja, da liegt das Bilderbuch neben der Puppe. Wieso muß Olaf und Hella eigentlich alles gehören? Bleibt für mich gar nichts übrig außer dem Karton und dem Einwickelpapier? Ich koche vor Wut. Ich möchte das Buch zerreißen und die Puppe zertrampeln. Doch das darf ich nicht. Dann verdrischt mich Edith und geht allein zum Kinderfest. Aber wenn ich die Geschenke schon nicht kaputtmachen darf, kann ich sie doch wenigstens beschmieren. Mit Schuhcreme oder Bohnerwachs? Nein, das würde Edith sofort merken. Mir kommt eine herrliche Idee, so niederträchtig und so hundsgemein, daß ich ein Lachen im Hals spüre. Auf leisen Sohlen gehe ich ins Schlafzimmer. Die Mutter liegt nackt im Bett, hat ein Kopfkissen zwischen die Beine geklemmt und schnarcht mit offenem Mund. Vorsichtig öffne ich die Frisiertoilette und nehme einen ihrer roten Lippenstifte heraus. Edith wälzt sich auf die Seite. Ich ducke mich vor dem Fußende der Betten und warte, bis Ediths Atem ganz gleichmäßig wird. Ich schleiche ins Wohnzimmer und mache mit dem Lippenstift einen kleinen Klecks auf den Rücken des Bilderbuches, ehe ich die winzigen Puppenzehen bemale. Mich schaudert. Ich komme mir vor wie ein Verbrecher. Ich schwitze vor Angst. Ich räume alles in die Kredenz und schiebe den

Lippenstift unter das Einwickelpapier. Ich höre die Schritte der Mutter im Korridor und laufe ihr entgegen. Sie trägt ein kariertes Kleid und hilft mir beim Anziehen. Als sie ins Wohnzimmer geht, bleibt mir für einen Augenblick das Herz stehen. Aber Edith kommt seelenruhig zurück, bindet eine Schleife um die Geschenke und drückt mir den Blumenstrauß in die Hand. Ich gehe hinter ihr die Treppe hoch. Jede Stufe ist ein Berg. Ich möchte umkehren. Ich bin ein Verbrecher. Mir wird heiß und kalt, als sich die Tür öffnet und Herr Reichwein auf der Schwelle steht. Ich gebe ihm den Blumenstrauß und verliere die Besinnung.

8

Ich weiß nicht mehr, wie ich an diesen Tisch gekommen bin. Wer hob mich auf? Wer trug mich her? War es die Mutter oder Frau Reichwein? Wer stellte den Blumenstrauß in die Vase? Wo sind die Geschenke? Hat Olaf schon den Klecks am Bilderbuch entdeckt und Hella die beschmierten Puppenzehen? Was ist das hier eigentlich? Ein Kinderfest oder eine Kaffeetafel? Außer mir und den Reichweingeschwistern ist kein Kind zu sehen. Sind die anderen schon wieder nach Hause gegangen? überlege ich, ohne zu merken, daß ich laut vor mich hin rede. Jetzt lachen alle, und der Bann ist gebrochen. Ich komme gar nicht dazu, mich zu schämen. Plötzlich weiß jeder, warum mir auf der Schwelle schlecht geworden ist. Nur die Mutter schweigt. Das macht die Hitze, sagt Frau Reichwein. Oder du hast zuviel Brause getrunken, sagt Hella. Oder du bist zu schnell die Treppe hochgerannt, sagt Olaf. Genug, genug, laßt den Jungen mal in Ruhe! ruft Herr

Reichwein fröhlich, zwinkert mir zu und schneidet die Torte an. Das erste Stück gibt er der Mutter, das zweite seiner Frau, und als er das dritte mir auf den Teller legt, werde ich puterrot. Warum hat Robert so etwas noch nie gemacht? grübele ich und finde keine Antwort. Doch jetzt ist Olaf gekränkt. Er verwindet es nicht, daß sein Vater mich bevorzugt hat. Der kleine Junge tut mir leid. Komm, wir tauschen, flüstere ich ihm zu, und ehe er sich dagegen wehren kann, habe ich die Teller gewechselt. Olaf schießt vor Freude das Blut in die Ohren, und während mir Frau Reichwein ein neues Stück serviert, starrt Edith mich wütend an. Sie kann mir gestohlen bleiben. Hier darf sie mich nicht verdreschen. Schlimm ist nur, daß die Torte nach Mohrrüben schmeckt, doch ich kaue tapfer und schlucke alles herunter.

Die Erwachsenen reden miteinander. Dem Blick der Mutter entgehe ich trotzdem nicht. Ihre Augen nageln mich fest und zwingen mich immer wieder, den Kopf zu heben, als wolle sie sich vergewissern, daß ich keinen Schritt von ihrer Seite weiche. Mit der neuen Dauerwelle sieht sie wirklich aus wie ein gerupftes Huhn. Aber darauf falle ich nicht herein. Die Mutter hat viele Gesichter und wechselt sie, wie es ihr paßt. Manchmal spielt sie die große Dame, tupft sich mit einem gehäkelten Taschentuch den Schweiß von der Stirn und legt den Kopf zurück, wie um den anderen zu zeigen, daß sie über ihnen steht. Sobald sie sich unbeobachtet fühlt, polkt sie aber mit den Fingern in den Zähnen und wischt die Krümel in die Tischdecke. Wenn Herr Reichwein ein Späßchen macht, schmunzelt Edith, doch ihre Augen bleiben kalt und stumpf. Erst wenn sich jemand über etwas beklagt, erheitert sich ihre Miene, und vor Vergnügen leckt sie sich die schmalen Lippen mit der Zungenspitze. Sie macht sich lustig über den Hinkefuß im

Parterre, über die bleiche Strohwitwe auf unserer Etage, über den mürrischen Mieter, der jeden Sonntag mit seinem Gesangbuch zur Kirche geht und nachmittags so laut schnarcht, daß die Wände wackeln. Reichweins blicken manchmal verlegen zur Decke hoch, aber Edith klatscht und tratscht wie ein Wasserrad. Sie zieht alles in den Dreck, und wenn sie sich dabei vergaloppiert, bricht sie in schallendes Gelächter aus. Nur mich führt Edith nicht hinters Licht. Ich weiß, worunter sie am meisten leidet. Es sind die dünnen Haare, die abstehenden Ohren, die schlaffen Lider, der schiefe Mund und der faltige Hals. Das kann sie nicht übertrumpfen mit ihrem Geschnatter. Edith ist alt. Edith ist häßlich. Frau Reichwein ist tausendmal schöner. Ich liebe die Blumen auf ihrem Kleid und die Brosche an ihrem Ausschnitt. Ich möchte ewig in ihre tiefschwarzen Augen sehen.

Herr Reichwein steht auf und winkt seine Kinder zu sich. Ich habe euch lange genug Zeit gelassen, und ihr habt es trotzdem vergessen, sagt er traurig. Plötzlich ist es mucksmäuschenstill. Ein Engel fliegt durchs Zimmer, würde Louise behaupten. Himmel, Arsch und Zwirn! brüllt Olaf, schlägt die Faust gegen den Kopf, und sofort ist Hella bei ihm. Danke für die wunderschönen Geschenke, jubeln die Reichweingeschwister, hopsen um mich herum, stürmen zu Edith und reißen mir fast die Arme aus. Ich weiß nicht, wohin mit den Augen. Ich schäme mich für den albernen Klecks und die beschmierten Zehen. Aber was hat Olaf gesagt? Himmel, Arsch und Zwirn? Das brächte ich in Roberts Beisein nie über die Lippen. Warum eigentlich nicht? Weil sich der Vater in die Hosen macht, wenn er nachts betrunken im Korridor steht und von Edith geohrfeigt wird?

Laßt uns mal überlegen, was wir jetzt spielen, sagt Herr

Reichwein. Laterna magica! höre ich Olaf rufen. Nein, zuerst Ringelreihen und dann Sängerwettstreit! kräht Hella. Ich verstehe kein Wort. Edith zieht die Stirn glatt wie immer, wenn sie etwas nicht begreift, und räuspert sich. Gut, dann knobeln wir eben, sagt Herr Reichwein lächelnd, holt einen Lederbecher und legt einen Würfel hinein. Damit kannst du doch umgehen, oder? fragt er. Ich will's versuchen, antworte ich und staune, mit welcher Geduld mir Herr Reichwein alles erklärt. Jeder darf dreimal würfeln, und wer die meisten Einsen hat, darf bestimmen, was gespielt wird, sagt er. Ich nicke. Hast du's verstanden? fragt mich Herr Reichwein freundlich. Ungefähr, antworte ich und spüre Ediths eisigen Blick, als wolle sie mir sagen: Wehe, wenn du mich blamierst! Mir wird elend. Aber nach drei Würfen habe ich zwei Einsen und eine Sechs. Großartig, lobt Herr Reichwein, und Edith, das falsche Luder, strahlt übers ganze Gesicht. Ich kann ihre Augen nicht ausstehen. Ich möchte ihr am liebsten auf das karierte Kleid spucken. Ich weiß nicht, warum. Jetzt kommen die Geschwister an die Reihe. Ich beobachte jeden Wurf. Weder Olaf noch Hella schaffen mehr als eine Eins. Du bist ein Glückspilz, gratuliert mir Herr Reichwein und bittet mich, das Spiel zu bestimmen. Was soll ich darauf antworten? Daß ich einen Teddy mit Glasaugen habe und einen eisernen Papagei? Ich kenne kein Spiel außer meinen Märchenklötzen. Ich sehe zu Edith. Sie grinst verächtlich, zuckt die Achseln und wendet sich ab. Sie läßt mich im Stich, diese Kröte. Nicht im Traum denkt sie daran, mir beizustehen. Oder weiß Edith selber nicht, was sie an meiner Stelle sagen würde? Ist ihr der Schreck in die Glieder gefahren? Fürchtet sie sich vielleicht davor, daß ich die Wahrheit ausplaudere? Olaf flüstert hinter meinem Rücken. Ich habe das Wort vorhin schon mal ge-

hört, aber es war sehr schwierig, und jetzt kann ich mich nicht mehr darauf besinnen. Soll ich dir ein bißchen unter die Arme greifen? fragt Herr Reichwein. Ich schüttele den Kopf und bin den Tränen nahe, Lalagika! rufe ich und sehe, wie sich Hella das Lachen verbeißt. Richtig, Laterna magica, die Zauberlaterne, sagt Herr Reichwein ernsthaft und sieht mir nachdenklich in die Augen, als habe er etwas verstanden, wovon nur wir beide wissen.
Frau Reichwein stellt die Stühle nebeneinander, und ihr Mann zieht die Rollos herunter. Wir sitzen stumm im Dunkeln. Schritte gehen über die Dielen, und ein Kasten wird abgesetzt. Nach einer Weile hört es sich so an, als würde etwas aufgehängt. Das ist die Leinwand, flüstert mir Olaf zu. Bitte nicht den Kopf ins Licht halten! höre ich Herrn Reichwein rufen und ducke mich. Klick, macht es, und plötzlich sehe ich einen Hund auf einen Esel, eine Katze auf den Hund und einen Hahn auf die Katze springen. Das sind die Bremer Stadtmusikanten! rufe ich begeistert. Nicht so laut! höre ich die Mutter nörgeln und möchte ihr am liebsten in die Waden treten. Aber ich weiß nicht, wo sie sitzt, und wenn ich es wüßte, würde ich den Mut verlieren. Klick, macht es. Ein Riesenrad mit tausend Lichtern beginnt sich zu drehen, sprüht Funken in allen Farben und zerstiebt in einer gelben Wolke. Ach, ist das schön! seufze ich und spüre Olafs Hand auf meiner Schulter. Das gefällt dir wohl, was? plärrt Edith aus dem Dunkel. So eine Zauberlaterne könntest du mir zum Geburtstag schenken, bitte, bitte! flehe ich. Klick, macht es, weiter nichts. Ein Flugzeug mit drei Propellern schwebt am Himmel, und Olaf ahmt das Brummen der Motoren nach. Wann hat Ihr Junge denn Geburtstag? höre ich Frau Reichwein fragen und spitze die Ohren. Anfang Juli, wispert die Mutter. Klick, macht es. Ein Zwerg in grünen

Hosen erscheint. Das sind ja keine vierzehn Tage mehr, sagt Frau Reichwein. Klick, macht es. Der Zwerg hat sich umgedreht und zeigt uns seinen nackten Hintern. Ich schüttele mich vor Lachen. Doch nun rasseln die Schnapprollos, und ich reibe mir die Augen. Sehen Sie mal, wie müde er schon ist, sagt Edith zu Frau Reichwein und packt meine Hand, als wolle sie mich nach Hause schleifen. Nein! widerspreche ich und stampfe auf den Fußboden. Es geht doch erst richtig los! schimpft Olaf, und Frau Reichwein beschwört die Mutter, den Kindern um Gottes willen nicht den Spaß zu verderben. Aber höchstens noch ein halbes Stündchen, sagt Edith.
Was kommt jetzt? frage ich und sehe mit schwerem Herzen, wie Herr Reichwein die Zauberlaterne hinausträgt. Zuerst der Ringelreihen und dann der Sängerwettstreit, antwortet Olaf. Aber ich habe keine Ahnung, wovon er redet. Wie macht man das? bestürme ich ihn und merke, daß er verlegen wird. Schämt er sich etwa meinetwegen? Bin ich ihm nicht gut genug als Spielkamerad? Wo habt ihr das alles gelernt? frage ich Olaf leise, damit uns Hella nicht belauschen kann. Im Kindergarten, sagt er und gibt mir einen Schubs, weil ich den Zuruf seiner Mutter überhört habe. Wollt ihr noch ein Stück Torte? erkundigt sie sich. Nein, danke! rufen wir beide wie aus einem Mund, hakeln die Finger ineinander und versuchen uns gegenseitig von den Stühlen zu ziehen. Als Olaf das Gleichgewicht verliert, fange ich ihn auf. Du bist zu stark, mit Hella geht's leichter, sagt er anerkennend, und mir schwillt die Brust.
Herr Reichwein tritt wieder ins Zimmer, geht zum Klavier und schlägt eine Taste an. Die Geschwister summen den Ton nach, und er bleibt mir im Ohr hängen. ›Brüderchen, komm tanz mit mir, beide Hände reich ich dir . . .‹

singt Herr Reichwein. Vorwärts, sagt Olaf und zieht mich zu Hella. Mir schnürt sich die Kehle zu. Ich weiß nicht, wie ich mich bewegen soll. Ich habe noch nie getanzt. Aber nach einer Weile mischt sich Herr Reichwein mit seiner Frau in den Reigen, ruft auch die Mutter hinzu, und plötzlich spüre ich, daß ich vor Freude weine. Ich tappe wie blind unter den hochgereckten Händen hindurch und wünsche mir, daß die Lieder kein Ende nehmen. ›Ringel, Ringel, Reihe, wir sind der Kinder dreie ...‹ stammele ich Olaf und Hella nach, während mir die Tränen übers Gesicht laufen, drehe mich linksherum und fasse Frau Reichweins Hand, drehe mich rechtsherum und klammere mich an Olafs Vater, dessen Brummbaß uns den Takt angibt. Puh! ruft Edith und stützt sich einen Augenblick lang auf meine Schulter, weil ihr schwindlig geworden ist. Dann läßt sie mich los und setzt sich an den Tisch. Alle wischen sich den Schweiß von der Stirn, und Olaf teilt mit mir den Rest seiner Brause. Frau Reichwein bringt noch zwei Flaschen und gibt uns zu trinken, bis der Durst gelöscht ist.

Wollt ihr euch noch ein bißchen erholen vor dem Sängerwettstreit, oder fangen wir an? fragt Herr Reichwein. Mir kribbelt es im Hals, aber ich möchte nicht der erste sein. Na schön, wenn ihr beide zu feige seid, dann muß ich eben ran, sagt Hella, stellt sich in die Mitte und singt das Lied von den zwei Hasen zwischen Berg und tiefem, tiefem Tal. Bravo! sagt Frau Reichwein, und alle klatschen in die Hände. Jetzt ich, jetzt ich! rufe ich und trete einen Schritt vor. Was willst du denn singen? fragt Edith argwöhnisch, als befürchte sie, ich würde ›In einer Nacht im Mai, da kann soviel passieren ...‹ trällern. Ich drehe ihr den Rükken zu. Ich bin so schwer wie das ganze Haus. ›Im grünen Wald, da wo die Drossel singt ...‹ stimme ich an, doch nachdem das Rehlein durch die Büsche gesprungen ist, fehlen mir plötzlich die Worte. Sie sind wie weggeblasen. Mein Kopf ist leer. Louise müßte hier sein, nur sie könnte mir helfen. Ärgere dich nicht, tröstet mich Herr Reichwein und sieht mir so freundlich und nachdenklich in die Augen wie vorhin bei der Zauberlaterne. Aber gleich darauf lächelt er, denn Olaf ist an der Reihe und läßt den Kopf hängen. Ist doch kinderleicht, ermuntert Hella ihren Bruder, und als er sich immer noch nicht aufraffen will, streckt sie ihm die Zunge heraus. Na warte, du Fratz! brüllt er und stemmt die Fäuste in die Seiten. ›Gretel, Pastetel, was machen die Gäns?‹ singt Olaf quakend, und selbst Hella muß sich das Lachen verbeißen. Ich kenne noch ein Lied! rufe ich, weil ich sehe, wie Frau Reichwein Geschirr zusammenräumt. Wer ist denn nun der Sieger? kräht Hella. Heute haben wir alle gewonnen, sagt Herr Reichwein und streicht mir sanft durchs Haar. Darf ich morgen wiederkommen? frage ich ihn. Das fehlte noch, du Schreihals! zischt Edith und klappt ihre Handtasche zu, daß es klingt wie ein Schuß. Herr Reichwein bleibt ruhig. Paß mal auf, sagt er in seinem Brummbaß, dein Vater und ich müssen die Woche über arbeiten, nicht wahr? Ich nicke. Siehst du, und deswegen können wir nicht jeden Tag ein Kinderfest feiern, erklärt er mir. Darf ich mit Olaf und Hella wenigstens im Hof spielen? frage ich. Das wird dir deine Mutter gewiß erlauben, antwortet er, und als Edith zustimmt, bin ich im siebten Himmel. Alle begleiten uns zur Tür. Nächstes Mal sollten Sie aber Ihren Mann mitbringen, bittet Frau Reichwein. Komm bald wieder! höre ich Olaf und Hella rufen. Mir ist, als schwebe ich die Treppe hinunter und umarme die ganze Welt.

9

Die Sonne steht hoch am Himmel und brennt den Lack von den Fensterrahmen. Es wird heiß und stickig in der Wohnung. Die Fliegen kleben an den Fliegenfängern und strampeln mit den Beinen. Louise zieht die Haarspangen aus dem Dutt und legt sich nach dem Essen in die Kammer. Die Mutter seufzt und atmet schwer. Was hältst du davon, wenn wir heute mal auf unseren Mittagsschlaf verzichten und zum ›Tivoli‹ gehen? fragt sie mich. Ich bin sofort Feuer und Flamme, schlüpfe in die Sandalen, mache mir das Haar naß und kämme den Scheitel. Die Mutter läßt sich Zeit. Ich höre jeden Schritt durch die Schlafzimmertür. Jetzt stellt sie sich vor die Frisierkommode und zieht ein Schubfach auf. Jetzt nimmt sie einen Schlüpfer aus dem Schrank und wechselt die Schuhe. Jetzt wird es ganz still. Jetzt schminkt sie sich. Dann tritt sie in den Korridor. Sie trägt das grüne, durchsichtige Kleid, das sie auch in Binz getragen hat. Als sie sich bückt, sehe ich den rosigen Büstenhalter in ihrem Ausschnitt. Unterwegs erzähle ich der Mutter, wie ich am Morgen mit Olaf und Hella im Sandkasten gespielt habe. Ich erzähle ihr auch, wie eine Ratte aus der Aschengrube in die Heringsräucherei geflitzt ist und wie der Kutscher der Schultheißbrauerei die riesigen Eisstücke vor unserer Haustür zersägt hat. Aber ich merke, daß sie mir gar nicht zuhört. Sie zupft an ihrem Kleid, ruckelt den Büstenhalter zurecht und blickt starr geradeaus. Bis zum Bahnübergang ist es nicht mehr weit. Als das Läutewerk klingelt, nimmt Edith plötzlich meine Hand und bleibt stehen. Anscheinend will sie sich vergewissern, ob wir noch über die Geleise kommen. Mich ekelt vor Ediths verschwitzten Fingern, doch das kann ich ihr nicht sagen. Jetzt müssen Sie sich aber ranhalten, junge Frau! ruft der Schrankenwärter lachend. Edith nickt und wird puterrot. Das hat nichts zu bedeuten. Ihr schießt immer das Blut ins Gesicht, wenn ein Mann sie anlächelt, und mit dem Schrankenwärter hat sie auch früher schon geschäkert, sogar wenn der Vater dabei stand und seine Stockspitze ins Pflaster bohrte. Trotzdem bin ich heilfroh, daß wir den Schrankenwärter los sind. Nur seine schöne blaue Uniform mit den glänzenden Knöpfen geht mir nicht aus dem Kopf, während wir den steilen Weg zum ›Tivoli‹ hinauftraben.

Das hatte ich nicht geahnt. Bei den Serviererinnen und Kaffeetanten ist die Mutter bekannt wie ein bunter Hund. Sie führt auch gleich das große Wort, streicht das Tischtuch glatt, und als der Oberkellner nach unseren Wünschen fragt, erscheinen wieder rote Flecken auf ihren Wangen. Schämt sie sich etwa? Nein. Sie schwatzt und plappert, wischt die Krümel von ihrem Kleid, schiebt den Stuhl zurück, wenn die Sonne durch die Kastanienblätter sticht, schlägt die Beine übereinander und schunkelt zu der Musik, die aus der Gastwirtschaft heranweht. Ich klopfe den Takt dazu. Hier gefällt es mir. Hier möchte ich bis zum Abend bleiben, süßen Kakao trinken und warmen Streuselkuchen essen. Hier gibt es ein Kasperletheater mit vielen Figuren. Hier darf ich sogar mit anderen Kindern auf der Wippe sitzen und schaukeln oder Rutschbahn fahren. Doch Edith behält mich im Auge. Ihr Blick ist ein unsichtbares Gummiband, das sie lockert oder strafft. Plötzlich zerreißt es. Edith entdeckt eine Laufmasche in ihrem Strumpf. Das sind die verdammten Klappstühle! faucht sie die Serviererin an. Aber es klingt nicht echt. Ich spüre den Schwindel. Edith schmiert Spucke über die gerissene Seide. Ich sehe die blasigen Tropfen und merke, daß mir übel wird. Komm, bitte ich die Mutter leise. Wie soll ich denn in diesem Aufzug nach Hause gehen? keift sie. Aber ihre spöttisch funkelnden Augen verraten mir, daß sie etwas anderes im Schilde führt. Wir trippeln den abschüssigen Weg vom ›Tivoli‹ hinunter, und als wir über die Geleise gehen, tritt der Schrankenwärter aus seinem Häuschen. Gucken Sie mich bloß nicht an, ruft die Mutter und erzählt ihm prompt ihr Pech mit der Laufmasche. Der Schrankenwärter grinst. Ich bewundere die Knöpfe an seiner Uniform und höre Edith fragen, ob er vielleicht ein bißchen Nähzeug habe. Selbstverständlich, antwortet der Schrankenwärter, legt mir die Hand auf die Schulter und geht uns voran in einen Raum, wo es von Hebeln und Schaltern wimmelt. Ich kann mich nicht satt sehen an den Rädern und Griffen, an den dicken Drähten und den kleinen Lampen, die abwechselnd grün und rot leuchten. Ich bin im siebten Himmel. Benimm dich anständig, flüstert mir die Mutter zu, während der Schrankenwärter in einem kleinen Gelaß nach dem Nähzeug sucht. Dann kommt er zurück, und die Mutter bittet ihn, sich umzudrehen, solange sie den Strumpf stopft. Der Schrankenwärter lächelt mir zu und stellt sich ans Fenster. Auf mich braucht Edith keine Rücksicht zu nehmen. Vor mir kann sie das durchsichtige Kleid bis zum Nabel hochschlagen und den Strumpf über die Ferse rollen. Ich darf auch mit ansehen, wie diese Sau den Dreck zwischen ihren Zehen herauspult und wegschnipst. Ich darf Edith sogar helfen, das Garn in die Nadel zu fädeln, weil ihr die Hand zittert. Der Schrankenwärter pfeift leise und blickt über den Schienenstrang. Immer noch nicht fertig? fragt er nach einer Weile, schnallt das Koppel enger und wakkelt mit dem Hintern, als sei ihm die Uniform zu eng geworden. Ohne Fingerhut geht es leider nicht schneller, antwortet Edith. Dann bleiben Sie eben hier, bis es dunkel wird, oder ich borge Ihnen ein Paar Hosen von mir, sagt der Schrankenwärter mit heiserer Stimme. Sie sind aber ein ganz Schlimmer! ruft Edith und verlangt, daß er sich nicht vom Fenster rührt, ehe sie den Strumpf angezogen hat. Zu Befehl! sagt der Schrankenwärter fröhlich, macht kehrt wie ein Soldat und legt zwei Finger an die Schirmmütze. Ich platze vor Lachen. Ich zerspringe vor Freude. Werde du nicht übermütig, warnt mich die Mutter und knöpft den Strumpf an den Hüfthalter. Wie kann ich mich denn bloß für Ihre Hilfe revanchieren? fragt Edith. Der Schrankenwärter leckt sich die Lippen. Falls Sie bei Gelegenheit noch ein Loch stopfen wollen, stehe ich gern zur Verfügung, sagt er schmunzelnd und begleitet uns zum Gartenzaun. Noch einmal legt er die Hand an die Mütze, und Edith verspricht, daß sie ihm morgen einen Fingerhut mitbringt. Immer wieder drehe ich mich nach dem Schrankenwärter um und winke. Doch dann klingelt das Läutewerk, und er verschwindet in seinem Häuschen.

Am nächsten Tag regnet es. Ich brauche die Mutter gar nicht zu fragen, ob wir heute wieder zum Schrankenwärter gehen. Die Sirene der Zuckerraffinerie pfeift, aber Edith läßt sich nicht blicken. Louise und ich stochern in den Bratkartoffeln. Wo könnte sie denn sein bei dem Wetter? fragt die Großmutter. Ich weiß keine Antwort. Soll ich ihr etwa verraten, wer am Bahnübergang auf uns wartet? Ich gehe ins Wohnzimmer, lehne die Stirn gegen das Fenster und sehe das grüne Auto von Herrn Kutarsky heranfahren. Der Wagen bremst vor unserem Haus. Herr Kutarsky kurbelt die Scheibe herunter und hupt. Ich öffne das Fenster. Sein Gesicht ist so weiß wie sein Hemd. Seine Tränensäcke sind groß und faltig. Er sieht aus wie der Tod im Kasperletheater auf dem ›Tivoli‹. Ist deine Mutter zu Hause? fragt er. Ich schüttele den Kopf. Wo steckt sie denn? ruft er zu mir herauf. Das weiß ich nicht, rufe ich hinunter. Herr Kutarsky winkt lächelnd, nickt mir freundlich zu, und während er die Scheibe hochkurbelt, schließe ich das Fenster. Edith erscheint erst zum Abendessen. Ich erzähle ihr, wer heute nachmittag mit seinem Auto vorgefahren ist und sie gesucht hat. Edith feixt und gibt mir einen dicken Kuß. Das werde ich den Brüdern heimzahlen, droht sie. Doch als ich die Mutter frage, wer mit den Brüdern gemeint ist, bleibt sie stumm.

Von nun an macht Edith keinen Umweg mehr. Wir gehen direkt zum Schrankenwärter. Meist lehnt er schon am Zaun und begrüßt uns. Manchmal darf ich mich neben ihn stellen und zusehen, wie er die Schranken herunterläßt. Ich finde es schön, wenn die Züge vorbeidonnern und das Pflaster zittert. Oft bin ich taub davon und glaube zu schweben. Dann nimmt der Schrankenwärter meine Hand und führt mich durch den Garten. Mein Gott, ist das heute wieder eine Hitze – da möchte man sich am liebsten nackt ausziehen und in der Sonne wälzen, höre ich die Mutter sagen. Tun Sie sich keinen Zwang an, junge Frau, antwortet der Schrankenwärter lächelnd, rupft eine weiße Blüte vom Blumenbeet und drückt sie an den Seiten so zusammen, bis sie sich öffnet. Weißt du, wie die Blume heißt? fragt er. Ich schüttele den Kopf und komme mir furchtbar dumm vor. Löwenmäulchen, sagt er. Ich lache über den komischen Namen. Steck mal deinen Finger rein! fordert er mich auf. Ich spüre plötzlich, daß sich die Blüte wie ein kleiner Mund um meinen Finger schließt und fühle mich gefangen. Der Schrankenwärter preßt ein anderes Löwenmäulchen, bis es die Lippen aufreißt, hält es der Mutter hin und sagt: Wollen Sie's auch mal probieren? Gerne, sagt Edith und wird knallrot, als sie den Finger in die Blüte schiebt. Noch ein bißchen tiefer, tut doch nicht weh, oder? fragt der Schrankenwärter. Ganz im Gegenteil, antwortet Edith seufzend, macht ein paar trippelige Schritte und fächert sich Luft zu mit ihrem Taschentuch. Haben Sie hier auch ein Klo? höre ich die Mutter fragen. Der Schrankenwärter zeigt auf eine kleine Bretterbude und rumpelt die leeren Gießkannen gegeneinander, bis Edith zurückkommt. Manchmal lädt er uns in sein Häuschen ein, serviert Kaffee und Brause in winzigen Henkeltöpfen, und ich bestaune wieder die grünen und roten Lichter an der Schalttafel. Wenn mir Ediths Gespräch mit dem Schrankenwärter zu langweilig wird, gehe ich in den Garten und pflücke Johannisbeeren. Die Tage verschwimmen. Oft weiß ich nicht, ob wir schon seit dem frühen Morgen oder erst seit dem Mittagessen hier sind. Ich habe keinen Hunger. Wenn es sehr heiß wird, lehne ich mich an die schattige Wand des Häuschens und kühle meinen Rücken. Durch das offene Fenster höre ich die Mutter mit dem Schrankenwärter flüstern. Dann stöhnen sie beide. Ja! Ja! hechelt Edith immer wieder, bis ihr plötzlich die Luft ausgeht. Jetzt ist es ganz still. Mir laufen die Tränen über die Nase. War schön, was? fragt der Schrankenwärter. Himmlisch, flüstert Edith, und ich höre das Gummiband ihres Schlüpfers an den Bauch klatschen. Kümmere dich mal um den Jungen, sagt sie. Ich verstecke mich. Nach einer Weile tritt der Schrankenwärter aus dem Häuschen. Er hängt die blaue Uniformjacke mit den glänzenden Knöpfen über einen Tomatenpfahl und ruft meinen Namen. Ich gebe keine Antwort. Ich hasse ihn. Ich möchte ihn umbringen. Am liebsten würde ich ihn in Stücke reißen. Ich hocke hinter dem Johannisbeerstrauch. Der Schrankenwärter kommt auf mich zu. Er sieht mich und grinst. Er hat eine Rodehacke in der Hand und zeigt mir, wie ich jäten soll. Warum machen Sie das nicht selber? frage ich ihn und erwarte, daß er mich totschlägt. Er runzelt die Stirn. Er stülpt die Lippen vor, genau wie der Vater. Ich sterbe vor Angst. Aber das Läutewerk rettet mich. Der Schrankenwärter reißt die Jacke vom Tomatenpfahl und rennt mit flatternden Hosenbeinen ums Haus. Ich klopfe leise an die Tür. Komm rein, sagt Edith. Sie sitzt neben einem Regal, auf dem kleine Bohrer, Zangen, Fuchsschwänze und Feilen liegen. Was hast du denn wieder angestellt? fragt die Mutter und schlüpft in ihre hochhackigen Schuhe. Nichts, antworte ich und sehe durch das Fenster, wie sich die Schranken senken. Wenn du ein bißchen freundlicher wärst, würde ich dir was Hübsches zum Geburtstag kaufen, sagt Edith. Ich traue ihr nicht. Sie lügt, wo sie geht und steht. Wann ist mein Geburtstag? frage ich. Eigentlich erst nächsten Montag, aber wir feiern schon am Sonntag, damit sich keiner von der Verwandtschaft drücken kann, sagt die Mutter. Eine riesige Lokomotive schnauft vorbei und zieht einen endlosen Güterzug hinter sich her. Auf den Trittbrettern stehen Eisenbahner und schwenken rote Fähnchen. Ich möchte mit ihnen reisen, weit weg, bis ans Ende der Welt. Nur mein Teddy dürfte mich begleiten. Jetzt kommt der Schrankenwärter zurück und setzt Kaffeewasser auf. Habe ich Ihnen schon meine Trockenkammer gezeigt? fragt er. Nein, antworten Edith und ich wie aus einem Mund. Der Schrankenwärter öffnet das Gelaß. Ein strenger Geruch nach Ölfarbe weht mir entgegen. Zwischen Leimtöpfen, Schmirgelpapier, Pinseln und schmutzigen Tuchfetzen sehe ich Dutzende von Segelschiffen mit hohen, buntbewimpelten Masten, graue Kanonenboote und blendend weiße Dampfer am Boden stehen. Ich traue meinen Augen nicht. Es ist ein Märchen. Ich bin selig. Mir klopft das Herz im Hals. Basteln Sie in

Ihrer Freizeit? höre ich Edith über meinen Kopf hinweg fragen. Ja, das bringt einen kleinen Nebenverdienst, antwortet der Schrankenwärter, und während er die Kaffeetassen füllt, bestürme ich Edith, mir eines der wunderschönen Schiffe zum Geburtstag zu schenken. Wie alt wirst du denn? erkundigt sich der Schrankenwärter freundlich und führt mich wieder in die Kammer hinein. Fünf Jahre, antworte ich stolz und blicke zu ihm auf. Da sollte dir deine Mutter aber gleich einen richtigen Panzerkreuzer spendieren, sagt er lächelnd und streicht mir so sanft durchs Haar, als habe er vergessen, daß er mich vor einer Weile noch erschlagen wollte. Ich trage es ihm nicht nach. Ich bin ihm nicht mehr böse. Er meint es gut. Er zeigt mir jedes Schiff, zieht die Ankerketten aus den Rümpfen und flüstert Edith den Preis ins Ohr. Sie verzieht das Gesicht. Ihr ist alles zu teuer. An einem Dreimaster arbeite ich mindestens vierzehn Tage, und für Sie ist es sowieso die Hälfte billiger, sagt der Schrankenwärter. Ich schäme mich. Jede Woche kauft sich Edith teure Seidenstrümpfe, aber zu meinem Geburtstag kann sie mir nicht mal ein Rettungsboot schenken. Der Schrankenwärter langt einen silberlackierten Holzsäbel aus dem Regal, legt ihn der Mutter in den Schoß und streift ihr dabei den Rocksaum über die Knie. Das ist ein Ehrensäbel mit Hakenkreuz und Blutrinne, sagt er und zwinkert mir aufmunternd zu. Ich packe den Säbel mit beiden Händen und lasse ihn durch die Luft sausen wie Siegfried, der Drachentöter. Gefällt er dir? fragt die Mutter. Ich nicke. Die Sache hat nur einen Haken. Der Säbel ist nämlich schon verkauft, und vor meinem Geburtstag schafft es der Schrankenwärter nicht mehr, einen neuen zu schnitzen, weil er bis in den August mit Aufträgen eingedeckt ist. Tja, seufzt Edith und verdreht die Augen. Das macht nichts, ich kann warten, rufe ich. Wirst du wohl deine Klappe halten! faucht die Mutter. Ich möchte genau solch einen Säbel oder gar keinen, bettele ich unter Tränen. Du kriegst ihn ganz bestimmt, tröstet mich der Schrankenwärter, und als Edith über den Preis reden will, sagt er grinsend: Wir werden uns schon einig, kommen Sie mal vorbei, wenn ich Nachtschicht habe. Gerne, antwortet die Mutter und renkt mir fast den Arm aus, während sie mich nach Hause zerrt.

10

Alle Welt stöhnt unter der Hitze. Dem Briefträger schwappt der Schweiß über den Kragen. Den Pferden triefen die Flocken vom Fell. Herr Reichwein krempelt die Hosen hoch, als er mit Olaf und Hella sein Salatbeet gießt. Die Wohnung glüht. Am kühlsten ist es im Turmzimmer, doch mir macht es keinen Spaß mehr, mit den Märchenklötzen zu spielen. Ich muß immer wieder an den Säbel denken, den der Schrankenwärter für mich schnitzen will. Aber mir graust es, die Mutter zu fragen, ob sie den Löwenmäulchendrücker schon während der Nachtschicht besucht hat. Ich hole den Handfeger und ersteche die Sofakissen wie Siegfried den Drachen. Leider fließt kein Blut. Anschließend kann ich höchstens die winzigen Federkiele aus den Bezügen zupfen. Beim Abendessen kaut der Vater schweigend sein Wurstbrot und zermalmt die Rinde, als verschlinge er lauter Kieselsteine. Wie heißt eigentlich der Klempner, der unseren Gasboiler reparieren wollte? fragt Louise. Sengebusch, antwortet die Mutter, leckt den Zeigefinger an und tippt die Brösel von der Tischdecke. Und warum ist er noch nicht gekommen?

will die Großmutter wissen. Weil er bei Oswin Kutarsky so viel um die Ohren hatte, aber morgen nimmt er sich eine Stunde frei, verspricht Edith. Macht nicht solche Scherereien, ich kümmere mich selber darum, schnauzt der Vater und kreuzt das Besteck. Ich merke, wie Louise der Kamm schwillt. Sie zieht die Stirn glatt. Ihre Augen werden groß und dunkel. Auf dich ist überhaupt kein Verlaß, sonst wäre die Sache längst erledigt, und ich könnte endlich deine Dreckwäsche waschen, faucht die Großmutter. Robert bläst sich Luft hinter die Lippen. Nun ähnelt er einem schnuppernden Kaninchen. Ich muß mir das Lachen verbeißen. Aber plötzlich erkenne ich, wie er die Fäuste so kräftig ballt, daß die hellen Knöchel unter der Haut hervortreten. Einen am Tisch will er totschlagen, entweder Louise oder Edith oder mich. Nichts geschieht. Der Vater steht auf und verläßt die Küche. Ich höre, wie er durch den Korridor stampft und die Tür ins Schloß schmettert. Jetzt schleicht er wieder zum ›Bräustübl‹, sagt die Mutter seufzend. Das hättest du dir früher überlegen sollen, wen du heiratest, schimpft Louise, während sie das Geschirr in den Abwasch stellt, und Edith schickt mich gegen meinen Willen ins Bett.

Am anderen Morgen bohnert Louise die Dielen, putzt die Badewanne und wischt überall Staub. Dann schält sie Kartoffeln, knetet Zwiebeln ins Gehackte für die Buletten, und ich darf das Puddingpulver in der Milch umrühren. Gegen Mittag verschwindet Louise in ihrer Kammer. Als sie wieder auftaucht, trägt sie den weißen Spitzenbesatz um den Hals. Hast du heute Geburtstag? frage ich. Sie errötet und schüttelt den Kopf. Ich wollte mich bloß ein bißchen hübsch machen für den Besuch, sagt sie und wischt ihre flachen Lackschuhe an der Teppichkante blank. Louise setzt sich mit mir ins Wohnzimmer. Ich will die Tür schließen, doch die Großmutter befürchtet, daß sie das Klingeln überhören könnte. Nach einer Weile lehnt sie sich zurück und senkt das Kinn auf die Brust. Ich jage die Fliegen von ihr weg und verknote die Fransen der Tischdecke. Die Sirene der Zuckerraffinerie hat noch nicht gepfiffen, aber aus dem Treppenhaus schallt schon Ediths Stimme. Louise schnarcht. Ich laufe zur Tür und drücke die Klinke. Neben der Mutter steht ein schwarzhaariger Mann in einem Schlosserkittel. Er begrüßt mich freundlich und schüttelt mir die Hand. Während er nach einem Platz für den Werkzeugkasten sucht, öffnet sich bei jedem Schritt sein dunkelblauer Mantel, unter dem er nichts weiter als eine Turnhose trägt. Hier, Herr Sengebusch, sagt Edith und führt den Klempner ins Badezimmer. Ich folge den beiden. Ich will sehen, was mit dem Boiler passiert. Herr Sengebusch dreht an den Hähnen und schüttelt den Kopf. Der Brenner muß komplett ausgewechselt werden, sagt er und verlangt von der Mutter eine alte Zeitung, damit der Ruß nicht in die Wanne fällt. Laß mich die Zeitung holen, bestürme ich Edith und bin im Nu wieder zurück. Ein Prachtjunge, lobt mich Herr Sengebusch, und vor Freude steigt mir das Blut ins Gesicht. Doch während er mit einem Drahtbesen in der Haube des Boilers herumkratzt, werde ich plötzlich gewahr, wie ihm die Mutter die Hand auf den Rücken legt, als ob sie sich abstützen müsse. Stell dich mal bitte mit der Zeitung direkt vor mich hin, höre ich Herrn Sengebusch sagen und traue meinen Ohren nicht, weil er die Mutter duzt. So ist es wunderbar, Edith, du mußt dich bloß noch eine Idee bücken, dann können wir anfangen. Edith gibt Herrn Sengebusch eine Zange und flüstert ihm etwas ins Ohr. Selbstverständlich, antwortet er, und jetzt sehe ich, wie er die Hand unter Ediths Rock schiebt. Ich stütze mich auf den Rand der Badewanne. Die Emaille ist eiskalt. Mir wird ein bißchen schwindelig. Ich will nicht sehen, was ich sehe. Das ist alles Unsinn. Ich habe noch nicht gefrühstückt. Außerdem sterbe ich vor Durst. Daran liegt es. Ich kneife die Augen zu und reiße sie wieder auf. Die Badewanne ist ein riesiges weißes Loch. Vielleicht kriege ich Fieber. Aber ich habe nichts gesehen. Ja, das wär's, sagt Herr Sengebusch, als er die Haube über den Brenner stülpt. Sie bleiben hoffentlich zum Essen? höre ich die Großmutter im Korridor fragen. Nein, wir müssen gleich wieder zurück, ruft Edith. Herr Sengebusch knöpft den blauen Kittel zu und hängt sich den Werkzeugkasten über die Schulter. Ich darf ihn und die Mutter begleiten. Wir gehen zu dritt die Treppe hinunter. Wir gehen zu dritt an der roten Mauer und an der gelben Villa vorbei. Manchmal verschwimmt mir der Weg vor den Augen, und ich stolpere. Dann legt Herr Sengebusch den Arm um meine Schultern, und ich fühle mich beschützt. Wir gehen zu dritt bis zum blauen Tor der Firma Kutarsky. Die Mutter zeigt zu dem Fenster im zweiten Stock hinauf, wo sie arbeitet. Wenn wir uns das nächste Mal sehen, schenke ich dir einen nagelneuen Schraubenzieher, verspricht mir Herr Sengebusch. Wirklich? frage ich ungläubig. Ehrenwort, sagt er und streichelt mein Haar. Ich kann mir nicht helfen. Er ist ein feiner Kerl.

11

Die Eltern sind wie große wilde Tiere. Sie reden über mich hinweg. Ihre Stimmen werden lauter. Zuletzt schreien sie, daß mir die Ohren gellen. Sie sitzen auf den Bettkanten, jeder neben seinem Nachttisch. Sie drehen sich den Rükken zu. Die Mutter trägt das durchsichtige Kleid mit dem tiefen Ausschnitt. Sie stinkt nach Parfüm und Mottenpulver. Der Vater trägt seinen dunklen Anzug mit dem Abzeichen der Junkerswerke am Revers. Keine zehn Pferde kriegen mich zu deinem Jubiläum, blökt Edith und trampelt vor Wut auf den Bettvorleger, bis sie knallrot wird. Robert läßt den Kopf hängen und knirscht mit den Zähnen. Markiere bloß nicht den wilden Mann, du Schlappschwanz! brüllt die Mutter, lehnt sich zurück und lacht, daß ihre Brüste wackeln. Ich habe Angst. Ich spüre, wie sich die Haare an meinen Armen sträuben. Du hast wohl heute was anderes vor? fragt Robert weinerlich und spreizt die Vogelkrallen, als wolle er der Mutter das Kleid vom Leib reißen. Allerdings, sagt Edith lächelnd, tritt zur Frisierkommode und schminkt sich die Lippen. Ein Wort fliegt mir zu, halb gebrummt, halb geflüstert. Es hört sich an wie: Du Dreckstück. Aber vielleicht irre ich mich. Na schön, dann nehme ich den Jungen mit zum Theaterrestaurant, sagt der Vater und schlurft in den Korridor, um sich die Schuhe anzuziehen. Bleib noch ein Weilchen bei mir, bittet die Mutter, nimmt mich auf den Schoß und drückt mich gegen ihren Busen, daß ich fast ersticke. Mein Liebster, mein Allerbester, summt sie und schaukelt mich wie ein Baby. Aber plötzlich haucht sie mir ins Ohr: Wehe, du redest ein einziges Wort mit dem Schrankenwärter, wenn ihr über den Bahndamm geht, hast du verstanden? Ich nicke, und Edith gibt mir einen nassen Kuß, an dem ich noch herumwische, während ich mit dem Vater das Haus verlasse. Bis zur Ecke darf ich allein laufen. Erst in der Elisabethstraße packt er meine Hand. Er spricht kein Wort. Er merkt nicht, daß ich zwei Schritte machen muß, wo ihm einer genügt. Er marschiert wie ein Soldat. Er sieht starr geradeaus. Er schwitzt. Seine Finger werden klebrig. Ich ekele mich, wage aber nicht, die Hand loszulassen. Schon von weitem sehe ich, daß die Bahnschranken geschlossen sind. Was soll ich antworten, wenn mich der Schrankenwärter fragt, warum Edith nicht zu seiner Nachtschicht gekommen ist? Ich weiß keine Ausrede. Mir wird schwindelig. Trödele nicht, höre ich den Vater sagen, und mein Herz hüpft vor Freude, als sich die Schranken heben. Ich blicke weder nach rechts noch nach links. Ich achte nur darauf, daß meine Hacken nicht zwischen den Schienen steckenbleiben.

Vom ›Tivoli‹ herab dröhnt Blasmusik. Mit den Kindern dort oben würde ich gern Rutschbahn fahren oder auf der Wippe schaukeln. Doch der Vater ist schon in den Siegfriedsgang eingebogen, und ich drücke mich an der Mauer entlang, damit mir die hohen Brennesseln nicht die Haut versengen. Der Weg wird breiter. Jetzt laufe ich neben dem Vater, fasse seine Hand und erkundige mich, was wir im Theaterrestaurant machen wollen. Stillsitzen und zuhören, antwortet er barsch. Aber plötzlich schüttelt ihn etwas, ein Zucken oder ein Krampf. Der Vater kneift die Augen zu, als ob er weinen müsse, und unerwartet streicht er mir zärtlich übers Haar.

Vor dem Theaterrestaurant stehen viele Männer in dunklen Anzügen. Die meisten tragen das Abzeichen der Junkerswerke, andere sind in Uniform, und am Gehenk eines SA-Offiziers entdecke ich das strahlende Muster meines silbernen Säbels. Ich bin glücklich. Ich will den Vater zu dem Offizier führen, damit sie gemeinsam den Griff, die Scheide und das Portepee bewundern können, doch Robert hat einen Bekannten getroffen und unterhält sich mit ihm, bis wir ins Vestibül gerufen werden. Am Boden stehen riesige Vasen, aus denen büschelweise Blumen hängen, die einen betäubend süßen Duft verströmen. Meine

Stirn wird hart. Von den Gesichtern der Erwachsenen sehe ich fast gar nichts. Ihre Jacketts und Hosenbeine versperren mir den Blick. Mußt du noch mal aufs Klo? höre ich den Vater fragen, während sich die großen Türen öffnen. Nein, antworte ich, obwohl mir nicht ganz geheuer ist, als ich vier SS-Männer mit ihren Notenständern und Instrumenten in der Mitte des Saals sitzen sehe. Die Türen werden geschlossen, doch der quälend süße Duft ist mir gefolgt, und ich fühle mich wie gefangen. Der Vater schiebt den Knoten seiner Krawatte über die Gurgel und starrt bewegungslos auf das Hitlerbild an der Wand. Jemand ruckelt einen quietschenden Stuhl zurecht. Dann ist es mucksmäuschenstill. Drei von den SS-Männern klemmen die Geigen unters Kinn, und der vierte piekt den Sporn seiner dickbauchigen Geige ins Parkett. Sie spielen eine Ewigkeit. Als sie aufhören, will ich klatschen, doch der Vater hält den Finger vor den Mund. Die Musik geht weiter. Nach einer Pause zwängt sich ein grauhaariger Mann durch die Stuhlreihen und stellt sich hinter ein Pult. Aus irgendeinem Grunde erwarte ich, daß er ein Lied singt. Statt dessen liest er unendlich viele Zahlen und ellenlange Sätze vom Papier ab. Trotzdem erhält er Beifall, und nachdem mir Robert zugenickt hat, klatsche ich auch in die Hände. Das Buffet ist angerichtet! ruft der Wirt und öffnet die Saaltüren. Auf den weißgedeckten Tischen sehe ich Platten mit belegten Broten, Senfgurken und Radieschen. Die Kellner flitzen herum, schenken Bier und Schnaps ein, wechseln die Aschenbecher und weisen den Gästen, die sich nicht auskennen, den Weg zu den Toiletten. Der Vater ißt ein Brötchen und zeigt mir den Abdruck seiner Zähne in der Leberwurst. Ich verputze ein gekochtes Ei mit Mayonnaise, trinke eine halbe Flasche Brause und halte Umschau nach dem SA-Offizier. Ich möchte seinen Säbel wenigstens im Vorbeigehen streifen. Doch jedesmal, wenn ich ihm näher komme, kreuzt ein anderer meinen Weg, und schließlich bin ich froh, den Vater im Gewühl der Gäste zwischen zwei hohen Blumenvasen wiederzufinden. Er grinst. Das Grübchen in seinem Kinn glänzt vor Schweiß. Er ist betrunken. Er steht noch gerade und reckt die Schultern, ist aber längst voll. Er schweigt. Ich weiß, warum. Er will nicht, daß ich seinen Schnapsatem rieche. Gehen wir jetzt nach Hause? frage ich. Er schüttelt den Kopf und lehnt sich gegen das Buffet. Ich muß mal aufs Klo, flüstere ich ihm zu. Er gibt keine Antwort. Als der Gong ertönt, stößt er sich vom Tisch ab, und wir nehmen unsere Plätze im Saal ein. Das ist mein Chef, sagt der Vater, als ein blonder Mann ans Pult tritt. Der Chef redet und redet. Er erinnert mich an jemand, den ich schon mal gesehen habe, aber nicht hier in Dessau, sondern in Zerbst. Der Chef ähnelt dem blonden Heinz, den der Vater an seinem Geburtstag umarmt hat, bevor er meinen roten Flitzer zertrampelte. Jetzt erinnere ich mich auch an die Beethovenmaske in Brehms Wohnzimmer, und plötzlich fällt mir sogar der Hundedreck aus Pappmaché ein, den mein Cousin Hans mit spitzen Fingern vom Fußboden hob, um mich daran riechen zu lassen. Der Chef ist fertig mit seiner Rede. Ich klatsche wie wild, weil ich weiß, daß wir endlich nach Hause gehen. Pustekuchen. Die vier SS-Männer kommen in den Saal und werden mit Applaus begrüßt. Mir wird schwindelig, als sie die Instrumente stimmen. Wieder rieche ich den süßen Blumenduft, der mir die Stirn versteinert. Ich fühle einen fürchterlichen Druck im Bauch. Der Vater verschränkt die Arme über der Brust. Ich muß unbedingt aufs Klo, flüstere ich ihm zu. Beherrsche dich gefälligst! knurrt er und erschießt mich mit seinen wasserblauen Augen. Es kommt mir so vor, als ob die SS-Männer noch einmal dieselbe Musik wie am Anfang spielen. Mein Rücken ist naß. Ich krampfe die Hände um die Stuhlkante und fühle, wie mir der Kot in die Unterhosen läuft. Ich möchte sterben. Ich möchte tot sein. Lieber Gott, bring mich um, bitte ich und sehe die bräunlichen Tropfen in die linke Kniekehle und weiter bis zu den Strümpfen rinnen. Bravo! rufen die Gäste. Die Musiker verbeugen sich. Alle stehen auf und singen das Deutschlandlied. Nur der Vater und ich bleiben stumm. Er hat alles gesehen. Nach der letzten Strophe zerrt er mich ins Freie. Er gibt mir einen Schubs und jagt mich vor sich her. Ich höre seinen hechelnden Atem. Im Siegfriedsgang tritt er mir bei jedem Schritt in die Hacken. Ich renne durch die Brennesseln. Er krallt die Fingernägel in meinen nackten Arm. Du Mistfink, du Dreckskerl! keucht er, knufft mich vorwärts und haut mir ins Genick. Ich stolpere. Ich torkele. Warum schlägt er mich? Was habe ich ihm getan? Er treibt mich über die Schienen. Kein Schrankenwärter. Kein Löwenmäulchen. Nur die Blasmusik vom ›Tivoli‹. Warum darf er mich verdreschen, wenn er selber noch in die Hosen macht? Scher dich nach Hause! bellt der Vater, und durch meine Tränen sehe ich ihn ins ›Bräustübl‹ gehen.

12

Heute ist ein wunderbarer Tag. Es will überhaupt nicht dunkel werden. Trotzdem folge ich der Mutter nach dem Abendessen ins Schlafzimmer und erwarte, daß sie mich zu Bett bringt. Aber Edith nimmt nur einige Kleider aus dem Schrank und probiert sie der Reihe nach an, bis sie sich für ein blau-weiß-gestreiftes entscheidet. Findest du

mich schön? fragt sie und dreht sich auf den Zehenspitzen wie eine Tänzerin. Ja, sage ich leise. Dann zieh nicht solche Fresse! faucht sie mürrisch. Ich trete ans Fenster. Ich höre, wie Edith die Schublade der Frisierkommode öffnet und sich kämmt. Warum hat sie mich angeschnauzt? überlege ich und lasse die Mundwinkel hängen. Auf den Bäumen liegt dicker Staub. Von den Zweigen sind schon ein paar vertrocknete Eicheln herabgefallen. Die leeren runden Becher sehen aus wie kleine Tabakspfeifen. Vor dem Schuppen auf der anderen Straßenseite hält das Auto von Herrn Kutarsky. Er kurbelt die Scheibe herunter und raucht eine Zigarre, ohne mich zu beachten. Sein Gesicht ist ganz weiß, und aus dem schwarzen Jackenärmel ragt eine weiße Manschette. Gehst du noch weg? frage ich die Mutter. Allerdings, falls du nichts dagegen hast, sagt sie spöttisch, beugt sich über meine Schulter und ruft: Ich komme gleich, Oswin! Herr Kutarsky streift die Asche ab und nickt. Nimm mich mit, bitte, bitte, flehe ich und höre die Türklingel schrillen. Himmel, Arsch und Zwirn, das fehlt gerade noch, schimpft Edith und rast vor mir her durch den Korridor. Die Reichweingeschwister stehen auf dem Treppenpodest und fragen, ob sie oben bei den Eltern mit mir spielen dürfen. Es ist ein ganz neues Spiel und heißt Mikado! kräht Hella. Wie der Kaiser von Japan, ergänzt Olaf fachmännisch und wird puterrot, als die Mutter sich so weit vorbeugt, daß er in den tiefen Ausschnitt ihres Kleides blicken muß. Aber mit dem größten Vergnügen, zwitschert Edith, das falsche Luder, und ehe ich etwas sagen kann, verspricht sie den beiden, daß ich spätestens in einer Viertelstunde bei ihnen bin.
Während Louise mich auszieht, meine Leibwäsche wechselt und mir frische Sachen überstreift, pendelt die Mutter ständig zwischen dem Korridor und dem Schlafzimmer-

fenster. Immer wieder treibt sie mich zur Eile an, und als die Hupe zum zweitenmal von der Straße heraufdröhnt, stürmt die Mutter, ohne sich von mir zu verabschieden, die Treppe hinunter. Ich gehe ins Wohnzimmer und blicke durch den Spalt neben dem Schnapprollo. Edith läuft über den Damm und redet mit Herrn Kutarsky. Er grinst und nickt. Edith tritt hinter das Auto und vergewissert sich, daß sie von niemand beobachtet wird. Dann hebt sie das Kleid, knöpft den herabgerutschten Strumpf an den Hüftgürtel und klopft auf das Autodach, bevor sie sich zu Herrn Kutarsky setzt. Der Wagen brummt davon. Ich sehe nur noch, wie der rote Winker herausklappt. Der Anblick zerreißt mir das Herz. Wohin fährt die Mutter mit diesem bleichen Totenkopf?

Jetzt wird es langsam Zeit für deinen Besuch, sonst spielen Olaf und Hella ohne dich, mahnt die Großmutter und öffnet die Korridortür. Ich rühre mich nicht vom Fleck. Mir ist die Lust vergangen. Louise lächelt. Du brauchst keine Angst zu haben, ich bin immer bei dir, auch wenn du glaubst, du bist allein, flüstert sie. Das gibt mir Flügel. Ich schwebe die Treppe hinauf. Doch als ich die Klingel drücke, rutscht mir das Herz in die Hosen. Ich weiß nicht, warum. Aus irgendeinem Grund glaube ich, ein roter Autowinker müsse unter dem Türschild herausklappen und mir eine Ohrfeige geben.

Na, da bist du ja endlich! begrüßt mich die schöne Frau Reichwein, aber es fällt mir schwer, sie wiederzuerkennen, weil sie heute anstelle des dunklen Kleides mit der Bernsteinbrosche und den geliebten Blumen eine karierte Bluse trägt. Heute ist irgendwie alles ganz anders als beim Kinderfest. Niemand singt, niemand tanzt, und niemand kümmert sich um mich, während mir Herr Reichwein die Spielregeln erklärt. Auch er ist nicht mehr derselbe. Seine

Stimme klingt anders. Er spricht wie jemand, der sich erkältet hat. Olaf und Hella starren gebannt auf den Tisch, in dessen Mitte ein Haufen dünner, spitzer und wild durcheinandergeworfener Stäbchen liegt. Was soll ich jetzt machen? frage ich Herrn Reichwein. Einstweilen gar nichts, antwortet er näselnd und rät mir, diese Runde abzuwarten, ehe ich mich an der nächsten Partie beteilige. Ich beobachte, wie Olaf auf ein farbiges Stäbchen drückt, bis es sich zitternd anhebt. Dann preßt er den Daumen gegen das andere Ende und legt das Stäbchen beiseite. Hella ist an der Reihe. Sie schiebt den Zeigefinger vor und drückt auf ein Stäbchen mit roten Ringen. Ich weiß nicht, wie mir geschieht. Mitten unter den Stäbchen entdecke ich plötzlich den roten Winker an Herrn Kutarskys Auto, werde zugleich gewahr, wie Edith das blau-weiß-gestreifte Kleid anhebt, und sehe ihre nackte Haut zwischen dem braunen Strumpf und dem rosa Schlüpfer. Mir wird schwindelig. Ich habe den Mikado, den Kaiser von Japan, kräht Hella, und als Olaf klatscht, klatsche ich auch. Frau Reichwein bringt Himbeersaft herein und gibt mir das größte Glas. Ich schlucke und ertrinke in ihren schwarzen Augen.

Also auf ein neues, schnarrt Herr Reichwein, schließt die Hand um die Stäbchen, klopft das Bündel fest und öffnet die Faust. Du bist dran, sagt Olaf und zeigt mir, wo ich zwei Stäbchen erobern kann, ohne daß der ganze Haufen ins Wackeln gerät. Dann mußt du nämlich aufhören! ruft Hella schadenfroh. Wollen wir uns nicht lieber die Laterna magica angucken? frage ich. Nein, nein, nein, sei kein Spielverderber! quäkt Herr Reichwein, und seine Frau runzelt die Stirn. Ich ziehe die gewonnenen Stäbchen zu mir heran. Sie sind gelb, braun und grün bemalt. Nicht übel für den Anfang, lobt Herr Reichwein. Du darfst ein anderes Stäbchen auch mit deinem eigenen in die Luft werfen, höre ich Olaf sagen. Aber wehe, der Haufen wackelt! droht Hella. Mir bricht der Schweiß aus. Frau Reichwein steht auf, schaltet das Deckenlicht ein und setzt sich wieder. Ist doch ein hübsches Spiel, nicht wahr? fragt sie. Ich nicke wie der Totenkopf mit der Zigarre im Mund. Weiter, weiter, drängt Olaf, weil es ihm zu lange dauert. Meine Hand zittert. Stell dich nicht so dumm an! schnarrt Herr Reichwein und klopft auf den Tisch, wie die Mutter auf das Auto von Herrn Kutarsky geklopft hat. Ich fische ein rotes Stäbchen aus dem Haufen, und vor Angst, in die Hosen zu machen, mache ich mir in die Hosen. Ich schließe die Augen und sehe ein kleines blondes Mädchen auf mich zukommen. Es heißt Traudel. Es steht vor mir in unserem Zerbster Garten. Ich spüre den Kot an meinen Schenkeln herunterrinnen. Ich bin an meinen Kindertisch gefesselt. Traudel will die Manschetten abschnallen. Aber Herr Kutarsky schiebt die Manschetten in die schwarzen Jackenärmel zurück, damit er Ediths nackte Haut zwischen dem braunen Strumpf und dem rosa Schlüpfer streicheln kann. Es zerreißt mich. Ich erstarre zu Stein. Hier stinkt's wie die Pest, beschwert sich Olaf. So was sagt man nicht, quäkt sein Vater und ordnet die Stäbchen. Frau Reichwein sieht mich an. Der Mikado darf sich alles erlauben, weil er der Kaiser von Japan ist, aber du nicht! faucht sie und führt mich ins Bad. Ich höre das Kichern von Olaf und Hella. Soll ich deine Mutter holen? fragt die schöne Frau Reichwein. Ich schüttele den Kopf. Sie zieht mich splitternackt aus, während das Wasser in die Badewanne läuft. Ich schäme mich. Ich halte die Hände über den Schniepel und blicke zu Boden. Ich zittere am ganzen Leibe. Frau Reichwein sagt kein Wort. Sie verzieht nur das Gesicht vor Ekel, als sie meine schmutzige Wäsche mit den Schuhen beiseite schiebt. Aber ich liebe sie immer noch, auch wenn sie schweigt und sich wegdreht von mir. Dann hebt sie mich über den Wannenrand und taucht mich ein bis zum Bauch. Ich schreie. Das Wasser ist siedendheiß. Ich springe auf, doch jetzt bespritzt sie mir die Beine mit der Handbrause. Ich schreie und schreie und schreie. Ich brenne. Ich stehe in Flammen. Hab dich nicht so! keift Frau Reichwein. Aber ich brülle wie am Spieß. Ihre Augen funkeln spöttisch und abstoßend. Du gehörst nicht zu uns, sagt ihr Blick. Hau ab, du Hosenscheißer, sagen die aufgeblähten Nasenlöcher. Ach, entschuldige, das habe ich gar nicht gemerkt, sagt Frau Reichwein plötzlich und dreht an den Hähnen des Gasboilers. Scher dich weg, sagen die flinken Ellbogen, als sie mich abtrocknet. Ich weine. Aber jetzt erdröhnt Louises Stimme im Korridor. Sie kreischt wie ein Pfau. Sie wiehert wie ein Pferd und bellt wie ein Hund. Wo ist mein Enkel? ruft sie, und ich laufe ihr entgegen, splitterfasernackt. Nichts will die Großmutter hören, keine Erklärung, keine Entschuldigung für das bedauerliche Versehen, weder von Herrn Reichwein noch von seiner Frau. Sie will nur mich und meine Sachen mitnehmen. Scheinheiliges Gelichter, knurrt Louise, und barfuß torkele ich neben ihr die Treppe hinunter.

13

Heute ist Sonnabend, das weiß ich vom Briefträger. Morgen werde ich fünf Jahre alt. Aber das stimmt nicht, denn eigentlich habe ich erst am Montag Geburtstag. Die Mutter und die Großmutter sind schon beim Kuchenbacken.

Ich sehe ihnen zu, wie sie den Hefeteig anrühren. Später muß ich Mandeln einweichen und Pflaumen entkernen. Wenn mir Louise ihren Teigfinger hinhält, darf ich ihn ablecken. Manchmal erwische ich eine Rosine, die für die Sahnetorte gedacht war. Manchmal beiße ich auf eine abgeriebene Zitronenschale und spucke sie in den Ausguß. Die Mutter belegt ein Blech mit Apfelscheiben und ein anderes mit Kirschen. Das wird mir zu dumm. Ich stromere durch die Wohnung und suche nach Geschenken. Unter Louises Bett liegt ein langes verschnürtes Paket. Ich müßte die Knoten aufknüpfen, um herauszufinden, was darin steckt, doch wenn mich die Großmutter dabei ertappt, schenkt sie es vielleicht meinem Cousin Henry, den ich noch nie gesehen habe. Auch hinterm Sofa entdecke ich nichts, und das Turmzimmer ist verschlossen. An den Hängeboden über der Badewanne komme ich nicht heran, obwohl ich gern wüßte, was sich unter dem Packpapier verbirgt. Aber jetzt ruft mich Edith in die Küche. Es gibt Bouillon mit Fleischklößchen. Ich fische die Petersilie heraus, streiche sie auf den Tellerrand und höre zu, wie Edith die Tischordnung für morgen festlegt. Links von ihr soll Onkel Arnold sitzen und rechts von ihr Onkel Franz mit dem Klumpfuß. Erinnerst du dich noch an Onkel Arnold? fragt Louise lächelnd. ›Und in Brandenburg auf dem Bethsee, und da steht ein Angelhalm . . .!‹ singe ich statt einer Antwort. Enorm, was der Junge für ein Gedächtnis hat, sagt die Mutter, schlägt die Augen nieder und fummelt eine Weile an ihrer Schürze herum, ehe sie die Tischordnung fortsetzt. Aber nun finde ich mich aus den Namen nicht mehr heraus. Zu wem gehört Henry? Welcher Onkel hat einen Klumpfuß? Wessen Cousine ist Inge? Welche Tante trägt eine Brille? Alle mit Sommersprossen gehören zu Onkel Arnold und Tante Adele, bei denen hat der Teufel durchs Sieb geschissen, ruft Edith und wiehert vor Vergnügen. Louise droht ihr mit der Faust, und ich sehe, wie sich die Mutter auf die Lippen beißt. Dann fangen beide an zu zählen, Stuhl für Stuhl, Platz für Platz. Das ist doch unmöglich, sagt Edith. Wer fehlt denn noch? frage ich und blicke verblüfft von der Mutter zur Großmutter. Wir sind dreizehn, das ist einer zuviel, sagt Louise und senkt den Kopf. Ich kann mir ja morgen einen Holzstuhl aus der Küche holen und mich irgendwo dazwischenquetschen, biete ich Edith an. Sie wird rot. Sie schämt sich. Sie tut mir leid. Wollen wir's so machen? frage ich und spüre ein Kitzeln im Hals, als müßten mir gleich die Tränen kommen. Die Mutter nickt. Sie bringt kein Wort über die Lippen. Aber ihre Augen sagen mir, daß sie mich liebt. Gegen Abend werden die abgekühlten Bleche auf den Kleiderschrank im Schlafzimmer gelegt. Ein wunderbarer Duft durchzieht die ganze Wohnung, dringt in alle Ritzen, erfüllt die Luft mit dem süßen Geruch der Äpfel und Pflaumen und deckt, als es dunkel wird, sogar den Bieratem des Vaters und den Schweiß der Mutter zu.

14

Ich liege in meinem Gitterbett. Die Schnapprollos sind heruntergezogen. Die Eltern schlafen noch. Von dem rosa Lampenschirm über den Betten hängt ein Fliegenfänger. Jemand flüstert. Es ist nicht der Vater, auch nicht die Mutter. Dann wird es wieder still. Ein Atem weht über mein Gesicht. Ich gratuliere dir zu deinem Geburtstag, wispert eine zarte Stimme. Ich reibe mir die Augen und erkenne den weißen Spitzenbesatz auf dem dunklen

Kleid. Louise legt den Finger auf den Mund und lächelt. Ich bin selig. Sie hebt mich lautlos aus dem Bett. Ich schlinge die Arme um ihren Hals, und sie trägt mich wie auf Flügeln in die Küche. Auf dem Tisch steht ein kleiner Strauß mit roten offenen Kelchen. Die habe ich für dich vorhin im Hof gepflückt, sagt sie und zeigt mir durch das Fenster die Stelle am Zaun, wo der wilde Mohn zwischen der Schafgarbe blüht. Danke, sage ich und fühle mich plötzlich so müde, als ob ich die ganze Nacht wachgelegen hätte. Louise weiß alles. Louise versteht alles. Komm auf meinen Schoß, flüstert sie und wiegt mich in ihren Armen, bis die Milch im Topf Blasen wirft. Dann stippen wir beide die abgeschnittenen Ränfte des gestern gebackenen Kuchens in den Kakao und kuscheln uns aneinander, als der Tau auf dem Rasen blinkt. Du mußt doch nicht jedem erzählen, daß du erst morgen Geburtstag hast, oder? höre ich die Großmutter leise fragen und schüttele den Kopf. Auch Louise ist mißtrauisch. Aber warum?
Der Vater poltert durch den Korridor und verschwindet im Bad. Die Mutter stürmt aus dem Schlafzimmer und leckt mir das Gesicht ab. Nun bist du wahrhaftig schon fünf Jahre! ruft Edith ein übers andere Mal, als könne sie es immer noch nicht fassen. Wo bleibst du denn, Robert? flötet sie, während die Großmutter den Kessel aufsetzt und ein brennendes Streichholz ins fauchende Gas hält. Nach einer Weile kommt der Vater. Er hat sich beim Rasieren geschnitten. Aus dem Hosenbund hängen die Zipfel seines Nachthemds. Er gähnt und räuspert sich, bevor er mir die Hand gibt. Herzlichen Glückwunsch, mein Junge, sagt der Vater, und plötzlich steht ihm das Wasser in den Augen. Ich bin mir nicht sicher, ob er weint, weil ich Geburtstag habe, oder ob er weint, weil ihn die Schramme schmerzt. Nun reiß dich ein bißchen zusam-

men, mahnt Edith und stopft Robert das Nachthemd in den Bund. Er läßt alles mit sich geschehen. Er wehrt sich nicht einmal, als ihm die Mutter die Hosenträger kürzer schnallt. Aber sein Blick ruht immer auf mir. Ich zeige dir gleich etwas Schönes, sagt der Vater. Für mich? frage ich. Er nickt und zwinkert mir zu. Verdirb dem Jungen nicht die Überraschung, protestiert Edith. Doch der Vater führt mich ins Bad und holt das in Packpapier eingeschlagene Geschenk vom Hängeboden herunter. Wir tragen es gemeinsam ins Wohnzimmer. Der Vater beobachtet mich lächelnd, während ich das starre Papier auseinanderbiege. Nein, sage ich und spüre, wie sich die Haare an meinem Arm sträuben. Weiter, weiter, höre ich den Vater sagen und sinke vor Freude in die Knie. Eine kleine Burg steht auf dem Teppich, eine richtige Ritterburg mit dicken Mauern und einem hohen Turm. Mir wird schwindelig. Na? höre ich den Vater fragen, lehne mich an seine Schulter und sehe auf den blaugestrichenen Wassergraben, der die Burg umschließt. Es dauert eine Ewigkeit, bis ich wieder sprechen kann. Aber dann prasseln meine Fragen. Was sind das für Pfähle? Wie wird die Zugbrücke hochgezogen? Warum heißt die Mauer dort Brustwehr? Wo schlafen die Ritter? Brauchen sie eine Leiter, um auf den Turm zu klettern? Holen die Ritter das Wasser aus dem Graben, oder gibt es einen Brunnen in der Burg? Der Vater erklärt mir alles, und ich bewundere ihn. Dann öffnet sich die Tür. Aber kein Ritter mit Helm und Schwert und Federbusch, mit eingelegter Lanze und donnernden Hufen sprengt über die Zugbrücke. Edith steht auf der Schwelle, links den Eimer, rechts den Scheuerlappen und hinter sich Louise. Jetzt schert euch raus hier, wir müssen saubermachen! keifen die beiden Frauen. Schade, flüstert der Vater und duckt sich, als Edith das nasse Scheuertuch auf die Dielen klatscht. Nach einer Weile richtet er sich hoch und stemmt die Fäuste in die Seiten. Ich laufe noch mal ums Karree, sagt der Vater und weicht meinem Blick aus. Ich bin Luft für ihn. Er läßt sie stehen, unsere Ritterburg. Er kümmert sich nicht mehr um die Wachttürme und den Wassergraben, geschweige denn um mich. Louise hilft mir die Burg ins Schlafzimmer tragen. Heute ist gar nicht mein Geburtstag. Ich gehöre nicht hierher. Ich bin woanders auf die Welt gekommen. Irgendwer hat mich gegen ein Kind vertauscht, das mir ähnlich sieht. Vielleicht schon damals, als ich noch in den Windeln lag. Aber so darf es nicht gewesen sein. Ich bin ich. Das ist mein Kopf. Das sind meine Augen. Das sind meine Beine. Das sind meine Hände. Hier schlägt mein Herz.

15

Der Vater ächzt mit einem Kasten Bier und einem Kasten Brause die Treppe herauf. Er ist naßgeschwitzt und will sich ins Wohnzimmer setzen, aber Edith ruft ihn in die Küche, und wir löffeln statt des Mittagbrots eine sämige Kirschenkaltschale. Niemand spricht. Es ist so still wie vor einem Gewitter. Wo soll ich denn mein Geschenk für den Jungen hinstellen? fragt Louise und tupft sich aus Versehen die Lippen mit dem Topflappen ab. Der erste Blitz zuckt. Mein Geschenk oder dein Geschenk, das ist doch schnuppe! faucht die Mutter, und jetzt bricht der Donner los. Den Roller habe ich von meinem eigenen Geld gekauft! kreischt Louise, und der Vater zieht den Kopf zwischen die Schultern. Also ein Roller, denke ich und sehe den nächsten Blitz zucken. Von wessen Geld ernährst du dich eigentlich? donnert Edith. Denkst du etwa, wir können uns den Bauch vollschlagen, weil dir Arnold an Weihnachten zehn Mark zusteckt? Louise weint. Aber Edith ist noch nicht fertig. Robert und ich halten dich über Wasser mit unseren paar Kröten, zischt sie. Mich friert. Ich wärme die Finger zwischen den Beinen. Schenkst du mir auch was zum Geburtstag? frage ich die Mutter und spüre das Zittern in meiner Stimme. Edith strahlt übers ganze Gesicht und geht mit mir ins Schlafzimmer. Auf der Frisierkommode steht ein weißer Schuhkarton mit einer roten Schleife. Das ist mein Geschenk für dich, flüstert die Mutter, und ich fühle ihre warme Hand im Nacken, während ich die Schleife löse. Ich verliere fast die Besinnung, als ich die Soldaten aus dem Karton nehme und sie auf die Marmorplatte stelle. Manche stehen Gewehr bei Fuß. Andere liegen auf dem Bauch, drükken den Kolben an die Backe und schießen. Ein Fahnenträger marschiert im Stechschritt. Der Tambourmajor hält den Schellenbaum vor die Brust, und die beiden Trommler kreuzen ihre Trommelstöcke, wie damals im Hof des Polizeipräsidiums bei der Feuerwehrübung. Du bist so lieb zu mir, sage ich leise, und es vergeht eine Weile, ehe ich merke, daß Edith mich allein gelassen hat. Sie kommen! höre ich Louise aus dem Korridor rufen, packe die Soldaten in den Karton zurück und laufe dem Besuch entgegen. Wer wird der erste sein? Hans oder Gretchen oder Marlene Brehm? Das Treppenhaus schwirrt von Geräuschen. Der Windfang knirscht in den Angeln, Stufen quietschen, und Schuhsohlen schaben über den Podest. Ich sehe Onkel Arnolds Glatze durch das Geländer und höre Tante Adeles meckerndes Kichern. Mir wird heiß und kalt, als ein großer rothaariger Junge und ein noch größeres rothaariges Mädchen erscheinen. Ihre Gesichter sind mit tausend Sommersprossen gesprenkelt. Das müs-

sen Henry und Inge sein. Ich möchte mich vor den beiden verstecken, doch sie begrüßen mich steif und gratulieren mir mit saurer Miene zum Geburtstag. Der Korridor ist zu eng. Ich werde an die Wand gedrückt und kann niemand erkennen. Kleider, Gürtelschnallen, Handtaschen und Jacketts streifen mein Gesicht. Wo ist denn die Hauptperson? höre ich Onkel Arnold rufen und zwänge mich durch das Gewühl, bis ich seinen Daumen in meiner Hand halte. Spielst du nachher wieder ›Fritze Bollmann‹? frage ich ihn und staune, als er mir eine ziemlich schwere Schachtel unter den Arm schiebt. Vergiß nicht, dich auch bei Tante Adele zu bedanken, flüstert er, und wir gehen ins Wohnzimmer.
Kuchenberge und Torten stehen auf dem Tisch, bauchige Kaffeekannen, Terrinen mit geschlagener Sahne, und zwischen dem schönen Porzellanservice mit den gemalten Feldblumen liegen die silbernen Bestecke mit den geriffelten Griffen. Alles glänzt und leuchtet. Wer mir noch nicht gratuliert hat, holt es jetzt nach. Ich öffne die Schachtel und sehe eine Eisenbahn mit drei Waggons zwischen dem Seidenpapier. Ich werde vor Freude knallrot, laufe zu Tante Adele und falle ihr um den Hals. Ist schon gut, sagt sie. Niemand setzt sich. Der Vater und Onkel Arnold unterhalten sich leise am offenen Fenster. Henry bohrt in der Nase, schnipst den Popel unter den Tisch und verdreht die Augen. Inge tritt zum Klavier, betrachtet das Richard-Wagner-Bild und kratzt sich dabei den Rücken. Tante Adele fragt die Mutter, wo sie den Gardinenstoff gekauft hat. Edith sagt es ihr. Worauf warten wir eigentlich noch? fragt Onkel Arnold. Niemand antwortet. Brehms haben vielleicht den Zug verpaßt, sagt Louise. Schweigen. Soll ich dir zeigen, wie man die Eisenbahn aufbaut? fragt Henry. Au ja! rufe ich und versuche die Schienen ineinan-

derzustecken. Das hat keinen Zweck, die meisten sind verbogen, flüstert das Sommersprossengesicht. Ich werde dir gleich ein paar Backpfeifen geben, wenn du solche Märchen erzählst, droht Onkel Arnold schmunzelnd, aber ich bin nicht sicher, ob er Spaß macht oder ob er es ernst meint. Henry schiebt einen dicken Schlüssel in die Lokomotive und zieht sie auf wie eine Uhr. Jetzt kannst du die Waggons anhängen, sagt er gähnend. Ich verkoppele die Wagen. Henry nimmt die Hand weg, und der Zug rumpelt kaum eine Spanne weit über die Dielen. Dann ist Endstation. Ich muß an den Schrankenwärter denken und an den Säbel, den er für mich schnitzt. Warum sitze ich hier neben dem Bierkasten statt in seinem Garten, wo die Löwenmäulchen blühen?

16

Ich muß das Klingeln überhört haben. Die Wohnzimmertür öffnet sich. Tante Hilde aus Zerbst tritt ein, gefolgt von zwei blonden Mädchen und einem blassen Jungen. Mir bleibt die Luft weg. Du erkennst wohl deine Cousinen und deinen Cousin gar nicht mehr? fragt Louise und schubst mich vorwärts, damit ich Marlene und die Zwillinge begrüße. Sie sind gewachsen. Sie sind ein paar Köpfe größer als ich. Sie sind mir fremd. Marlene wirkt wie eine junge Dame, Hans wackelt nicht mehr mit den Ohren, und Gretchen trägt schon einen Ring. Dreimal mache ich einen Diener und spüre nacheinander drei nasse Hände in meiner Hand. Sei nicht so maulfaul, knurrt die Mutter. Ich möchte am liebsten im Boden versinken. Mit wem soll ich reden? Hier hört mir sowieso niemand zu, selbst wenn ich wüßte, was ich sagen wollte. Alle ruckeln sich auf den

Stühlen und dem Sofa zurecht. Alle schnattern, alle zischeln, alle flüstern, alle tuscheln. Nur Hans, der Vater und ich bleiben stumm. Wo habt ihr denn Onkel Franz gelassen? ruft die Mutter, während sie Kaffee und Brause eingießt. Den weiten Weg vom Bahnhof bis zu euch hätte er mit seinem Fuß bei dieser Bullenhitze nicht geschafft, antwortet Tante Hilde. Ich sehe ihr an, daß sie schwindelt. Sie kann sich nicht verstellen. Also dann guten Appetit, wünscht die Mutter. Alle beißen, alle kauen, alle fressen, alle schlucken. Nur Louise und die Sommersprossigen halten sich zurück. Ich bringe nichts herunter. Ich hasse diese Sippschaft. Ich hasse ihr Gehechel, ihre Heimlichtuerei, ihren falschen Stolz, ihr böses Blut, ihre kalten Schnauzen, ihre dreckigen Witze hinter vorgehaltener Hand und den ekelhaften Geifer, mit dem sie jedes Wort und jeden Namen besudeln. Onkel Arnold schwingt sich auf den Klavierhocker und singt: Hoch soll er leben, hoch soll er leben, dreimal hoch! Damit bin ich gemeint, doch mir wäre es lieber, wenn er jetzt ›Fritze Bollmann‹ spielen würde. Später, vertröstet mich Inge. Du mußt mit allen anstoßen! zischt Edith, und ich hebe mein Brauseglas. Die Gesichter rücken näher, die schiefen Nasen, die fettigen Lippen, die Sommersprossen, das Grübchen im Kinn des Vaters, Tante Adeles beschlagene Brille, Louises weißer Spitzenbesatz, Gretchens silberner Ring, Henrys rote Zotteln und Marlenes blonde Fransen. Es ist wie im Kasperletheater auf dem ›Tivoli‹. Nur der Schrankenwärter fehlt und der Schädel von Herrn Kutarsky. Hans zwinkert mir zu. Ich schleiche mit ihm in Louises Kammer. Wir setzen uns auf die Bettkante neben dem Schreibtisch. Hans ist leichenblaß. Ist dir schlecht? frage ich ihn. Er schüttelt den Kopf. Nach einer Weile holt er tief Luft. Ich bringe ihn um, höre ich Hans flüstern und merke, wie sich mir die Haare sträuben. Schließ die Tür ab, sagt er, und ich gehorche. Hans zieht das Hemd aus der Hose und streift es bis zum Nacken hinauf. Über seinen Rücken und seine Hüften laufen blutige Striemen. Mir schießt das Wasser in die Augen. Onkel Franz? frage ich und spüre meine Beine zittern. Hans nickt und stopft behutsam das Hemd hinter den Hosenbund. Warum hat er dich verdroschen? frage ich, und plötzlich ist mir, als wirbele die Kammer um mich herum. Das kann ich dir nicht sagen, flüstert er und hält die Hände vors Gesicht. Ich schwöre, daß ich es keinem Menschen verrate, sage ich. Du mußt mir aber dein Ehrenwort geben, verlangt er. Ich nicke. Ich warte. Hans blinzelt durch die Finger. Ich bin zum Zerreißen gespannt. Der Alte hat mich beim Wichsen erwischt, stöhnt Hans und knallt die Fäuste auf die Knie, als wolle er sie zerschmettern. Beim Wichsen? frage ich und ahne, wovon er spricht. Na, wenn du deinen Schniepel hart machst und dir einen runterholst, sagt Hans. Ach so, höre ich mich gleichgültig sagen, obwohl mir das Herz im Halse schlägt. Wer hat sich denn hier eingeschlossen? brüllt die Mutter. Ich öffne die Tür und ducke mich vor der ersten Ohrfeige. Aber heute ist ja mein Geburtstag. Hinter Edith tauchen Henry und Gretchen auf, besichtigen Louises Bett, den kleinen Ofen und das Dach unterm Fenster. Dort werde ich euch nachher alle fotografieren! posaunt die Mutter, bevor sie mit Henry und Hans im Wohnzimmer verschwindet. Gretchen leistet mir noch Gesellschaft, nestelt an ihrem Kleid und reckt schnuppernd die Nase in die Luft. Sehr poplig bei euch, das Klo ist dauernd besetzt und stinkt wie die Pest, stichelt sie. Bring dir nächstes Mal deinen eigenen Nachttopf mit, sage ich und erwarte, daß sie mir eine klebt. Aber das Aas lacht schallend, quetscht die Hand unter meine Achsel und führt mich zu Tisch.

17

Ein Dickicht aus Stimmen verschließt mir die Ohren. Ich fühle mich wie zwischen den Brennesseln im Siegfriedsgang. Der Vater und Onkel Arnold lassen die Bierflaschen knallen. Alle singen. Die Köpfe der Frauen schunkeln über den Käseplatten, über den Fleischplatten, über der Mayonnaise und den Senfgurken. Meine Cousinen und Cousins reißen das Maul auf, stopfen die warmen Würstchen, den Kartoffelsalat, die rote Bete und die Petersilie in den Rachen. Ich frage Louise, wann sie mir endlich den versprochenen Roller schenkt, aber sie tut so, als sei sie taub. Die Mutter beugt sich vor. Reichweins haben Blumen für dich abgegeben! schreit sie und zeigt mir den kleinen Tulpenstrauß auf der Kredenz. Mit diesen Leuten verkehren wir nicht mehr, knurrt Louise und schaufelt eine Portion Sülze auf meinen Teller. Ich stochere in dem grauen Aspik, picke die Gewürzkörner heraus und kaue so lange auf dem hartgekochten Ei, bis mir übel wird. Trink ein bißchen, mahnt Louise. Ich nehme einen kräftigen Schluck und spüre die Brause durch die Kehle prickeln. Aber nach einer Weile hebt sich das Gesöff, fährt Paternoster wie im Polizeipräsidium und kleckert mir aus der Nase. Mensch, hast du eine Rotzfahne, jubelt Gretchen, das falsche Luder, und trampelt mir unterm Tisch auf die Zehen. Der Vater sieht und hört nichts. Er ist ein Idiot. Er ist ein Esel. Er ist ein Arschloch. Er kann nur saufen und Zigaretten rauchen. ›Einmal am Rhein und dann mit dir alleine sein...‹ singt die Mutter, während sie Onkel Arnold hinter Roberts Rücken den Arm um den Hals legt. Edith ist ein Miststück. Edith ist eine Drecksau. Die ganze Familie ist ein Schweinestall. Mich packt eine mörderische Wut. Ein Beil möchte ich haben und der ganzen

Blase die Schnauzen zerhacken. Nur Louise und meinen Cousin Hans würde ich schonen. Tante Hilde sieht auf die Uhr. Es wird langsam Zeit, sonst verpassen wir den Zug, sagt sie. Aber jetzt machen wir noch die Fotos, ruft Edith, schnappt sich die ›Box‹ und marschiert uns voran in Louises Kammer. Ich sehe Henry über die Fensterbrüstung auf das schräge Dach steigen. Er winkt. Marlene, Gretchen und Hans folgen ihm. Du bleibst hier, keine Widerrede! faucht mir die Mutter ins Ohr. Die Zerbster Zwillinge stellen sich unter den Giebel der Heringsräucherei und nehmen ihre große Schwester in die Mitte. Henry schiebt die Hände in die Hosentaschen und tritt einen Schritt beiseite. Nun lacht doch mal! ruft Edith. Hans starrt mich an, ohne mit der Wimper zu zucken. Marlene blinzelt in die Sonne. Gretchen faltet die Finger über dem Bauch, damit jeder den silbernen Ring erkennt, und Henry feixt wie ein Honigkuchenpferd. Klick, macht es. Vielleicht ist das erste nichts geworden, bettelt Edith. Klick, macht es. Nun seid ihr erlöst, höre ich Tante Adele sagen und sehe, wie sie sich im Korridor die Schuhe anzieht. Der Vater, die Mutter und ich begleiten die Verwandtschaft noch zur Ecke. Wunderbar, die Sülze, sagt Onkel Arnold, rülpst leise ins Taschentuch und verspricht mir, bei meinem sechsten Geburtstag sämtliche Strophen von ›Fritze Bollmann‹ zu spielen. Mach's gut, sagt Hans und räuspert sich, als ob er gleich weinen müsse. Auf Wiedersehn, rufen die Tanten, die Cousins, die Cousinen, und wir winken ihnen nach, bis sie sich nicht mehr umdrehen. Wie konntest du eigentlich vor Arnold behaupten, daß ich bei Herrn Kutarsky weniger verdiene als bei Herrn Meinecke in Zerbst? giftet die Mutter auf dem Rückweg. Robert gibt keine Atnwort. Er stiefelt die Treppe hoch, öffnet die Tür und zerrt seine Krawatte über die Ohren. Nie wieder, du Reibeisen, droht er Edith und knirscht mit den Zähnen. Die Mutter grinst nur höhnisch. Louise führt mich in ihre Kammer und zieht einen nagelneuen Roller unterm Bett hervor. Das Beste kommt immer zuletzt, sagt sie schmunzelnd, drückt meine Hände um die Lenkstange und schiebt den Roller durch den Korridor, bis es mir zum erstenmal gelingt, mich ohne ihre Hilfe vom Boden abzustoßen.

18

Die ausgeleierte Eisenbahn mit ihren krummen Schienen, die Ritterburg und die Soldaten kratzen mich nicht mehr. Der Roller ist mein ein und alles. Jeden Morgen trage ich ihn in den Hof und übe, wie ich am besten das Gleichgewicht halten kann. Manchmal schaffe ich es mit einem Schwung von der Kellertür bis zur Aschengrube. Doch niemand sieht mir zu. Olaf und Hella sind im Kindergarten. Ich bin allein. Oft setze ich mich mit dem Roller in den Sandkasten und überlege, wie ich die Zeit totschlagen soll. Ich zähle die Fenster im Parterre des Nachbarhauses. Ich denke daran, was mir Hans in Louises Kammer über das Wichsen erzählt hat. Mach deinen Schniepel hart und hol dir einen runter, hat er gesagt. Nein, das hat er nicht gesagt, widerspreche ich mir selbst, schiebe die Hand in die Hosentasche und merke, wie sich die Finger um meinen Schniepel schließen. Er ist heiß und fest. Ich spüre die Hitze durch das Taschenfutter. Hans ist an allem schuld. Er hat gewichst, und sein Vater hat ihn deswegen bis aufs Blut verdroschen. Jetzt tritt eine Frau aus dem Haus, lächelt mir zu und leert ihren Mülleimer in die Aschengrube. Hoffentlich macht sie einen Bogen um mich, denke ich und sehe zu meiner Erleichterung, daß sie in den Keller geht. Aber mit der verbeulten Hose kann ich noch nicht aufstehen. Ich bleibe sitzen, schlage die Knie übereinander und warte. Der Hof ist leer. Ich schleiche mich in die Waschküche. Hier ist es kühl und muffig. Spinnweben und tote Fliegen kleben an den Wänden. Ich knöpfe die Hose auf. Wird mich Robert blutig schlagen, wenn ich das gleiche mache wie Hans? Nein. Der Vater hat keine Ahnung, die Mutter auch nicht, und Louise, falls sie es wüßte, würde meinen Schniepel in den Mund nehmen, wie damals in Zerbst an der Schloßfreiheit. Trotzdem schwöre ich mir, die Waschküche nie wieder zu betreten.

Unmerklich schwimmt der Juli in den August. Die Schulkinder haben schon Ferien. Der Hof gehört mir fast allein. Ich flitze mit dem Roller über den Asphalt, führe den Reichweingeschwistern ein paar Kunststücke vor und lasse mich von ihnen bestaunen. Doch der Abstand bleibt. Erst als ich Olaf zu einer Probefahrt einlade, wird er zutraulich. Ich hebe den Knirps auf das Brett, erkläre ihm, wie er die Lenkstange halten soll, und schiebe ihn vorwärts. Schneller, schneller! treibt er mich an. Ich lege einen Zahn zu, sause los und höre das Geklapper von Sandalen in meinem Rücken. Nimm uns beide mit! bettelt Hella. Ich mache halt und stelle sie hinter ihren Bruder. Mir bricht der Schweiß aus, während ich die Geschwister vom Zaun des Nachbarhauses bis zur Heringsräucherei und wieder zurück kutschiere. Ich lehne mich an die schattige Wand und kühle meinen Rücken. Nein, jetzt ist es genug, sage ich, und wir setzen uns zu dritt in den Sandkasten. Hella spielt mit ihren Kuchenformen. Olaf bewacht meinen Roller. Mir ist ein bißchen schwindelig. Irgend jemand klopft irgendwo auf ein Stück Eisen oder

Blech oder Holz. Ich halte mir die Ohren zu, doch das Geräusch will kein Ende nehmen. Hört ihr nichts? frage ich. Nein, antworten beide, und plötzlich spüre ich das Klopfen in meinen Schläfen. Hella beugt sich über den Rand des Sandkastens. Unter ihrem Röckchen trägt sie einen winzigen Schlüpfer. Ich stiere auf den kugeligen Hintern und spüre meinen Schniepel gegen die Hose pochen. Es ist ein himmlisches Gefühl, obwohl ich dabei knallrot werde. Meinetwegen kann Hella ewig Kuchen backen. Laß dir nicht dauernd untern Rock gucken! höre ich Olaf rufen, sehe zugleich, wie er das Maul aufreißt und sich krümmt vor Lachen. Ich spucke ihm ins Gesicht. Er steht starr. Er kann es ebensowenig glauben wie ich, was geschehen ist. Er wischt die Spucke nicht ab. Er ist leichenblaß. Hella folgt ihm ins Haus. Ich schultere den Roller, gehe zu Louise und erzähle ihr alles. Nur das Röckchen verschweige ich. Abwarten und Tee trinken, beruhigt sie mich. Nach einer Weile klingelt es. Herr Reichwein steht auf dem Fußabtreter. Sehen Sie sich das an! quäkt er wütend und tippt gegen Olafs bespuckte Stirn. Mir rutscht das Herz in die Hose. Seien Sie froh, daß wir heute abend verreisen, sonst würde ich anders mit Ihnen umspringen! droht er. Louise schwillt der Kamm. Vorigen Monat verbrennen Sie mir den Jungen mit kochendem Wasser, und jetzt werden Sie noch frech! bellt die Großmutter, wächst in die Höhe wie in die Breite und knallt dem Mikado die Tür vor der Nase zu.

19

Neuerdings ist die Mutter meist gut aufgelegt, wenn sie nach Hause kommt. Sie lacht mit mir, singt mit mir, tanzt mit mir und streichelt mich. Aber irgendwas stimmt nicht. Manchmal wittere ich den Rauch von Zigarren oder Zigaretten in ihren Kleidern, doch sobald sich Edith umgezogen hat, ist der Spuk verflogen. Eines Tages, als sie mir einen Groschen schenken will, nutze ich die Gelegenheit und frage, ob es nicht an der Zeit sei, meinen Säbel vom Schrankenwärter abzuholen. Die Mutter wird rot, während sie das Geld im Portemonnaie zählt. Nächste Woche, verspricht sie mir, heute bin ich leider knapp bei Kasse. Ehrenwort? erkundige ich mich vorsichtshalber. Ehrenwort, sagt Edith lächelnd, und ich falle ihr um den Hals.

20

Die Sirene der Zuckerraffinerie hat schon längst gepfiffen. Trotzdem läßt sich Edith immer noch nicht blicken. Die Großmutter ist am Küchentisch eingenickt. Zwei schwarze Fliegen strampeln in der Suppe. Ich schiebe sie auf den Tellerrand und beobachte, wie sie sich die Flügel mit den Vorderbeinen putzen. Ich laufe der Mutter ein Stück entgegen, flüstere ich Louise ins Ohr. Sie rührt sich nicht. Ich stehle mich aus dem Korridor und gehe leise die Treppe hinunter. Die Straße schläft. Der Himmel schreit vor Hitze. Braune Eicheln purzeln von den Bäumen. Mir wird schwummerig. Ich springe von einem Schatten zum anderen. Die rote Mauer bleibt hinter mir, auch der Park mit der Villa und den Kieswegen. Jetzt stehe ich vor dem blauen Tor der Firma Kutarsky. Ich erkenne das Fenster der Mutter in der zweiten Etage. Soll ich warten, bis sie ihre Briefe zu Ende getippt hat, oder soll ich lieber umkehren, damit sie mich nicht ausschimpft? Ich schlüpfe durch die Tür neben dem blauen Tor und stehe nach ein paar Schritten auf dem Fabrikhof. Es ist so still, daß ich mein Herz schlagen höre. Die Kellerfenster in dem großen Wohnhaus sind mit Eisenstangen vergittert, und gleich daneben, hinter dem Maschendrahtzaun, entdecke ich einige schwarz-weiß-gesprenkelte Hühner. Tock-tock-tock! locke ich sie zu mir heran. Aber jetzt neigt sich ein alter Mann über mich und fragt brummig: Was suchst du denn hier? Meine Mutter, antworte ich, und nachdem der Alte ihren Namen erfahren hat, zeigt er mir den Eingang zum Büro. Vielen Dank, sage ich und steige die Treppe hinan. Nun kann mich nichts mehr bremsen. Ich klopfe an eine Tür. Niemand öffnet. Ich versuche dasselbe bei der zweiten und dritten Tür, bis mir einfällt, daß ich in der falschen Etage bin. Ich gehe zum nächsten Stockwerk hinauf. Die Stufen erscheinen mir höher. Ich blicke rechts und links den Gang hinunter und lausche. Hinter einer dieser Türen sitzt die Mutter. Weshalb höre ich keine Schreibmaschine klappern? Hat Herr Kutarsky die Mutter vielleicht zum Einkaufen in die Stadt geschickt, oder macht er eine Spazierfahrt mit ihr? Ich gehe auf Zehenspitzen den Gang hinunter, wie ein Indianer. Aber warum? Ich brauche nicht zu schleichen. Ich tue nichts Verbotenes. Oder doch? Ich wische den Hemdsärmel über die Stirn, und im selben Moment höre ich hinter der Tür jemand lachen. Mir sträuben sich die Haare. Ich kenne den Mann. Leise drücke ich die Klinke herunter. Die Mutter beugt sich über einen schmalen Tisch, genauso, wie sich Hella über den Rand des Sandkastens gebeugt hat. Hinter der Mutter steht Herr Sengebusch. Er schlingt die Arme um sie und knetet ihre nackten Brüste. Edith stöhnt. Ihr braunes Kleid mit den weißen Punkten ist hinten hochgeschlagen, und Herr Sengebusch stößt auf sie ein, als wolle er sie durchbohren. Der Mutter gegenüber steht Oswin Kutarsky und schiebt ihr seinen Schniepel in den Mund. Ich zittere vor Angst um Edith, aber sie hört und sieht mich nicht. Plötzlich rieche ich den Gestank von schalem Bier und Zigarrenrauch. Mir wird elend. Ich weiß nicht, ob ich steige oder falle. Ich möchte die Arme ausbreiten und durch das geschlossene Fenster fliegen. Meine Sandalen kleben an den Dielen. Mir rinnt der Schweiß in die Achseln. Ich krampfe die Finger zur Faust. Ich drehe die Zehen einwärts. Ich will schreien. Meine Kehle ist verstopft. Ich will weglaufen. Meine Beine sind gelähmt. Die Mutter gibt Herrn Kutarsky einen Stoß vor die Brust und rennt aus dem Zimmer. Als ich Edith folgen will, sagt Herr Kutarsky, daß ich hierbleiben muß. Herr Sengebusch verschließt die Tür. Ich weiß, daß mich die beiden Männer umbringen wollen. Sie stehen am Fenster und flüstern. Meine Zunge ist hart und trocken. Ich vergehe vor Angst. Ich friere. Eine Gänsehaut überläuft mich. Mir schlottern die Knie. Du kommst jetzt mit, sagt Herr Kutarsky, öffnet die Tür und tritt in den Gang. Herr Sengebusch drückt seine Pranke um meinen Hals, und zu dritt steigen wir eine dunkle Treppe hoch. Ich schluchze bei jeder Stufe und spüre die Eisenhand des Schlossers im Genick. Auf dem Dachboden liegen leere Schubfächer und ein paar Kisten, die wie Kindersärge aussehen. Ich bin naß von Schweiß und Tränen. Ich merke, daß mir immer heißer wird. Die Hitze dringt mir in die Füße, kriecht an den Waden hinauf und klettert über die Knie. Die Glut erreicht meinen Bauch. Ich stehe in Flammen. Ich will schreien. Aber der Blick von Herrn Kutarsky macht mich stumm. Du wirst uns jetzt hoch und heilig versprechen, daß du niemand auf der ganzen Welt etwas davon erzählst, was du heute gesehen hast! brüllt er. Niemals! Hast du gehört? Ich nicke. Die Eisenhand gibt mich frei. Doch Herr Kutarsky ist noch nicht fertig. Sein Totenkopf kommt mir so nahe, daß ich die faltigen Tränensäcke und die braunen Tabaklippen erkenne. Aber wehe dir, wenn du nicht den Mund hältst und es irgendeinem Menschen erzählst – dann mußt du sterben! flüstert er mit geisterhafter Stimme. Herr Sengebusch packt meinen Kragen, als ich schwanke. Er begleitet mich bis ins Erdgeschoß und klopft mir zum Abschied auf die Schulter. Ich biege um die Ecke, schlüpfe durch die Tür neben dem blauen Tor und torkele nach Hause.

21

Die Mutter umarmt mich im Korridor. Sie trägt jetzt ein anderes Kleid als in Kutarskys Büro, ein blau-weiß-gestreiftes. Sie fragt mit keinem Wort, wo ich gewesen bin. Niemals, in ihrem ganzen Leben nicht, wird sie mich danach fragen. Eher würde sie sich die Zunge abbeißen. Edith legt mir die Hand auf die Stirn. Du hast Fieber, sagt sie, führt mich in Louises Kammer und schlägt die Bettdecke zurück. Der Roller lehnt am Ofen. Der Teddy liegt auf dem Kopfkissen. Ab heute wirst du hier schlafen, und die Großmutter im Turmzimmer, sagt Edith. Keine Widerrede! faucht sie, als ich die Nase rümpfe. Louise kommt mit einem großen Handtuch herein. Die beiden Frauen ziehen mich aus, rubbeln mich trocken und stülpen mir ein frisches Nachthemd über. Auf alles, was ich

Edith frage, hat sie eine Antwort. Die Kammertür bleibt nachts offen. Meinen Teddy darf ich mit ins Bett nehmen. Meine Soldaten dürfen bei mir in der Kammer schlafen. Mit der Eisenbahn von Henry und mit der Ritterburg, die mir der Vater geschenkt hat, darf ich vorläufig nicht spielen, weil ich krank bin. Aber Edith und Louise versprechen, mir im kommenden Jahr ein Fahrrad zu kaufen, falls ich die nächsten Wochen ganz artig bin und nicht versuche, aus dem Bett zu steigen. Mir wird schwindelig. Ich will Edith etwas fragen. Ich will sie schon die ganze Zeit danach fragen. Aber jetzt habe ich die Frage vergessen. Sie ist weggeflogen. Sie ist verschwunden. Ich setze mich auf die Bettkante. Ich sehe noch, wie sich die Mutter bückt. Dann wird mir schwarz vor Augen, und ich sinke zurück.

In der Nacht schrecke ich hoch und taste nach den Gitterstäben. Ich greife ins Dunkle, beuge mich vor und falle zu Boden. Ich stoße mit der Stirn gegen eine harte Kante. Mir kommen die Tränen. Ich weiß nicht, wo ich bin. Aus der Küche höre ich ein Heimchen zirpen, als wolle es mir den Weg weisen. Ich folge seinem Ruf und spüre plötzlich die Türschwelle unter meinen Händen. Aber ich fürchte mich vor dem schwarzen Korridor und schreie nach den Eltern. Die Schlafzimmertür öffnet sich. Der Vater trägt ein langes weißes Nachthemd. Das Licht hinter seinem Rücken macht ihn riesengroß. Um Kopf und Schultern liegt ein gelber Schein. Was willst du? fragt er. Ich möchte zu euch ins Bett, antworte ich und spüre, wie mir die Zähne klappern. Soll ich ihn reinlassen? erkundigt sich Robert bei Edith. Aber da kommt sie schon, schiebt die Arme unter meine Achseln und legt mich auf die Ritze zwischen den Ehebetten.

22

Am anderen Morgen, bevor die Mutter zur Arbeit geht, bringt sie mich in die Kammer. Eine seltsame Zeit beginnt, ein seltsames Leben. Erst nach fünfzig Jahren werde ich begreifen, was mir Louise und Edith angetan haben. Dafür weiß ich jetzt noch kein Wort. Ich ahne nicht einmal, daß ich ihr Gefangener bin. Ich liege unter dem dicken Plumeau. Morgens, mittags und abends wird meine Temperatur gemessen. Morgens, mittags und abends sagen mir die beiden Frauen, daß ich nicht aufstehen darf. Morgens, mittags und abends zeigen sie mir das Quecksilber im Thermometer und sagen, es sei so giftig, daß man davon sterben könne. Sie zeigen mir auch die Striche und Zahlen auf der Skala, doch ich weiß nicht, was sie bedeuten. Nur eine Zahl bleibt mir für immer im Gedächtnis: Siebenunddreißigkommafünf. Über diese Zahl darf mein Fieber nie hinausgehen, sagt Edith, und in meinen Ohren klingt es, als sei Siebenunddreißigkommafünf dasselbe wie der Tod. Ich frage Louise, ob ich sterben muß. Bei dir piept's wohl! ruft sie und klatscht vor Vergnügen in die Hände. Das beruhigt mich eine Weile. Doch am nächsten Tag bitte ich Edith, mir wenigstens zu verraten, wie meine Krankheit heißt. Das ist ein lateinischer Name, wahrscheinlich kommt es von den Mandeln, sagt sie und drückt an meinem Hals herum, bis es mir weh tut. Ich weiß, daß sie lügt. Jedes Wort, jeder Blick, jede Bewegung ist Falschheit und Heuchelei. Ich frage Edith, ob sie schon beim Schrankenwärter gewesen ist und den Säbel abgeholt hat. Wovon redest du überhaupt! bellt sie. Ich erkläre es ihr. Edith wird puterrot. Ach, da ist etwas Dummes passiert, dieser Dreckskerl hat deinen Säbel verkauft – ist das nicht eine Hundsgemeinheit? Ich nicke und spüre, wie mir die Tränen übers Gesicht laufen. Ich wische sie nicht ab. Mein Herz schreit nach Rache. Ich finde keinen Trost darin, daß Edith nicht nur mich, sondern auch den Vater und Louise belügt. Also bis heute abend, ruft die Mutter, und ich höre ihre hochhackigen Schuhe durch den Korridor klappern. Ich warte, bis die Haustür knallt. Dann nehme ich die Soldaten aus dem Karton und stelle sie auf das Tablett. Dem Fahnenträger zerknicke ich das flatternde Tuch. Dem Schellenbaumspieler knipse ich ein Glöckchen ab. Dem Tambourmajor bohre ich mit der Gabel ein Loch in den Bauch, und den schießenden Soldaten biege ich die Gewehre krumm. Aber jetzt tut es mir wieder leid. So leid, daß ich weine. So leid, daß ich die Decke über den Kopf ziehe. Ich verliere allen Mut. Die Soldaten waren bestimmt teuer. Nun verderbe ich der Mutter das schöne Geschenk. Das darf nicht sein. Ich rukkele mich hoch und mustere das Schlachtfeld. Die toten Soldaten erheben sich. Am Schellenbaum klingeln die Glöckchen. Die Verwundeten liegen auf Tragbahren. Mir fehlt es an Feinden. Ich weiß nicht, gegen wen ich kämpfen soll. Der Krieg hat kaum angefangen, und schon bin ich Sieger. Ich brauche ein Lazarett oder wenigstens einen Sanitäter mit dem roten Kreuz auf der Armbinde. Noch besser wäre ein Militärarzt, ein Doktor in Uniform. Er soll mich besuchen, meine Temperatur messen und zu mir sagen: Steh sofort auf, zieh dich an und geh spielen. Jawohl, Herr Doktor, würde ich antworten und die Hacken zusammenknallen. Aber es kommt niemand. Edith braucht keinen Arzt. Sie haut mir eine runter, als sie die ramponierten Soldaten entdeckt, und gleich darauf küßt sie mich so wild, daß ich fast ersticke. Der Mutter genügt es, wenn ich im Bett liege und mit keinem Menschen außer ihr und Louise spreche. Auch der Vater wird nicht hereingelassen.

Im Krankenhaus hat man seine Lunge geröntgt und einen Schatten auf dem Bild gefunden. Er darf die Kammer nicht betreten, weil seine Krankheit möglicherweise ansteckend ist. Er darf mir nur von der Schwelle her zuwinken. Halt die Ohren steif, mein Junge! ruft er und läßt es sich gefallen, daß Edith ihm die Tür vor der Nase zuschlägt.

23

Auf und unter geht die Sonne hinter dem Kammerfenster. Im Herbst blinzelt sie gegen Mittag über den Giebel der Heringsräucherei, und ich höre die Sirene der Zuckerraffinerie pfeifen. Die Schwalben sitzen flugbereit auf den Telegrafendrähten. Es ist wie Zauberei. Jedesmal wenn ich bis fünf zähle, schwirren sie weg. Mir wird dumpf im Kopf von den Hals- und Wadenwickeln. Manchmal verstehe ich nicht, was die beiden Frauen sagen. Sie zischeln, sie fauchen, und nach einer Weile überkommt mich der Schlaf. Eines Morgens weckt mich die Mutter. Sie ist schon beim Friseur gewesen. Sie trägt eine kecke Stirnrolle, und als sie mich umarmt, rieche ich das Parfüm an ihrem Kragen. Ich bin bald wieder da, es ist nur eine kleine Untersuchung, sagt sie lächelnd. Im Krankenhaus? frage ich. Edith nickt, und plötzlich kommen ihr die Tränen. Ich springe aus dem Bett und sehe den kleinen Reisekoffer im Korridor stehen. Nimm mich mit! brülle ich so laut, daß Louise mir die Hand auf den Mund legt. Als Edith die Treppe hinuntergeht, stürme ich zum Schlafzimmerfenster. Ich sehe sie in ein grünes Auto steigen. Mein Herz zerreißt. Ich drücke das Gesicht in die Schürze der Großmutter. Dieses Miststück, diese Schlampe, dieses

Biest! höre ich sie flüstern und weiß, wen sie meint. Aber warum leuchtet Louise immer noch nicht ein, daß ich gesund bin? Weshalb steckt sie mich wieder ins Bett und flößt mir Kamillentee ein? Ist sie etwa auch ein Biest?

24

Die Mutter ist leichenblaß, aber sie ist nicht gestorben. Sie geht langsam, Schritt für Schritt, und setzt den Koffer ab. Sie hält sich an der Kommode im Korridor, an den Haken der Garderobe und an den Klinken fest. Ihre Beine wackeln. Sie trägt keine Stirnlocke mehr. Das Parfüm ist verduftet. Das Kleid riecht nach Krankenhaus. Edith drückt die Hände auf den Bauch und stöhnt. Mit matten Augen sieht sie mich an, preßt das Taschentuch vor den Mund und torkelt über die Schwelle der Badezimmertür. Louise und ich hören, wie sich Edith erbricht. Willst du ihr nicht helfen? frage ich die Großmutter. Nein, antwortet sie, und es klingt wie ein Peitschenknall.

25

Im Winter kann ich die Sonne nur sehen, wenn ich mich auf die Fußbank stelle. Eine Viertelstunde lang schwimmt der milchige, goldene, rötliche Ball von der Traufe der Heringsräucherei bis zur Postgarage, ehe er hinter dem Schornstein der Zuckerraffinerie versinkt. Es ist der Winter, in dem sich der Vater ein gläsernes Gefäß zulegt, das mir wie ein kopf- und fußloses Entenküken vorkommt. Es ist eine Sputumflasche. Wegen der Ansteckungsgefahr darf sie niemand außer dem Vater berühren. Die kleine

Flasche steht auf seinem Nachttisch. An Louises Hand betrachte ich den Spucknapf aus der Nähe. Er ist sauber und leer, sonst nichts. Es gibt andere Geheimnisse, tiefere, und mein tiefstes Geheimnis bin ich mir selbst.

26

Es ist immer noch Winter, der erste Kriegswinter. Seit Nikolaus wird meine Kammer geheizt. Ich hasse es, mit Hals- und Wadenwickeln im Bett zu liegen. Aber ich genieße es auch, wenn sich die feuchte Wärme über die Haut breitet, der Schweiß aus dem Nabel schwappt und der Schniepel zwischen den Beinen hervortritt. Ich nehme ihn gern in die Hand, selbst wenn ich dabei an meinen Schwur in der Waschküche oder an die blutigen Striemen meines Cousins denken muß. Ich umkreise den Schniepel mit zwei Fingern, lasse den Bauch wippen und streichele die rote Spitze. Wenn er heiß ist, reibe ich so lange, bis ein Tropfen kommt. Nach einer Weile wird der Schniepel lasch und dreht sich auf die Seite, glücklich wie ich. Er ist mein eigen. Er gehört mir. Ich liebe ihn. Er ist alles, was ich habe. Mein Spielzeug ist tot, wenn ich es nicht bewege. Mein Schniepel ist lebendig. Er richtet sich ohne meine Hilfe auf. Wenn ich will, kann er sogar nach oben und unten wippen.

27

Eines Nachmittags reißt mir Edith die Decke vom Bett. Ich stelle mich schlafend, doch die Mutter zögert keine Sekunde. Sie schlägt sofort zu. Du Ferkel, du Dreckschwein, du ekelhafter Kerl, du Rabenaas! schreit sie und drischt dabei auf mich ein, bis mein Gesicht brennt. Stumm verläßt sie die Kammer und schließt die Tür hinter sich ab. Ich liege starr. Ich kann mich nicht rühren. Mir laufen die Tränen aus den Augen. Das Kopfkissen ist naß. Ich fühle einen Schmerz, der kein Ende nimmt. Es sind nicht die Schläge, die mir so weh tun. Es sind Ediths böse, grausame Worte, die wie riesige Steine auf meiner Brust liegen. Es ist eine Zentnerlast, die mich zerdrückt und zerquetscht. Keine Knochen, keine Rippen brechen. Ich bleibe heil, bis auf mein Herz. Wo Liebe war, ist Haß. Wo Hoffnung war, ist Angst. Wo Freude war, ist Elend. Ich weine nicht mehr. Ich will so unerbittlich werden wie die Steine auf meiner Brust.

Gegen Abend besucht mich die Mutter. Ich drehe das Gesicht zur Wand. Jetzt will ich dir mal etwas erzählen, sagt sie mit ihrer Himbeersirupstimme. Hörst du mir zu? Ich gebe keine Antwort. In Zerbst bei Meinecke..., beginnt sie und macht eine Pause, als falle es ihr schwer weiterzusprechen, ... da gab es einen Buchhalter, fährt Edith fort, und ich merke, daß sie sich auf die Bettkante setzt. Dieser Kerl hat sein Frühstück immer mit aufs Klo genommen, und dort hat er dasselbe gemacht wie du! faucht die Mutter. Ich schweige. Ich begreife nicht, warum der Buchhalter, wenn er sich den Schniepel reiben wollte, sein Frühstück mit aufs Klo genommen hat. Er konnte sich doch zuerst einen runterholen und anschließend im Büro frühstücken oder umgekehrt. Weißt du, was mit diesem Mann passiert ist? höre ich die Mutter fragen und zucke die Achseln. Er ist wahnsinnig geworden, sagt sie. Eines Tages sind zwei Herren mit Zwangsjacken gekommen und haben ihn abgeholt, den verrückten Kerl, sagt sie. Willst du wissen, wohin sie ihn gebracht haben? fragt sie. Ich nicke.

Ins Irrenhaus, sagt sie geisterhaft leise und verschlingt mich mit den Augen. ›Hänschen klein geht allein in die weite Welt hinein ...‹ summt es durch meinen Kopf, und plötzlich wird das Lied immer lauter, bis ich glaube, mir platzt der Schädel. Willst du auch so enden wie der verrückte Buchhalter? fragt die Mutter. Ich erkundige mich, wie solche Zwangsjacken aussehen. Edith erklärt es mir. Stell dir vor, du müßtest wegen deiner Schweinereien ins Irrenhaus, hinter Gitter und ganz allein, jammert sie. Du bist doch mein einziger Sohn – willst du mir das wirklich antun? Ich spüre ein Würgen im Hals und werfe mich schluchzend in Ediths Arme. Dann versprich mir, daß du es nie wieder tust, sagt sie. Ich verspreche es unter Tränen. Die Mutter steht auf und gibt mir die Hand. Ehrenwort? fragt sie. Ehrenwort, antworte ich und falle in ein bodenloses schwarzes Loch.

28

Aber wie soll ich mein Versprechen tagtäglich und Abend für Abend halten? Ich strecke die Arme weit über die Bettdecke aus und nehme mir vor, die ganze Nacht ruhig liegenzubleiben. Aber so kann ich nicht einschlafen. Vielleicht ist es besser, wenn ich die Hände hinter dem Kopf verschränke. Auch das hilft nicht. Mir ist heiß von den Wickeln um Hals und Waden. Es ist dunkel, aber der Mond steht im Fenster. Er sieht aus wie eine goldene Sichel, mit der die Bauersfrauen das Gras auf den Wiesen mähen. Der Vater hat ein schönes Bilderbuch, dessen Seiten man sehr langsam aufblättern muß, damit sie nicht zerreißen. Eines der Bilder sehe ich im Dunkeln deutlich vor mir. Drei Männer stehen barfuß auf einem Kornfeld.

Sie halten große Sicheln in den Händen. Nein, keine Sicheln, sondern Sensen. Die Männer haben ihre Hosen hochgekrempelt und schwingen die Sensen. Sie stehen dicht beieinander. Falls die Männer nicht achtgeben, schneiden sie ihrem Nachbarn das Bein ab. Ich spüre den Schmerz in meinem Bein und schiebe die Hände unter die Decke, weil mir kalt wird. Ich lege sie flach auf das Laken, ohne meinen Leib zu berühren. Ich weiß, was ich der Mutter versprochen habe. Ich vergesse es nicht. Ich halte mein Ehrenwort. Ich will nicht, daß die Männer mit den Zwangsjacken kommen und mich ins Irrenhaus bringen. Edith hat mir erklärt, wie eine Zwangsjacke aussieht. Die Ärmel sind über den Bauch an die Jacke genäht, damit man die Arme nicht bewegen kann, und hinten ist die Jacke fest zugebunden. Ich muß Louise fragen, ob ich wenigstens meinen Teddy ins Irrenhaus mitnehmen darf, wenn mich die Männer holen. Aber was werden sie dort mit mir anstellen? Stecken sie mich in einen Käfig? Muß ich die Zwangsjacke, bei der mir plötzlich mein Zerbster Kindertisch einfällt, nur tagsüber tragen oder auch nachts? Wie soll ich im Irrenhaus essen, wenn mir die Ärmel auf den Bauch genäht sind? Wie soll ich mich waschen und mir die Zähne putzen? Ich weine ins nasse Kissen und schüttele mich vor Angst. Ich möchte jemand rufen. Aber wen? Louise schläft im Turmzimmer. Sie kann mich nicht hören. Die Mutter wird fuchsteufelswild, wenn ich sie wecke. Der Vater ist krank und darf nicht aufstehen. Ich stoße die Hände bis zu den Manschetten des Nachthemds vor. Wenn ich die Finger spreize, kann ich sie nicht mehr aus dem Ärmel schieben. Bin ich schon im Irrenhaus? Waren die Männer schon hier und haben mich abgeholt? Nein, ich liege in meinem Bett und kreuze die Hände über dem Bauch. Meine Lippen schmecken nach

Salz. Mein Bauch wärmt meine Finger. Die Finger rutschen zwischen die Beine. Ihr dürft es nicht tun, ich habe es der Mutter versprochen, sage ich zu den Fingern. Aber sie gehorchen mir nicht. Ich sehe den Mond im Fenster und bitte den lieben Gott, mir zu helfen. Auch der liebe Gott läßt mich im Stich. Nur einer bleibt mir treu. Der Schniepel ist mein Quirl, mein Messer, mein Stift, mein Stock, mein Spielzeug, mein Schornstein, meine Peitsche, mein Regenschirm, mein Säbel und mein Hammer. Ich schäme mich für den Bruch des Ehrenworts und befürchte, daß mir Edith mein Verbrechen beim Frühstück ansehen könnte. Doch der nächste Morgen hat andere Sorgen.

29

Schnee ist gefallen, viel Schnee. Er hängt wie eine weiße Welle vom Dach der Heringsräucherei. Ich drücke die Nase ans kalte Fensterglas, bis der Atem die Scheibe beschlägt. Ich bin krank. Ich weiß, daß ich nicht Schlitten fahren darf. Als es im Korridor laut wird, öffne ich die Kammertür. Der Vater steht in seinem dicken Wintermantel vor dem Spiegel und setzt einen breitkrempigen grauen Hut auf. Die Mutter schließt den Koffer und will Roberts Hut zurechtrücken. Er wehrt sie ab, tritt auf mich zu und dreht die Lippen ein. Sein Mund ist ein Strich. Ich frage den Vater, ob er wegfährt. Er nickt, beugt sich zu mir herunter und knirscht mit den Zähnen. Nicht so nahe, sonst steckst du den Jungen an! ruft Edith. Ich komme bald wieder zurück aus dem Krankenhaus, verspricht mir der Vater. Darf ich dich mal besuchen? frage ich. Er schüttelt den Kopf und weint. Seine Tränen sind hell wie klares

Wasser. Du mußt eisern sein, flüstert er mir ins Ohr und holt plötzlich tief Luft. Seine Schultern zucken. Ich laufe ihm nach bis zur Treppe. Ich sehe ihn die Stufen hinuntergehen und fühle, daß alles vorbei ist, die Ritterburg, das ›Bräustübl‹ und die Fahrradspangen. Du bist barfuß, schreit die Mutter. Ich umklammere das Geländer, damit sie mich nicht wieder einsperrt. Erst als der Vater verschwunden ist, gehe ich freiwillig in die Kammer zurück und ziehe die Decke über den Kopf. Tagelang denke ich darüber nach, ob ich das Krankenhaus finde, wo der Vater liegt. Irgendwann, auf dem Weg zu den Sieben Säulen, sind die Eltern mit mir daran vorbeigegangen. Kastanien standen davor, das weiß ich. Sie hatten fünffingrige Blätter. Aber wie soll ich im Winter Kastanien von anderen Bäumen unterscheiden? Ich schlage mit den Fäusten gegen die Wand über meinem Bett, bis ich den Schmerz nicht länger ertrage. Ich krieche unter die Decke und halte den Atem an. Wenn der Vater stirbt, will ich auch tot sein. Aber ich lebe. Ich kann es nicht ändern, ich lebe. Ich könnte das Thermometer zerbrechen und das giftige Quecksilber schlucken. Aber ich fürchte mich vor den Glassplittern. Aus dem Radio im Wohnzimmer singt ein Mann mit ganz hoher Stimme Ediths Lieblingslied. Ich kenne es, Wort für Wort. Louise stellt das Radio ab, geht in die Küche und kocht mein Leibgericht. Ich bringe keinen Bissen herunter. Ich trinke nur den Kirschsaft und sehe durch das Kammerfenster, wie der Schnee vom Himmel fällt. Der Schnee hüllt alles ein, der Schnee deckt alles zu, auch den Vater, und irgendwann schlafe ich ein. Ich träume von zwei Männern mit großen, grauen, breitkrempigen Hüten. Sie tragen etwas in den Händen und kommen mir immer näher. Jetzt sehe ich, was sie tragen. Es ist eine große, graue Zwangsjacke. Ich will weglaufen, aber meine Füße kleben am Boden. Die Männer schieben meine Arme in die Zwangsjacke und gehen mit mir die Treppe hinunter. Vor dem Haus steht ein schwarzes Auto. Die Mutter öffnet den Wagenschlag, und die beiden Männer stoßen mich hinein. Ich erwache, schreiend vor Angst. Ich bin naßgeschwitzt und rufe nach der Mutter. Sie kommt, schaltet das Licht an und fragt: Was ist denn nun schon wieder? Louise erscheint. Ich werde von Kopf bis Fuß mit Essigwasser abgewaschen. Die beiden Frauen ziehen mir ein frisches Nachthemd über, wechseln das Laken und den Bezug. Bevor ich mich hinlegen darf, leuchtet die Mutter mit der Taschenlampe in meinen Rachen. Die Frauen stopfen mir die Bettzipfel hinter die Schultern und unter die Füße. Nun schlaf schön, sagt Edith und schaltet das Licht aus. Im Dunkeln tritt sie noch einmal zu mir und küßt mich auf die Stirn. Jetzt habe ich keine Angst mehr.

30

In der folgenden Nacht werde ich wach. Die Tür ist nur angelehnt. Aus dem Korridor dringt ein Streifen Licht herein. Die Mutter und die Großmutter tuscheln miteinander. Anfangs gelingt es mir nicht, ihre Stimmen zu unterscheiden. Plötzlich höre ich Louise sagen: Ich glaube, der Junge ist wirklich krank. Was kann er denn bloß haben? fragt Edith nach einer Pause. Es bleibt lange still. Vielleicht solltest du den Doktor holen, sagt Louise. Da kommen wir aber in Teufels Küche, antwortet Edith und trommelt mit den Fingernägeln gegen den Türstock. Da gehörst du auch hin! faucht die Großmutter giftig. Das Licht erlischt. Die Tür schnappt ins Schloß. Mir stehen die Haare zu Berge. Was heißt ›wirklich krank‹? Warum sollen Edith und Louise in Teufels Küche kommen, wenn sie den Doktor holen? Doch vor allem quält mich die Frage: ›Was kann er denn bloß haben?‹ Er, das bin ich. Soviel ist klar. Tag und Nacht liege ich im Bett. Sonntags darf ich mir, in dicke Decken eingewickelt, das Wunschkonzert anhören. Edith singt die Lieder aus dem Radio mit und schunkelt im Sessel. ›Hast du dort oben vergessen auch mich?‹ singt ein Mann mit hoher Stimme. Oder: ›Mädel, ich bin dir so gut.‹ Wenn Edith bei einem bestimmten Lied die Tränen kommen, darf ich Marzipankartoffeln essen. Nach dem Wunschkonzert muß ich zurück in die Kammer, weil ich krank bin. Warum fragt die Mutter: ›Was kann er denn bloß haben?‹ Weiß sie es etwa nicht? Schiebt sie mir dreimal täglich das Thermometer unter die Achsel, ohne zu wissen, warum? Ich glaube ja selber, daß ich krank bin, wenn ich im Bett liegen muß; sonst dürften mich Olaf und Hella, meine Onkels und meine Tanten, meine Cousins und Cousinen doch besuchen. Edith erlaubt es nicht. Niemand darf zu mir. Also bin ich krank. Wäre ich gesund, dürfte ich auf der Straße spielen. Was ist daran so schwer zu verstehen? Aber wenn ich krank wäre, brauchte Edith die Großmutter nicht zu fragen: ›Was kann er denn bloß haben?‹ Mir schwirrt der Kopf. Ich weiß nicht aus noch ein. Bin ich gesund? Bin ich krank? Oder bin ich verrückt? Kommen die Männer mit der Zwangsjacke wieder und bringen mich ins Irrenhaus? Ich möchte die Mutter danach fragen, aber ich traue ihr nicht. Sie ist schlau. Sie schleicht geräuschlos in meine Kammer und fängt plötzlich an zu schreien. Ich schrecke hoch und werde knallrot. Es ist immer dasselbe: Leg die Hände auf die Decke, du Ferkel! Hast du wieder an dir rumgefummelt? Wenn ich dich noch mal dabei erwische, kriegst du eine geschwalbt. So ein großer Junge. Das machen doch bloß kleine Jungen. Heute kriegst du kein Kompott und keinen Gute-Nacht-Kuß. In Grund und Boden solltest du dich schämen. Warum heulst du denn dauernd? Nimm dein Taschentuch und putz dir die Nase. Ich sehe ein Loch in ihrem Strumpf. Es ist genau über dem linken großen Zeh. Der scharfe Nagel hat die Seide durchbohrt. Die Mutter spuckt sich auf den Zeigefinger und verreibt den blasigen Rotz über dem Loch, damit es keine Laufmaschen gibt. Ich ekele mich vor dem Zehennagel. Die Mutter fährt mit der Hand über die Wade, das Knie und den Schenkel. Sie besieht die Naht und lockert den Strumpfhalter. Aus dem rechten Schlüpferbein kräuseln sich dunkle Haare über die Haut. Was starrst du mich so an? fragt sie, wischt den Rocksaum über die Knie und geht hinaus. Wäre Edith nicht meine Mutter, und wäre ich ein Mann, würde ich ihr nachgehen und sie erwürgen. Du mußt eisern sein, hat mir der Vater beim Abschied ins Ohr geflüstert.

31

Ich stelle mich krank, damit mich niemand kränkt. Ich kann das Fieber rufen, wann immer ich will. Es kommt zu mir wie ein Hund, nach dem ich pfeife. Es springt mich an, der Schweiß bricht aus, und während ich fiebernd darüber nachdenke, seit wann ich schon krank bin, geraten alle Feste und Geburtstage in ein heilloses Durcheinander. Wann war Nikolaus, wann Ostern, wann Silvester, wann Weihnachten? Ich weiß nur immer, wann Sonntag ist. Edith bleibt zu Hause, wir hören das Wunschkonzert, und der Mann mit der hohen Stimme singt: ›Still wie die

Nacht und tief wie das Meer soll deine Liebe sein.‹ Solange das Radio spielt, male ich mit Buntstift die Zahlen vom Kalender ab, und Edith lobt mich, wenn mir eine dicke Fünf, eine aufgeblasene Null oder eine spindeldürre Eins gelingt. Nach dem Wunschkonzert muß ich wieder ins Bett. Darüber beschwere ich mich nicht mehr. Am Nachmittag verschwindet Edith für ein paar Stunden. Auch daran habe ich mich gewöhnt. Louise leistet mir Gesellschaft, stopft Strümpfe und erzählt Märchen. Wenn die Mutter nach Hause kommt, ist sie besonders zärtlich zu mir, legt einen nassen Lappen auf meine Stirn, und nach einer Weile sickern die Tropfen wie Tränen übers Gesicht. Es kitzelt ein bißchen, doch ich rühre mich nicht. An solchen Abenden nennt mich die Mutter gern: Mein kleiner Hosenscheißer. Sie weiß, ich hasse dieses Wort. Es erinnert mich jedesmal an das siedendheiße Wasser in der Badewanne, an Frau Reichweins abstoßenden Blick, und sofort brennen mir die Beine. Aber Edith weiß auch, wie sehr ich es liebe, wenn sie die Finger zwischen meine Finger schiebt, und ich bringe es nicht fertig, ihr das häßliche Wort zu verbieten, obwohl ich vor Scham und Wut fast ersticke. Mein kleiner Hosenscheißer, flüstert sie mir lachend ins Ohr, summt und gackert und quiekt das ekelhafte Wort immer wieder. Ich möchte ihr ins Gesicht spucken, aber dann würde sie mich verdreschen. Mein kleiner Hosenscheißer, sagt Edith zum tausendstenmal. Ich reiße den nassen Lappen von der Stirn und will ihn der Mutter zwischen die Zähne stopfen. Sie fängt meinen Arm ab, dreht ihn mir auf den Rücken, daß ich den Schmerz kaum noch ertragen kann und fragt mit denselben bösen Augen wie Frau Reichwein: Genügt dir das, mein kleiner Hosenscheißer? Ich schüttele den Kopf. Edith schlägt mir ins Genick und wartet auf Antwort. Ich schweige. Sie droht damit, den Stock zu holen. Nein, bitte nicht den Stock! schreie ich. Sie gibt meinen Arm frei, stößt mich auf das Kissen zurück und starrt mich an. Mir glühen die Ohren, doch meine Finger sind eiskalt. Du wolltest deine Mutter schlagen, sagt Edith. Nein, sage ich. Sie spitzt den Mund und sieht auf ihren Ehering. Du lügst wie gedruckt, sagt sie. Du hast die Hand gegen deine eigene Mutter erhoben, gegen die Frau, die dir das Leben geschenkt hat. Weißt du, was mit einem Menschen passiert, der die Hand gegen seine eigene Mutter erhebt? Ich schüttele den Kopf. Dem fällt die Hand ab, keift Edith. Was glaubst du, was dein Vater sagen wird, wenn ich ihm ins Sanatorium schreibe, daß du mich schlagen wolltest? Antworte gefälligst! bellt die Mutter und ziept mich an den Haaren. Schreib ihm nicht, bitte ich und spüre ein Würgen im Hals, sobald ich in die Schule komme, schreibe ich ihm selbst. Du hast ein Herz aus Stein, sagt die Mutter, du kannst nicht mal richtig weinen wie andere Kinder. Denkst du etwa, dein Vater macht Urlaub im Riesengebirge? Nächste Woche wollen sie ihm die Brust aufschneiden und die Rippen durchsägen. Was wird denn aus uns, wenn er bei der Operation stirbt? Dann stehe ich allein auf weiter Flur und muß drei Mäuler stopfen. Deine Tränen kommen reichlich spät. Das hättest du dir früher überlegen sollen. Sei mir wieder gut, bitte ich und lege den Kopf in Ediths Schoß.

32

Im Spätsommer, einige Wochen nach meinem sechsten Geburtstag, erhält die Mutter einen Brief, auf dessen Vorderseite der Adler, das Hakenkreuz und zwei Reihen

Buchstaben gedruckt sind. Edith wird blaß, während sie den Zettel überfliegt, tritt zum Fenster und behauptet, der Brief sei von Tante Irma aus Berlin. Ich erkenne sofort, daß sie lügt. Tante Irma hat uns noch nie ein Kuvert mit Adler und Hakenkreuz geschickt. Dahinter muß etwas anderes stecken. Am Abend verschwindet die Mutter, ohne zu sagen, wohin. In der Nacht werde ich wach von einem seltsamen Schaben und Kratzen an der Korridortür. Es kommt mir so vor, als versuche jemand, einen falschen Schlüssel ins Schloß zu stecken. Wer will uns um diese Zeit besuchen? Hat sich ein Mieter in der Etage geirrt? Warum klingelt er nicht? Ich lausche und höre wieder dieselben Geräusche. Ob es Einbrecher sind? Mir sträuben sich die Haare. Leise rufe ich nach der Mutter. Sie gibt keine Antwort. Ich gehe ins Schlafzimmer. Ediths Bett ist leer. Ich will aus dem Fenster um Hilfe rufen. Aber darf ich das Fenster denn überhaupt öffnen? Ich laufe ins Turmzimmer und wecke Louise. Sie schlägt die dunklen Augen auf und legt die Hand über den zahnlosen Mund. Da sind Einbrecher an der Tür, flüstere ich ihr ins Ohr. Die Großmutter gibt mir einen Wink. Ich drehe mich um und höre, wie sie in ihr Zahnglas greift. Dann schlüpft sie in die Hausschuhe. Jetzt schlagen die Einbrecher schon gegen die Tür. Ich sterbe vor Angst, aber Louise fürchtet sich nicht. In ihrem langen weißen Nachthemd, über dem die aufgelösten Haare hängen, geht sie voran und öffnet die Korridortür. Die Mutter stolpert herein, und im selben Augenblick schlägt ihr die Großmutter ins Gesicht. Ediths Hut mit der lustigen Feder verrutscht. Sie kann ihn nicht festhalten. Die Handtasche und das Schlüsselbund fallen zu Boden, und die Mutter fällt hinterher. Sie stinkt nach Schnaps. Als sie sich auf die Knie stemmt, gibt ihr Louise noch eine Ohrfeige. Edith knickt nach vorn und stützt die Hände auf. Sie neigt den Kopf, als wolle sie die Stirn auf den grünen Korridorläufer drücken. Du Dreckstück, du Mistvieh, du Luder! schimpft die Großmutter. Nicht vor dem Jungen, lallt Edith, nicht vor dem Jungen, und dann winselt sie wie ein Hund. Ich kann weder vorwärts noch rückwärts gehen, auch nicht zur Seite. Ich muß bleiben, wo ich bin. Ich kann mich nur bücken und einsammeln, was aus der Tasche gefallen ist: ein Lippenstift, ein Spiegel, ein Kamm, ein angebrochenes Päckchen Zigaretten, ein Augenbrauenstift, Ediths Kennkarte, ein gelblicher Gummiring, der wie ein eingerollter Fingerschutz aussieht, das Briefkuvert mit Adler und Hakenkreuz, und währenddessen faucht Louise immer wieder: Du hast ihn auf dem Gewissen, du Aas! Ich weiß nicht, von wem sie spricht. Ich stecke alles, was ich eingesammelt habe, in die Tasche zurück. Plötzlich rülpst die Mutter und erbricht eine graugelbe Soße, in der ein paar rosa Fleischwürfel schwimmen. Mir wird schlecht von dem Gestank. Ich torkele in die Kammer und schließe mich ein. Ich will nicht glauben, was ich gesehen habe, aber ich höre die Wahrheit durch die Tür. Aus dem Hahn in der Küche fließt Wasser in den Eimer. Der Schrubber kratzt über den Korridorläufer. Ein Besenstiel klappt gegen die Wand. Das Kehrblech stößt an die Kommode. Ein Scheuerlappen klatscht auf die Dielen. Schuhe poltern. Ein Bügel wird an einen Garderobenhaken gehängt. Schade, daß der Vater nicht hier ist. Sie haben ihm nicht die Brust aufgeschnitten. Sie haben ihm nicht die Rippen durchgesägt. Er muß noch eine Weile im Sanatorium bleiben. Aber irgendwann kommt er zurück und prügelt die beiden Frauen aus dem Haus.

Am anderen Morgen höre ich Louises Latschen durch den Korridor huschen. Frühstück! ruft sie, und ich verrenke mir fast den Arm, als ich die Kammertür aufreißen will. Das kommt davon, wenn man sich einschließt, sagt die Großmutter kichernd. Nach dem Frühstück trete ich in den Korridor und wandere langsam über den grünen Läufer. Als ich die Hand auf die Türklinke lege, sagt Louise freundlich: Du weißt doch, daß du nicht auf die Treppe darfst. Ich nicke, drehe mich um und marschiere wieder über den grünen Läufer. Warum kann ich diesen verdammten Fleck nicht finden? Letzte Nacht habe ich die Soße und die Fleischwürfel deutlich gesehen, und von dem Geruch ist mir übel geworden. Der Fleck kann doch nicht einfach verschwunden sein. Ich merke, daß mich Louise beobachtet und sehe in den Spiegel, um ihrem Blick auszuweichen. Heute nacht ist es so laut gewesen, sage ich unsicher und spüre ein Würgen in der Kehle, als ob ich lüge. Das werden die Lastwagen von der Post gewesen sein, sagt Louise. Nein, widerspreche ich ihr, keine Lastwagen, sondern etwas anderes. Komisch, ich habe geschlafen wie ein Murmeltier, antwortet sie. Die ganze Nacht? frage ich leise und merke, wie es mich schaudert. Ja, was denn sonst? Denkst du etwa, ich gehe im Finstern spazieren, wo ich so schwach auf den Beinen bin? fragt sie und klatscht vor Vergnügen in die Hände. Du sollst mich nicht auslachen, du warst auch hier im Korridor, brülle ich und boxe gegen Louises Bauch. Ach weißt du, sagt sie und fängt meine Fäuste ab, wenn man so alt ist wie ich, ist man schon überall gewesen. Als junges Mädchen bin ich sogar auf einer Wolke durch die Luft geflogen und anschließend in den Schloßteich gefallen. Das ist nichts Besonderes. Warum sollst du mich heute nacht nicht im Korridor gesehen haben? Deswegen brauchst du dir keine Sorgen zu machen. Louise beugt sich zu mir herunter und hüllt mich ein mit ihrem dunklen Blick. Alle Menschen träumen, auch die Kinder, sagt sie sanft und küßt mich auf die Stirn. Es gibt sogar Schlafwandler, die nachts auf die Dächer steigen, sagt sie seufzend und küßt mich noch einmal. Ich will Louise erklären, daß ich sie letzte Nacht aus dem Turmzimmer geholt habe und daß wir beide, sie und ich, zur Tür gegangen sind. Aber ich bringe es nicht über die Lippen. Es ist, als drücke mir jemand die Zunge gegen den Gaumen und presse meine Zähne zusammen, damit ich schweige. Ich gehe in die Kammer, lasse die Tür offen und lege mich aufs Bett. Ich höre, wie die Großmutter das Frühstücksgeschirr abwäscht, und nach einer Weile höre ich sie das Lied von dem Jäger singen, der das muntere Rehlein am Waldessaum erschießt. Ich schließe die Augen, wie jedesmal, wenn Louise diese unendlich langen Strophen singt, die sich immer wieder auf das Wort ›Traum‹ reimen. Ich fühle, wie mich die Stimme aus der Küche in den trägen und zärtlichen Fluß der Melodie zieht. Was mich bedrückt, wird weich. Was mich beschwert, wird leicht. Die Gedanken zerfallen. Die Worte verschwinden. Der leise Singsang löscht die Erinnerung an die Nacht und den Morgen aus. Das Lied schmilzt alles hin, bis ich glücklich und ratlos in meinen Tränen schwimme.

Am Abend laufe ich der Mutter entgegen und schlinge die Arme um ihre Taille. Von ihrem Hut winkt lustig die bunte Feder. Aus dem Seidenschal duftet ein süßes Parfüm. Ihr Mantel riecht nach Regen und nassem Holz, und für eine Weile spüre ich ihre kalte Nase auf meiner Wange. Ich will nicht zulassen, daß die Mutter den Mantel ablegt. Ich will, daß sie immer so stehenbleibt wie jetzt. Ich halte mich an ihren Mantelknöpfen fest und bin selig. Mein Junge, flüstert sie mir ins Ohr, mein lieber großer Junge. Mir schießt das Wasser in die Augen, weil ich diese Worte so lange entbehrt habe. Ich drücke das Gesicht in den Mantelflausch. Wie soll ich der Mutter erklären, daß ich mich nach ihr sehne? Ich beiße mir auf die Lippen. Ich will so eisern sein wie der Vater. Aber ich kann meine Tränen nicht verheimlichen. Ich schluchze und zittere. Ich krampfe die Finger so fest um die Mantelknöpfe, bis mich die Mutter anschreit: Was ist denn in dich gefahren, daß du mir gleich die Sachen vom Leib reißt? Mußt du immer alles übertreiben? Hast du wieder was ausgefressen? Nein? Was fehlt dir denn? Mußt du gleich heulen wegen jedem Dreck? Ich gebe keine Antwort, gehe still in meine Kammer und schwöre mir: Ich bin keine Rotznase, keine Heulsuse, kein Hosenscheißer. Irgendwann werde ich so tapfer sein wie das tapfere Schneiderlein.

33

Das war jener Abend. Doch in welche Zeit gehört der Abend, an dem mir die Mutter erlaubt, mich ins Bett des Vaters zu legen? Sitzen die Stare noch auf den Telegrafendrähten, oder sind sie schon nach Afrika geflogen? Tragen die Kinder noch Kniestrümpfe, oder gehen sie schon in dicke Mäntel vermummt? Ich weiß es nicht mehr. Ich sehe nur die Mutter. Sie trägt ein durchsichtiges grünes Nachthemd. Über ihren Schultern liegt ein dunkelblauer Umhang. Sie kämmt sich, blickt in den Spiegel und singt das Lied von dem Soldaten, der in dunkler Nacht allein und verlassen am Wolgastrand steht. Ich sitze im Bett des Vaters und sehe die Schuppen auf den Frisierumhang fallen. Was wünschst du dir eigentlich zu Weihnachten? fragt die Mutter, während sie sich weiße Creme übers Gesicht schmiert. Ich zögere mit der Antwort. Es hat keinen

Zweck, die Mutter darum zu bitten, daß sie mich einmal, nur ein einziges Mal, sei es auch nur eine Stunde, mit den Kindern im Hof spielen läßt. Deshalb sage ich: Der Weihnachtsmann könnte mir vielleicht noch ein paar Soldaten bringen. Die Mutter dreht sich um. In ihrem weißen Gesicht erkenne ich nur die Augen, die Nasenlöcher und die Zähne zwischen den halbgeöffneten Lippen. Weiter nichts, bloß ein paar Soldaten? fragt sie und bewegt beim Sprechen kaum den Mund, damit sich keine Falten in der Haut bilden. Ich nicke. Warum so bescheiden? fragt die Mutter freundlich und wendet sich wieder dem Spiegel zu. Ich starre in die Lampe über den Betten. Ich suche nach einem Wunsch. Mein Kopf ist leer. Ich weiß, was ich nicht will. Aber ich weiß nicht, was ich will. Sag du doch, was ich mir wünschen soll, bitte ich die Mutter. Sie lächelt und sagt unerwartet sanft: Ich wüßte ein wunderbares Geschenk für dich, so herrlich, daß du es dir überhaupt nicht vorstellen kannst. Verrate es mir, jubele ich, als sei heute schon Weihnachten. Nein, darauf mußt du selber kommen, sagt die Mutter und wirft den Lappen beiseite, mit dem sie sich die Creme vom Gesicht gewischt hat. Dann zieht sie das grüne Nachthemd hoch und setzt sich auf den Hocker neben der Frisiertoilette. Ist es ein Tuschkasten? frage ich. Mit solchen Kleinigkeiten geben wir uns nicht ab, sagt Edith, während sie die Strümpfe herunterrollt. Ich kann's mir denken, ein Indianerkostüm! rufe ich. Wenn du meinst, sagt Edith geringschätzig, schiebt die Hände unter das Nachthemd und bewegt dabei die Ellbogen wie ein Vogel, der sich in die Luft schwingen will. Soll ich dir helfen? frage ich. Sie nickt. Großer Gott, du hast ja eiskalte Finger! schreit die Mutter. Ich brauche eine Weile, bis sich die Schließe des Büstenhalters öffnen läßt. Edith kreuzt die Arme unter dem Busen und fragt wieder, was ich mir zu Weihnachten wünsche. Ich habe keine Lust mehr, darauf zu antworten. Ich sehe ihre Brustwarzen durch das Nachthemd und schüttele den Kopf. Ich begreife nicht, warum sie dauernd auf mir herumhackt. Du mußt ein bißchen neugieriger sein, sagt die Mutter und spitzt den Mund. Ist es was zum Anziehen? frage ich, weil die meisten Hemdsärmel zu kurz geworden sind. Nein, sagt Edith, die Seppelhose kriegst du erst nächstes Jahr im Mai, wenn die Großmutter ihren achtzigsten Geburtstag feiert. Sind es vielleicht Rollschuhe? frage ich. Gar nicht schlecht, mein Jugen, du bist auf dem besten Wege. Also keine Rollschuhe? Nein, sagt sie, aber es rollt, wohin du willst. Eine Ente mit vier Rädern, wie sie mir der Altener Opa geschenkt hat? frage ich mutlos. Die Mutter streicht mir durchs Haar und zittert plötzlich, als ob sie friere. Dreh dich um, sagt sie und holt tief Luft. Ich stelle mich ans Fenster und will in die Dunkelheit hinaussehen, doch die Scheiben sind beschlagen. Ich male einen Kreis in den Dunst, zwei Augen, eine Nase und einen lachenden Mund. Dann quietschen die Sprungfedern, und die Mutter sagt: Wenn du Lust hast, darfst du noch ein Weilchen zu mir. Ich schlüpfe unter die Decke. Die Mutter streckt den linken Arm aus, und ich spüre ihre warme Haut im Nacken. Das Licht blendet, höre ich sie sagen und ziehe an der Kordel. Jetzt fällt nur noch der schwache Schein der Nachttischlampe aufs Bett. Rück zu mir heran, sonst frierst du, sagt die Mutter. Ich rutsche näher mit langgestreckten Beinen, weil ich das durchsichtige Hemd nicht berühren will. Ich versuche, den Atem anzuhalten, damit die Mutter einschlafen kann. Ich würde lieber in meiner Kammer liegen. Dort ist es nicht so langweilig und unheimlich wie hier. Dort kann ich mit mir selber reden, ohne daß es jemand hört. Vorsichtig bewege ich die Finger über der Bettdecke und sehe die Schatten an der Wand. Aus drei Fingern wird ein Hund mit spitzer Schnauze. Er müßte nur noch bellen. Zu Weihnachten schenke ich dir ein Fahrrad, sagt die Mutter leise. Ich richte mich hoch und frage: Ein Fahrrad? Ja, ein nagelneues Fahrrad, behauptet die Mutter ganz ernst. Ich kann es nicht glauben. Mit Sattel? frage ich. Sie nickt. Mit Luftpumpe und Bremse und Rücklicht? Ja, in der Woche vor Weihnachten wird es geliefert, sagt sie. Ich spüre ein Brennen in der Brust, das mich fast zerreißt. Du könntest mir wenigstens einen Kuß geben, sagt die Mutter und schiebt die Zunge zwischen meine Lippen, bis mir die Luft ausgeht. Du mußt aber auch etwas für mich tun, flüstert sie, und falls du's nicht versprichst, bestelle ich das Fahrrad ruck, zuck wieder ab. Nein, sag doch, was ich dir versprechen soll, bettele ich. Die Mutter kippt die Nachttischlampe hoch. Ich blinzele, wende aber nicht den Kopf. Schön, ich verlasse mich also auf deine Ehrlichkeit, sagt sie streng. Ganz bestimmt, murmele ich und spüre meine Beine zittern. Nur ein Wort, und ich bestelle das Fahrrad wieder ab – überleg dir's! Ich halte mein Versprechen, sage ich. Die Mutter blickt mir tief in die Augen, senkt den Lampenschirm und sagt: Du weißt, daß du krank bist, nicht wahr? Ja, sage ich, aber an Weihnachten bin ich vielleicht schon gesund. Das werden wir sehen, faucht Edith, solange du Fieber hast, bist du jedenfalls krank, oder? Und solange du Husten und Halsschmerzen hast, mußt du doch wohl im Bett bleiben, oder? Ich denke an das Fahrrad und nicke. Gut, sagt die Mutter, dann sind wir uns ja einig, du kannst nicht lügen, und morgen wirst du auch dem Doktor die Wahrheit sagen, weil du ein anständiger Junge bist. Welchem Doktor? frage ich und bebe vor Angst. Er untersucht dich nur, und vielleicht erkundigt er sich, ob dir irgendwas weh tut. Dann sagst du einfach dasselbe, was du mir eben versprochen hast. Wir wollen es gleich mal wiederholen, damit du es morgen nicht vergißt. Ich habe keine Lust mehr, sage ich und wische mir die Tränen aus den Augen. Die Mutter stößt mich von sich weg. Dann kannst du dein Weihnachtsgeschenk in den Schornstein schreiben. Heule nicht, du Rotznase! Daran bist du selber schuld, du bockiger Kerl! Sei froh, wenn du keine geklebt kriegst, höre ich sie brüllen und taste nach ihrer Hand. Sei mir nicht mehr böse, ich verspreche dir alles, was du willst, flehe ich sie an. Das werden wir auf der Stelle ausprobieren, sagt die Mutter. Was antwortest du, wenn dich der Doktor fragt, was dir fehlt? Daß ich schwitze, sage ich. Und? Daß mir der Hals weh tut. Und? Daß ich manchmal kalte Füße habe. Und was noch? Ich zucke die Achseln. Laß dir Zeit, sagt die Mutter, du kommst schon darauf. Ach ja, sage ich und bin froh, daß es mir eingefallen ist. Ich huste! Dann darfst du jetzt in dein Bettchen gehen, sagt die Mutter. Doch als ich über das Fußende klettern will, ruft sie mich zurück. Wo bleibt der Gute-Nacht-Kuß? fragt sie lächelnd. Ich denke an mein Fahrrad, drücke die Lippen auf Ediths Mund und laufe in die Kammer. Ich kann nicht einschlafen. Ich muß immer wieder an den Doktor denken. Ich überlege, ob er mir vielleicht doch eine Spritze gibt. Dann grübele ich, ob ich bis Weihnachten so gesund bin, daß ich radfahren darf. Aber an Weihnachten, fällt mir ein, liegt sicher Schnee, und es wird lange dauern, ehe er schmilzt und die Erde wieder trocken wird. Meine Gedanken machen mich müde, und viel Zeit vergeht, bis mir jemand ganz leise, wie von weit her, eine Melodie ins Ohr summt. Ich brauche eine Weile, bis ich auch die Worte verstehe. Dann weiß ich, daß es der Mann aus dem Wunschkonzert ist.

Ich würde ihm gern Gesellschaft leisten. Wir sind beide allein. Ich habe keinen Bruder und keinen Freund, wie andere Kinder. Ich sehne mich nach dem einsamen Soldaten am Wolgastrand, und wir singen zu zweit:

›Hast du dort oben verlassen auch mich?
Es sehnt doch mein Herz auch nach Liebe sich.
Du hast im Himmel viel Englein bei dir,
schick doch einen davon auch zu mir.‹

34

Am Morgen nach dem Frühstück stutzt die Mutter meinen Struwwelkopf mit Roberts Haarschneidemaschine. Manchmal ziept sie mich, zwickt mir in die Haut oder reißt eine Strähne heraus. An jedem anderen Tag hätte ich vor Schmerz gebrüllt, doch weil Edith heute den Doktor erwartet, beiße ich die Zähne zusammen und kneife die Fingernägel in die Schenkel. Anschließend geht die Mutter mit mir ins Bad. Sie spricht kein Wort, während sie mich wäscht und abtrocknet, aber an den roten Gesichtsflecken erkenne ich ihre Erregung, und in meinen Beinen spüre ich das gleiche Brennen und die gleiche zitternde Unruhe. Edith schickt mich ins Schlafzimmer und säubert mit Louise die Wohnung. Der Staubsauger brummt über Läufer und Teppiche, nasse Lappen klatschen auf die Dielen, und der größte Teil des Vormittags verfliegt, bis der Mop das Bohnerwachs geglättet hat. Auf Zehenspitzen schleiche ich in meine Kammer zurück und wage kaum, die blendendweiße Bettwäsche zu berühren. Ich habe noch nie einen Toten gesehen, doch als mein Kopf in das aufgeschüttelte Kissen sinkt, fühle ich: So muß ein Toter liegen, so still, so kurzgeschoren, so friedlich und so kalt. Eine ungeheure Angst überkommt mich. In ein paar Minuten wird der Doktor an mein Bett treten, den lateinischen Namen für meine Krankheit aussprechen und mir die Augen zudrücken. Ich will sie offenhalten, aber je länger ich mich mühe, starr gegen die Decke zu blicken, um so schwerer werden meine Lider, und noch nach Jahren will mir scheinen, es wäre besser gewesen, in dieser Stunde und in diesem Bett zu sterben. Aber ich lebe. Ich höre die Türklingel. Ich höre Ediths hastigen Schritt im Korridor und reibe mir die Augen. Der Doktor, denke ich und werde steif vor Grausen. Falscher Alarm. Der Gasmann liest den Zähler ab, und die Mutter schäkert mit ihm, bis die Korridortür ins Schloß fällt. Beim Mittagessen suche ich vergebens Ediths Blick. Sie stiert auf die Fettaugen der Bouillon, rührt ein paarmal um und verschwindet im Wohnzimmer. Louise senkt den Kopf, betrachtet das Punktmuster ihrer Schürze und fängt an zu schnarchen. Ich sehe in den leeren Hof. Die Pfützen sind gefroren. Auf den Postgaragen liegt Reif. Bald ist Weihnachten. Dann zeige ich Olaf und Hella, wie man sich auf das Pedal stellt und in den Sattel schwingt. Ich muß gedöst haben. Komm noch ein Weilchen zu mir ins Wohnzimmer, höre ich die Mutter flüstern und folge ihr. Wir setzen uns zum Ofen und wärmen die Hände an den Kacheln. Edith hat sich die Fingernägel rot lackiert. Ihr Haar ist aufgelöst und hängt über beide Ohren. Ihre Augenbrauen sind schwarz, ihre Lippen blutrot. Sie trägt hochhackige Schuhe und ein grünes Kleid, das ich noch nie an ihr gesehen habe. In dem tiefen Ausschnitt schaukelt eine kleine Perle. Edith spricht pausenlos von ihrer Freundin, die mit einem Dentisten ins Erzgebirge reisen will. Das kümmert mich nicht. Aber ich höre die neuen

Strümpfe zischeln, wenn Edith die Beine übereinanderschlägt und dabei die weiße Haut zwischen der braunen Kunstseide und dem rosa Höschen entblößt. Ich sehe auch die volle Flasche auf dem Tisch, die beiden Kognakschwenker, die Zigarettenschachtel und den Aschenbecher. Wir nehmen rasch noch mal die Fragen von gestern abend durch, sagt die Mutter und spitzt den Mund, als wolle sie mir für jede richtige Antwort einen Kuß geben. Es ist zu spät. Wir haben beide das Klingeln gehört. Die Mutter wird blaß. Scher dich ins Bett, faucht sie, und wehe, wenn du mich im Stich läßt, dann gnade dir Gott!
Ich trete in den Korridor, wo sich Louise einen weißen Latz vor die Brust knöpft, und verschwinde in meiner Kammer. Ich liege im Bett und höre die Frauen tuscheln. Nach einer Ewigkeit wird die Korridortür geöffnet. Schwere Schritte dröhnen auf den Dielen. Meine Knie zittern. Ich kann kaum verstehen, worüber der Doktor und die Mutter sprechen. ›Gnädige Frau‹, schnappe ich auf oder ›Lieber Herr Doktor‹ oder ›Ich habe mich leider ein wenig verfrüht‹ oder ›Ein Täßchen Kaffee werden Sie doch nicht verschmähen‹. Aber ich rechne mit etwas ganz anderem. Von irgendwoher, aus der Tapete und den braunen Rosen, aus dem Ofen, aus dem Kissen oder aus meinem eigenen Mund erwarte ich den Schrei: Dann gnade dir Gott! Es bleibt still. Nur leise Stimmen nähern sich. Ich möchte mich verkriechen, aber die Mutter und der Doktor stehen schon in der Kammer. Er ist weder alt noch jung. Er hat eine Halbglatze und Tränensäcke unter den Augen. Ich fürchte mich vor ihm, weil er einen weißen Mantel trägt und jemand ähnelt, dessen Name mir nicht einfällt. Ich gebe ihm die Hand und verbeuge mich im Sitzen. Hast du geweint? fragt er. Ich schüttele den Kopf und

lächele. Das war falsch, merke ich an Ediths drohendem Blick und setze ihr zuliebe meine Trauermiene auf. Keine Angst, sagt der Doktor, ich beiße nicht. Er schreibt meinen Namen und mein Alter auf einen Block. Nun erzähl mal, seit wann du krank bist, sagt er. Nein, nicht Sie, gnädige Frau, unterbricht er die Mutter, ich möchte es von dem kleinen Patienten selbst hören. Edith treten fast die Augen aus den Höhlen bei ihrem Gnade-dir-Gott-Blick, und ich antworte: Schon sehr lange. Wie lange ungefähr? fragt der Doktor. Ich verkrampfe die Zehen. Mir ist, als sei ich schon letzte Weihnachten krank gewesen, und außerdem weiß ich genau, daß es bis zu den nächsten Weihnachten nur noch wenige Tage sind. Aber ich bringe es nicht über die Zunge. Seit mindestens sechs Wochen, antwortet die Mutter an meiner Stelle, hält sich ein Häkeltaschentuch vors Gesicht und schluchzt. Edith weint ohne Tränen, das Miststück, aber der Doktor streichelt ihren grünen Ärmel bis zur Schulter hinauf, und als er sich umdreht, muß ich wieder an den Mann denken, der ihm so ähnelt. Doch der Name stellt sich nicht ein. Der Doktor zählt meinen Puls. Schwitzt du oft? fragt er. Ich nicke. Gnade dir Gott! schreien Ediths Augen, und ich antworte: Den ganzen Tag, manchmal auch nachts. Der Doktor schiebt mir ein Thermometer unter die Achsel. Ich spüre, daß es jetzt um alles geht, um mein Leben und um mein Fahrrad. Ich rufe das Fieber. Ich weiß, mein Fieber ist mir treu wie ein Hund. Aber heute bockt es. Siebenunddreißigkommafünf ist erhöhte Temperatur, weiter nichts, erklärt der Doktor. Du bist ein widerlicher Kerl, sagt Ediths Blick, und ich schäme mich. Der Doktor leuchtet mir so lange in den Rachen, bis der Kiefer schmerzt. Er bittet die Mutter, mir das Nachthemd auszuziehen. Ich stehe auf der schwankenden Matratze und klemme den

Schniepel zwischen die Beine. Tief ein- und ausatmen, sagt der Doktor, während er mit dem Hörrohr über meine Brust und meinen Rücken wandert. Husten! kommandiert er. Ich huste, daß die Trommelfelle dröhnen. Der Doktor gibt mir einen freundlichen Klaps und dreht mich schwungvoll herum. Plötzlich sitze ich auf dem Laken, und die braunen Rosen an der Tapete verschwimmen. Niemand merkt, daß mir schwindlig geworden ist. Als mir Edith das Nachthemd überstreift, höre ich den Doktor sagen: Leichte Bronchitis, am besten machen Sie Brustwickel, gnädige Frau. Hat Edith gekichert? Nein. Das Luder räuspert sich nur und flötet: Darüber sollten wir nachher ein Wort unter vier Augen reden, falls Sie einen guten Kognak nicht verachten. Der Doktor läßt die Uhr klicken, und ich höre ihn antworten, daß er in Eile sei. Aber Edith gibt nicht auf, sondern bittet den Doktor, die Viertelstunde, die er vorhin zu früh gekommen ist, an seine Visite anzuhängen, und mir ist, als lächele sie dabei. Der Doktor taucht aus dem Nebel. Ich schreibe nur noch das Rezept, sagt er. Aber bitte nicht hier, im Wohnzimmer ist es viel gemütlicher, und der Junge braucht jetzt wirklich Ruhe. Da gebe ich Ihnen recht, stimmt der Doktor zu und packt seine Siebensachen ein. Die Mutter geht in den Korridor und öffnet die Wohnzimmertür. Mit ihren Augen sehe ich die Flasche, die beiden Kognakschwenker, die Zigaretten und den Aschenbecher auf dem Tisch. Der Doktor winkt mir zu und zieht den Schlipsknoten höher. Ich muß ihm versprechen, die vorgeschriebene Medizin pünktlich einzunehmen. Ich nicke. Zum Abschied beugt er sich über mein Bett und läßt mich noch einmal die Halbglatze und die faltigen Tränensäcke sehen. Nun weiß ich, wie der Mann heißt, der ihm ähnelt: Oswin Kutarsky.

35

Kaum ist der Doktor verschwunden, setzt sich Louise mit ihrem weißen Brustlatz zu mir. Sie hat Kuchen mitgebracht, aber ich rühre ihn nicht an. Sie will mir ein Märchen erzählen, aber ich trete ihr gegen die Beine, damit sie schweigt. Ich will hören, was im Wohnzimmer geschieht, jedes Wort, jedes Geräusch, auch das Korkenknallen und das Gläserklingen. Ich warte und lausche. Alles bleibt still. Ich muß mal aufs Klo, sage ich und richte mich auf. Die Großmutter gibt mir einen Stoß, daß ich zurücktaumele. Du bleibst liegen, herrscht sie mich an und zieht den Nachttopf unterm Bett hervor. Da mach dein Geschäft, groß oder klein, ich vertrage Gestank, Papier haben wir genug, und wenn du willst, singe ich sogar noch ein Lied dazu, wispert Louise. Soll ich? fragt sie und hüllt mich ein mit ihrem dunklen Blick. Etwas in mir zerreißt. Ich springe hoch und presse die Hand auf ihren Mund. Als sich die Großmutter wehrt, reiße ich die Klemmen aus ihrem Dutt. Du Lausebengel! zischt sie und drückt die knochigen Finger um meinen Hals. Ich schnappe nach Luft und weine, weil ich nicht schreien kann. Louise lockert den Griff und spitzt die Lippen, als wolle sie mir ins Gesicht spucken. Ich fasse in das aufgelöste Haar, zerre Louises Kopf herunter und spucke ihr in die Augen. Ich schlage dich tot, flüstert sie dicht an meinem Ohr, mit dem Bügeleisen schlage ich dich mausetot, du Rotznase. Für eine Weile sind wir beide außer Atem. Dann rückt die Großmutter von mir ab, lehnt sich gegen das Fußende und hebt ein Bein auf die Bettkante, damit ich ihr nicht entwische. Ich warte und lausche und höre nichts. Ich sehe nur, daß Louise keinen Kamm hat. Sie fährt mit den Fingern durch das lange Haar, teilt es in drei Strähnen und fängt an, den Zopf zu flechten. Ich sammele die Klemmen ein und werfe sie der Großmutter in den Schoß. Im Korridor klappt eine Tür. Es ist die Badezimmertür. Ich staune, weil ich zuvor keine Schritte gehört habe. Wer ist aus dem Wohnzimmer ins Bad geschlichen? Wer öffnet jetzt die Korridortür? Ich weiß gar nicht, wie ich Ihnen danken soll, höre ich die Mutter sagen, und der Doktor antwortet mit unerwartet tiefer Stimme: Ich habe nur meine Pflicht getan, gnädige Frau, auf Wiedersehen. Mir wird kalt. Ich lege die Arme um die Schultern und höre die hochhackigen Schuhe über die Dielen klappern. Plötzlich steht Edith in der Kammer, ohne Schminke, ohne Lippenstift, mit straffgekämmten Haaren und feuerrotem Gesicht. Der Doktor hat mir das Attest ausgestellt, sagt sie zur Großmutter und küßt mich, bis ich den Geruch von Kognak und Zahnpasta spüre. Du hast dir dein Weihnachtsgeschenk redlich verdient, haucht sie mir ins Ohr. Das Fahrrad? frage ich vorsichtshalber. Edith nickt, und ich fühle einen wohligen Schauer auf der Haut. Wir essen zu dritt von Louises Kuchen. Was ist das eigentlich, ein Attest? frage ich. Mit vollem Mund spricht man nicht, sagt die Großmutter, und Edith wischt ein paar unsichtbare Krümel von ihrem Kleid, ehe sie antwortet. Ein Attest, erklärt sie, ist eine Medizin, für die man in der Apotheke nichts bezahlen muß. Ich sehe Edith an, daß sie lügt. Aber wie kann ich ihr den Schwindel vorwerfen, wenn sie mir zu Weihnachten ein Fahrrad schenkt? Louise bringt den leeren Kuchenteller in die Küche. Edith setzt sich neben mich und sagt mit ihrer Himbeersirupstimme: Der Doktor findet übrigens, du solltest möglichst bald lesen und schreiben lernen, falls es dich nicht zu sehr anstrengt. Ich könnte dir helfen dabei. Was hältst du davon? Wenn du dir das zutraust, würde ich mich wahnsinnig freuen. Gern, stammele ich, wie vom Donner gerührt, aber dann mußt du mir auch einen Schulranzen kaufen, damit mich die anderen Kinder nicht auslachen. Die Mutter bohrt den Blick in meine Augen und faucht: Das hat Zeit! Vorläufig bist du noch krank! Lerne erst mal buchstabieren, du Esel! Ich heule nicht. Ich schluchze nicht. Ich lasse die Tränen einfach laufen und höre Edith sagen: Sei mir nicht böse, mein Junge, das ist mir so rausgerutscht, ich habe heute so viel um die Ohren, daß ich gar nicht mehr weiß, was ich zuerst tun soll. Bitte, sei mir wieder gut! Ich drücke das Gesicht ins Kissen, und die Mutter streichelt mich, bis ich einschlafe. Gegen Abend kommt das Fieber, ein gieriges, glühendes Fieber, das mir die Haut verbrennt. Die Matratze wird naß. Edith und Louise tragen mich aus der Kammer ins Bett des Vaters. Sie machen mir Brust- und Wadenwickel und decken mich zu. In der Nacht höre ich Stimmen von weit her. Sie schreien: Kräftig husten! Buchstabieren, du Esel! Ich schlage dich mausetot! Gnade dir Gott!

36

An Heiligabend liege ich auf dem Sofa und sehe mit glasigen Augen in die brennenden Kerzen. Die Mutter spielt Klavier und singt ›Stille Nacht, heilige Nacht‹. Bei der zweiten Strophe hebt die Großmutter leise den Deckel der Terrine an und tunkt den kleinen Finger hinein, um sich zu vergewissern, daß die Würstchen noch heiß sind. Über den Gabentisch ist ein weißes, bis zum Boden reichendes Tuch gebreitet. Während Edith die dritte Strophe singt, frage ich mich, wie es ihr gelungen sein mag, mein Fahrrad unter dem Tuch zu verstecken. Hat sie es auseinandergenommen und jedes Teil in eine besondere Schachtel gepackt? Will sie mir vorführen, wie man ein Fahrrad wieder zusammenbaut? Nein, das ist ihr zu umständlich, und außerdem würde sie sich dabei die Hände schmutzig machen. Aber wozu dann das Versteckspiel? Fröhliche Weihnachten! ruft Edith und schaltet die Klavierlampe aus, bevor sie mich und die Großmutter küßt. Wir setzen uns zu Tisch, wünschen guten Appetit und loben die Würstchen samt dem Kartoffelsalat. Als die Glocken läuten, essen wir stumm weiter. Mir bersten die Ohren, doch sosehr ich auf ein Ende des Gebimmels hoffe, sosehr fürchte ich mich vor der Stille danach. Zur Bescherung stellen wir uns um den Gabentisch. Du wirst dir vor Freude ein Bein ausreißen, sagt die Mutter, hebt feierlich das weiße Tuch ab und zeigt mir die Geschenke: die Schiefertafel mit Lappen und Schwamm, die Griffel, den Tuschkasten und die Schulfibel. Ich blicke zu Boden und spüre, wie sich das Teppichmuster bewegt. Da staunst du, was? fragt Edith. Ich hebe den Kopf und starre sie an. Wo ist mein Fahrrad? frage ich und höre, wie Louise mit dem Geschirr in die Küche verschwindet. Die Mutter tritt zum Baum und drückt eine Kerze aus, die zu weit heruntergebrannt ist. Du bist verwöhnt und undankbar, sagt sie und schließt den Klavierdeckel. Als sie sich umdreht, ist ihr Gesicht leichenblaß. Kannst du dir eigentlich vorstellen, was ich leide? fragt sie. Hast du überhaupt einen blassen Schimmer davon, was es für mich bedeutet, allein mit einer alten Frau und einem kranken Kind Weihnachten zu feiern? Wer von euch hat mir was geschenkt? Weder du noch die Großmutter. Andere Kinder in deinem Alter schneiden Sterne aus Goldpapier und kleben sie auf blauen Karton, um ihrer Mutter eine Freude zu machen. Du hast ein Herz aus Stein. Du erwartest nur immer etwas von mir. Ja, ja, ich habe dir ein Fahrrad versprochen, und dabei bleibt es auch, du Egoist. Aber zur Zeit bin ich in der Klemme und darf das Geld nicht aus dem Fenster schmeißen. Was brauchst du denn ein Fahrrad, noch dazu im Winter? Willst du dir eine Lungenentzündung holen? Nimm deine Schulfibel, setz dich auf den Hosenboden und lerne! Du weißt, ich helfe dir dabei, weil ich stolz auf dich sein will. Ich habe keinen Mann mehr, seit dein Vater krank ist. Ich habe nur noch dich. Du bist meine einzige Stütze.

37

Vom Giebel der Heringsräucherei hängt noch Schnee, doch er hält sich nicht lange. Die Sonne schmilzt ihn weg, und der Wind trocknet das schräge Teerdach unter dem Fenster, während ich große und kleine Buchstaben aus der Schulfibel abmale. Manche fallen mir leicht, andere sind so schwierig, daß ich vor Anstrengung die Knie gegen den Schreibtisch presse. Ich bin fleißig, esse zu den Mahlzeiten meinen Teller leer und sehe keine Gespenster. Aber etwas ist unheimlich. Tag für Tag kommt es mir so vor, als wüßten der Griffel und die Schiefertafel, ob sich außer mir noch jemand in der Kammer aufhält. Bin ich allein, höre ich beide nur leise schaben. Ist die Mutter zu Gast, fangen sie an zu kratzen und zu kreischen, bis mir Edith eine Ohrfeige ins Gesicht knallt. Das tut nicht sehr weh. Schlimmer ist es, wenn der Griffel immer wieder über die vorgeschriebenen Hilfslinien rutscht. Dann schlägt die Mutter meine Stirn gegen die Schiefertafel, und wenn ich weine, schwimmen alle Buchstaben weg. Aber Edith kann auch lieb zu mir sein. Sie achtet stets auf meinen rechten Mittelfinger. Bildet sich an der Kuppe eine Blase oder platzt die Haut, holt Edith Karbol und klebt ein Pflaster darüber, damit ich weiterschreiben kann. Ich lebe plötzlich wie im Paradies. Die Mutter straft mich selten. Stehe ich zu lange am offenen Küchenfenster, zwickt sie mir nur die Fingernägel ins Genick und bringt mich in die Kammer zurück. Ich lerne Silben zu Wörtern verbinden, und in der Woche vor Ostern schreibe ich zum erstenmal meinen Namen auf die Schiefertafel. Ich fühle: Das bin ich. Es ist mein eigener Name. Ich bin stolz darauf, daß ich ihn selbst geschrieben habe. Ich lese ihn immer wieder. Jetzt gehört er mir ganz allein. Niemand kann mir meinen Namen wegnehmen.

38

Es ist Ostersonntag. Nach dem Frühstück werde ich in die Kammer gesperrt, damit die Mutter und die Großmutter ungestört die Ostereier verstecken können. Ich sitze am Fenster und zähle die Mauersteine unterm Giebel der Heringsräucherei, solange die Pantoffeln der beiden Frauen durch den Korridor schlappen. Die Wohnungstür wird geöffnet und fällt nicht wieder ins Schloß. Edith hat das Schuhwerk gewechselt. Sie geht auf hohen Absätzen die Treppe hinunter, und ihre Schritte verhallen im Parterre. Ich spüre, wie sich die Haare an meinen Armen aufrichten. Was treibt die Mutter aus dem Haus? Hat sie vergessen, daß heute alle Geschäfte geschlossen sind? Will sie eine Freundin besuchen, oder macht sie die uralte Drohung wahr, mich und Louise eines Tages auf Nimmerwiedersehen zu verlassen? Aber warum ausgerechnet heute? Ich warte und lausche. Für eine Ewigkeit bleibt alles still. Dann ächzen Treppenstufen. Langsame, schwere Schritte kommen herauf und jagen mir solche Angst ein, daß ich an die Männer mit den Zwangsjacken denken muß. Wollen sie mich abholen und ins Irrenhaus bringen, heute an Ostern? Etwas Hartes stößt gegen die Wohnungstür. Ich möchte schreien, aber meine Kehle ist zugeschnürt. Ich höre ein Plumpsen im Korridor, als falle ein riesiger Gummiball zu Boden. Edith und Louise gehen ins Schlafzimmer. Mir zittern die Beine. Ich setze mich auf die Bettkante, umarme meinen Teddy und zeige ihm die Seiten, die ich aus der Fibel abgeschrieben habe. Ich will ihm noch etwas vorlesen, doch die Mutter schließt die Kammertür auf und läßt mich ins Wohnzimmer vorangehen. Hier kenne ich jedes Versteck. Die bemalten Ostereier liegen wie üblich in einem Pappteller unter der Kredenz. Die Marzipanhasen sitzen wahrscheinlich hinter dem Richard-Wagner-Bild auf dem Klavier, und die Nougatstangen in der Kristallvase sind nur spärlich mit grüner Holzwolle umwickelt. Das meiste könnte ich sofort einheimsen, doch das würde die Mutter enttäuschen. Sie genießt es, wenn ich mich anstrengen muß. Also sehe ich ihr zuliebe dort nach, wo gewiß nichts zu finden ist. Ich drehe die Sofakissen um, hebe den Teppich an, greife in den Brikettkasten, und die Mutter klatscht vor Schadenfreude in die Hände. Das wird mir zu albern. Eine Weile tue ich noch so, als ob ich suche. In Wahrheit sammele ich nur ein, lege alles auf den Tisch und bedanke mich. Die Mutter fragt, ob ich mit den Geschenken zufrieden sei. Es genügt ihr nicht, daß ich nicke. Sie will unbedingt wissen, ob ich nicht noch einen ganz besonderen Wunsch habe. Ich schüttele den Kopf. Sie neigt sich zu mir, bis sich unsere Stirnen berühren. Ihr Blick senkt sich tief in meine Augen, und ich höre sie leise fragen: Keinen einzigen Wunsch? Ich spüre Ediths warmen Atem im Gesicht. Sie rollt die

Stirn über meine Stirn, hin und her, hin und her. Das tut gut, flüstert sie, das tut gut, dann werde ich dir heute deinen Herzenswunsch erfüllen, haucht sie mir ins Ohr und führt mich ins Schlafzimmer. Ich glaube nicht, was ich sehe. Am Fußende der Betten steht ein Kinderfahrrad mit blitzender Lenkstange und blitzenden Speichen. Ich sehe die Mutter sprechen und verstehe kein Wort. Ich möchte singen und durch die Luft schweben, doch die Kehle bleibt stumm, und die Arme sind flügellahm. Edith lächelt, drückt den Daumen gegen die Fahrradklingel, und eine riesige schwarze Hand reißt mich in ein bodenloses Loch.

Ein säuerlicher, beißender Geruch steigt mir in die Nase. Ich spüre ein Schaukeln im Magen, an das ich mich noch viele Jahre später erinnern werde, wenn ich vor Neufundland den Radarmast eines Fischdampfers wasche. Aber jetzt höre ich Edith sagen, es sei nur eine kleine Schwäche gewesen, aus purer Freude über das schöne Fahrrad. Ich niese, öffne die Augen und staune, weil ich angekleidet auf meinem Bett liege. Die Mutter flößt mir Tee ein und tröstet mich. Nach dem Essen muß ich ruhen. Aber am Nachmittag darf ich mein Rad zwischen der Kammertür und der Wohnungstür hin und her schieben. Leider läßt es sich nur schwer wenden, weil der Korridor zu schmal ist. Doch in der nächsten Woche bessert sich das Wetter, und ich erkundige mich, wann ich das Rad im Freien ausprobieren darf. Sobald du allein die Balance halten kannst, ist die Antwort. Von nun an heben mich die Mutter und die Großmutter jeden Abend in den Sattel. Doch zuvor muß ich versprechen, niemals auf die Pedale zu treten, weil sonst die Kommode zerschrammt wird. Abend für Abend schieben mich die beiden Frauen durch den Korridor, hin und zurück. Die Mutter hält den Lenker, die Großmutter den Gepäckträger. Lassen beide die Hände los, verliere ich die Balance und kippe zur Seite. Anfangs macht es Spaß. Aber nach einer Woche blecke ich jedesmal die Zunge in den Spiegel, wenn ich an mir vorbeigefahren werde. Edith schäumt vor Wut, als sie mich dabei erwischt. Ich rackere mich für dich ab, schreit sie, und du wirst frech, du Nichtsnutz? Sie schlägt zu, einmal, zweimal, quer übers Gesicht. Dann reißt sie mir das Fahrrad aus der Hand und trägt es in den Keller. Als sie wieder im Korridor steht, donnert sie gegen meine verschlossene Tür: Eher sollst du krepieren, als daß ich dir je im Leben noch einmal etwas schenke. Morgen bringe ich das Rad zurück. Ja, heule nur, du Schlappschwanz, du hast es nicht anders verdient, faucht sie. Dann kommt die Nacht, und die Angst legt ihr bleiernes Kissen auf meinen Mund.

39

Ende April beschließt die Mutter, mir einen Anzug machen zu lassen, und wenige Tage später breitet ein hagerer Herr seine Stoffmuster auf dem Wohnzimmertisch aus. Ich habe noch nie zuvor einen Schneider gesehen, und während die Mutter in den Mustern wühlt, suche ich vergebens nach einer Ähnlichkeit zwischen dem tapferen Schneiderlein aus dem Märchen und diesem freundlich blickenden Herrn. Ich traue ihm zu, daß er sieben Fliegen auf einen Streich erschlägt, finde ihn aber nicht listig genug, die Riesen, das Einhorn, das Wildschwein und die schöne Königstochter hinters Licht zu führen. Doch ich habe mich in ihm getäuscht, denn als sich Edith für einen häßlichen kaffeebraunen Stoff entscheidet, verziehe ich den Mund und sehe dem Schneider an, daß auch ihm die

Farbe mißfällt. Er widerspricht der Mutter allerdings nicht rundheraus, sondern hält den widerwärtigen Fetzen nur so lange gegen meine bleiche Haut, bis Edith von ihrer Ansicht abrückt und sich zu einem grauschwarzen Karomuster überreden läßt, das mir und dem listigen Schneider am meisten behagt. Er nimmt die Maße, und ich ertrage, ohne zu lachen, die kitzelnden Finger in den Achseln. Als er das Zentimeterband zwischen Hüfte und Knöchel spannt, mischt sich die Mutter ein und verlangt kurze Hosen, allenfalls bis zu den Knien. An dem Zittern in meinen Beinen spüre ich, daß jeder Widerspruch sinnlos ist, doch der Schneider erkundigt sich lächelnd nach meinem Alter. Ich erschrecke vor Ediths Gnade-dir-Gott-Blick, lehne mich gegen den Kachelofen, weil mir schwindlig wird, und behaupte, daß ich bald in die Schule komme. Der Schneider läßt das Zentimeterband von meinem Scheitel bis zum Boden hängen und nennt der Mutter das genaue Maß. Sie bleibt stumm. Dann gratuliert sie mir dazu, daß ich in den beiden letzten Jahren um einen Kopf gewachsen bin, doch ihre Augen verraten eine seltsame Angst. Ja, Sie haben schon einen großen Sohn, höre ich den Schneider sagen und fühle, wie er meine Stirn streichelt. Erst jetzt fragt mich Edith, ob mir der Stoff gefällt, und als ich nicke, versucht sie noch eine Weile um den Preis des Anzugs zu feilschen. Aber damit erreicht sie bei dem listigen Schneider ebensowenig wie mit ihrer Bitte, die Anprobe solle doch auch in unserer Wohnung stattfinden. Mein Atelier ist am Askanischen Platz, sagt er. Dort erwarte ich Sie und Ihren Sohn in acht Tagen. Habe die Ehre.

Die Woche wird mir unendlich lang. Trotzdem finde ich selten Ruhe. Sitze ich mit Louise beim Frühstück, schärft sie mir ein, ich solle mich besonders vor Autos und Pferden hüten, denn letzten Sommer sei ein Junge meines Alters in der Elisabethstraße überfahren worden. Ja, seufzt die Großmutter, der ist nun schon im Himmel. Und dieses Frühjahr sei ein Brauereipferd aus der Deichsel gesprungen und habe einem kleinen Mädchen den Fuß abgerissen. Ja, sagt Louise, und nun geht es an Krücken, das arme Kind. Hoffentlich wird das nicht auch dein Schicksal sein, wenn du zum Schneider gehst. Ich kann ihr nicht länger zuhören. Ich renne in die Kammer und schließe mich ein. Ich will ein paar Worte aus der Fibel abschreiben, aber die Buchstaben verschwimmen mir vor den Augen, und die Schiefertafel wird so naß, als hätte ich den Schwamm ausgedrückt. Mittags, wenn die Sirene der Zuckerraffinerie pfeift, weiß ich, daß meine Stunde geschlagen hat. Es ist nicht unbedingt darauf Verlaß, doch vorsichtshalber hänge ich meine Sachen über den Stuhl und erwarte die Mutter in der Kammer. Sie ist gerötet vom Radfahren, packt in Windeseile die mitgebrachten Kartons aus, streift mir Hemden über den Kopf, prüft Ärmellängen und Kragenweiten, hält mir Leibchen vor die Brust oder Unterhosen vor den Bauch und läßt mich in neuen Schuhen durch den Korridor traben. Was nicht paßt, kommt in den Umtauschkarton, und ehe ich mich versehe, ist die Mutter wieder verschwunden. An den Nachmittagen überfällt mich eine grauenhafte Unrast. Sobald ich Louise im Turmzimmer schnarchen höre, verlasse ich die Kammer und schleiche durch die Wohnung. Ich sehe unter jeden Tisch und jeden Stuhl. Ich schnüffele in allen Schränken und Kommoden, ohne zu wissen, was ich suche. Manchmal ertappe ich mich dabei, daß ich eine Türklinke oder einen Bettvorleger küsse, als wolle ich von ihnen Abschied nehmen. Dafür schäme ich mich. Aber gleich darauf schnappe ich mit den Zähnen nach einem ausgetretenen Pantoffel, trage ihn zum Küchenherd und lasse ihn in die Kohlenkiste rutschen. Oft lege ich mich der Länge nach auf das kalte Linoleum und spüre, wie die Kälte in mich eindringt. Eine Weile bin ich erschöpft und weine, doch die Muskeln spannen mich von neuem. Ich krieche auf allen vieren vorwärts, beiße in die Stuhlbeine, lecke den Staub von der Scheuerleiste, ziehe mich am Fensterbrett hoch und sehe durch die Scheiben. Spielen Kinder im Hof, trete ich hinter die geraffte Gardine, um nicht erkannt zu werden. Ist der Hof leer, starre ich unentwegt auf die Aschengrube. Ich will das Tier wiedersehen, das ekelhafte Tier aus jenem fernen Sommer, das ekelhafte Tier mit den runden Augen, dem graugesprenkelten Fell und dem langen dünnen Schwanz. Aber wenn sich die Ratte zeigt und mit ihrem buschigen Bart zu mir heraufwittert, ducke ich mich und krieche, verrückt vor Angst, in meine Kammer.

Abends werden wie üblich alle Fenster wegen der Fliegergefahr verdunkelt. Die Mutter hat mir noch nie erlaubt, ihr dabei zu helfen, weil sie befürchtet, ich würde von der hohen Stehleiter fallen. Doch im Laufe dieser Woche leidet sie so oft an Schweißausbrüchen, daß sie mich bittet, ihr wenigstens die Reißzwecken und das Verdunklungspapier heraufzureichen. Ist Edith schlechtgelaunt, braucht sie fast eine Stunde, um die schwarzen Bogen über die Scheiben zu spannen. Ist sie gutgelaunt, schafft sie es in der halben Zeit, und immer halte ich ihr die Leiter. Am letzten Abend, dem Abend vor der Anprobe beim Schneider, wirkt die Mutter mürrisch und gereizt. Sie stampft durch den Korridor, knallt die Türen, und als wir das Schlafzimmer betreten, stößt sie mit der Leiter gegen die Betten. Ich spüre einen dumpfen Druck im Magen, doch mein Nacken versteift sich erst, als ich Edith sagen höre, sie leide unter schrecklichen Schwindelgefühlen, und deshalb dürfe ich heute ausnahmsweise an ihrer Stelle das Schlafzimmerfenster verdunkeln. Ich sehe stumm in den eisigen Blick der Mutter. Sie weicht meinen Augen nicht aus. Sie verzieht nur die Lippen, lacht mir höhnisch ins Gesicht, und nach einer Weile erklärt sie mit schneidender Stimme, daß sie einem Feigling wie mir keinen Anzug schenken werde. Beim Hinaufsteigen halte ich mich an den Leiterstufen fest. Mir wird nicht gleich schwindlig. Ich fühle nur ein leises Schwanken, als ich durch die Scheibe des Lüftungsflügels blicke und tief unten auf der dämmerigen Straße ein Auto vorbeifahren sehe. Plötzlich weiß ich, daß die Mutter mich aus dem Fenster stürzen will. Meine Haare sträuben sich vor Entsetzen. Ich sehe mich zerschmettert auf dem Bordstein liegen, das Blut ist über den Fußweg gespritzt, und die Ratten schnüffeln daran. Aber wie kann mich Edith umbringen, wenn ich ihr einziges Kind bin? Hat sie mich nicht mehr lieb? Ich zittere vor Angst. Die Mutter gibt mir zuerst das Verdunkelungspapier herauf und anschließend, je nach Bedarf, die Reißzwecken. Ich stehe freihändig auf der hohen Leiter zwischen Himmel und Erde. Edith umklammert meine Knöchel. Sie schimpft, wenn ich die Reißzwecken so schief ins Holz drücke, daß sich der schwarze Bogen einbeult, und sie kreischt vor Wut, wenn mein Daumen ein winziges Loch ins Papier bohrt. Mir wird schlecht von ihrem gräßlichen Blick. Edith möchte, daß ich sterbe. Bist du etwa schon fertig? fragt sie drohend. Ich will den Kopf schütteln, fürchte mich aber, dabei von der Leiter zu fallen. In der Fensterscheibe sehe ich mein Gesicht. Hinter dem Fenster sehe ich nichts mehr. Ich setze mich auf die oberste Stufe und weigere mich, herabzusteigen. Von mir aus kannst du dort sitzen bleiben, bis du schwarz wirst, keift Edith und tritt mit den Schuhen gegen die Leiter, als wolle sie mich wie einen Apfel vom Baum schütteln. Ich höre ein Hämmern in meinen Schläfen und beiße die Zähne zusammen. Mir wird elend. Stufe um Stufe rutsche ich die Leiter herunter. Als der Fußboden schwankt, erbreche ich mich und falle aufs Gesicht. Es wird Nacht, tiefe Nacht. Alle Fenster, eines ausgenommen, sind mit schwarzem Papier verdunkelt. Nur das Kind, das ich selber bin, kann das Schnapprollo in seiner Kammer hochfliegen lassen und die Sterne zwischen den Wolken sehen.

40

Nun ist es soweit. Die Mutter und ich gehen in die Stadt. Ein Auto knattert an uns vorbei. Es überfährt mich nicht. Ein Brauereipferd wiehert. Es beißt mich nicht. Ein weißer Hund bellt hinter einem Zaun. Ich fürchte mich nicht. Fühlst du dich wohl? fragt die Mutter. Ich strahle sie an und bin glücklich. Am Bahnübergang müssen wir stehenbleiben. Ich lehne mich gegen den Zaun. Die Löwenmäulchen blühen noch nicht. Der blaßgrüne Kopfsalat läßt die Blätter hängen. Ich beobachte den Schrankenwärter, aber er tut so, als sei ich ihm fremd. Edith redet leise auf ihn ein, und ich höre ihn antworten, daß er kommende Woche für die Nachtschicht eingesetzt sei. Als der Zug vorbeidonnert, schreit er ihr noch etwas ins Ohr. Edith lächelt und wird vor Freude puterrot. Vielleicht schämt sich das Luder auch, wer weiß. Seit meinem fünften Geburtstag hat sich jedenfalls nichts geändert. Wir gehen über die Gleise und schlendern durch den Siegfriedsgang. Waren wir hier schon mal? frage ich hinterhältig. Edith zuckt die Achseln. Der Schwindel genügt mir. Vor dem Theaterrestaurant mache ich halt und lese, ohne den Mund zu bewegen, die blaue Schrift über dem Eingang. Es dauert lange, und die Mutter zerrt an meinem Arm. Aber ich gebe erst nach, als ich mir aller Buchstaben sicher bin. Wir gehen die Bismarckstraße hinunter, am Landgericht vorbei, und ich wiederhole stumm den unaussprechbaren Namen ›Theaterrestaurant‹, bis sich die Tür zum Atelier des Schneiders öffnet.

Eine dicke Frau in einem ärmellosen rotgeblümten Kleid empfängt uns. Ich bin enttäuscht, weil ich das tapfere Schneiderlein vermisse. Die dicke Frau ist geschminkt und trägt goldene Ringe an den Fingern. In den hohen Wandspiegeln kann ich sehen, wie ich mich vor ihr verbeuge, und gleich darauf spüre ich, daß ihr Atem nach Sauerkohl stinkt. Bei jedem ihrer Schritte zittert das Parkett, und wenn sie die Stirnfransen nach hinten wischt, ekele ich mich vor den nassen Haaren in ihren Achseln. Die beiden Frauen setzen sich auf das Sofa und reden miteinander, als hätten sie vergessen, daß ich noch immer an der Tür stehe. Obwohl ihre Bekanntschaft noch taufrisch ist, unterhalten sie sich schon wie alte Freundinnen, fallen sich gegenseitig ins Wort oder flüstern hinter vorgehaltener Hand. Während ich den kleinen Zeiger der Wanduhr vorrücken sehe, beginnen mir von dem langen Marsch in den neuen Schuhen die Füße zu schmerzen. Manchmal sehe ich zu den beiden Frauen hin, doch sie schnattern weiter, ohne mich zu beachten, und ich bin selig, als der Schneider endlich eintritt. Er wirkt kleiner als vor einer Woche und geht fast geräuschlos über das Parkett. Ich suche seinen freundlichen Blick, doch er hat nur Augen und Ohren für seine dicke Frau, die ihm wegen der Verspätung bittere Vorwürfe macht. Er entschuldigt sich bei ihr und bei Edith, und erst jetzt, als er die getrennten Teile meines

Anzugs vorzeigt, zwinkert er mir zu. Ich schlüpfe in den Rumpf des Jacketts, der Schneider zupft die Schultern zurecht, und während er mit dem Anstecken der Ärmel beginnt, höre ich seine geblümte Frau fragen: So einen Jungen möchtest du wohl auch haben, was? Er lächelt verlegen, drückt die Nadeln in den Stoff und zieht mit Kreide weiße Striche über das Karomuster. Ja, höre ich die dicke Frau sagen, wenn ich einen Sohn hätte wie Sie, dann wüßte ich wenigstens, wozu ich auf der Welt bin. Der Schneider dreht mich zu sich herum und malt für die Knopflöcher drei Kreuze auf meine Brust. Ich sehe den Schweiß auf seiner Oberlippe und höre Edith antworten: In Ihrem Alter können Sie sich noch ohne weiteres ein Kind zulegen, das ist doch kein Problem. Der Schneider wird blaß, zieht den Kopf zwischen die Schultern und dreht mich zum Sofa, als wolle er sich hinter mir verstekken. Zum Kinderkriegen gehören aber immer zwei Leute, höhnt die dicke Frau, und einer von beiden muß ein richtiger Mann sein, sonst klappt es nicht! Der Schneider preßt die Kreide so fest gegen meinen Kragen, daß sie zerbricht. Ach, du Ungeschick, sagt die dicke Frau, legt die Hände in den Nacken und zeigt uns die nassen Haare in ihren Achseln. Der Schneider bittet um Verzeihung, und als er sich die verschwitzte Oberlippe abwischt, muß ich an Robert denken. Mit der gleichen Bewegung war er sich immer über den Mund gefahren, wenn Edith ihn anbrüllte, und plötzlich tun sie mir beide leid, der Schneider wie der Vater. Am liebsten würde ich weinen, aber Tränen sind verboten, und wer heult, ist ein Feigling. Ich merke, daß sich die Anprobe ihrem Ende nähert. Edith prüft nur noch ein paar Kleinigkeiten, dann hilft mir der Schneider aus dem Jackett. Ich weiß nicht, welcher Teufel mich plötzlich reitet. Ich knöpfe meine alte Hose auf, als wolle ich die neue anprobieren. Aber daran denke ich nicht im Traum. Ich zeige allen meinen Schniepel und sehe ihn doppelt und dreifach im Spiegel. Mach schnell deinen Hosenstall wieder zu, flüstert der Schneider und bleibt vor mir stehen, bis die Knöpfe geschlossen sind. Ich werde rot, doch ich schäme mich erst, als mir die beiden Frauen ins Gesicht lachen. Aber es ist seltsam. Sie lachen mich nicht aus, sondern amüsieren sich. Ich gefalle ihnen. Sie haben ihr Vergnügen an mir. Auch der Schneider freut sich auf seine verlegene Art und scheint eine Weile über etwas nachzudenken. Dann lächelt er und fragt, ob ich den fertigen Anzug morgen selbst abholen möchte. Ich nicke stolz und bedanke mich. Aber Edith verbietet es unwiderruflich, und als ich vor Wut auf dem Parkett herumtrampele, schlägt sie mir so fest ins Genick, daß ich gegen die Tür fliege. Der Schneider ist entsetzt, doch seine Frau herrscht ihn an: Du hast keinen Sohn, du kannst da überhaupt nicht mitreden! Ich sehe, daß er die Fäuste ballt, aber er schlägt nicht wie die Mutter. Er stellt sich nur vor die Wanduhr, als wolle er sagen: Bitte, gehen Sie jetzt. Er ist von Kopf bis Fuß ein armes Schneiderlein, und seinen Anzug trage ich manches Jahr.

41

Louises achtzigster Geburtstag rückt näher. Der Postbote schleppt Briefe und Päckchen ins Haus. Onkel Bodo und Tante Irma schicken mir aus Berlin eine Sepplhose und fragen an, ob sie mit ihrem Hund Senta zwei Nächte bei uns schlafen dürfen. Die Mutter ist unschlüssig. Vielleicht befürchtet sie, daß ich Tante Irma erzähle, warum ich eingesperrt bin. Aber Edith hat andere Sorgen. Verwandte, die von weit her anreisen müssen, bitten um Unterkunft in möglichst billigen Hotels oder erkundigen sich nach Fremdenzimmern. Die Mutter ist ständig mit dem Fahrrad unterwegs, und abends ergänzt sie die Liste der Gratulanten, die sich am Sonntag vor der Orangerie im Schloßgarten zum Gruppenbild treffen. Edith hat jeden Namen im Kopf. Niemand entgeht ihr, und ich lache mich schief, wenn sie die erwarteten Besucher beschreibt. Onkel Nünnecke, Louises ältester Schwiegersohn, wird von Edith ›der Knickstiebel‹ genannt, seine Töchter Lisbeth und Lotti heißen ›Schiefzahn‹ und ›Stirnlocke‹; Roberts Bruder, der Windmüller aus der Lausitz, und seine Frau Paula sind ›die Stummen‹; Onkel Franz, der Schuldirektor aus Tirschenreuth mit den beiden großen Söhnen, wird zum ›Arschpauker‹ befördert; Onkel Karl, der Bäcker aus Bernburg mit dem flammenden roten Fleck im Gesicht, heißt ›das Muttermal‹, und seine gallenkranke Frau Martha erhält den Spitznamen ›die Nonne‹. Onkel Helmerich mit dem ›Gebet einer Jungfrau‹, Onkel Franz und Tante Hilde aus Zerbst werden geschont, ebenso wie Onkel Ludwig, der Bitterfelder Prokurist, Ediths Lieblingsbruder, und seine ewig kränkelnde Frau Henriette, die an nervöser Magenverstimmung leidet. Auf Onkel Rudi und Tante Hulda wie auf Onkel Kurt und Tante Berta aus Alten legt die Mutter überhaupt keinen Wert, das sind Pachulken und Stoppelhopser, aber auf das Foto müssen sie trotzdem, damit sich später keiner beschweren kann. Sind wir soweit? Ja, es klingelt.

Ich zerspringe vor Neugier, als ich einen Hund im Treppenhaus bellen höre. Das muß Senta sein. Ich linse durch den Briefschlitz und sehe einen fetten gelben Köter vor der Fußmatte stehen. Mach auf, sagt Edith, aber ich renne in meine Kammer und schließe mich ein. Die

Frauen juchzen und jubeln, daß mir die Ohren dröhnen. Ich will ein paar Buchstaben auf die Schiefertafel malen, doch der Griffel bricht mitten durch. Ich öffne die Tür und starre in den Korridor. Die Großmutter hat mich gehört und winkt mir zu. Ich folge ihr ins Wohnzimmer. Auf dem Tisch steht eine angebrochene Kognakflasche, dieselbe wie bei der Visite des Doktors. Da ist er ja, der Kronensohn! höre ich die beiden Berliner rufen. Tante Irma umarmt mich und fragt, ob mir die Sepplhose paßt. Ich nicke. Na, Steppke, immer fleißig in der Schule? erkundigt sich Onkel Bodo und zwirbelt seinen Schnurrbart. Edith durchbohrt mich mit ihrem Gnade-dir-Gott-Blick. Ach, so einigermaßen, lüge ich und spüre, wie mir das Blut ins Gesicht schießt. Rechnen ist das wichtigste, wer nicht rechnen kann, macht pleite, sagt Onkel Bodo und fragt: Wieviel ist vier mal vier? Laß den Jungen jetzt in Ruhe, oder geh mit ihm und Senta ein bißchen vor die Tür! faucht Tante Irma. Gute Idee, bestätigt er und gibt mir die Hundeleine, als wir aus dem Haus treten. Senta zieht mich von Baum zu Baum, setzt ein Häufchen oder pißt eine kleine Pfütze. Onkel Bodo raucht eine Zigarre und besichtigt die Straße. Wie ist dein Vater eigentlich auf die Idee gekommen, in dieses Drecknest zu ziehen? will er wissen. Ich zucke die Achseln. Habt ihr keine Piepen, um euch 'ne anständige Wohnung zu leisten? Hier stinkt's ja überall nach Hering und Jauche – warum besuchst du uns nicht mal in Berlin? fragt er lächelnd. Nimm mich doch einfach mit, mir ist ganz egal, wohin, bloß weg von hier, weit weg von hier, bitte ich ihn leise und spüre, wie mir die Tränen über die Wangen laufen. Er bleibt stehen, holt tief Luft und nagt an seinem Schnurrbart. Diese Weiber, diese gottverdammten Weiber, höre ich ihn schimpfen, doch das genügt mir nicht. Könntest du dem Vater vielleicht einen

Brief ins Sanatorium schreiben, damit er mir eine Fahrkarte zu euch nach Berlin schickt? frage ich. Onkel Bodo zerdrückt seine Zigarre. Ich will mal sehen, was sich machen läßt, verspricht er mir. Ich glaube ihm kein Wort und halte ihn zurück, weil er sich der Firma Kutarsky nähern will. Was ist denn, fragt er, hast du Angst? Wir drehen lieber um, bitte ich ihn, und mir ist, als schmettere mich das blaue Tor in den von Hundehaufen und Hundepisse verschmutzten Staub.

Nach dem Abendessen spielen Edith, Onkel Bodo und Tante Irma Karten. Louise setzt sich zu mir in die Kammer, und wir hören die Stiche auf den Wohnzimmertisch donnern. Als die Großmutter glaubt, ich sei eingeschlafen, schleicht sie sich weg. Ich warte und lausche. Korken knallen. Gläser klingen. Trumpf! ruft die Mutter. Halt, du hast nicht bedient! schreit Tante Irma. Onkel Bodo singt ein Lied, das ich nicht kenne. Ich höre nur Ediths Stimme und ihr kreischendes Gelächter. Die Großmutter liegt im Turmzimmer. Hört sie den Krach? Wann machen die drei endlich Schluß mit dem Gebrüll? Wo schlafen sie überhaupt? Legt sich Onkel Bodo zu Tante Irma ins Bett, oder nehmen die beiden Schwestern den Berliner in die Mitte?

42

Es ist heller Tag. Die Großmutter steht auf der Schwelle der Kammertür. Sie trägt das lange schwarze Seidenkleid. Um die Schultern hängt der weiße Spitzenbesatz. Sie tritt näher, beugt sich über mich und wackelt mit der Zungenspitze vor meiner Nase. Ich schlinge die Arme um Louises

Hals und rieche den Duft von Maiglöckchen aus ihrer Wäsche. Ich gratuliere dir zum Geburtstag, murmele ich und spüre, wie die Großmutter ihr samtiges Bärtchen über meine Lippen reibt. Schlaf noch ein Weilchen, flüstert sie, und mir sinken die Augen, während ich mich in die warmen Federn kuschele.
Am späten Vormittag werde ich zum zweitenmal wach. Es klingelt Sturm. Ich höre Senta bellen und springe aus dem Bett. Onkel Bodo steht schwankend vor dem Korridorspiegel und schneidet Fratzen. Alles erledigt, ich habe schon im ›Bräustübl‹ das Taxi bestellt, lallt er, tritt Senta versehentlich auf die Pfote und entschuldigt sich bei dem jaulenden Hund. Etwas Unerwartetes geschieht. Die Großmutter gibt dem betrunkenen Berliner einen Stoß vor den Bauch. Du hast hier überhaupt nichts zu bestimmen und zu bestellen. Heute ist mein Geburtstag! Das Taxi bezahle ich! faucht sie, und Onkel Bodo verschwindet mit Senta im Schlafzimmer. Ich wandere durch den Korridor, bis mich die Mutter ruft. Sie führt mich in die Kammer, und als ich statt der Sepplhose meinen Glencheck anziehen will, wird sie fuchsteufelswild. Das wäre eine Beleidigung für Tante Irma, zischt sie, zwingt mich in die steifen Lederröhren und schnallt mir die Träger mit dem elfenbeinernen Hirsch über die Brust. Jetzt kannst du Onkel Bodo zum Essen holen, sagt die Mutter. Ich klopfe an die Schlafzimmertür. Senta bellt, und ihre stumpfen Krallen scharren auf den Dielen. Was ist los? fragt der Berliner. Ich sage es ihm. Er öffnet die Tür, reibt sich die Augen und geht mir voran ins Wohnzimmer. Edith schaltet das Radio ein, und während wir die Omeletts verputzen, scheuere ich mir die Haut an der Lederhose wund. ›I hab a mal a Räuscherl g'habt...‹ singt eine fiepende Frauenstimme. Tante Irma legt den Arm um Edith und

schunkelt mit ihr. ›Allein, immer allein...‹ singt der Soldat am Wolgastrand, und Senta beknabbert die Teppichfransen, ehe sie mir ihre Schnauze auf den Schuh legt. Jetzt kann ich mich nicht mehr bewegen. Wo essen und trinken eigentlich die anderen Geburtstagsgäste? frage ich, nachdem das Lied ›Sag beim Abschied leise Servus‹ verklungen ist. Darum soll sich die Mischpoke selber kümmern, schimpft Onkel Bodo, gibt Senta einen Tritt und blickt aus dem Fenster. Ist der Wagen schon da? fragt Louise. Der Berliner schüttelt den Kopf und setzt sich wieder an den Tisch. Edith sieht ungeduldig auf die Uhr. Vielleicht hat sich der Fahrer in der Hausnummer geirrt, sagt sie mürrisch und starrt mir in die Augen, als sei ich schuld an der Verspätung. Aber jetzt hören alle das Auto hupen.

Die Großmutter wird von Onkel Bodo und Tante Irma in die Mitte genommen. Ich packe die Hundeleine, folge Edith auf die Straße und sehe, wie die Mieter im Parterre die Nasen gegen die Scheiben drücken. Haben Sie einen Maulkorb für den Hund? fragt der Taxichauffeur. Der beißt nicht, antwortet Onkel Bodo und hilft der Großmutter auf den freien Vordersitz, ehe er sich mit Tante Irma und Edith auf den Rücksitzen breitmacht. Fahren Sie schön langsam, bittet Louise den Chauffeur, und als wir um die Ecke biegen, nimmt mich die Mutter auf den Schoß. Hinter den Schranken dreht der Chauffeur nach rechts ab, fährt durch eine unbekannte Straße und hält gegenüber dem Landgericht, direkt vor dem Theaterrestaurant. Mich graust beim Anblick der fremden Onkels und Tanten, die über die Sandwege des Schloßgartens stolzieren, und mir rutscht das Herz in die Hose, als ein Fotograf mit einem Stativ auf uns zuläuft. Edith kurbelt das Fenster herunter. Jetzt noch nicht, ruft sie, und der

Fotograf verschwindet. Hier ist die Rechnung, sagt der Taxichauffeur, aber die Großmutter hat sich den Wisch schon geschnappt. Vier Mark? fragt sie. Der Chauffeur nickt und sucht nach Kleingeld. Lassen Sie's mal stecken, sagt Louise lächelnd, gibt dem Chauffeur eine silberne Münze und verspricht ihm das Doppelte, falls er eine Weile in seinem Auto sitzen bleibt und uns anschließend wieder nach Hause bringt. Der Chauffeur wird knallrot, nimmt die Mütze vom Kopf, und mir scheint, daß es ihn selbst überrascht, als er der Großmutter die Hand küßt. Dann bis nachher, sagt sie fröhlich und steigt aus. Onkel Bodo, Tante Irma, Edith und Senta folgen mir.

Die Männer, die Schwiegersöhne und Onkels bilden Spalier, nehmen die Hüte ab und begleiten die Großmutter und mich, bis wir die Orangerie erreicht haben. Weder Hans noch Gretchen noch Marlene Brehm sind gekommen: weder der sommersprossige Henry noch seine rothaarige Schwester Inge. Mir fällt es wie Schuppen von den Augen. Kein Cousin und keine Cousine darf erfahren, warum mich Edith und Louise seit fast zwei Jahren in die Wohnung einsperren. Ich bin das einzige Kind unter so vielen Erwachsenen, aber niemand spricht mit mir, als wisse jeder Bescheid. Die Tanten suchen vergebens nach einem Platz, um sich hinzusetzen. Nur für die Großmutter gibt es einen Korbsessel. Ich stehe zwischen ihren Beinen, der kleinste und der mächtigste zugleich, weil ich das Geheimnis der beiden Frauen kenne. Alle Verwandten geben mir die Hand, wenn sie Louise gratulieren, und alle stellen sich in dreifacher Reihe nebeneinander, während der Fotograf das Stativ aufbaut. In meinem Rücken höre ich die Schuhe der Geburtstagsgäste knirschen und spüre, wie sich die Großmutter an mich schmiegt. Achtung! ruft der Fotograf. Klick, macht es, und noch nach fünfzig Jahren erneuert sich in mir das längst verloren geglaubte Bild.

43

Als ich ein Kind war und wußte nicht aus noch ein, fragte ich den Mond: Wo ist meine Mutter? Als ich ein Knabe war und wußte nicht aus noch ein, fragte ich die Sonne: Wo ist mein Vater? Seit ich ein Mann bin und weiß nicht aus noch ein, frage ich Nacht für Nacht: Wo ist mein Leben? Hier ist es, hier vor meinen Augen. Es ist das Kind, das ich selber war. Es steigt auf sein Fahrrad. Seit Louises achtzigstem Geburtstag steigt es auf sein Fahrrad und fährt mit der Mutter durch den menschenleeren Triftweg. Nur dort auf dem vergrasten Schotter will es radfahren lernen, weil es sich schämen würde, wenn ihm ein Fremder dabei zusähe. Die Schornsteine der Zementfabrik, der Brauerei und der Zuckerraffinerie ragen in den blaßblauen Junihimmel. Zwischen den Bretterzäunen und den Holunderbüschen rollt ein grünes Auto heran und hält. Herr Kutarsky steigt aus, Oswin Kutarsky, der Eisenbahnfabrikant mit dem Totenkopf, den weißen Manschetten und den schwarzen Schuhen. Mein Herz steht still. Wehe, wenn du es irgendeinem Menschen erzählst, dann mußt du sterben! raunt eine geisterhafte Stimme hinter meiner Stirn. Herr Kutarsky fummelt mit der linken Hand in der Hosentasche, während er uns begrüßt. Ich wundere mich, daß der Totenkopf die Mutter duzt. Sie wehrt sich nicht dagegen. Sie nennt ihn immer noch Herr Kutarsky. Er grinst und legt den Arm um ihre Schulter. Edith hat rote Flecken im Gesicht und zwitschert vor Vergnügen. Sie verdreht die Hüften und scharwenzelt um

Herrn Kutarsky herum. Er spitzt den Mund, als wolle er ihr einen Kuß geben. Sie leckt sich die Lippen und raschelt mit den kunstseidenen Strümpfen unter ihrem Kleid. Mir wird schlecht, aber der Totenkopf schickt mich sowieso weg. Ich gehe über den Schotter, klappe den Dynamo an den Reifen und drehe das Vorderrad, bis der Scheinwerfer brennt. Doch die kleine Glühbirne ist zu schwach gegen die Sonne. Ich nehme den Lappen aus der Satteltasche und putze die Speichen. Tränen sind Wasser, und Wasser macht Rostflecke. Ich beiße die Zähne zusammen, um nicht zu weinen. Edith tuschelt mit Herrn Kutarsky. Manchmal schnappe ich ein paar Worte auf, ohne den Sinn zu verstehen. Was soll es schon bedeuten, wenn sich der Totenkopf nach der Gesundheit des Vaters erkundigt oder wenn die Mutter sagt, ihr falle es schwer, in einem Hotelbett zu schlafen? Ich will mehr, ich will alles wissen. Ich putze die Speichen weiter. Langsam, immer auf den Knien, schiebe ich das Fahrrad Zentimeter um Zentimeter zu den beiden hin. Plötzlich legt sich eine harte Hand um meinen Hals, und der Totenkopf flüstert mir ins Ohr: Willst du uns belauschen, du Rotznase, du Spitzbube, du Halunke? Bei jedem Wort drückt er mich tiefer, als wolle er mir das Genick brechen. Ich habe den Schotter dicht vor der Nase, doch jetzt höre ich Edith sagen: Laß ihn, Oswin, seine Dresche kriegt er zu Hause. Herr Kutarsky wischt sich die Hände über die Hosen und lacht. Ich bleibe auf den Knien, damit ich den Totenkopf nicht ansehen muß. Ich höre, wie er sich von Edith verabschiedet und ihr gute Reise wünscht. Das Auto verschwindet. Ich ersticke an meinem Haß. Ich will ihn umbringen, diesen Kerl. Ich will seine Schnauze mit meinen eisenbeschlagenen Absätzen zertrampeln. Ich will ihm den Schniepel abschneiden. Ich will ihm den Bauch aufschlitzen und seine Därme zerfetzen. Ich will ihn so lange würgen, bis ihm die Zunge zum Hals heraushängt. Ich will seinen Schädel mit der Axt zerhacken. Ich will sehen, wie Kutarskys Blut über den weißen Kragen, die gebügelten Manschetten und die blankgeputzten Schuhe spritzt. Ich will, daß er winselt und schreit und vor meinen Füßen verreckt.

Dritter Teil

1

Eine Woche später fahren die Mutter und ich ins Riesengebirge, um den Vater zu besuchen. Warum fällt es mir so schwer, von dieser Reise zu erzählen? Was hindert mich daran? Weshalb rauche ich dreißig Zigaretten am Tag und laufe stundenlang durch mein Zimmer, ohne eine Zeile zu Papier zu bringen? Was läßt mich zögern? Wer verschließt mir den Mund? Warum schrecke ich davor zurück, ein Geheimnis zu lüften, an dem ein schwarzhaariger Billardspieler, eine verheiratete Frau und ein sechsjähriges Kind beteiligt waren? Ein Geheimnis, dessen einziger überlebender Mitwisser ich selber bin? Meine Bedenken sind lächerlich, ich weiß. Aber die Angst hat große Augen, und der Schiffbrüchige fürchtet sich auch bei glatter See. Ich finde keine Ruhe. Mir fehlt etwas. Ich vagabundiere durch die Stadt. Ich gehe ins Theater, entferne mich in der Pause und vergesse den Titel des Stücks. Ich stelle mich vor das beleuchtete Schaufenster eines Uhrengeschäfts und beobachte, wie die Zeit meines Lebens auf den Zifferblättern verrinnt. Ich fahre nach Hause und lege eine Patience. Sie mißlingt. Ich blättere in Büchern. Ich lese Goethes Distichon: ›Hölle, jetzt nimm dich in acht, es kommt ein Reisebeschreiber, und die Publizität deckt auch den Acheron auf.‹ Ich zähle die Kippen im Aschenbecher. Ich verbrühe mir die Lippen beim Teetrinken. Ich zerknicke ein Streichholz nach dem anderen zwischen den Fingern. Ich merke, daß ich verrückt werde. Ich wälze mich im Bett. Ich träume wie in meiner Kindheit, daß die Männer mit den grauen Zwangsjacken kommen und mich ins Irrenhaus bringen. Doch gegen Morgen, kurz vor dem Erwachen, erklingt eine Melodie, leise, wie von einer Zither gezupft, und im selben Augenblick höre ich nach vielen Jahren zum erstenmal wieder den Namen ›Freudenschloßbaude‹.

2

Am Tag der Abreise holt Onkel Arnold die Mutter, Louise und mich mit einem Taxi von der Zimmerstraße ab und bringt uns zum Bahnhof. Die Großmutter steigt nicht aus. Sie umarmt mich nur unter Tränen, und ich winke ihr nach, als sie mit Onkel Arnold stadteinwärts fährt. Edith macht mit mir an einer Litfaßsäule halt. Ich trete einen Schritt zurück und betrachte das Gesicht des Mannes auf dem Plakat. Er hat blonde Haare und abstehende Ohren, genau wie ich. Lies mir die Buchstaben vor, bitte ich Edith. Das ist ein Steckbrief, der Kerl hat seine Frau umgebracht, nun muß er dafür büßen, antwortet sie mir und ruft einen Gepäckträger herbei.

3

Wir fahren mit dem Nachtzug ins Riesengebirge, um der Hitze des Tages zu entgehen. Doch es dauert eine Ewigkeit, bis die Sonne versinkt. Die Nacht ist schwül, die Luft im Abteil wird stickig. Auf den Holzbänken der dritten Klasse hocken die Passagiere so dicht gedrängt, daß jeder den Schweiß seines Nachbarn riecht. Wir sitzen uns gegenüber, die Mutter und ich. Kreischen die Bremsen, rutsche ich von der Bank. Hält der Zug in einem Kopfbahnhof, tausche ich den Platz mit Edith, weil ihr das Rückwärtsfahren nicht bekommt. Ich sitze zwischen einem Soldaten mit lederner Armprothese und einem alten Mann mit weißem Schnauzbart. Sie unterhalten sich über mich hinweg. Ich wage nicht, ihnen direkt ins Gesicht zu sehen, weil ich befürchte, keine Antwort zu wissen, falls sie mich etwas fragen. Aber trotzdem fühle ich mich sicher. Mir ist, als trage ich über meiner Haut noch eine zweite Haut, die mich schützt, wie man im Winter überm Hemd noch einen Pullover trägt. Die Leute am Fenster schweigen und nippen stundenlang Pfefferminztee aus kleinen Bechern. Wahrscheinlich sind sie taubstumm. Edith schnarcht leise. Der Soldat erzählt zum drittenmal, wie er sich beim Fallschirmabsprung auf Kreta den Ellbogen zerquetscht hat, und der weiße Schnauzbart schwärmt für das Afrikakorps, bis ich einschlafe. Edith weckt mich. Sie knallt die Schuhspitze gegen mein Schienbein und stöhnt wie damals, als sie aus dem Krankenhaus zurückkam. Es ist zu spät. Das Erbrochene läuft ihr schon über den Ärmel. Ich begleite sie zur Toilette und höre ein grauenhaftes Krächzen. Nach einer Weile tritt sie auf den Gang heraus. Ihre Augen sind leer, aber das kratzt mich nicht. Hinter Dresden oder Görlitz geht die Sonne auf. Wir wechseln die Plätze. Edith sitzt jetzt zwischen dem Soldaten und dem alten Mann. Es macht ihr Spaß, die beiden ins Gespräch zu ziehen und mit Kölnisch Wasser zu bespritzen. Sie blüht auf und reißt Witze. Ich kümmere mich nicht um ihr Gerede. Ich sehe nur, wie sie dem Soldaten etwas zuflüstert und dabei die Hand unter seinen gesunden Arm schiebt. Er lacht laut, drückt das Knie gegen ihr Kleid und fummelt in seiner Hosentasche, wie der Totenkopf im

Triftweg. Der weiße Schnauzbart steckt sich genießerisch ein Stück Kautabak zwischen die Zähne. Ich kann mich nicht länger gegen die Müdigkeit wehren. Eine Weile rollen noch die Räder durch meine Ohren. Dann wird alles schwarz, und die Sterne am Himmel gehören schon zu einer anderen Welt. Als ich die Augen wieder öffne, bin ich verwirrt und ratlos, wie nach einem bösen Traum. Doch der Blick auf den schlafenden alten Mann beruhigt mich, und erst nach einiger Zeit wird mir klar, daß wir in einem fremden Abteil sitzen. Ich brauche die Mutter nicht zu fragen. Sie erzählt es von selbst. Vor einer Stunde sind wir umgestiegen, und der alte Herr hat mich auf seinen Armen in den Anschlußzug gehoben, weil ich bei jedem Schritt über die eigenen Beine gestolpert bin. Ich will es nicht glauben, aber Edith zeigt mir die Schramme am Knie, und nun starre ich unverwandt in das Gesicht des alten Mannes. Je länger ich den Blick auf ihn richte, um so deutlicher fühle ich, daß er sich vor meinen Augen verwandelt, nicht ruckartig, sondern allmählich und sanft. Manchmal erscheint er mir riesengroß, und seine Schultern reichen bis zum Gepäcknetz hinauf. Dann wieder wird er winzig klein, wie das Rumpelstilzchen auf meinen Märchenklötzen, und seine Füße schweben einige Handbreit über dem Boden des Abteils. Er schläft. Ich habe keine Angst. Mir wird erst unheimlich, als er beginnt, auch sein Alter zu wechseln. Er schrumpft zu einem Kind, das mit einer Schachtel Kautabak spielt, sie ans Ohr hält, zwischen die Knie nimmt oder lachend in die Luft wirft. Doch das hat bald ein Ende, denn nun streckt er sich wieder und wächst so weit über seine frühere Größe hinaus, daß ich jede Einzelheit in seinem Gesicht erkenne. An wen läßt mich dieser alte Mann mit dem weißen Schnauzbart, den blauen Augen und den tabakbraunen Lippen denken?

Ist er immer noch derselbe, der sich vor Stunden mit der Mutter amüsiert und mich im Schlaf auf seinen Armen getragen hat? Oder ist er ein anderer? Aber wer? Ist er ein Kobold, der seine Gestalt nach Belieben wechselt? Ist er Rübezahl, der Herr des Riesengebirges, oder ist er, wie mir plötzlich scheint, mein wirklicher Großvater, der hünenhafte Dorfkrämer mit dem weißen Schnauzbart? Dagegen sträube ich mich, weil er geizig und tückisch ist. Hat er mir nicht vor Jahren eine gelbe Holzente auf vier roten Rädern geschenkt und sie anschließend wieder mitgenommen? Ich mag ihn nicht, diesen Bärbeißer. Ich erinnere mich gut an unseren letzten Besuch bei ihm. Damals verbot er mir, als erster ein Stück Kuchen vom Teller zu nehmen, und seine Worte höre ich noch wie heute: Merke dir für dein ganzes Leben, mein Junge, zuerst komme ich, dann kommt lange gar nichts, dann kommt eine Mauer, dann kommt wieder lange gar nichts, dann kommt Stacheldraht, dann kommt wieder lange gar nichts, und ganz zuletzt kommst du, sagte er schmunzelnd, und darüber lachten sie, der Vater und der Großvater. Aber warum verschwimmt der alte Mann mit dem Altener Großvater plötzlich in eins? Beschützen mich beide? Sind mir die Riesen ins Riesengebirge gefolgt und breiten die Hände über mich? Die Bremsen quietschen. Der alte Mann mit dem weißen Schnauzbart greift nach seinem Koffer, und ehe er das Abteil verläßt, geschieht etwas Seltsames. Er zwinkert der Mutter zu und streckt mir seine tabakbraune Zunge heraus.

Auf den Platz vor dem Bahnhof knallt die Sonne. Nur ein paar Pferdedroschken stehen unter hohen Bäumen, und von dorther weht ein kühler Wind, der mich so frösteln läßt, daß ich die Hände in den Hosentaschen vergrabe. Die Mutter klappt den Kragen ihres Staubmantels hoch, reckt sich auf die Fußspitzen und hält Ausschau nach dem Vater. Ich freue mich auf das Wiedersehen mit ihm. In den Briefen, die er aus dem Sanatorium schrieb, ließ er mich jedesmal herzlich grüßen, legte Ansichtskarten mit Sonderstempeln bei und nannte mich seinen großen Sohn. Aber ich habe auch Angst vor dem Vater. Was wird er mich fragen, und worauf darf ich antworten, ohne Edith zu verraten? Soll ich ihm erzählen, daß sie mit dem Kognakdoktor im Wohnzimmer verschwunden ist? Oder wie sie auf der Fahrt mit dem Fallschirmspringer poussiert hat? Oder wie sie im Triftweg um den Totenkopf herumscharwenzelt ist? Soll ich? Nein. Entweder stirbt der Vater vor Kummer, oder er schlägt die Mutter tot, hier auf der Stelle, vor allen Leuten. Und was dann? Die Polizei sperrt ihn ein, der Henker haut ihm mit dem Beil den Kopf ab, und ich komme ins Waisenhaus. Nein. Lieber will ich den Mund halten oder schwindeln.
Na, mein Junge, höre ich jemand fragen, wieder mal die Hände in den Hosentaschen? Vor mir steht ein riesiger dicker Mann im grünen Lodenanzug und mit einem großen Feldstecher auf der Brust. Mehr kann ich nicht erkennen, weil mich die Sonne blendet. Wegen seines Schmerbauches kommt mir der Mann beinahe wie der Reichsmarschall vor, und ich nehme die Hände aus der Hose. Doch als sich der Dicke herunterbeugt, rieche ich den bitteren Schweiß des Vaters und bin froh, daß uns der Feld-

stecher trennt. Die Eltern begrüßen sich mit schiefem Lächeln. Sie küssen sich nicht. Sie umarmen sich nicht. Tag, Edith, heißt es nach anderthalb Jahren. Tag, Robert, wie geht's, wie steht's? Danke der Nachfrage, erwidert der Vater und winkt zu den Droschken hin. Während wir auf den Kutscher warten, flüstert er Edith etwas ins Ohr und wird puterrot dabei. Wohnen wir denn nicht in der Freudenschloßbaude? fragt die Mutter verwundert. Robert tuschelt weiter. Manchmal dreht Edith den Kopf weg und beißt sich vor Lachen auf die Lippen, doch im Grunde scheint ihr alles gleichgültig zu sein. Nur die schmucken Wehrmachtsoffiziere behält Edith im Blick, und als wir die Kutsche besteigen, höre ich sie sagen: Na schön, wenn du's so eilig hast, bitte sehr.

Unterwegs merke ich, wie der Vater seine Hand in Ediths Staubmantel schiebt und an ihrem Kleid herumgrapscht. Er geniert sich dabei, vielleicht meinetwegen. Er sollte mir lieber den Feldstecher geben, damit ich die Berge besichtigen kann. Aber darum muß ich den Vater erst bitten, und während ich vergeblich die Schneekoppe suche, mahnt er mich ständig zur Behutsamkeit, weil er das teure Fernrohr gegen Pfand im Sanatorium ausgeliehen hat.

Als die Droschke vor dem ›Haus Erika‹ stehenbleibt, sagt Edith, der kleine Geschäftsbesuch werde höchstens eine halbe Stunde dauern, und Robert legt mir ans Herz, seinen Feldstecher zu behüten. Ich gebe keine Antwort. Mich kränkt es nur, daß mich die Eltern für dumm halten. Sie verschwinden im Haus, und ich leiste dem Kutscher Gesellschaft. Nach einer Weile sehe ich, wie in der oberen Etage ein Fenster geschlossen wird. Auch der Kutscher hat es bemerkt, sagt aber nichts, sondern tritt zu den Pferden und hängt ihnen die Futtersäcke ans Maul. Der kühle Wind hat sich gelegt. Mir wird heiß. Ich ziehe die Jacke aus. Es ist so still, daß ich das Zaumzeug klirren höre, wenn die Pferde den Kopf schütteln und in den Hafer blasen. Plötzlich scheint es mir, als sei ich ganz allein auf der Welt. Ich weine nicht. Wenn mich die Eltern belügen, ist es ihre Sache. Ich kann mir vorstellen, was sie jetzt treiben. Das kümmert mich wenig. Ich wüßte nur gern, warum wir überhaupt ins Riesengebirge gereist sind. Weil sich der Vater mit der Mutter im Bett wälzen will? Habe ich deswegen elf Stunden im Zug gesessen? ›Still wie die Nacht und tief wie das Meer soll deine Liebe sein‹, singt der Mann mit der hohen Stimme sonntags im Wunschkonzert. Ist das, was die Eltern hinter geschlossenen Fensterläden machen, wirklich Liebe? Darauf finde ich keine Antwort, und den Kutscher will ich nicht fragen, weil ich seinen Dialekt nicht verstehe.

Als erster tritt der Vater aus dem Haus. Er wirkt finster und niedergeschlagen, aber in seiner Miene liegt etwas Drohendes. Er entlohnt den Kutscher, nimmt den Feldstecher vom Sitz und zieht den Lederriemen bis zum Hals hinauf, als wolle er sich erwürgen. Möchtest du nicht einsteigen? frage ich. Er starrt mich an, holt tief Luft und streicht mir ohne ein Wort durchs Haar. Sein Kinn wakkelt. In seinen Augen schwimmen Tränen, doch er schüttelt sich nur wie ein nasser Hund, und nach einer Weile hat er sich wieder gefaßt. Mit der Mutter ist Robert, wie er sagt, schon einig geworden; sie soll mit mir allein zur Freudenschloßbaude fahren, denn der Fußmarsch von dort zum Bahnhof sei ihm zu beschwerlich, und die Ärzte im Sanatorium würden schimpfen, falls er sich verspäte. Ich traue meinen Ohren nicht und beschwöre den Vater, uns bis zur Freudenschloßbaude zu begleiten. Doch jetzt kommt die Mutter aus dem Haus. Sie trägt den Staubmantel überm Arm. Ihr Gesicht glüht vor Wut. Ehe sie in die Droschke steigt, winkelt sie die Beine an und prüft den Sitz der Strumpfnähte. Ja, Edith, dann wollen wir uns für heute mal verabschieden, sagt Robert und schließt den Wagenschlag. Die Mutter nickt. Mehr hat sie nicht übrig für ihn, und das leuchtet mir ein. Die Pferde ziehen an. Ich stehe auf und blicke dem Vater hinterher. Als er sich umdreht, winke ich ihm zu und fühle, wie Edith meine Knie zwischen ihre Schenkel nimmt.

5

Es ist mein erster Abend in der Freudenschloßbaude. Alles ist mir neu, das kleine Dachzimmer, der Rupfenteppich zwischen den Betten, der Schrank, das Waschbecken und die Vorhänge am Fenster. Ich helfe der Mutter beim Auspacken. Sie zieht sich um, schlüpft in ein kaffeebraunes Kleid mit tiefem Ausschnitt und nötigt mich, statt des Glenchecks eine weiße Strickjacke zu tragen. Als der Gong zum Essen ruft, folge ich Edith in den Speiseraum hinunter, und die Serviererin weist uns zwei Plätze unweit des Billardtisches an. Ein uralter Mann in kurzen Lederhosen spielt auf der Zither. Edith summt jedes Lied mit, sogar beim Essen, und als das Kompott serviert wird, hat sie Tränen in den Augen. Die Sonne steht noch ziemlich hoch, aber wir sind müde von der Reise und legen uns bald schlafen.

In der Nacht weckt mich ein gräßliches Geräusch. Es ist, als sei die Hölle losgebrochen. Trommeln dröhnen, Fanfaren schmettern, ich sehe einen roten Feuerschein am Himmel, und von irgendwoher höre ich immer wieder den langgezogenen Schrei: Sonnenwende! Ich will die Mutter fragen, was der Lärm bedeutet, doch ihr Bett ist leer, und die Schuhe, die sie am Abend neben den Nachttopf gestellt hat, sind verschwunden. Barfuß tappe ich über den Rupfenteppich, öffne die Tür und blicke in den dunklen Treppenschacht. Sonnenwende! höre ich von neuem schreien, renne schwitzend vor Angst ins Zimmer zurück und reiße das Fenster auf. Ich will um Hilfe rufen, doch mir bleibt das Wort im Halse stecken, denn unter den Leuten, die um den brennenden Holzstoß tanzen, erkenne ich Edith. Plötzlich scheint es, als schwebten die Stimmen der Sänger und die glimmenden Funken bis zu mir herauf. Ich schließe das Fenster und lehne die Stirn gegen das kühle Glas. Edith blickt sich um, als suche sie jemand. Aber ich bin es nicht, den sie sucht. Es ist ein hübscher Mann mit schwarzen Locken. Er lächelt und bleckt die weißen Zähne, als Edith zu ihm tritt. Er legt ihr den Arm um die Taille und sieht in ihren Ausschnitt. Edith zappelt vor Vergnügen und reißt weit den Mund auf. Ich zittere vor Ekel und Eifersucht. Mir dreht sich der Magen um. Ich sehe nur noch, wie sich zwei Hitlerjungen mit Trommel und Fanfare vor der Baude aufstellen. Während sie den Zapfenstreich blasen, gehe ich ins Bett und weine das Kopfkissen naß. Als die Mutter kommt, stelle ich mich schlafend. Ich verrate ihr nicht, mit wem ich sie am Sonnenwendfeuer beobachtet habe. Das bleibt mein Geheimnis. Ich höre ihre Schuhe auf die Dielen neben dem Rupfenteppich fallen. Ich höre, wie sie sich auszieht und das Kleid in den Schrank hängt. Ich höre sie pissen. Ich höre, wie sie die Klemmen auf die Glasplatte unter dem Spiegel legt und die Lockenwickel eindreht. Ich höre sie leise kichern. Ich höre, wie sie sich die Zähne putzt und ins Waschbecken spuckt. Ich höre sie an mein Bett treten und spüre ihre Finger im Nacken. Ich rieche den Schweiß und das Kölnisch Wasser aus ihren Achseln. Ich hasse Edith und schäme mich dafür, daß ich sie hasse. Schlaf schön, mein Junge, flüstert sie mir ins Ohr, und mein Herz rast vor Wut, weil ich noch zu schwach bin, die Mutter gegen einen fremden Mann zu verteidigen.

6

Am nächsten Morgen vermisse ich etwas, als die Mutter und ich in den Speiseraum gehen. Um diese Zeit hat mir Louise immer das Thermometer unter die Achsel geschoben. Bin ich jetzt frei, oder denkt sich Edith einen neuen Trick aus, damit ich nichts verrate? Aber wem denn, zum Kuckuck? Die Serviererin führt uns zu denselben Plätzen wie gestern abend. Stolz zeige ich der Mutter die mit Schreibmaschine getippten Namen auf unseren blechgerahmten Tischkarten. Edith nickt nur und verzieht das Gesicht. Sie hat keine Ahnung, was es für mich bedeutet, meinen eigenen Namen in Druckbuchstaben zu lesen. Es kümmert sie nicht, und als das Frühstück serviert wird, ermahnt sie mich, den Kakao langsam zu trinken. Ediths Augen schwirren durch den Raum, während sie die Brötchen mit Butter und Kunsthonig bestreicht. Kein Nachzügler entgeht ihr, ob Mann oder Frau, und plötzlich wird sie rot. Ich folge ihrem Blick und entdecke den schwarzgelockten Mann, neben dem sie vergangene Nacht beim Feuer gestanden hat. Er frühstückt mit zwei anderen Männern, verbeugt sich im Sitzen, und Edith antwortet ihm mit strahlendem Lächeln. Mir wird kalt. Nach einer Weile glaube ich zu erfrieren. Ich lege die Hände um die Kakaotasse. Es hilft nicht. Ich will die Zehen in den Schuhen bewegen, doch sie sind starr wie Eiszapfen. Ich schlage die Beine fest übereinander, um das Blut abzupressen. Das hilft auch nicht. Ich frage die Mutter, wann wir endlich spazierengehen. Sie versteht kein Wort. Sie hört mich überhaupt nicht. Ihr Gesicht ist immer noch rot, und sie spitzt die Lippen, als wolle sie dem Schwarzhaarigen einen Kuß durch die Luft geben. Er hat sich längst abgewendet und spricht mit seinem Nachbarn. Das beruhigt mich. Ist es nicht auch möglich, daß ich ihn mit irgendwem verwechsele? Tue ich dem Schwarzhaarigen vielleicht unrecht? Die Mutter tupft sich den Schweiß von der Stirn und sagt: So, jetzt bin ich fertig. Als sie aufsteht, stecke ich heimlich meine Tischkarte in die Hosentasche, folge Edith und freue mich, weil sie sich beim Hinausgehen nicht ein einziges Mal umdreht.

Wir wollen über den steinigen Talweg wandern, von wo es eine gute Fernsicht geben soll, doch die Mutter ist bald verschwitzt. Wir kehren um und setzen uns auf eine schattige Bank in der Nähe der Freudenschloßbaude. Edith gähnt. Du bist so maulfaul, sagt sie nach einer Weile. Ich stoße die Schuhspitzen gegen die Baumwurzeln und rolle die Lippen ein. Andere Kinder erzählen immer irgendwas, aber du? fragt die Mutter. Ich zucke die Achseln. Mir brodeln alle möglichen Geschichten im Kopf herum, doch sie sind nicht zu gebrauchen. Der Doktor mit dem falschen Attest scheidet ebenso aus wie der Schrankenwärter mit den Löwenmäulchen, wie der Totenkopf mit der Fummelhand oder wie der duckmäusige Vater. Außerdem ist es sowieso nichts Neues für Edith, und ich würde mir bloß ein paar Ohrfeigen einhandeln. Aber ich kann ihr ja erzählen, wie ich den alten Mann mit dem weißen Schnauzbart im Zug beobachtet habe und wie er sich abwechselnd in einen Riesen oder in einen Zwerg verwandelt hat. Edith starrt mich verblüfft an, tippt den Zeigefinger gegen meine Stirn und sagt: Du kriegst einen Sonnenstich, wei-

ter nichts. Ich habe es selber gesehen, ich schwöre es dir, rufe ich und schlage mit der Faust auf die Bank. ›Du bist verrückt, mein Kind, du mußt nach Berlin, wo die Verrückten sind, da gehörst du hin‹, trällert Edith und will sich ausschütten vor Lachen. Warum sagst du so was, warum beleidigst du mich dauernd? brülle ich ihr ins Gesicht und merke, daß mir die Tränen kommen. Ich fühle mich wie Senta, Onkel Bodos Hund, der auch immer jaulte, wenn ihm Tante Irma den Maulkorb anlegte. Mit dir langweilt man sich zu Tode, spöttelt die Mutter, spring mal ins Haus und hol mir irgendwas zu lesen.
Es ist gerade um die Zeit, als die Tische gedeckt werden. Jede Serviererin, die ich bitte, mir eine Zeitung oder ein Buch auszuleihen, schickt mich woandershin. Im Vestibül finde ich endlich eine Illustrierte und gehe vor die Tür. Die Mutter sitzt noch auf der Bank, aber sie ist nicht mehr allein. Unter den drei Männern, die bei ihr stehen, erkenne ich sofort den hübschen Schwarzhaarigen und spüre, wie mir das Blut ins Gesicht schießt. Edith bemerkt mich nicht. Sie führt das große Wort, schaukelt ihren Hintern von rechts nach links, lacht aus vollem Hals, streicht den Rocksaum über die Knie, spreizt die Beine und drückt sie wieder zusammen, bis ihr Blick zufällig auf mich fällt. Sie ärgert sich, das Luder, obwohl sie nach mir winkt. Aber ihre Hand ruft mich nicht, sondern wischt mich aus wie einen krakeligen Buchstaben auf der Schiefertafel. Ich bin ein Nichts in ihren Augen, wertlos und überflüssig. Als ich ihr die Illustrierte gebe, verzieht sie nur den Mund. Ich habe sie gestört, diese Schlampe. Ich störe sie immer noch. Ich bin ihr im Weg. Aber was soll ich tun? Abhauen? Wohin? Ich kann mich nicht in einen Däumling verwandeln und unter die Wurzeln kriechen. Ich muß den drei Männern die Hand geben und mich ver-

beugen. Ich muß ihnen sagen, wie ich heiße und wie alt ich bin. Der Schwarzhaarige, den die beiden anderen Toni nennen, fragt mich sogar, in welcher Klasse ich sei. Edith nimmt mir das Lügen ab, damit ich keinen Fehler begehe. Ich spüre den warnenden Blick, als ich mich neben sie setzen will. Sie verzichtet auf meine Gesellschaft. Ich lege mich ihr gegenüber ins Gras und stütze die Ellbogen auf. Edith redet wie ein Wasserfall, und die Männer hören ihr so gebannt zu, als sage sie ihnen die Zukunft voraus. In Wahrheit schwatzt sie lauter Unsinn, und der einzige, der es zu begreifen scheint, ist der schwarzhaarige Toni. Er langweilt sich. Die Mutter spricht von Orten, wo sie nie gewesen ist, von Schiffsreisen, die sie nur aus dem Kino kennt, und von berühmten Sängern, die sie allenfalls im Wunschkonzert gehört hat, obwohl sie behauptet, mit ihnen befreundet zu sein. Am liebsten würde ich Edith sagen, daß sie Schluß machen soll mit dem Schwindel. Aber die Männer hängen an ihren Lippen, sagen gnädige Frau zu ihr und lauschen. Nur Toni geht nach einer Weile ein paar Schritte zur Seite. Ich merke Ediths Augen an, daß er direkt hinter mir stehenbleibt. Sie spricht pausenlos weiter. Manchmal ist es, als lähme mich ihre Stimme, und bei allem, was Edith jetzt beginnt, fühle ich schmerzhaft, daß es Toni ebenso gilt wie mir. Sie neigt sich vor, und wir sehen die Brüste in ihrem Ausschnitt. Sie dreht den Kopf, hebt das Haar über die Ohren, und wir sehen die weiche Linie ihres Nackens. Sie legt die ausgebreiteten Arme auf die Banklehne, und wir sehen einen Perlmuttknopf in ihrer grünen Bluse verschwinden. Sie spreizt die Beine unter dem weiten Rock, und wir sehen ihre bleichen Schenkel bis zu dem rosa Schlüpfer. Ich glaube, dir ist etwas aus der Tasche gefallen, höre ich Toni hinter mir sagen. Bevor ich dazu komme, nach der blechgerahmten Tischkarte zu

greifen, hat er sie schon aufgehoben, und einer der beiden Männer ruft: Bravo, Toni, wie ein geölter Blitz! Doch jetzt mischt sich die Mutter ein: Worum geht's denn da, meine Herren? Toni liest meinen Namen von der Karte. Hast du die etwa geklaut? faucht mich die Mutter an und will weiterschimpfen. Aber der Schwarzhaarige schneidet ihr einfach das Wort ab, mitten im Satz. Edith ist völlig verdattert, daß er mir die Karte zurückgibt und mich obendrein noch in Schutz nimmt. Edith widerspricht auch nicht, als Toni mir anbietet, ihn zu duzen. Gern, antwortet sie lächelnd und wiegt sich in der Taille. Ich würde mich sehr freuen, wenn Sie sich Ihre gute Laune noch ein paar Tage erhalten, sagt Toni und streicht mir übers Haar. Am liebsten würde ich ihm hinterherlaufen, als er mit den beiden anderen Männern in die Berge geht.
Beim Essen schiebe ich mein Namensschild neben den Salzstreuer, und Edith nickt freundlich. Nach der Suppe merke ich, daß sie immer dann zu Tonis leerem Tisch hinübersieht, wenn sie glaubt, ich sei mit meinem Braten beschäftigt. Von nun an halte ich es genauso wie die Mutter, und wenn sich unsere Blicke kreuzen, scheint es mir, als verheimlichten wir etwas voreinander, worüber ich und sie nur allzugut Bescheid wissen. Wir warten das Ende der Mahlzeit ab. Tonis Tisch bleibt leer, und als wir den Speiseraum verlassen haben, zieht sich Edith zum Mittagsschlaf zurück.

7

Ich lehne mich ans Geländer der Terrasse und höre die Gäste die Treppe hinaufgehen. Mir dröhnen die Schritte in den Ohren, und als die letzte Tür ins Schloß fällt, erschrecke ich vor Angst, weil ich glaube, diese Leute hätten mich mutwillig im Stich gelassen. Ich blinzele in die Sonne. Nichts regt sich mehr. Alles ist still. Kein Vogel fliegt. Die Berge stehen grau gegen den blauen Himmel. Vor mir liegt ein unendlicher Nachmittag. Ich überlege, ob ich Toni und seinen Freunden entgegengehen soll, weiß aber nicht, in welche Richtung. Ich überlege, ob ich den Vater im Sanatorium anrufen soll, fürchte mich aber vor seiner Stimme. Ich schleiche um die Baude und sehe zu den Fenstern hoch, in denen sich die Berge spiegeln. Ich finde einen Tischtennisball und will ihn zertreten. Er rutscht unter meinen Schuhen weg und rollt über den Rasen. Ich werfe ihn in die Luft und fange ihn wieder auf, bis mir die Lust vergeht. Ich lege mich in einen Liegestuhl und werde erst wach, als mir ein älterer Junge, den ich schon beim Mittagessen gesehen habe, auf die Schulter tippt. Das ist unser Liegestuhl, sagt er, aber bis zum Kaffee darfst du sitzen bleiben. Danke, antworte ich. Wollen wir Mensch-ärgere-dich-nicht spielen? fragt der Junge. Ich nicke und helfe ihm beim Aufstellen der Figuren. Er heißt Edgar, ist zehn Jahre alt und muß am nächsten Tag mit seinen Eltern nach Stettin zurückfahren. Ich kann ihn nicht leiden, weil er sich die Pickel im Gesicht ausdrückt. Aber ich will nicht länger allein sein, und wir spielen eine Partie nach der anderen. Als ich das siebte oder achte Mal verloren habe, koche ich vor Wut, und wenn ich den Würfelbecher anfasse, scheint es mir, als berühre ich die ekelhaften gelben Pickel in Edgars Gesicht. Ich will ihm beweisen, daß ich ein ebenso guter, vielleicht sogar besserer Spieler bin, scheitere aber immer wieder. Ich will Edgar besiegen, nein, nicht nur besiegen, sondern in Grund und Boden stampfen. Ich will ihn samt seinem Mensch-ärgere-dich-nicht zerschmettern und zertrampeln. Ich merke nicht, wie die Zeit vergeht. Ich spüre nur, wie mir das Blut zu Kopf steigt. Meine Hände und meine Füße werden eiskalt. Edgar kann mich unmöglich betrügen, weil wir denselben Würfel benutzen. Dennoch achte ich genauer als zuvor auf jeden Wurf und jeden Zug, ohne daß es mir gelingt, ihn beim Schummeln zu erwischen. Er wirft wieder eine Sechs, legt noch zwei Schritte zu und schlägt meine aussichtsreichste Figur direkt vor dem Schlupfloch. Anscheinend merkt er, wie mir zumute ist. Jedenfalls lacht er nicht. Aber gerade dafür, daß er mich schont, hasse ich ihn mit meinem schwärzesten Haß. Noch eine Partie? fragt Edgar. Ich nicke. Wir spielen weiter. Als ich Ediths Stimme höre, drehe ich mich um und sehe sie neben einer dicken Frau auf der Terrasse stehen. Beide rufen uns zum Kaffee. Edgar hält mich zurück. Die alten Schreckschrauben sollen ihren Kuchen selber fressen, zischelt er mir ins Ohr, die sind froh, wenn sie uns los sind. Tatsächlich, die beiden Frauen verschwinden, doch ich spüre einen Widerhaken im Herzen, wie ein gefangener Fisch. Das Spiel geht weiter. Ich gewinne ein paarmal, empfinde aber keine rechte Freude dabei. Wie konnte ich es zulassen, daß ein wildfremder Junge die Mutter eine alte Schreckschraube nennt? Das begreife ich nicht, und trotzdem gefällt es mir. Edgar hat wieder gewonnen, doch es langweilt ihn, immer nur um die Ehre zu spielen. Hast du Geld? fragt er. Ich zeige ihm meine beiden Telefongroschen. Käse, sagt Edgar, die gewinne ich dir sofort ab, und das Spiel ist vorbei. Ich zucke die Achseln. Kannst du deine Alte anpumpen? erkundigt er sich. Ich schüttele den Kopf. Edgar stemmt schielend zwei Finger gegen die Nase, drückt behutsam einen Pickel aus und sagt: Na schön, dann machen wir es eben wie in Stettin, wer dreimal beim Mensch-ärgere-dich-nicht verloren hat, muß dem anderen einen runterholen, einverstanden? Welchem anderen? frage ich, obwohl ich weiß, was er meint. Tu bloß nicht so scheinheilig, raunzt er mich an, zu Hause wichst ihr euch auch gegenseitig, oder kommt bei dir noch kein Saft aus'm Piephahn? Ich ärgere mich über sein Grinsen, und vor Scham möchte ich am liebsten im Boden versinken. Aber ich platze vor Neugier. Ich hänge an Edgars Lippen. Mich reizt es, mehr und mehr zu erfahren. Du brauchst keinen Schiß zu haben, sagt er und erklärt mir, wie ich seinen Schwanz reiben soll, falls er mich dreimal besiegt. Ich sehe ihm in die Augen. Eine Art Fieber beginnt mich zu schütteln, und plötzlich fühle ich ein ungeheures Brennen in den Beinen, als reiche das Feuer schon bis zu den Knien. Also abgemacht, sagt Edgar und hält mir die Hand hin. Ich schlage nicht ein. Ekel und Neid überschwemmen mich. Ich renne weg und höre Edgar hinter mir herschreien: Hau doch ab, du Idiot!

Ich lungere eine Ewigkeit um das Haus herum. Dann gehe ich bis zur Bushaltestelle an der Chaussee, setze mich ins Gras und lasse die Autos vorbeifahren. Als es zu warm wird, krempele ich die Kniestrümpfe herunter. Ich sehe den Schatten des Halteschilds wachsen. Mir wird elend. Ich bereue es, nicht bei Edgar geblieben zu sein. Ich trabe zur Baude zurück. Es ist zu spät. Edgar steht neben ein paar anderen Jungen und Mädchen auf der Wiese. Zwischen zwei Pfosten haben sie ein Seil gespannt und brüllen sich bei jedem Sprung vor Freude die Lunge aus dem Hals. Niemand beachtet mich. Ich weiß, es ist meine Schuld, aber ich bringe es nicht übers Herz, mit den anderen Kindern zu spielen. Ich bin feige und möchte ein Held sein wie Siegfried, der Drachentöter. Mich schaudert vor der Freudenschloßbaude, wo Edith mit Edgars Mutter Kuchen frißt und klatscht und tratscht, daß sich die Balken biegen. Trotzdem zieht es mich hinein. Ich frage den Wirt, ob ich mir die Billardkugeln anschauen darf. Er hebt eine Weile das schwarze Wachstuch in die Höhe, und ich drehe die Kugeln über den grünen Filz, bis mich die Mutter zu sich winkt, weil uns die Stettinerin fotografieren will. Kommt Edgar auch mit? frage ich. Ach, wer weiß, was der Lümmel wieder anstellt, antwortet die dicke Frau, während die Serviererin das Geschirr abräumt. Wir spazieren zu derselben Bank, auf der Edith heute vormittag saß. Mir wird schlecht, als ich daran denke. Ihr Sohn hat die Strümpfe runtergerollt! trompetet die Dicke. Das ist egal, sagt die Mutter, macht ihren Kamm mit Spucke naß und kämmt mir das Haar. Ich ekele mich vor dem blasigen Rotz und möchte mich am liebsten übergeben. Jetzt müssen Sie beide aber lachen, bittet die Stettinerin. Ich habe keine Lust, murre ich. Edith legt den Arm um meine Schulter. Nun lach endlich, gleich gibt's Abendbrot! faucht sie mir ins Ohr. Klick, macht es. Ich möchte sterben. Besser noch einmal, vielleicht ist das Foto verwackelt, warnt die dicke Frau. Klick, macht es. Jetzt bin ich tot. Herzlichen Dank, sagt die Mutter, und ihren Augen ist nicht anzumerken, ob sie mich ohrfeigen oder umarmen will. Ich habe Glück. Die Dicke trabt eilig voraus, und unterwegs begegnen wir dem Schwarzhaarigen mit seinen Freunden. Edith wird abwechselnd rot und blaß. Toni nimmt mich bei der Hand, begleitet uns in den Speiseraum, rückt der Mutter den Stuhl zurecht und wünscht guten Appetit, bevor er zu seinem Tisch geht. Beim Essen spüre ich, daß es mitunter ganz still wird. Der alte Mann in den kurzen Lederhosen spielt auf der Zither, doch sobald er eine Pause einlegt, höre ich nur Teller und Bestecke klappern. Die Gäste sprechen kaum miteinander, als seien sie einig, den Rest der Mahlzeit schweigend zu verbringen. Die meisten Männer starren ins Bierglas, und wenn es leer ist, machen sie entweder finstere oder verwegene Gesichter. Das läßt sich schwer unterscheiden. Auch bei Robert wußte ich früher nie genau, ob er traurig oder mutig war, wenn er Bier trank. Plötzlich entdecke ich Edgar. Mir kommt die Galle hoch. Aber zu meiner Freude sehe ich, wie ihn seine Eltern beim Schlafittchen packen und ins Bett bringen, damit sie morgen nicht den Zug verpassen. Endlich ist Edgar besiegt. Endlich habe ich ihn geschlagen. Ich blicke mich herausfordernd um, als erwarte ich den nächsten Gegner, doch der Mann, der jetzt an unseren Tisch tritt, ist mein Freund Toni. Wissen Sie schon das Neueste, gnädige Frau? fragt er, beugt sich zu Edith herunter und sagt leise: Wir sind im Krieg mit Rußland. Müssen Sie etwa an die Front? erkundigt sich die Mutter und reißt vor Entsetzen die Augen auf. Nein, nein, beruhigt er sie, uns bleiben noch ein paar Tage, und die werden wir in vollen Zügen genießen, nicht wahr, mein Junge? Ich nicke und sehe zu ihm hoch, als sei er der liebe Gott. Wenn ihr nichts dagegen habt, nehme ich ein Bad, sagt die Mutter und bittet Toni, auf mich achtzugeben, bis sie zurückkommt. Er verspricht es ihr, und als Edith verschwunden ist, erkundige ich mich bei ihm, ob er Billard spielen kann. Er lächelt und führt mich an den grünen Tisch.

8

Die Kugeln rollen, eine rote und zwei gelbe. Ich weiß nicht, wann die Mutter zurückgekommen ist. Als sie sich neben mich stellt und die Hand auf die Kante des Billardtischs stützt, rieche ich ihr Parfüm und sehe mit halbem

Blick, daß sie ein neues Kleid trägt. Wie sagst du immer zu dem Stock? frage ich Toni. Queue, antwortet er lächelnd und ermuntert mich, seine Treffer zu zählen. Leider kann ich noch nicht rechnen, flüstere ich ihm zu, und er streichelt mich, bevor er mir das Queue gibt. Keine Angst, höre ich ihn sagen, verfehle aber die Kugel und drehe mich ärgerlich weg. Hinter den Fenstern ist es dunkel geworden. Ich ahne, was mir droht. Doch Edith schickt mich nicht ins Bett, sondern bringt ein Glas Schorlemorle, das ich fast auf einen Zug leere. Sie wischt mir den Schweiß von der Stirn und fragt, ob ich nicht langsam Schluß machen möchte. Toni legt ein gutes Wort für mich ein, und seine Freunde loben meine Geschicklichkeit, bis die Mutter endlich nachgibt. Ich will ihr vorführen, was ich gelernt habe, doch allmählich wird sie ungeduldig, tritt von einem Fuß auf den anderen, und als mein Queue auch beim dritten Versuch über die Kugel rutscht, setzt sie sich an die Bar. Toni erklärt mir noch einmal, wie ich das Queue halten soll, um der Kugel die gewünschte Richtung zu geben, und sobald er glaubt, ich sei bereit, ruft er: Stoß! Gleitet der Stock ab, rolle ich die Kugel zu mir zurück, und nach einer Weile heißt es wieder: Stoß! Daran habe ich einen Riesenspaß, auch die Männer amüsieren sich, und wenn Toni pausieren muß, darf ich die Lederkuppe seines Queues mit blauer Kreide einreiben. Aber von dem ewigen Warten werde ich müde, und als mich die Mutter zum endgültig letzten Mal ruft, sage ich Toni und seinen Freunden rasch gute Nacht. Während wir die Treppe zum Dachgeschoß hinaufgehen, kündigt mir Edith eine ganz besondere Leckerei vor dem Einschlafen an, will aber um keinen Preis das Geheimnis lüften. Auch in unserem Zimmer wehrt sie jede Frage ab. Mich zerreißt es vor Neugier, doch Bitten und Betteln bringt nichts ein.

Die Mutter verlangt, daß ich mich zuerst einmal ausziehen, waschen und ins Bett legen soll. Als ich unter der Decke liege, löscht sie das Licht. Nach einer Weile höre ich ein leises Klirren, und Edith sagt aus dem Dunkel: Mach mal den Mund auf! Ich richte mich hoch, fühle einen kalten Löffel an den Lippen und schlucke. Na, schmeckt's? fragt die Mutter. Herrlich, antworte ich, was ist das? Eierlikör, flüstert sie, den trinken nur wir beide, ganz heimlich, verstehst du? Ja, nur wir beide, sage ich und spüre einen wohligen Schauer auf den Armen. Möchtest du noch einen Tropfen? fragt Edith. Gerne, flüstere ich. Sie hält mir wieder den Löffel an die Lippen, aber diesmal schlucke ich den Likör nicht gleich herunter, sondern lasse ihn im Mund zergehen, bis mir die Augen sinken.

9

Irgendwann in der Nacht werde ich wach. Mir ist, als spreche oder schimpfe ein Fremder in meiner Nähe. Ich lausche und verkrampfe die Zehen vor Angst. Alles bleibt still. Ich habe mich geirrt. Ich versuche, wieder einzuschlafen, aber es gelingt mir nicht, weil sich die Mutter im Bett gegenüber herumwälzt. Ich will sie fragen, ob ihr schlecht geworden sei, doch jetzt flüstert sie: Mein Gott, bist du ein Feger, so was Verrücktes habe ich schon lange nicht erlebt. War's schön? höre ich Toni fragen, aber er hat nicht mehr dieselbe Stimme wie am Billardtisch. Es ist immer noch schön, sagt Edith und blubbert mit den Lippen, als liege sie in der Badewanne. Immer noch, flüstert sie und will weiterreden, doch die Luft geht ihr aus. Edith schnauft eine Weile, hechelt wie ein Hund, und plötzlich ist es wieder still. Ich höre die beiden nur noch atmen und klammere die Hände um die Knie, als müsse ich mich an mir selber festhalten, damit ich nicht auseinanderfalle. Eine riesige Pauke schmettert mir das Herz in den Hals und hämmert mein Blut bis in die Fingerspitzen. Mir wird glühend heiß. Meine Beine brennen, und ich verdrehe sie unter dem Nachthemd wie ein Schlangenmensch. Ich will mir einen Bindfaden ums Handgelenk wickeln und die Adern abschnüren, damit ich sterbe an meinem vergifteten Blut. Ich will, daß mich die Mutter in den Sarg legt und der Vater die Nägel ins Holz schlägt. Eine große schwarze Welle schwappt über mich hinweg, füllt mir die Augen und Ohren mit schlammigem Sand, reißt mich in die Tiefe, und als ich auftauche aus dem dunklen Schlund, glaube ich, neben Toni und Oswin Kutarsky am Billardtisch zu stehen. Nimm dein Queue und stoß! rufen sie mir zu. Aber ich liege immer noch in meinem Bett, und aus dem Bett der Mutter höre ich Toni fragen: Bist du sicher, daß der Junge schläft, Edith? Zerbrich dir deswegen nicht den Kopf, mein Engel, dafür ist schon gesorgt, sagt sie und lacht. Nur wir beide, denke ich, nur wir beide trinken den Eierlikör, ganz heimlich, nur wir beide. Du hast mich belogen, du Luder, denke ich und merke, wie sich die Haare an meinen Armen sträuben. Dann wird es still. Viel Zeit vergeht, ehe ich die Mutter fragen höre: Bist du eingenickt? Nein, brummt Toni, ich brauche bloß ein bißchen Anlauf. Edith kichert, und im Bett gegenüber knarrt die Matratze. Wo ist er denn, mein Süßer? höre ich die Mutter fragen und klemme die Beine zusammen. Nur streicheln, nicht mit den Fingernägeln kratzen, kommandiert Toni. Steck mir doch wenigstens den Daumen rein, bettelt die Mutter. Ah, fängt sie an zu winseln, du hast gleich die richtige Stelle erwischt, mach weiter! Ich höre ein klebriges Schmatzen und spüre, wie sich mein Schniepel kerzengerade aufrichtet. Ach, Edith, wo hast du das bloß gelernt? fragt Toni. Die Mutter grunzt nur. Hörst du, wie das schlabbert, fragt er und drischt ihr mit der flachen Hand auf die nackte Haut. Edith schweigt immer noch, aber plötzlich kreischt sie: Gib's mir, du Vieh! Stoß mich! Ja, keucht Toni, und als ich anfange, meinen Schniepel zu reiben, sagt Edith: Stoß in mich rein! Nicht schlappmachen! Küß mich, du Miststück! So ist es gut, höre ich die Mutter sagen und wichse mit verschwitzten Fingern. Kennst du etwa eine, die es besser macht als ich? fragt Edith. Ach was, antwortet Toni für sich und für mich. Mir kommt's bald, sagt Edith, beeil dich, wir wollen's doch gleichzeitig kriegen, oder? Ja, antwortet Toni für sich und für mich. Stoß mich bis ins Herz, jammert die Mutter, mach mich fix und fertig, aber paß auf, hörst du? Ja, sagt Toni für sich und für mich. Jetzt, jetzt, jetzt! schreit die Mutter. Ja, stöhnt Toni für sich und für mich. Dann trennen wir uns. Dann dreht sich jeder vom anderen weg. Dann tappen nackte Füße über die Dielen und über den Rupfenteppich. Dann trinkt Toni einen Schluck Eierlikör und stöpselt den Korken in die Flasche zurück. Dann setzt sich die Mutter auf den Topf. Dann zündet sich Toni eine Zigarette an. Dann wische ich meine klebrigen Finger am Nachthemd ab. Dann lasse ich die Tränen laufen. Aber plötzlich höre ich eine Stimme, von der ich nicht weiß, woher sie kommt. Sie ist so laut, daß mir der Kopf zerspringt. Sie brüllt mir nicht in die Ohren. Sie dröhnt aus mir heraus, als sitze sie in meinem Bauch. Die Stimme hat keinen Mund. Sie sagt immer wieder das gleiche. Ich selber bin es, der spricht. Entweder vergißt du, was geschehen ist, oder du stirbst, schwöre ich mir. Jetzt ist alles gut, und der Schlaf hüllt mich ein.

10

Am anderen Morgen liegt das schwarze Wachstuch auf dem Billardtisch, die Queues hängen an der Wand, und weder Toni noch seine Freunde lassen sich blicken. Ich würde die Mutter gern fragen, ob die drei Männer schon abgereist sind, doch als ich ihr in die Augen sehe, verliere ich den Mut. Edith ist vergnügt, notiert beim Kaffee, welche Besorgungen in der Stadt zu erledigen sind, verspricht mir, daß sie einen Spazierstock für mich kauft, und nach dem Frühstück brechen wir auf. Ich lache jedesmal, wenn meine Schuhe über den Schotter rutschen. Auch die Mutter ist guter Laune, singt ihre Lieblingslieder, bis uns die ersten Spaziergänger entgegenkommen, und nach einer knappen Stunde stehen wir auf dem Marktplatz, Edith im hellen Staubmantel und ich im grauen Glencheck. Es gibt Läden, in die ich die Mutter begleiten darf, und andere, vor denen ich warten muß. Aus einer für mich verbotenen Apotheke stürmt Edith mit knallrotem Gesicht heraus und gibt mir, weil sie schwitzt, das Luder, ihren Mantel zu tragen. In einem Schuhgeschäft darf ich mich in die Ecke setzen und Reklameheftchen anschauen. Dabei fällt mir ein neues Wort in die Augen. Salamander, buchstabiere ich langsam und will der Mutter die schöne Schrift zeigen, aber sie zerrt mich aus der Tür, und ich folge ihr in einen Laden mit Miederwaren. Die Verkäuferin schnallt Edith einen schwarzen Hüfthalter um das Kleid und hält ihr danach ein rosa Korsett vor Brust und Bauch. Die Mutter sieht aus wie eine Vogelscheuche. Sie tut mir leid. Am liebsten würde ich ihr den Firlefanz vom Leib reißen. Ich weiß nicht, sagt Edith und dreht sich lächelnd vor dem Spiegel. Ich trete neben sie, um mich auch zu besichtigen. Aber jetzt wird sie giftig, droht mir Ohrfeigen für mein neugieriges Glotzen an und schickt mich hinaus. Ich falte Ediths Mantel und hänge ihn über die Schulter, damit die Säume nicht am Boden schleifen. Ich hasse mich in diesem Aufzug, und als mir ein fremder Junge die Zunge herausstreckt, drohe ich ihm mit geballter Faust. Warum läßt mich Edith so lange warten? Warum hat sie vorhin im Laden erst nach einer Ewigkeit gemerkt, daß ich sie bei der Anprobe beobachte? Warum ist es ihr nicht gleich aufgefallen, und warum braucht sie jetzt soviel Zeit, um die Rechnung zu bezahlen? Will sie sich bei der Verkäuferin für das Gebrüll entschuldigen? Oder hat sie im Laden nur so getan, als müsse sie etwas vor mir verheimlichen, was ich ohnehin weiß? Warum zeigt sie mir ihre Unterwäsche und setzt mich anschließend auf die Straße? Wozu die Umstände? In ihrem Netz liegt ein Päckchen, kaum größer als ein Buch. Edith pfeift auf das rosa Korsett. Sie hat den Hüfthalter gekauft, so schwarz wie Tonis Haare, so schwarz wie das Wachstuch in der Freudenschloßbaude, so schwarz wie die Nacht. Mich gruselt. Die Mutter will mit mir in ein Restaurant gehen, doch wir finden nur überfüllte Lokale und verräucherte Kneipen, in denen keine Reisemarken angenommen werden. Als wir zum Marktplatz zurückkehren, jagt uns ein Wolkenbruch in die nächste Kirche. Eine Weile bleiben wir im Eingang stehen, um das Ende des Regens abzuwarten, doch andere Leute drängen nach, die Mutter zieht mich weiter, schlüpft in den Mantel, und wir schlendern herum, bis ich vor einem riesigen Bild haltmache. Ist das der liebe Gott? frage ich leise und merke, wie sich meine Nackenhaare sträuben. Nein, antwortet Edith, das ist Jesus mit seinen Jüngern beim Abendmahl. Welcher von denen ist Jesus? erkundige ich mich, weil lauter alte Männer am Tisch sitzen. Der mit dem größten Heiligenschein, sagt Edith und zeigt ihn mir. Sind die Jünger evangelisch oder katholisch? frage ich. Evangelisch wie wir, entrüstet sich Edith und macht ein Gesicht, als müsse sie sich schämen wegen meiner Dummheit. Aber Herr Kutarsky ist doch katholisch, oder? frage ich. Wie kommst du denn darauf? faucht Edith, und ich sehe, daß sie plötzlich ganz bleich wird. Weil es mir die Großmutter erzählt hat, antworte ich, trete näher an das Bild heran, zeige auf den rothaarigen Jünger und erkundige mich nach seinem Namen. Das ist Judas, der Verräter, sagt Edith. Und wen hat er verraten? will ich wissen. Mein Gott, du fragst mir noch ein Loch in den Bauch, du neugierige Elster, halt endlich die Klappe, sonst kriegst du eine geschmiert, wir sind hier nicht im Sandkasten, sondern in der Kirche, du Nasenpopel! zischt sie ärgerlich. Wir traben herum wie Karussellpferde und kommen noch einmal an dem rothaarigen Judas vorbei. Mir tut es leid, daß es niemand gibt auf der Welt, den ich verraten darf, weder den Schrankenwärter noch den Kognakdoktor, weder Toni noch die Mutter, weder Herrn Jesus noch Herrn Kutarsky. Alle sind mir über. Alle sind größer und stärker als ich. Wer will, darf mir in die Hakken treten. Wer Lust hat, darf mich verdreschen. Wer den Spaß an mir verliert, darf mich in die Ecke stellen. Wer zu Edith ins Bett steigt, darf sich den Schniepel an meinem Handtuch abwischen. Eine abgrundtiefe Wut schäumt in mir hoch. Der Tag kommt, an dem ich euch den Hals umdrehe! schreie ich, ohne daß es jemand hört. Du wirst die erste sein! brülle ich stumm und weide mich an ihrer Qual. Kannst du das lesen? höre ich die Mutter flüstern und spüre, wie meine Finger in ihrer Faust verschwinden. Es regnet nicht mehr. Die meisten Leute haben die Kirche verlassen. Edith wiederholt die Frage. Ich folge ihrem Blick, sehe zwischen den Pfeilern einen grünen Wandbehang mit goldenen Buchstaben und schüttele den Kopf. Das war mein Konfirmationsspruch, sagt die Mutter und gibt meine Hand wieder frei. Was steht dort geschrieben? frage ich. Sie sieht mir in die Augen und antwortet schluchzend: ›Sei getreu bis an den Tod, so will ich dir die Krone des Lebens geben.‹ Mir wird kalt, weil ich nicht begreife, zu wem die Mutter spricht. Am liebsten würde ich mich umdrehen und nachsehen, ob hinter mir noch ein anderer steht. Aber ich will die Mutter nicht kränken und bitte sie, es noch einmal zu sagen. Sie lächelt, nimmt ihren kleinen Taschenspiegel aus dem Mantel, und während sie sich die Lippen schminkt, wiederholt sie den Spruch mir zuliebe so oft, bis ich ihn auswendig weiß.

11

Es ist wieder heiß geworden nach dem Wolkenbruch. Die Sonne steht hoch am Himmel, das Straßenpflaster dampft, und ich beneide alle Kinder, die barfuß durch die Pfützen planschen. Ich spüre das Wasser zwischen ihren Zehen und die Spritzer gegen die nackten Beine. Ich ahne sogar vorweg, mit welcher Wonne sie den trockenen Modder von der Haut kratzen, und sehne mich danach, es ihnen gleichzutun. Aber Edith hat sich an der Bushaltestelle schon vergewissert, daß ihr noch Zeit für eine Dauerwelle bleibt. Anschließend, verspricht sie, gehen wir in ein Café und essen Kuchen. Freust du dich, mein Kleiner? fragt sie und streicht mir flüchtig über die Stirn, bevor wir den Salon betreten. Die Dauerwelle dauert ewig. Von meinem Kinderstuhl beobachte ich die Frauen in den Spiegeln. Alle sind häßlich. Nach der Kopfwäsche hängen ihnen nur noch dünne Strähnen im Nacken, und Edith legt sich ein Handtuch um den Hals, als fürchte sie meinen Blick. Wenn die Friseusen das Haar getrocknet haben, ragen die aufgeplusterten Zotteln weit über die winzigen Schädel hinaus. Ohne den Platz zu wechseln, rieche ich mich durch alle Gerüche des Ladens hindurch, von der Spiritusflamme zum Haarlack, vom süßen Duft der Seifen zum brandigen Dunst der Lockenwickel. Doch zugleich höre ich mich durch alle Geräusche, vom Sirren der Kämme bis zum Schnalzen der Scheren, vom Klicken der Klammern bis zum Blasen des Föns, von den widerlichen Späßen der Friseusen bis zum gellenden Gelächter der Mutter, von den geflüsterten Sauereien bis zum Klingeln der Kasse, und plötzlich wünsche ich mir einen Stock in die Hand, keinen Spazierstock, wie ihn mir die Mutter versprochen hat, sondern einen riesigen Knüppel, um alle diese Hexen aus dem Laden und aus meinem Gedächtnis zu prügeln. Gefalle ich dir? fragt Edith lächelnd, während sie ihren Büstenhalter unter dem Kleid zurechtruckelt. Die Mutter sieht aus wie ein gerupftes Huhn mit Schlappohren. Sehr hübsch, antworte ich, um ihr nicht die Laune zu verderben, aber insgeheim schäme ich mich für sie. In einer Konditorei gelingt es uns, zwei Stühle zu ergattern. Die beiden Männer am Tisch, ein älterer im dunklen Anzug und ein jüngerer mit offenem Janker, verbeugen sich, als wir Platz nehmen, und nachdem wir die Bestellung aufgegeben haben, setzen sie ihr Gespräch fort. Bei Streuselkuchen und Kakao will ich Edith an den Spazierstock erinnern, doch meine Gedanken schweifen ab, weil ich an den Lippen der beiden Männer hänge, die wie Vater und Sohn miteinander reden. Anfangs belausche ich sie aus Neugier, doch nach einer Weile achte ich nicht mehr auf die Worte, sondern behalte nur die Bewegungen und das Mienenspiel im Blick, die freundlichen Augen des

Älteren, wenn er dem Sohn zuhört, die beherzte Stimme des Jüngeren, wenn er dem Vater widerspricht, ohne angebrüllt zu werden, die liebevolle Art, wie dieser Vater dem Sohn die Wange streichelt, und das dankbare Lächeln, mit dem der Sohn, ohne sich zu genieren, die zärtliche Berührung erwidert. Ich bin in einer anderen Welt, jenseits der Drohungen und Befehle, jenseits des Verbots, die Hände in die Hosentaschen zu stecken, jenseits des Feldstechers, durch den ich vergeblich die Schneekoppe gesucht habe, und jenseits der albernen Lügen um das ›Haus Erika‹. Ich denke darüber nach, warum mich mein Vater noch nie so gestreichelt hat wie dieser Vater seinen Sohn. Ist es meine Schuld? Gehorche ich Robert nicht auf den leisesten Wink? Vermißt er etwas an mir, was ihn hindert, mich zu lieben? Muß ich klüger, bescheidener oder höflicher sein? Findet er mich häßlich wegen meiner Eselsohren und meiner bleichen Haut? Will er mich wie die Hitlerjungen bei der Sonnenwendfeier, zäh wie Leder, flink wie Windhunde, hart wie Kruppstahl? Wie soll ich das schaffen ohne seine Hilfe? Die Männer an unserem Tisch sind aufgestanden und wollen sich gerade entfernen, als ich in der Hand des älteren einen Spazierstock sehe. Verzeihung, frage ich, wo gibt es solche Stöcke zu kaufen? Laß den Herrn gefälligst in Ruhe! faucht Edith, doch der Mann in dem dunklen Anzug zwinkert mir zu, und bevor er mit seinem Sohn die Konditorei verläßt, beschreibt er die genaue Lage des Geschäfts. Edith bezahlt die Rechnung, und wir ziehen los. In meinem Bauch rumort es. Mir wird kodderig, als müsse ich mich übergeben. Ich weiß, warum. Ich will nicht zurück in die Freudenschloßbaude. Ich will nicht in den Trachtenladen. Ich will nicht zur Bushaltestelle. Ich will umkehren und die beiden freundlichen Männer fragen, ob sie vielleicht jemand brauchen, der ihnen Geschichten erzählt oder Lieder vorsingt. Wenn irgendwohin, möchte ich am liebsten zu Louise fahren, obwohl sie gedroht hat, mich mit dem Bügeleisen zu erschlagen. Doch ihr damaliger Zorn erscheint mir jetzt so albern, daß ich schallend lachen muß. Mein Ärger verraucht. Ich fühle mich wie der Dessauer Feuerwehrmann, der vom Dach des Polizeipräsidiums gesprungen und am Leben geblieben ist. Benimm dich anständig, flüstert Edith. Die Türglocke bimmelt, als wir den Trachtenladen betreten. Ich darf mir den Stock selber aussuchen, und weil ich der Mutter zuliebe den billigsten wähle, bittet sie den Verkäufer, noch das Wappen der Schneekoppe anzubringen. Ich umarme Edith, und auf dem Weg zur Bushaltestelle bedanke ich mich immer wieder für das wunderbare Geschenk, wirbele den Stock um das Handgelenk, stoße die eiserne Spitze gegen den Bordstein und möchte jubeln vor Seligkeit. Doch plötzlich, als blicke ich durch trübes Fensterglas, fällt mir das Gesicht des Verkäufers wieder ein. Ei gewiß, hat er gesagt und das Wappen auf den Stock genagelt, aber dabei hat er mich schief angegrinst, dieser Kerl, und erst jetzt dämmert mir, warum: weil ich das Bergsteigerabzeichen der Schneekoppe trage, ohne auf dem Gipfel gewesen zu sein. Alles ist Lüge und Heuchelei. Nur der Bus, der uns vor der Nase davonfährt, ist echt und Ediths Jammer, als wir den Fußmarsch antreten. Ich spüre das Gewitter schon auf halber Strecke, obwohl der Himmel noch blau ist. Ich habe das Gewitter im Kopf. Es hämmert gegen meine Schläfen. Vier Schatten sehe ich auf dem Schotter, mich, die Mutter, das Einkaufsnetz und den Stock. Ich sehe, wie sich der Staub vom Wege hebt und mir voranläuft. Aus dem Wald, von der Freudenschloßbaude her, kommen uns Leute in Kletterschuhen entgegen. Sie schwenken die

Hüte, warnen uns im Vorübergehen vor dem Regen und eilen in die Stadt hinunter. Wenn ich die Steine aus den Schuhen schüttele, bleibt die Mutter stehen und zupft an ihrer Dauerwelle. Sie scheint sich vor irgend etwas zu fürchten, sagt aber kein Wort, sondern holt nur tief Luft, als sei ihr das Kleid zu eng. Manchmal nimmt mir Edith das Einkaufsnetz ab und läßt mich ihren Mantel tragen. Ich starre auf den Weg und sammele Spucke im Mund, damit ich nicht verdurste. Plötzlich vermisse ich meinen Schatten. Ich drehe mich um. Er ist weder hinter noch neben mir. Meine Haare sträuben sich vor Entsetzen. Ich will den Schatten aus dem Boden schlagen und dresche wie verrückt mit dem Spazierstock auf die Steine. Doch im selben Augenblick grinst mir der Stockverkäufer aus dem Schotter entgegen. Ich spucke ihm ins Gesicht und höre, wie mich die Mutter zum Weitergehen drängt. Der Himmel ist grau geworden. Wir haben alle unseren Schatten verloren, auch die großen Bäume, die sich Schritt um Schritt nähern, während wir auf dem steiler und schmaler werdenden Weg in den Wald eintauchen. Eine riesige schwarze Wolkenwand wächst über uns hinweg, und mir wird so zumute wie an jenem Abend, als ich die Fensterscheiben im Schlafzimmer verdunkelte und Edith gegen die hohe Stehleiter trampelte. Damals wollte sie mich umbringen. Aber die verschwitzten Finger, die sich jetzt zwischen meine Finger schieben, sind mir gut. Es ist eine ängstliche Hand, die nach mir greift. Es ist eine zitternde Stimme, die mich bittet, bei ihr zu bleiben. Als es blitzt, kneife ich die Augen zu und erwarte den Donner. Das war ein Wetterleuchten, flüstert Edith und drückt ihre kalte Nase an mein Ohr. Ich höre das Grollen in den Bergen und das Rauschen in den Zweigen, bevor der nächste Blitz einschlägt und den Weg erhellt. Wir fassen uns bei den Händen, stolpern über Wurzeln und Steine bergauf. Ich atme zwischen Blitz und Donner. Mir dröhnen die Trommelfelle. Mich blendet das Licht. Die Mutter läßt das Netz fallen, lehnt sich an einen Baum und steckt die Finger in die Ohren. Hilf mir, stöhnt sie, zitternd vor Angst. Ich springe zu Edith und umarme sie. Ihre Hände und ihr Gesicht sind kalt. Regen und Hagel überschütten uns. Die Mutter zieht den Mantel aus und entfaltet ihn. Jetzt haben wir ein Dach überm Kopf. Durch die Netzmaschen sehe ich das aufgeweichte Päckchen mit dem Hüfthalter und rieche zugleich den würzigen Duft, der aus dem Wald herausstürzt. Wärme mich, bettelt Edith und schmiegt sich an mich. Ich tauche die Hand in ihr Kleid und streichele den nackten Rücken. Der Regen läuft mir in den Kragen, aber ich weiche nicht von der Stelle. So ist es gut, flüstert die Mutter und schiebt, als sie mich küßt, ihre Zunge in meinen Mund. Mir wird ein bißchen schwindelig, doch dann hänge ich das Netz an den Spazierstock, und wir traben durch den Regen zur Freudenschloßbaude, naß und glücklich bis auf die Haut.

12

Machen wir hier eigentlich noch lange Ferien? frage ich die Mutter beim Abendessen. Das wirst du schon rechtzeitig erfahren, antwortet sie ausweichend und zerteilt ihren Knödel. Aber wehe, ich verpasse die Schule, drohe ich ihr und merke, daß der Wirt einen Zettel mit Zahlen auf den Tisch legt. Ihr Gatte bittet um Rückruf, sagt er und schlurft in sein Büro. Mir ist schleierhaft, warum wir ihm nicht folgen, doch Edith läßt sich Zeit und blickt jedesmal, bevor sie einen Bissen in den Mund schiebt, zu Toni hinüber. Er lächelt. Er bewegt das Messer, als halte er ein Queue und stoße damit gegen den Knödel. Ich hasse den Kerl. Ich möchte diesen schwarzen Lackaffen zertreten und zertrampeln, aber zugleich bewundere ich ihn und spüre einen Schmerz in der Brust, der mich fast zerreißt. Ich packe die Mutter bei der Hand und ziehe sie ins Büro des Wirts. Ich muß mit dem Vater sprechen. Er wird mir alles erklären. Doch zuerst nimmt Edith das Wort und schämt sich nicht, in Gegenwart des Wirts das Blaue vom Himmel herunterzuschwindeln. Dem Vater zuliebe, sagt sie ins Telefon, hätten wir uns nur eine knappe Stunde in der Stadt aufgehalten, um seinen Anruf nicht zu versäumen; des Vaters wegen, sagt sie, seien wir in ein gräßliches Unwetter geraten; ein reines Wunder, sagt sie, habe uns vor dem Tod bewahrt, und der Junge, sagt sie, sei dermaßen erkältet, daß er sofort ein heißes Bad nehmen müsse; unter solchen Umständen sei es wohl vernünftiger, sagt sie, das Wiedersehen um ein oder zwei Tage zu verschieben. Dann darf ich an den Apparat. Bist du krank? höre ich den Vater fragen. Nein, mir geht's gut, antworte ich, doch Edith bohrt mir ihren Gnade-dir-Gott-Blick in die Augen, und ich verbessere: Pitschnaß bin ich geworden, hoffentlich kriege ich kein Fieber. Ach bewahre, sagt der Vater und lacht, daß die Membrane scheppert. Ich denke an die beiden Männer in der Konditorei und wie freundlich sie miteinander redeten. Was treibst du sonst? fragt der Vater. Wir haben einen Spazierstock gekauft, antworte ich. Was hat er denn gekostet? fragt der Vater. Keine Ahnung, sage ich, und mir ist, als höre ich Roberts Zähne knirschen. Du Hampelmann, du Rindvieh, du Hosenscheißer! brüllt mein Herz in die kalte Blechmuschel. Na ja, brummt der Vater, dann wollen wir mal Schluß machen, sonst wird das Gespräch zu teuer, mein Junge. Ja,

sage ich. Bestell der Mutter einen schönen Gruß, und übermorgen bin ich bei euch. Ja, sage ich und höre das Klicken in der Leitung.
Edith setzt sich mit mir wieder in den Speiseraum. Die Tische sind abgedeckt, die Blumenvasen stehen in den offenen Fenstern, und ein warmer Wind bläht die Gardinen. Der alte Mann mit den kurzen Lederhosen klimpert auf der Zither. Die Mutter spendiert ihm ab und zu einen Schnaps, und er revanchiert sich, indem er ihre Lieblingslieder singt. Toni und seine Freunde lassen mich heute links liegen. Sie veranstalten ein Karambolage-Turnier, bei dem ich ihnen nur im Wege bin. Edith bestellt Rotwein für sich, Schorlemorle für mich, und wir sehen den Männern von weitem beim Billard zu, bis die Dämmerung hereinbricht. Als ich müde werde, gehen wir auf unser Zimmer. Beim Ausziehen torkele ich vor Schwäche und kuschele mich rasch unter die Decke. Möchtest du einen Schluck Eierlikör? fragt die Mutter. Ich schüttele den Kopf. Sie setzt sich auf die Bettkante und streichelt mich. Doch nach einer Weile fällt ihr ein, daß sie ihre Tasche an der Bar vergessen hat. Ich bin gleich zurück, haucht sie mir ins Ohr und verschwindet. An Ediths Lügen bin ich gewöhnt.
Schlimmer ist, daß ich nicht einschlafen kann, weil ich ahne, was mir bevorsteht. Solange die Billardkugeln klikken, brauche ich keine Angst zu haben. Aber was soll ich tun, wenn das Licht im Speiseraum erlischt? Wohin soll ich fliehen, wenn ich Ediths und Tonis Schritte auf der Treppe höre? Wo gibt es ein Versteck, wenn die Klinke gedrückt wird? Was hilft es, wenn ich die Decke über den Kopf ziehe? ›Gnädige Frau, wo war'n Sie gestern?‹ singt der Zitherspieler im Erdgeschoß. Ich könnte es ihm sagen: Die gnädige Frau hat sich in der Stadt einen schwarzen

Hüfthalter gekauft, passend zu ihrer weißen Haut und zu Tonis schwarzem Haar. Vor der Baude ruft ein Mann mit schallender Stimme: Feierabend! Plötzlich wird es ganz still. Ich spitze die Ohren. Ich will schreien. Ich beiße mir in die Finger. Ich höre ein Flüstern hinter der Tür. Ich schließe die Augen. Barfuß oder auf Strümpfen kommen sie herein und schieben die Schuhe unters Bett. Wir sollten noch ein bißchen warten, flüstert Edith. Worauf? fragt Toni. Es ist nicht mal richtig dunkel, sagt Edith, wir müssen wenigstens die Gardine vorziehen. Nein, sagt Toni, heute will ich dich sehen. Die Mutter kichert, und ich höre, wie sie ihr Kleid in den Schrank hängt. Dann beugt sie sich über mich, und ich spüre ihren Atem auf meinem Gesicht. Schläfst du? fragt sie leise. Keine Sorge, der pennt wie ein Beamter, sagt Toni. Beide lachen und küssen sich. Wenn ich jetzt aufstehe, denke ich, wenn ich ihnen jetzt in die Ohren schreie, daß ich alles dem Vater erzähle – was dann? Würden sie mich totschlagen oder aus dem Fenster werfen? Würden sie mir die Knochen zerbrechen, mich in einen Sack stecken und im Wald vergraben? Auf den Vater kann ich mich nicht verlassen. Er ist ein Feigling, ein Geizkragen, ein Idiot. Komm, drängt die Mutter, ich habe den ganzen Tag an nichts anderes gedacht. Hier bin ich, sagt Toni, und seine Schlüssel fallen zu Boden, während er die Hose über den Stuhl legt. Vielleicht tut der Junge bloß so, als ob er schläft, sagt Edith. Toni steckt das Schlüsselbund in die Hosentasche und sagt: Na wenn schon, laß ihn ruhig zuschauen, dann haben wir das Vergnügen zu dritt. Ja, winselt das Luder, jetzt ist mir alles egal. In dieser Nacht werde ich zu Eis. In dieser Nacht verspreche ich dem rothaarigen Judas, um Ediths willen den lieben Gott und die ganze Welt zu verraten.

13

Die Erinnerung des Fünfzigjährigen an den Rest der Ferien in der Freudenschloßbaude ist lückenhaft. Er blickt auf diese Zeit wie auf eine altertümliche Landkarte mit weißen Flecken zwischen farbigen Schraffuren. Er könnte etwas erfinden, um die blinden Stellen auszufüllen, doch es ist ihm lieber, wenn er die Bruchstücke, die sein Gedächtnis bewahrt, so niederschreibt, als habe das Kind, das er selber war, ein Tagebuch geführt.

14

Mittwoch, 25. Juni 1941

Beim Frühstück nickt uns Toni fröhlich zu, und Edith winkt hinüber. Doch bald tauscht er den Platz mit einem seiner Freunde am Tisch, beginnt ein Gespräch und zeigt uns den Rücken. Ich begreife, daß er die Stühle deswegen gewechselt hat, weil ihn die Mutter ununterbrochen anstarrt. Ich schäme mich für Edith, aber sie tut mir auch leid, weil es außer mir niemand gibt, der mit ihr redet. Soll ich Toni vielleicht darum bitten, sich wenigstens ein einziges Mal nach Edith umzudrehen, wenn er es schon nicht übers Herz bringt, ihr ein freundliches Wort zu sagen? Was hindert mich? Bin ich zu widerspenstig oder zu stolz? Nein. Bevor die Mutter es wahrhaben will, weiß ich längst, daß alles zu Ende ist, das Billardspiel, die blaue Kreide, der Eierlikör, die Schorlemorle und das Elend unterm Dach. Beim Mittagessen erschrickt Edith, als Toni an unserem Tisch vorbeiläuft und hastig guten Appetit wünscht, ehe er im Vestibül verschwindet. Wir sehen ihn erst am späten Nachmittag und nur von ferne wieder.

Zwischen Baudengästen, die einen Ausflug machen, steht er auf einer Wegkreuzung, neben sich zwei junge blonde Frauen mit einer großen Wanderkarte. Er zeigt genau in die Richtung, aus der wir kommen. Edith zuliebe schwenke ich meinen Stock, und ein paar Leute in Tonis Nähe winken mir zu. Er faltet die Karte zusammen, läßt die Gesellschaft in den Wald abbiegen und folgt ihr ohne ein Zeichen, daß er Edith oder mich bemerkt hat. Mir schießt das Blut in die Ohren. Ich spüre, wie sich meine Nackenhaare sträuben. Ich koche vor Wut, und auf dem Heimweg schlage ich allen Löwenzahnblüten die Köpfe ab.
Vor dem Abendessen telefoniert die Mutter mit dem Sanatorium in Görbersdorf. Sie schmeichelt dem Vater, geht ihm um den Bart, nennt ihn, ›mein oller Dicker‹, drängt ihn, uns schon morgen zu besuchen, weil sie wahnsinnige Sehnsucht nach ihm habe und fürchterlich allein sei. Aber bald gerät Edith in Streit mit Robert, und nach einer Pause legt sie mißmutig den Hörer auf die Gabel. Wann dürfen wir Ihren Gatten denn erwarten? fragt der Wirt. Das steht noch nicht genau fest, antwortet Edith, und mich beschleicht ein seltsames Gefühl, als ich mit ihr in den Speiseraum trete. Edith nimmt meine Hand und lächelt, doch ihre Finger sind eiskalt, und sie führt mich zu Tisch, ohne nach links oder rechts zu sehen. Es überrascht mich nicht, daß uns Toni wieder den Rücken zudreht und sich mit den beiden Blondinen unterhält, die mir schon am Nachmittag aufgefallen sind. Mich martert etwas anderes. Ich überlege, warum sich die Eltern vorhin gestritten haben. Ich möchte herausfinden, weshalb der Vater seinen Besuch verschieben muß. Ist er krank geworden? Lassen ihn die Ärzte nicht auf die Straße? Oder hat er vielleicht eine Freundin, die er mehr liebt als die Mutter?

Sitzt er mit seinem Kurschatten in der Glatzer Konditorei? Ach was. Robert ist ein Geizkragen.
Nach der Suppe bestellt die Mutter eine Flasche Rotwein, und wenn sie an ihrem Glas nippt, scheint es mir, als schiele sie jedesmal zu Toni hinüber. Weder er noch die beiden Blondinen beachten uns. Wir sind Luft für sie, und ich zahle es ihnen heim, indem ich beharrlich auf die roten Nelken in der Vase starre. Schmeckt's? fragt die Mutter. Ich erschrecke, weil es das erste Wort ist, das sie seit Beginn der Mahlzeit an mich richtet. Ich nicke mit vollem Mund und merke, daß sie den Gulasch und die Makkaroni nicht angerührt hat. Edith trinkt einen Schluck Wein, spielt mit den Tischkarten und preßt sie gegeneinander, bis sich die Blechrahmen verbiegen. Ich bestaune ihre Kraft und bitte sie um mein Namensschild, weil ich es mit nach Hause nehmen will. Edith schiebt es mir zu und betrachtet die weißen Druckstellen auf dem Handteller. Hast du dir weh getan? frage ich, ohne die Antwort zu verstehen, denn im selben Augenblick schallt ein donnerndes ›Prost!‹ durch den Saal. Toni, seine Freunde und die beiden Blondinen erheben sich, stoßen mit den Gläsern an und leeren sie auf einen Zug. Bringen Sie uns noch eine Flasche! ruft Toni der Serviererin hinterher, und die Mutter zuckt zusammen, als habe ihr jemand auf die Schulter geschlagen. Wanda, unsere Serviererin, erkundigt sich, ob sie nachschenken darf. Edith nickt und flüstert ihr etwas ins Ohr. Sehr gern, antwortet das Mädchen. Ich halte mich an die Makkaroni, und als Wanda Briefpapier bringt, vermute ich, daß Edith der Großmutter ein paar Zeilen nach Dessau schicken will. Sagst du ihr auch einen schönen Gruß von mir? frage ich, doch Edith ist so ins Schreiben vertieft, daß sie nicht einmal aufblickt, als ich mit dem Apfelmus das Tischtuch bekleckere. Es wird

schwül im Saal. Die Serviererinnen hängen die Fliegenfenster in die Blendrahmen, und ich gerate in eine Stimmung, die mich fast übersehen läßt, wie die Mutter ein rotes Blütenblatt aus dem Nelkenstrauß zupft und es mit dem gefalteten Bogen ins Kuvert schiebt. Aber mir entgeht nichts, und als die Mutter den Falz anleckt, weiß ich, für wen der Brief bestimmt ist. Ich drehe den Kopf und spüre, daß Ediths Blick in die gleiche Richtung zielt. Wir sehen gemeinsam, wie eine der beiden Blondinen mit Toni tuschelt und ihm die Hand in den Nacken legt, während er mit ihr aus demselben Glas trinkt. Edith starrt lange auf den Umschlag. Dann zerreißt sie den Brief in kleine Fetzen, und gleich darauf höre ich sie erleichtert seufzen. Wollen wir gehen? fragt die Mutter zwischen Weinen und Lachen. Ich nicke, fische das rote Blütenblatt aus den Schnipseln und werfe es in den Aschenbecher.

15

Donnerstag, 26. Juni 1941

Die Ausflügler sind schon vor Sonnenaufgang in die Berge gewandert. Nur alte Leute erscheinen beim Frühstück, und der Wirt empfängt jeden Gast mit Handschlag. Nach einer Weile kommt er auf uns zu und erkundigt sich freundlich, wann der Vater eintrifft. Edith antwortet ausweichend, bittet aber den Wirt, uns einen Fenstertisch zu reservieren, und als er zusagt, vereinbart die Mutter mit ihm, daß wir die Plätze auch an den übrigen Tagen behalten dürfen. Nach dem Mittagessen legen wir uns auf die Terrasse und nehmen ein Sonnenbad. Die Mutter schreibt einen langen Brief an Onkel Arnold und Tante Adele, damit sie nicht vergessen, unsere Wohnung zu lüften. Doch erst beim Abendessen begreife ich, warum Edith den Tisch gewechselt hat. Noch nie bin ich so schnell eingeschlafen wie in dieser Nacht.

Freitag, 27. Juni 1941

Am Morgen zieht die Mutter das kaffeebraune Kleid an, das sie beim Sonnenwendfeuer getragen hat, und während ich die Druckknöpfe schließe, kommt es mir so vor, als dufte der Stoff noch immer nach verbranntem Holz. Wir sind die ersten Gäste im Saal, und es dauert eine Ewigkeit, bis uns Wanda das Frühstück serviert. In großen Abständen trudeln die Nachzügler ein. Oft kann ich schon am Geräusch der Schritte die Männer von den Frauen und die Paare von den Einzelgängern unterscheiden. Ich brauche mich nicht umzudrehen, und wenn ein Stuhl kreischt, weiß ich ziemlich sicher, ob er links oder rechts vom Billardtisch steht. Nur einen Schritt überhöre ich, und weil Edith aus dem Fenster sieht, überhört sie ihn auch. Ich möchte nicht stören, gnädige Frau, sagt Toni, aber leider muß ich mich jetzt verabschieden, wenn ich meinen Zug noch erreichen will. Die Mutter wird blaß, gibt Toni die Hand und wünscht ihm gute Reise. Er verbeugt sich. Dann greift er in die Jackentasche und wirft mir einen fast gewichtlosen, in Seidenpapier eingewickelten Gegenstand zu, der sich anfühlt wie ein winziger Bauklotz oder wie ein Würfel vom Mensch-ärgere-dich-nicht. Ein kleines Andenken, sagt Toni lächelnd und wendet sich ab, ehe ich mich bedanken kann. Die Mutter verbietet mir, das Geschenk bei Tisch auszuwickeln. Erst eine halbe Stunde später, als wir vor der Baude stehen, sagt sie: Zeig doch mal! Ich öffne die Faust. An meinen verschwitzten Fingern klebt Papier, und im Handteller liegt ein Stück blaue Queuekreide. Da hätte er sich etwas Hübscheres ausdenken können! schimpft Edith. Ich weiß nicht, warum mir plötzlich die Tränen übers Gesicht laufen. Ich lasse die blaue Kreide auf den Schotter fallen und will sie zertreten, aber die Mutter muß mit ihren Absätzen nachhelfen, bis alles zerstreut und zerstoben ist.

16

Sonnabend, 28. Juni 1941

Der Vater ist nicht gekommen, sondern hat nur ein Telegramm geschickt, daß er wegen einer Untersuchung erst morgen gegen Mittag bei uns sein wird. Nach dem Essen schließt sich die Mutter mit mir in die Dachkammer ein. Sie will den Koffer packen, doch ihre Hände zittern vor Wut. Edith wirft sich aufs Bett und tobt. Dieser Mistkerl, dieses Lügenmaul, dieser Schwindelmajor! brüllt sie, zerreißt ihr naßgeweintes Taschentuch und trampelt mit den Füßen gegen das Gestell.

Sonntag, 29. Juni 1941

Wieder trägt die Mutter das kaffeebraune Kleid mit dem tiefen Ausschnitt, als sei es ihr Glücksbringer. Gegen Mittag werde ich unruhig, gehe auf die Toilette und ziehe mir den Scheitel gerade, bevor ich noch einmal zur Straße renne. Sobald ich von weitem einen Motor brummen höre, stelle ich mich auf die Zehenspitzen, und wenn das Knattern lauter wird, fange ich an zu winken. Aber nur Trecker und Lieferwagen fahren vorbei. Die Mutter steht regungslos im Schatten der Baude. Hat der Vater den Bus verpaßt? Weshalb ruft er nicht an und gibt uns Bescheid? Oder ist der Bus unterwegs verunglückt? Mir wird kalt in der Hitze. Ich starre auf die flimmernde Teerchaussee. Ich fühle mich plötzlich so leicht und so schwer wie im Traum. Aus dem Dunst vor meinen Augen erheben sich Männer in blauen Uniformen mit roten Helmen. Die Uniformen sind fast so blau wie Tonis Queuekreide, und die Helme leuchten wie das rote Nelkenblatt, das Edith vor ein paar Tagen ins Kuvert geschoben hat. Die Männer halten Äxte in der Hand und zerschlagen den brennenden Bus. Sie zerren den Vater aus dem Wrack, legen ihn auf die Bahre und decken ein schwarzes Tuch über sein blutverkrustetes Gesicht. Wo sollen wir ihn beerdigen? fragt der Feuerwehrmann. Nicht hier, antworte ich und höre die Reifen quietschen. Lauf! ruft die Mutter in meinem Rücken und gibt mir einen Schubs. Der Vater winkt durchs Fenster, und ich winke zurück. Als er aussteigt, fliege ich ihm um den Hals, und wie sich andere Leute das Lachen verbeißen, verbeißen wir uns die Tränen, während er mich über die Straße trägt. Dann stehe ich wieder auf eigenen Füßen, höre, wie sich der Vater bei Edith entschuldigt und ihr erklärt, daß er in den vergangenen Tagen dreimal vom Chefarzt zur Kontrolle bestellt wurde. Und warum hast du nicht telefoniert? fragt sie mürrisch. Weil mich der Doktor bis gestern dazu verdonnert hat, in der Liegehalle zu bleiben, stammelt der Vater. Na schön, vergessen wir's, sagt Edith, doch ich sehe ihr an, daß sie ihm kein Wort glaubt. Die Eltern reden darüber, wie sie die Viertelstunde bis zum Essen totschlagen sollen. Zum Spazierengehen hat Edith keine Lust, und Robert lehnt es ab, sich in den leeren Speiseraum zu setzen. Wie wär's, wenn wir dir unser Zimmer zeigen? frage ich ihn. Er blickt verlegen zur Mutter. Sie zuckt gleichgültig die Achseln, und wir treten ins Haus.

Erst jetzt, während der Vater vor mir die Treppe hinaufsteigt, merke ich, daß er grüne Knickerbockers und rote

Strümpfe trägt. Ich will es nicht denken, aber ich muß es denken: Er geht wie der Storch im Salat. Ich schäme mich dafür, doch gleichzeitig lächert es mich, daß ich fast zerplatze. Ich überhole Robert, um als erster im Zimmer zu sein, doch auf jeder Stufe denke ich: Er geht wie der Storch im Salat. Als die Eltern hereinkommen, erkundigt sich Edith: Wie findest du's hier? Sehr hübsch, sagt der Vater, doch in meinen Ohren klingen die Frage und die Antwort so albern, daß ich mich nicht länger beherrschen kann. Was gibt's denn da zu feixen? will Edith wissen. Nichts, sage ich und beiße die Zähne zusammen. Robert sieht zur Decke hoch und runzelt die Stirn. Das ist feuerpolizeilich verboten, behauptet er, und wieder spüre ich ein unbändiges Gelächter im Bauch. Aber dieser himmlische Blick, ruft Edith. Sehr hübsch, bestätigt der Vater und streckt die Hand aus dem Fenster, als wolle er sich überzeugen, woher der Wind weht. Sehr hübsch, wiederholt er leise, während ich auf die dünnen Waden in den roten Strümpfen starre, und plötzlich tut mir der kranke Mann unendlich leid. Edith ordnet das Haar vor dem Spiegel und pudert sich die Nase. Robert tritt vom Fenster weg und betrachtet die beiden Betten. Hast du hier gut geschlafen? fragt er mich schmunzelnd. Ich nicke stumm. Was soll ich sonst antworten? Sage ich ihm die Wahrheit, fällt er womöglich tot um, und überlebt er den Schreck, schlägt mich Edith windelweich. Mir kann die Wahrheit gestohlen bleiben, wenn ich ihretwegen verdroschen werde. Der Vater weiß nichts, ahnt nichts, und blind ist er auch. Er sieht weder den Likörfleck auf Ediths Pantoffel noch das Loch, das Toni mit seiner Zigarette in den Rupfenteppich gebrannt hat. Wirklich sehr hübsch, sagt Robert, und bevor wir das Zimmer verlassen, wäscht er sich sorgfältig die Hände.

17

Ich beobachte die Eltern beim Essen. Wirken sie nicht wie Menschen von einem anderen Stern? Warum sprechen sie kein Wort? Über den Tisch hinweg könnten sie mich wenigstens berühren, doch ihre Hände sind zu beschäftigt. Robert schiebt das Lorbeerblatt und die Gewürzkörner auf den Tellerrand, stopft sich ein Büschel Petersilie in den Mund und löst die glitschige Haut von dem Karpfenstück. Er kaut bedächtig, und wenn er Mineralwasser trinkt, sehe ich den Adamsapfel aus dem Kragen springen, als sitze er neben Oswin Kutarsky im ›Bräustübl‹. Davon wird mir ganz elend, doch nach einer Weile rappele ich mich wieder. Die Mutter mag Fisch ebensowenig wie ich. Sie gibt mir die Hälfte der Sülze und stochert in den Bratkartoffeln, bis ihr eine Lügengeschichte einfällt. Gestern sind wir auf dem Heidelberg gewesen, erzählt sie, und Robert, der die Gegend zu kennen scheint, verzieht das Gesicht, als habe er eine Gräte verschluckt. Aber er bringt nicht den Mut auf, Edith einfach auszulachen, sondern hört ihr freundlich zu und wird jedesmal puterrot, wenn er in ihren Ausschnitt sieht. Nach dem Kompott faltet Robert die weiße Papierserviette, bis sie so klein ist, daß er sie in seine Brusttasche stecken kann. Wie wär's mit einem Mittagsschläfchen? fragt die Mutter. Sie hat mich gemeint, doch Robert hebt abwehrend die Hände, als grause ihm vor dem Dachzimmer. Gut, dann lasse ich euch bis zum Kaffee allein, sagt Edith und durchbohrt mich mit ihrem Gnade-dir-Gott-Blick.
Der Vater schweigt, und sein Schweigen hüllt mich ein wie eine dunkle Wolke. Wann kommst du eigentlich in die Schule? fragt er nach einer Weile. Ende Juli oder Anfang August, antworte ich. Aha, sagt er und lächelt mich an

mit seinen blauen Augen. Ich erwarte die Fortsetzung, doch er bleibt stumm und betrachtet nachdenklich seine Vogelkrallen. Eine Fliege landet auf dem Tisch. Der Vater will sie fangen, stößt aber nur den Salzstreuer um. Ich richte ihn wieder auf. Kannst du Mühle spielen? fragt Robert und wischt das Salz vom Tisch. Ich schüttele den Kopf. Das lernst du schnell, sagt er und bittet die Serviererin, uns das Mühlebrett auf die Terrasse zu bringen.

18

Der Vater gibt sich Mühe, mir das Spiel zu erklären, und ich achte auf jedes Wort. Er rät mir, meine Steine bei der Eröffnung diagonal auf die Winkel zu setzen. Doch als ich ihn frage, was ›diagonal‹ bedeutet, sieht er in die Luft und überlegt. Für mein Gefühl könnte er es mir gleich am Brett zeigen. Statt dessen nimmt er die weiße Papierserviette aus der Tasche und zeichnet mit Bleistift ein Viereck darauf. Dann zieht er aus jeder Ecke einen Schrägstrich zur gegenüberliegenden, und ich bewundere die schnurgeraden Linien. Das sind die Diagonalen, sagt Robert schmunzelnd, als er die Serviette zerreißt. Und wie geht's weiter? frage ich. Der Vater hält schon zwei Steine in den Fäusten. Ich darf die Farbe wählen und tippe auf den goldenen Ehering. Robert öffnet die Faust und ruft: Weiß fängt an! Plötzlich reitet mich der Teufel. Warum zeigst du mir nicht auch die andere Hand? frage ich. Bravo, mein Junge, du läßt dich von keinem hinters Licht führen, lobt er mich und wechselt den weißen Stein in seiner Linken gegen einen schwarzen aus. Hat Robert schummeln wollen, oder ist es nur ein Spaß gewesen? Ich traue ihm beides zu, und das macht mich unsicher.

Wir spielen, aber es ist kein Spiel, sondern ein Kampf, den ich von vornherein verloren habe. Sobald Robert eine Zwickmühle erobert, grinst er wie ein Honigkuchenpferd und nimmt mir einen Stein nach dem anderen ab. Anfangs beneide ich ihn um seine Geschicklichkeit, aber nach einer Weile koche ich vor Wut. Er merkt nichts. Er übersieht meine Tränen. Seine Augen kleben am Brett. Manchmal vertröstet er mich auf die nächste Partie, und ich schöpfe Hoffnung. Doch entweder vergißt Robert seine Absicht, oder er findet eine so günstige Gelegenheit, mich zu schlagen, daß er mitunter selbst überrascht ist, weil er schon wieder gesiegt hat. Nach jedem gewonnenen Spiel freut er sich wie ein Kind, lächelt stolz und klopft mir ermunternd auf die Schulter. Beinah hättest du's geschafft, behauptet er oft. Ich weiß, daß es mir nie gelingt. Edgar, meinen ehemaligen Partner beim Mensch-ärgere-dich-nicht würde ich anbrüllen: Du Riesenroß, du Nappsülze, du Affenarsch, du Trampeltier! Aber was kann ich zu Robert sagen, zu dem Baumeister mit der breiten Brust und dem dicken Bauch? Daß er in den Kindergarten gehört, weil er zu feige ist, mich auch mal gewinnen zu lassen? Daß er ein hundsgemeines Ekel ist, wenn er über meine Niederlagen lacht? Oder daß er sich so schnell wie möglich ins Sanatorium verdrücken und dort krepieren soll, statt mich noch länger mit seinen albernen Redensarten zu piesacken? Noch eine Partie? fragt Robert. Darauf brauche ich nicht mehr zu antworten.

Ich laufe Edith entgegen und schlinge den Arm um ihre Taille. Sie küßt mich. Während sie mir den Nacken streichelt, rieche ich den süßen Duft ihres Kleides und bin selig. Langsam, um jeden Schritt auszukosten, führe ich die Mutter über die Terrasse, und als ich mich neben sie setze, erscheint mir der dicke Mann am Tisch wie ein

Fremder, der sich irrtümlich bei uns niedergelassen hat. Begreift er immer noch nicht, daß er hier überflüssig ist? Wer gibt ihm das Recht, Wanda zu rufen und an Ediths Stelle um die Karte zu bitten? Wie kann er sich erlauben, mir zu sagen, daß Eis meinen Zähnen schädlich sei? Warum meckert er, wenn ich Kakao statt Mineralwasser zum Kuchen trinke? Was geht diesen hämischen Mühlesieger meine Verdauung an? Manchmal blickt Robert verstohlen auf seine Armbanduhr, doch es dauert noch einige Zeit, bis er sich ausgenörgelt hat. Dann werde ich mal den Koffer packen, damit für morgen früh alles fertig ist, sagt die Mutter und drückt mich auf den Stuhl zurück, als ich ihr folgen will. Ich bin gleich wieder da! ruft sie und verschwindet im Haus.

19

Der Vater räuspert sich, nippt an seinem Mineralwasser und sieht schweigend über das Geländer. Muß ich nächstes Jahr wieder hierher? frage ich ihn. Er starrt mich an, als hätte ich sein Glas umgekippt. Da sei Gott vor, brummt er unwillig. Mir fällt nichts mehr ein, womit ich Robert unterhalten kann. Doch nach einer Weile zeigt er auf die Wiese und fragt mich ernsthaft, wie weit der Schuppen neben der Baude vom Talweg entfernt sei; ein paar Meter hin und her würden keine Rolle spielen, versichert er mir. Ich schätze auf gut Glück. Robert schmunzelt und wiegt unschlüssig den Kopf. Wie wär's, wenn ich meinen Spazierstock hole? frage ich. Prima Idee, ruft der Vater begeistert. Ich spritze ins Vestibül, bringe ihm den Stock, und während er die Länge auf achtzig Zentimeter taxiert, befürchte ich jeden Augenblick, er würde mich fragen, wann ich auf der Schneekoppe gewesen sei. Er tut es nicht, obwohl er das Bergsteigerwappen direkt vor der Nase hat, und plötzlich glaube ich, daß er mir zuliebe darauf verzichtet. Er will mich schonen, er hat alles bemerkt, und mit seinem traurigen Lächeln will er sagen, daß er mir gut ist. Mein Mißtrauen gegen ihn schrumpft zu einem winzigen Rest. Ich spüre Rückenwind. Ich wachse über mich hinaus. Es fehlt nur ein Wort, ein einziges Wort, und ich würde ihm um den Hals fallen. Aber er bleibt stumm und geht mir über die Wiese voran wie der Storch im Salat.

Als wir den Schuppen erreicht haben, beginnen wir die Strecke zum Talweg abzumessen. Der Vater bestimmt die Richtung und übernimmt das Kommando, weil er sich bei der Hitze nicht anstrengen darf. Er gibt acht, daß ich meinen Stock genau von der Spitze zum Griff wie vom Griff zur Spitze umschlage und nicht vor mir her durchs Gras schiebe. Er zählt laut mit, und manchmal stößt er gegen den Stock, damit ich den Kurs einhalte. Aber bald habe ich das ewige Bücken satt, und als der Vater sagt, bis zum Ziel seien es nur noch zwanzig Meter, bricht mir der Schweiß aus. Das letzte Stück krabbele ich auf allen vieren, schiebe den Stock vorwärts oder ziehe ihn hinter mir her. Du Mistvieh! brülle ich stumm und verfluche den Vater samt seinem Entfernungsschätzen. Gut gemacht, gratuliert er und will mir über den Kopf streichen. Aber ich trete beiseite. Mich lockt nur eines: Ich möchte diesen Kerl mit meinem Stock durchbohren.

20

An unserem Tisch sitzen mittlerweile andere Leute, und die Mutter ist wahrscheinlich noch beim Kofferpacken. Robert blickt auf seine Uhr und fragt mich nach der Toilette. Ich begleite ihn ins Vestibül, stelle meinen Stock in den Schirmständer und kehre auf die Terrasse zurück. Die Serviererinnen tragen das Kaffeegeschirr weg, und ein paar voreilige Gäste gehen bereits in den Speiseraum. Ich lehne mich gegen das Geländer und schnuppere die würzige Luft, die aus dem Wald heranweht. Als mich Edith allein auf der Terrasse findet, wundert sie sich, daß ich den Vater schon seit einer Viertelstunde erwarte. Wir setzen uns an einen abgedeckten Tisch. Wenn er nicht bald antanzt, wird er noch seinen Bus verpassen, sagt die Mutter und läßt aufgeregt den Verschluß ihrer Handtasche klicken. Ich beobachte, wie eine der Serviererinnen die Sonnenschirme zusammenklappt, sie aus den Stutzen löst und mit Regenplanen umhüllt; ich sehe Wanda die Aschenbecher säubern, und alle diese Hantierungen, auch das Einsammeln der Vasen und das Falten der Tischtücher stimmen mich froh, weil ich weiß, daß der ganze Spuk nun endlich vorbei ist. Siehst du mal nach, wo der Vater bleibt? höre ich Edith flüstern. Ich muß ihn nicht suchen. Robert kommt aus dem Haus und setzt sich an den Tisch. Er spricht von dem Taxi, mit dem er uns morgen früh zum Bahnhof bringen will, und Edith ist einverstanden. Der Vater weiß Bescheid. Er hat alles im Kopf. Nur sein starrer Blick befremdet mich. Plötzlich zieht Robert einen beschriebenen Zettel aus dem Jackett und räuspert sich, bevor er der Mutter sagt, daß er mit ihr die Rechnung kontrollieren müsse. Edith wird blaß, spitzt wie immer den Mund, wenn sie in Verlegenheit gerät, faßt sich aber schnell, und während der Vater noch nach beschwichtigenden Worten sucht, hat ihm Edith schon versprochen, die Sache beim Frühstück zu erledigen. Gib mir den Wisch! verlangt sie, doch Robert läßt das Papier nicht aus der Hand, sondern prüft sorgsam jeden Posten, gleichgültig ob Wein oder Eierlikör, Mineralwasser oder Gebäck, kleine Extras oder Telefongebühren. Zum Schluß fährt er mit seiner Vogelkralle über die unterste Zeile und erkundigt sich, was der Betrag von zwei Reichsmark als Schadenersatz für einen Brandfleck im Rupfenteppich unseres Zimmers bedeute. Edith zuckt die Achseln, doch ihr Gesicht rötet sich, und Robert treten die Augen heraus, als wolle er die Mutter mit seinen Blicken erschießen. Keine Bange, die Rechnung ist bezahlt, sagt er grimmig. Herr im Himmel, ich habe eben auch mal eine Zigarette geraucht, faucht ihn Edith an, und prompt läßt er den Kopf hängen. Warum? frage ich mich. Der Vater ist groß und stark. Er ist weder blind noch ahnungslos. Außer der blauen Queuekreide ist ihm nichts entgangen. Wenn er will, kann er alles kurz und klein schlagen. Was hält ihn davon ab, den Tisch umzukippen und auf Edith herumzutrampeln, bis ihr das Blut aus Mund und Nase spritzt? Hat er Angst vor dieser Schlampe? So etwas darfst du nicht denken! jault es in mir wie ein Hund, den die Wölfe zerfleischen. Du sollst deine Eltern lieben und ehren! dröhnt mein schlechtes Gewissen, und ehe mir klar wird, was ich tue, schlinge ich der Mutter die Arme um den Hals. Du brauchst nicht zu weinen, flüstert sie mir ins Ohr und streichelt meinen Nacken. Robert zwinkert mir zu, als wolle er mich ermutigen, steht auf und geht uns zur Bushaltestelle voran wie der Storch im Salat. Auf wen ist eigentlich noch Verlaß? überlege ich unterwegs. Auf Louise? Vielleicht. Auf Onkel Arnold und Tante Adele?

Oder auf den alten Mann mit dem weißen Schnauzbart, der mich aus dem einen in den anderen Zug getragen hat? Nein. Ich kann mich nur auf mich selber verlassen. Also morgen früh gegen sieben! ruft Robert, und wir winken ihm nach, bis der Bus verschwindet.

21

Ich will nicht ins Haus zurück. Ich will die Wege, die ich hier gegangen bin, noch einmal gehen. Ich will zu dem Baum laufen, unter dessen Zweigen wir während des Gewitters standen. Ich will mich von dem Sonnenwendfeuer, von den Schottersteinen, den gestreiften Liegestühlen und dem blühenden Löwenzahn verabschieden. Aber ich bringe kein Wort über die Lippen, weil ich den Spott der Mutter fürchte, und so betreten wir Hand in Hand den Speiseraum. Mich erfaßt ein Unbehagen, für das ich keinen Namen finde. Ich ahne, daß heute noch etwas geschehen wird. Doch ich rechne nicht mit einem Verhör, das bei der Vorspeise beginnt und sich bis zum Kompott hinzieht.

22

Ich weiche hier vom Tagebuch des Kindes ab und schiebe eine kleine Erinnerung ein, die viele Jahre zurückliegt. Es war ein Wintertag, als ich unerwartet den Besuch von zwei Sicherheitsbeamten in den damals obligaten Ledermänteln erhielt. Sie wiesen sich aus, nahmen Platz und erkundigten sich höflich, ob ich ihnen helfen würde, einige meiner Schriftstellerkollegen zu bespitzeln. Für ›bespitzeln‹ gebrauchten sie ein anderes Wort, doch es meinte dasselbe. Die Situation war nicht ungefährlich. Ich mußte mir die Antwort gut überlegen. Lehnte ich rundweg ab, konnte das Gespräch damit enden, daß mich die Beamten zu ihrem Ministerium begleiteten. Aber ich hatte einen Einfall. Ich flunkerte den beiden vor, ich sei Alkoholiker und im Vollrausch derart unbeherrscht, daß ich ihr Ansinnen in der nächsten Kneipe frischweg ausposaunen würde. Sie waren verblüfft und versuchten, mich umzustimmen. Doch von dem, was ich gesagt hatte, wich ich keinen Schritt ab. Entweder leuchtete ihnen dieser Schwindel mit dem Beigeschmack einer leisen Drohung tatsächlich ein, oder sie benahmen sich zumindest so, als ob sie mir glaubten. Jedenfalls baten sie mich nach einer Weile, ihren Besuch zu vergessen, und entfernten sich mißmutig. Verglichen mit der Frau, die mich geboren und mein Leben verdorben hatte, waren die Beamten in den Ledermänteln nur harmlose Schnüffler gewesen.

23

Die Mutter eröffnet das Verhör mit einem Trick. Sie fragt nicht etwa, ob ich dem Vater verraten habe, durch wen der Brandfleck in den Teppich gekommen sei. Dazu ist sie zu schlau. Edith fällt nicht mit der Tür ins Haus, sondern macht einen Umweg und läßt sich Zeit. Statt mich auszuhorchen, bestellt sie bei Wanda meine Lieblingsspeise, und während ich die Kaltschale löffele, bringt sie mich dauernd zum Lachen. Edith erzählt, wie sie sich beim Mittagsschlaf selber geohrfeigt habe, weil ihr eine Fliege um die Nase geschwirrt sei, und sie ahmt den Schlag so überzeugend nach, daß ich vor Vergnügen fast vom Stuhl kippe. Selten habe ich die Mutter in solcher Stimmung wie an diesem Abend erlebt, doch meine größte Freude bleibt, daß sie heute nur Augen für mich und sonst niemand hat. Ich bin die Hauptperson. Mir gelten ihre Blicke. Mich fragt sie, ob ich noch einen Negerkuß möchte, und als ich dankend ablehne, küßt mir Edith die Stirn, als wolle sie mich für den Verzicht auf die Leckerei entschädigen. Ich strotze vor Glück. Ich bin im siebten Himmel, und während mir die Mutter verrät, daß sie vergessen habe, unseren Koffer zu packen, berste ich vor Lachen. Dann wird es still.

24

Edith summt die Lieder des Zitherspielers mit und wiegt den Kopf im Takt. Erst nach einer Weile fragt sie leise, ob ich mich noch daran erinnere, wie ich den Vater am Telefon beschwindelt habe. Ich falle aus allen Wolken, doch die Mutter blinzelt mir zu, als steckten wir unter einer Decke. Genau umgekehrt war es, du hast mir den faulen Zauber eingeblasen, will ich antworten, doch wider besseres Wissen fühle ich mich allein schuldig und werde schamrot. Das genügt ihr nicht. Sie erwartet mehr, ohne daß mir klar wird, worauf sie abzielt. Darf denn ein Sohn den eigenen Vater belügen? fragt Edith schelmisch und verzieht den Mund, als habe sie einen Witz gemacht. Mich zerreißt es vor Wut. Wäre ich ein Mann, würde ich diesem Luder ins Gesicht spucken. Edith durchbohrt mich mit ihrem Gnade-dir-Gott-Blick und zischt: Antworte gefälligst, du Rotznase, sonst versohle ich dir vor allen Leuten den Hintern! Ich schüttele den Kopf und merke, wie sich meine Kehle zuschnürt. Aber die eigene Mutter betrügst du ohne jede Hemmung, nicht wahr?

fragt Edith todernst, und ihr Gesicht wird starr wie eine Maske. Ich schiele auf die Tischkarte, als müsse ich wenigstens meinen Namen vor diesem Schandmaul retten. Da bist du bei mir an der falschen Adresse! keift Edith. Ich schweige und schlucke. Wenn ich dem Vater morgen früh sage, daß du ihn mit deiner Krankheit nach Strich und Faden belogen hast – was glaubst du, was er dann mit dir macht, du Lümmel? Ich weiß die Antwort, doch ich bin der einzige, der sie hört: Wenn du mich verpetzt, erzähle ich ihm eine Geschichte, an der ihr beide krepiert! schreit es in meinem Bauch. Die Mutter tupft die Serviette an den Mund und betrachtet den Abdruck des Lippenstifts auf dem Papier. Ich weiß, daß mir morgen keine Ohrfeigen bevorstehen. Aber Edith verlangt eine Antwort, und weil ich stumm bleibe, wird sie ungeduldig. Plötzlich verwandelt sie sich. Ich erkenne sie kaum wieder, als sie die Taschenhenkel um meine Hände schlingt. Jetzt habe ich dich gefangen, du Strick! ruft sie lachend und kitzelt mich mit ihrer Frisur, bis sich unsere Nasen treffen. Ich lehne mich zurück, weil ich ihr nicht traue. Trotzdem sieht mich Edith zärtlich an und streichelt meine Finger, ehe sie obenhin sagt: Du weißt ja, daß ich das Loch in den Teppich gebrannt habe, nicht wahr? Mir wird ein bißchen schwindelig. Ich versuche mich aus den Taschenhenkeln zu befreien, doch Edith läßt nicht locker und blickt mir immer noch liebevoll in die Augen. Ich spüre, wie mir das Blut zu Kopf steigt. Warum fragt sie mich, was sie selber am besten weiß? Will sich Edith Gewißheit verschaffen, daß ich nachts rechtzeitig eingeschlafen bin, ehe Toni seine Hose über den Stuhl warf? Ich zittere vor Angst, doch ich bin noch bei Sinnen. Seit wann rauchst du eigentlich? frage ich die Mutter. Sie gibt meine Hände frei, und mit einemmal fühle ich mich wie auf dem

Abstellgleis, ein leerer Waggon, den niemand braucht, weder Mann noch Kind, eine nutzlose Bleibe, zum Verrotten bestimmt, ein Unterschlupf für Ratten und Kakerlaken. Edith zieht Zigaretten und Streichhölzer aus der Tasche und schlitzt die Banderole auf. Ab und zu rauche ich eben, meint sie kokett. Wieder will sie mich übers Ohr hauen, aber mir entgeht nichts. Mit einer angebrochenen Schachtel wäre ihr der Trick vielleicht gelungen. Gib mal Feuer, bittet Edith und amüsiert sich, als das erste Streichholz nicht brennt. Beim zweiten glückt es. Danke, sagt sie und pafft mir grinsend den Rauch ins Gesicht. Du bist keine Mutter, du bist ein Vieh! schreie ich stumm und werfe das Streichholz in den Aschenbecher. Eines Tages, wenn ich groß bin, werde ich dich auf einen Scheiterhaufen stellen und verbrennen, brüllt mein Herz.

25

Mir ist schleierhaft, was ihr beide den ganzen Nachmittag getrieben habt, sagt die Mutter. Ich ahne, worauf sie anspielt. Jetzt geht es nicht mehr allein um mich. Jetzt erwartet sie, daß ich die Grube buddele, in die ein anderer fallen soll. Worüber hast du denn mit dem Vater geredet? fragt sie und sieht mich an, als könne sie das Geständnis von meinen Lippen ablesen. Was soll ich antworten? Daß er mir verraten hat, ich müsse nächstes Jahr nicht wieder hierherfahren? Daß er mich gefragt hat, wann ich eingeschult werde? Daß er aber nicht auf die Idee gekommen ist, mir eine Brause zu kaufen oder mich wenigstens ein paar Schritte huckepack zu tragen? Nein, ich bin müde und zucke die Achseln, doch Edith tritt mir unterm Tisch gegen das Schienbein. Zuerst haben wir Mühle gespielt, sage ich rasch und bringe meine Füße in Sicherheit. Ohne einen Mucks? fragt sie ungläubig. Ich nicke. Und anschließend? will die Mutter wissen. Da haben wir die Strecke vom Schuppen zum Talweg abgemessen, antworte ich und merke, wie mir das Wasser in die Augen steigt. Dabei kann man doch miteinander sprechen! bellt Edith. Der Vater hat nur alles zusammengezählt, sage ich und wische die Tränen aus dem Gesicht. Dir verfault die rechte Hand, wenn du mich belügst! zischt sie. Ich nicke, obwohl ich ihr lieber gegen die Schienbeine treten würde. Dann schwöre, daß du mich nicht beschwindelt hast! droht sie mir und ballt die Faust. Ich bin starr, wie versteinert. In der Illustrierten habe ich mal einen Mann mit erhobener rechter Hand und abgewinkelten Fingern gesehen, doch ich erinnere mich nicht mehr, ob er beim Schwören gestanden oder gesessen hat. Soll ich sitzen bleiben, oder muß ich jetzt aufstehen? Die Mutter beugt sich vor und lächelt. Wenn du mir versprichst, daß du die Wahrheit gesagt hast, darfst du heute nacht in meinem Bett schlafen, flüstert sie und öffnet die Faust, als mache sie mir ein Angebot, dessen Wert ich nicht zu schätzen weiß. Ich zögere. Soll ich ihr verschweigen, wie mir der Vater das Mühlespiel erklärt und mich dabei freundlich ermuntert hat? Betrüge ich die Mutter nicht, wenn ich etwas geheimhalte, oder soll ich mit meinen verfaulten Fingern ihre glatte Haut berühren? Ich verspreche es, höre ich mich lügen und drücke Edith die Hand. Ich bin erlöst. Ich ziehe mein Namensschild aus der Tischkarte und schenke es Wanda zum Andenken. Die Mutter gibt der Serviererin ein großes Trinkgeld, und wir verabschieden uns von den Nachbarn.

26

Hurra, ich habe dich beschwindelt, jubelt es in mir, als ich meinen Spazierstock aus dem Vestibül hole. Doch auf der Treppe, an Ediths Hand, verstummt das Freudengeheul. Die Stufen erscheinen mir höher als gewohnt. Ich glaube, vor Müdigkeit kaum die Beine heben zu können, und beim Anblick des Dachzimmers wird mir plötzlich schlecht. Das Fenster steht weit offen. Trotzdem spüre ich einen Duft, der mich zugleich anlockt und abstößt, eine Mischung aus Jauche und Katzendreck, die ebenso schnell verfliegt, wie sie herangeweht ist. Ich sehe, wie die Mutter ihr kaffeebraunes Kleid auf den Bügel hängt, die Schuhe neben den Nachttopf schiebt und sich die Strümpfe herunterrollt. Dreh dich um, sagt sie. Ich mache kehrt wie ein Soldat und starre auf die Tür. Ich höre, wie Edith das Fenster schließt und die Gardine zuzieht. Ich höre, wie sie Wasser ins Becken laufen läßt. Ich höre den Waschlappen glitschen. Ich höre, wie sie alle Strophen von ›Hörst du mein heimliches Rufen‹ singt. Ich höre, wie sie den Stöpsel aus dem Waschbecken reißt, und mir ist, als rutsche ich selber durch das Abflußrohr bis in die Sikkergrube. Ich höre, wie sich die Mutter abtrocknet. Ich höre, wie sie vom Rupfenteppich auf die Dielen tritt. Ich höre, wie das Gummiband ihres Schlüpfers gegen die Haut klatscht. Ich höre, wie sie sagt, daß ich mich wieder umdrehen darf.

27

Edith sitzt halbnackt im trüben Dämmerlicht, ohne Hemd und Korselett, nur in Büstenhalter und Höschen. Ihre Frisur ist zerzaust. Sie hat die Füße auf die Stuhlkante gestellt und stochert mit den Fingern zwischen den Zehen. Mir wird übel, als ich sehe, wie sie den Dreck ans Stuhlbein schmiert. Ich ekele mich vor dem klebrigen Schweiß und dem warmen Mief. Du stinkst wie eine alte Sau! möchte ich ihr ins Gesicht schreien, aber ich bringe es nicht über die Lippen. Mir ist, als würde ich ihr unrecht tun, denn sobald sie mir tief in die Augen sieht, rieche ich nur den süßen Duft aus ihren Achseln. Ich biete Edith an, ihr beim Kofferpacken zu helfen, doch sie behauptet, daß sie mich zuerst von Kopf bis Fuß waschen muß, damit ihr die Prozedur am Morgen erspart bleibt. Ich ziehe mich aus und lege die Sachen auf mein Bett. Edith läßt frisches Wasser einlaufen und erwartet mich mit dem Seifenlappen. Du sollst doch sauber sein, wenn du in meinem Bettchen schläfst, flüstert sie mir ins Ohr und kitzelt meine Schultern mit ihrem Büstenhalter. Ja, sage ich und lache vor Vergnügen, als mir das Wasser über den Rücken rieselt. Du bist doch mein Einziger, sagt die Mutter, und ich schließe die Augen, während sie mir mit dem Lappen über Brust und Bauch fährt. Nächste Woche wirst du schon sieben Jahre alt, sagt sie leise und rutscht mit der schaumigen Hand so lange um meinen Schniepel, bis er sich kerzengerade hochstemmt. Was ist denn los? staunt sie. Ich zittere vor Angst. Verhaust du mich jetzt? frage ich. Nein, wir kühlen ihn nur ein bißchen ab, antwortet die Mutter, taucht den Lappen ins kalte Wasser und wickelt ihn um meinen Schniepel. Wird es besser? fragt sie nach einer Weile. Ich nicke und möchte vor Scham am liebsten im Boden versinken. Wehe, wenn das noch einmal passiert, droht sie, doch in ihren Augen ist ein Lächeln, das mich besänftigt und mir verzeiht.

28

Ich habe dich beschwindelt, und du hast nichts gemerkt, geht es mir durch den Kopf, während ich mich abtrockne und das Nachthemd überziehe. Doch ich habe keine Freude mehr an der alten Lüge, und bei dem schummerigen Licht wirkt meine rechte Hand schon halb verfault. Ich bereue den dummen Schwindel von ganzem Herzen. Erst als die Mutter mir erlaubt, meine Sachen in den Koffer zu packen, bin ich beruhigt. Aber nun prasseln die Kommandos. Deine Strümpfe rollst du ein und steckst sie in die Schuhe, sagt sie. Ich tue es. Dann wickelst du die Schuhe in Zeitungspapier, sagt sie. Ich tue es. Deine drekkigen Schlüpfer schiebst du darunter, sagt sie. Ich tue es, obwohl es mich giftet, daß sie nur von meinem, nicht auch von ihrem Dreck spricht. Hol die Kleider aus dem Schrank und lege sie anständig auf dein Bett, sagt sie. Ich tue es ungern, weil mir davor graust, die ganze Nacht unter Ediths parfümierten Klamotten liegen zu müssen. Doch dann fällt mir ein, wo ich heute schlafen soll, und plötzlich verliere ich die Lust am Kofferpacken. Ich sehe einen dicken schwarzen Brummer auf Ediths Kopfkissenbezug. Er krabbelt über die Knopfleiste, breitet die Flügel aus und schwingt sich auf meine Hand. Ich scheuche ihn weg, doch nach einer Weile kommt er wieder, und als ich zum Schlag aushole, dreht er eine Runde durch das Zimmer, bevor er auf dem Spiegel landet. Wo bleibt dein Glencheck? fragt die Mutter. Den trage ich morgen auf der Reise, antworte ich. Mein Gott, das habe ich fast vergessen, ruft sie, zieht mich zwischen ihre nackten Beine und gibt mir einen Kuß. Sie will mich gar nicht wieder loslassen, besabbert meinen Mund, und während ich auf ihren Busen starre, flüstert sie: Wenn du lieb bist und nichts zerknautschst, darfst du auch meine Wäsche einpacken. Alles? vergewissere ich mich vorsichtshalber. Alles, bestätigt Edith und strafft die Stirn, als wolle sie mit den Ohren wackeln.

29

Ich schalte die Deckenlampe ein, schnappe mir den ersten Stapel aus dem Fach und pendele von nun an zwischen Schrank und Koffer. Als sich der dicke Brummer auf die ungewaschenen Strümpfe setzt, gehe ich etwas langsamer und lasse ihm den Spaß an der stinkenden Kunstseide, bis er aus freien Stücken wegfliegt. Nach einer Weile entdecke ich in der Unterwäsche den schwarzen Hüfthalter, den die Mutter Toni zuliebe gekauft hat. Mir wird schwindelig. Ich brauche einige Zeit, bevor ich mich umdrehen kann. Beeil dich, damit wir endlich ins Bett kommen, höre ich Edith sagen. Ich gebe ihr keine Antwort. Ich hasse sie so sehr, daß mir übel wird. Wieder rieche ich den fauligen Dunst aus Jauche und Katzendreck, und für einen Augenblick verliere ich die Besinnung. Ich wende der Mutter den Rücken zu, um ihr die Sicht zu verwehren. Meine Finger werden Messer, mit denen ich in Hemden, Blusen und Röcke stoße, als schlitze ich Bäuche auf, als zerre ich Därme heraus, als spritze mir dampfendes Blut entgegen, das ich gierig von den Lippen lecke. Oh, das tut wohl. Noch nie bin ich so stark und so erbarmungslos gewesen.

Doch wenn mir die Mutter ins Gesicht sieht, zittere ich vor Angst wie ein Mörder unterm Henkersbeil. Bist du fertig? fragt sie. Ich nicke und ahne das kalte Eisen im Nacken.

30

Nichts geschieht. Der Kopf bleibt oben, das Herz klopft weiter, und eine unbekannte Kraft dehnt meine Lungen. Mir ist, als wachse ich über mich selber hinaus, während Edith die Kleider in den Koffer packt und die Gurte straffzieht. Doch als ich sehe, wie sie die Messingstifte durch die Löcher der Lederriemen schiebt, wird mir elend. Die Sicht verschwimmt. Ich weiß noch nicht, was ich vorhabe, aber ich fühle es ebenso deutlich wie alles, was unmittelbar darauf folgen wird. Ich spüre den Kofferdeckel in der Hand, kippe ihn herunter und höre den erhofften Schrei. Die Mutter nuckelt an ihrem Daumen und starrt mir in die Augen. Du wolltest mich quälen! faucht sie. Ich schüttele den Kopf. Mir macht es nichts mehr aus, dieses Luder zu belügen. Von ihr bin ich auch belogen worden, als sie gedroht hat, meine rechte Hand müsse verfaulen. Also sind wir quitt. Entschuldige, sage ich grinsend, obwohl ich insgeheim mit einer Ohrfeige rechne. Doch etwas Unerwartetes geschieht. Edith hält mir den Daumen vors Gesicht, zeigt auf die geschwollene Stelle und fragt kleinlaut: Pustest du wenigstens ein bißchen, damit es nicht so schmerzt? Ich bitte Sie, gnädige Frau, das ist ja meine Pflicht, würde ich am liebsten antworten, wie der Kognakdoktor mit dem falschen Attest. Doch statt dessen blase ich auf den nassen Daumen, bis er rundum trocken ist. Edith bedankt sich und verdreht vor Vergnügen die

Augen. Jetzt machen wir aber das Licht aus, sagt sie, und als der Schalter klickt, spüre ich eine wohlige Gänsehaut auf den Armen.

31

Durch den Spalt über dem Fenstervorhang blinkt nur ein schmaler Sonnenstrahl gegen die Zimmerdecke. Ich brauche eine Weile, um mich an das trübe Halbdunkel zu gewöhnen. Du kannst dich schon hinlegen, sagt die Mutter, und während sie das Haar hochsteckt, breite ich mich auf dem Laken aus, als gehöre das Bett mir ganz allein. Der Duft von Kölnisch Wasser weht heran und verflüchtigt sich wieder. Wann hast du eigentlich das letzte Mal gebetet? fragt die Mutter und setzt sich auf die Bettkante. Ich weiß es nicht mehr. Dann wird es aber Zeit, sagt sie mit ihrer Samt-und-Seiden-Stimme. Ich falte die Hände und leiere: Lieber Gott, mach mich fromm, daß ich in den Himmel komm, amen. Amen, wiederholt Edith feierlich, kriecht unter die Bettdecke und zuckt zusammen. Deine Beine sind ja eiskalt! staunt sie, hebt das Federbett an, und ehe ich mich dagegen wehren kann, massiert sie mir die Waden. Aber offenbar genügt das nicht, denn nun klemmt Edith meine Füße zwischen ihre Schenkel. Wird es wärmer? fragt sie. Ich nicke und taste mit den Zehen über den Schlüpfer. Die Mutter sagt kein Wort. Ich schiebe den rechten Fuß in ihr Hosenbein und stehe wie auf glühenden Kohlen. Das kitzelt, flüstert die Mutter. Wahrscheinlich mag sie das nicht, denke ich, lege mich zurück und presse die Kniekehlen gegen das Laken. Es bleibt lange still. Ich überlege schon, ob ich in mein eigenes Bett wechseln soll, doch plötzlich fragt die Mutter:

Willst du mir keinen Gute-Nacht-Kuß geben? Nur wenn du ein Schlafliedchen singst, fordere ich mürrisch. Edith lacht und drückt mir einen Schmatz auf beide Backen. Das ist kein richtiger Kuß, beschwere ich mich. Soll ich dich etwa wie einen Erwachsenen küssen? fragt sie schmeichelnd. Ja, sage ich dreist und hebe das Kinn. Ediths Zunge gleitet zwischen meine Lippen, dringt voran, und ich spüre den weichen Aufprall bis in die Knochen. Bist du nun zufrieden? fragt sie. Ich kann nicht gleich antworten. Ich glaube, mir zerspringt die Brust. Aber jetzt kommt das Lied! bitte ich. Bei dieser Affenhitze bringe ich sowieso keinen Ton heraus, stöhnt Edith, und an ihren Verrenkungen merke ich, daß sie den Büstenhalter aufknöpft. Was du nicht alles von mir verlangst, sagt sie seufzend und schiebt die Hand unter meinen Nacken. Was verlange ich denn? Ist es ihr lästig, wenn ich noch ein Schlaflied hören möchte? Der Sonnenstrahl an der Zimmerdecke ist erloschen. Edith muß mir ja nicht ›Eiapopeia, was raschelt im Stroh?‹ vorsingen. Aber vielleicht ›O wie wohl ist mir am Abend‹ oder ›Der Mond ist aufgegangen‹. Ist das zuviel verlangt? Hat Toni nicht weit mehr verlangt? Nur streicheln, nicht mit den Fingernägeln kratzen, hat er gesagt, und ich lege den Kopf in Ediths Achselgrube. Sie duftet nach Seife und Kölnisch Wasser, und die große Ader am Hals tickt wie eine Armbanduhr. ›Wenn alle nach mir sehen, bloß du nicht allein...‹ singt die Mutter, und ich summe mit, bis mir einfällt, wie Toni gesagt hat: Bist du sicher, daß der Junge schläft? Edith zieht mir das Nachthemd aus, während sie die letzte Strophe singt:

›Und woll'n mich alle küssen,
bloß du nicht allein,
trotzdem, daß ich die Schönste bin,
wenn nicht, dann nicht,
wenn nicht, dann nicht,
dann laß und laß ich's sein.‹

Noch ein Lied, bitte ich und spüre ihren Busen auf meiner Haut. ›Du hast mein Herz gefangen mit deiner weißen Hand ...‹ singt die Mutter und schiebt meine Hand in ihren Schlüpfer. ›Ich komm zu dir gegangen, mein Herz gib wieder her ...‹ singt die Mutter, während ich an dem ausgeleierten Gummiband herumzerre. Kennst du etwa eine, die es besser macht als ich? hat die Mutter den schwarzhaarigen Billardspieler im selben Bett gefragt. Nein, antworte ich an seiner Stelle, und Edith kichert, als ich ihr den Schlüpfer herunterziehe. Gib's mir, du Vieh! hat die Mutter zu Toni gesagt. Laß das! fahre ich sie an und presse die Hand um meinen Schniepel, weil ich fühle, daß er jeden Augenblick platzen muß. Komm, flüstert sie mir ins Ohr. Das ist so heiß, stammele ich und spüre, wie mir der Schweiß ausbricht. Sag irgendwas! bettelt sie. Sag, daß ich die Schönste bin! keucht die Mutter und trommelt mit den Fersen auf meinen Hintern. Du bist die Schönste, jaule ich und stoße zu, bis ich in mir selber überlaufe. Dann trennen wir uns. Ich zittere vor Angst. Ich brenne lichterloh. Ich sehne mich nach einem Wort, einem einzigen Wort. Die Mutter bleibt stumm. Nach einer Weile fängt sie an zu schnarchen. Allmählich wird ihr Atem ruhiger. Ich warte, bis es ganz still ist, bevor ich mit wackeligen Beinen in das andere Bett klettere. Ich bin nackt. Mein Herz pocht gegen die Rippen. Durch meinen Kopf heult eine Lokomotive, oder ist es die Sirene der Zuckerraffinerie? Ich krampfe die Zehen ins Laken. Ich weine, ohne zu schluchzen. Ich will zu Louise. Ich will sie fragen, warum mir Edith das angetan hat. Es dauert eine Ewigkeit, bis ich die Antwort höre. Ach, mein Junge, sagt die Großmutter, darüber brauchst du dir keine Gedanken zu machen, es gibt viele Dinge im Leben, die man vergessen muß.

Nachspiel

I

Die Zimmerstraße stinkt nach Pferdemist, das Treppenhaus nach Bohnerwachs, und im Korridor riecht es nach Mottenkugeln. Ich sammele die Post vom Boden auf, lege sie unter den Spiegel, und während Edith den Koffer auspackt, lüfte ich die Zimmer. Meine Kammer kommt mir fremd und unheimlich vor, weil sie verdunkelt ist. Ich lasse das Schnapprollo hochsausen und sehe, daß der Schatten der Heringsräucherei schon bis zum Fenster reicht. Mein Teddy liegt auf dem Kopfkissen. Er trägt noch dieselbe Strickjacke wie vor einer Woche und blickt mich vorwurfsvoll an, als wolle er sich über meine lange Abwesenheit beschweren. Ich nehme ihn in die Arme, schaukele ihn eine Weile und frage, ob er meinen Spazierstock sehen möchte. Er bleibt stumm, doch seine Augen leuchten, und ich zeige ihm das Wappen der Schneekoppe. Dann höre ich die Mutter rufen und setze mich zu ihr in die Küche. Sie liest Briefe und Ansichtskarten beim Abendessen. Gefällt Edith eine Zeile besonders gut, lacht sie schallend, und wenn sie auf etwas Unangenehmes stößt, runzelt sie die Stirn. Doch meine Fragen wehrt die Mutter rundweg ab, gleichgültig, ob sie sich ärgert oder freut. Das ist nichts für dich, sagt sie streng, verschmiert die Namen der Absender mit Spucke und überläßt mir die Kuverts wegen der hübschen Briefmarken. Wir stellen uns noch eine Weile ans Fenster und blicken in den dämmerigen Hof. Mir ist, als sehe ich mich schon mit meinem

Fahrrad über den Asphalt brausen, und eine bange Hoffnung erfüllt mein Herz. Dann küßt mich Edith, wünscht mir gute Nacht und schickt mich in die Kammer. Ich mustere die Poststempel. Der Brief aus Berlin stammt sicher von Tante Irma, der aus Leipzig von Tante Lotti und der aus Potsdam von Onkel Ludwig; das merke ich sofort an dem seidengefütterten Umschlag. Es ist nichts Besonderes dabei. Warum werden die Briefbögen eigentlich versteckt? Das bleibt mir ein Rätsel. Ich kann die schwungvolle Handschrift der Erwachsenen sowieso nicht lesen, sondern bin froh, wenn ich einige Buchstaben aus meiner Schulfibel wiedererkenne.
Als die Mutter ins Bad gegangen ist, ziehe ich das Schnapprollo herunter und krieche ins Bett, halbtot vor Müdigkeit. Ich klammere mich an den Teddy, finde aber keinen Schlaf. Habe ich im Zug zu lange am offenen Fenster gestanden? Oder ist der Kanonenofen geheizt? Unsinn. Kein Mensch macht Feuer bei solchem Wetter. Mir wird siedendheiß unter der Decke. Ich wälze mich auf dem Laken und suche vergebens eine kühle Stelle. Mir bricht der Schweiß aus. Ich schnappe nach Luft. Ein endloser Zug mit tausend Waggons stampft heran. Ich höre die Schwellen dröhnen. Ich will schreien vor Angst, doch mir sitzt ein Frosch in der Kehle. Die Räder rollen über mich hinweg. Plötzlich wird es ganz still. Sag irgendwas, sag, daß ich die Schönste bin! flüstert eine Stimme von weit her. Laß mich in Frieden! brülle ich, stoße den Teddy aus dem Bett, und der Zug schleift mich durch die Nacht.

2

Am anderen Morgen höre ich die Mutter durch den Korridor gehen, und plötzlich fällt mir ein, daß ich gestern abend vergessen habe, meine Kammer abzuschließen. Soll ich die Tür öffnen? Ach was, lieber schwindele ich ein bißchen. Edith klopft an und staunt, weil der Schlüssel nicht herumgedreht ist. Sperrst du dich nicht mehr ein, wie früher? fragt sie lächelnd. Ich mache es mal so und mal so, du wirst es schon merken, antworte ich und höre mein Herz gegen die Rippen schlagen. Die Mutter läßt das Schnapprollo hochsausen und klappt die Fensterflügel auf. Ihr Kleid kommt mir bekannt vor, doch ich erinnere mich nicht daran, wann sie es zuletzt angezogen hat. Seitdem müssen Jahre vergangen sein. Es war ein braunes Kleid gewesen, nicht das kaffeebraune mit dem tiefen Ausschnitt, sondern ein hellbraunes mit weißen Punkten, das mir jetzt blitzartig vor die Augen tritt und mich heillos verwirrt. Edith trug ein solches Kleid in Kutarskys Büro. Herr Sengebusch und ich waren auch dabei. Was danach passierte, weiß ich nicht mehr. Aber dasselbe Kleid trägt die Mutter heute. Ich gehe aufs Klo und krieche wieder ins Bett. Nach einer Weile bringt mir Edith das Frühstück. Du bist so blaß, du mußt dich ausruhen, sagt sie und geht in die Küche, ohne die Tür zu schließen. Ich esse und trinke, aber es schmeckt mir nicht. Ich würge alles nur herunter, damit der Teller leer wird. Als Edith zwischendurch mal hereinschaut, sieht sie meinen Teddy neben dem Nachttopf liegen. Was soll denn das? fragt sie verwundert. Er stört mich immer beim Schlafen, antworte ich, doch in Wahrheit wünsche ich mir, daß dieses Plüschvieh sobald wie möglich verschwindet. Ich bin kein Kind mehr, verflixt und zugenäht. Setz ihn wenigstens auf den

Stuhl, bittet die Mutter. Ich tue es, und Edith ist zufrieden. Aber für mich steht fest: Der Teddy muß weg. Ein paarmal höre ich die Uhr im Wohnzimmer schlagen. Möchtest du nicht langsam aufstehen? ruft die Mutter aus der Küche. Ich sage weder ja noch nein. Eine Riesenlast drückt mich gegen das Laken. Ich schwitze. Das hellbraune Kleid mit den weißen Punkten flimmert vor meinen Augen. Ich will nicht im Bett bleiben. Ich will auf den Hof laufen. Ich will mein Fahrrad aus dem Keller holen. Aber irgend jemand raunt mir ins Ohr: Wozu die Anstrengung? Warum hast du's so eilig? Warte doch, morgen ist auch noch ein Tag, sogar dein Geburtstag! Was willst du dich mit anderen Kindern abgeben? Weißt du überhaupt, ob sie dich noch kennen? Wer sagt dir denn, daß sie freundlich zu dir sind? Willst du auf den erstbesten Jungen zugehen und ihn fragen, ob er sich daran erinnert, wie du mit ihm Mikado gespielt und dir dabei in die Hosen gemacht hast? Weißt du noch, wie dich Frau Reichwein in die Badewanne gestellt und mit kochendheißem Wasser abgespritzt hat? Gellt dir noch dein Geschrei von damals in den Ohren? Wie nannte sie dich denn, die schöne Frau Reichwein? Mein lieber Junge? Nein. Du kleiner Hosenscheißer, hat sie zu dir gesagt. Warum willst du unbedingt auf den Hof, wo die Ratten zwischen der Aschengrube und der Heringsräucherei hin und her flitzen? Was hast du dort zu suchen? Wenn dich ein fremder Junge auslacht und dir eine Ohrfeige gibt, was machst du dann? Haust du zurück, bis ihm die Nase blutet? Was hast du davon? Was bringt es dir ein, wenn du frei herumstreunen darfst? Ist es nicht tausendmal besser, im Bett zu bleiben, ohne dich oder ein anderes Kind zu quälen?

3

Jetzt wird Sturm geklingelt. Ich erschrecke nicht. Schon im Zug hat mir Edith gesagt, daß Onkel Arnold und Tante Adele heute die Großmutter zurückbringen. Vor den Verwandten habe ich keine Angst, und mit dummen Fragen werden sie mich hoffentlich verschonen. Leider weiß ich von Onkel Arnold nur noch, daß er kahlgeschoren ist und daß seine Frau wunderbar stricken kann. Mach, daß du aus der Falle kommst! ruft Edith und rennt ins Treppenhaus. Ich ziehe mich rasch an, folge ihr bis zum Podest und neige mich über das Geländer. Immer langsam voran, mahnt eine tiefe Männerstimme. Das muß der Onkel sein, denke ich, und bald darauf sehe ich seine spiegelnde Glatze neben Louises grauem Dutt. Mir wird schlecht vom Gesumm und Gewisper der beiden Schwägerinnen. Ihre zischelnden Zungen widern mich an. Ich laufe in den Korridor und überlege, wo ich mich verstecken kann. Nicht vor Tante Adele graust mir, sondern vor der Großmutter. Beim Besuch des Kognakdoktors im letzten oder vorletzten Winter hat sie gedroht, mich mit dem Bügeleisen zu erschlagen. Wie soll ich mich dagegen wehren, wenn es ihr plötzlich einfällt, das Versäumte nachzuholen? Soll ich aufs Teerdach klettern oder unters Bett kriechen? Nichts dergleichen. Mir wird so wohl, als mich Louise in die Arme nimmt. Endlich bist du wieder bei mir, flüstert sie und küßt mich. Onkel Arnold stellt einen Blechkessel auf die Flurkommode und versucht Edith zu erklären, wie man das vorgekochte Essen darin anwärmen soll. Aber nun gibt Tante Adele ihren Senf dazu, und für eine Weile stehe ich inmitten einer Menschenmenge, über der als einziger Halt das freundliche Mondgesicht des Onkels schwebt. Dann gehen wir ins Wohnzimmer. Die Mutter weist jedem einen Platz zu und schwenkt dabei die Hüften in ihrem braunen Kleid mit den weißen Punkten. Louise drückt den Rücken an die Sofalehne und behält uns im Auge, als dürfe sie sich kein Wort entgehen lassen. Ich sitze auf dem Hocker, zähle die Ofenkacheln und wünsche mich fort von hier. Tante Adele langt das Strickzeug aus dem Beutel und schwatzt mit der Mutter über den neuen Kochtopf. Louise wickelt die Fransen der Tischdecke um den Daumen und gähnt. Dann tuscheln die Frauen miteinander. Rauchst du schon? erkundigt sich Onkel Arnold todernst und streckt mir eine offene Packung Zigaretten entgegen. Ich erschrecke und werde rot. Nein? fragt er schmunzelnd. Ich bin drauf und dran, den Verstand zu verlieren. Ich weiß nicht, wie mir geschieht. Meine Brust wird ganz eng und ebenso schnell wieder ganz weit. Am liebsten würde ich weinen, aber ich schäme mich vor den Verwandten. Onkel Arnold zündet eine Zigarette an, saugt den Rauch über die Oberlippe in die Nasenlöcher, und es dauert ziemlich lange, bis er ihn wieder ausstößt. Ich nehme allen Mut zusammen und frage den Onkel, ob er auch Feuer schlucken kann. Selbstverständlich, sagt er lächelnd, dreht das glühende Ende herum und bläst den Qualm durch das Mundstück. Ich klatsche vor Freude in die Hände, doch Edith verzieht das Gesicht. Wie war's denn eigentlich im Riesengebirge? fragt Tante Adele und beäugt mich durch ihre blitzende Brille. Schön, sage ich. Aber das ist der Tante zu wenig. Erzähl mal ein bißchen, ermuntert sie mich wohlwollend und schiebt die Stricknadeln in den angefangenen Pulloverärmel, als wolle sie mir bis Mitternacht zuhören. Dort gab es einen Billardtisch, sage ich vorsichtig und will, weil es so harmlos klingt, auch den Zitherspieler erwähnen. Aber Ediths Gnade-dir-Gott-Blick läßt mich verstummen. Das muß ja entzückend gewesen sein! ruft Tante Adele treuherzig und sieht mich gespannt an, als erwarte sie die Fortsetzung. Laß den Jungen mal in Ruhe, kommandiert Onkel Arnold und nimmt mich auf den Schoß. Ich drücke die Stirn gegen das rauhe Jackett und fühle im Nacken eine große sanfte Hand. Du brauchst nicht zu weinen, jetzt wird alles gut, höre ich eine abgrundtiefe Stimme sagen und bin selig. Nun redet Edith auf Teufel komm raus, ohne Scham, ohne mit der Wimper zu zucken, das Dreckstück. Sie spricht von unserem idyllischen Zimmer in der Freudenschloßbaude, von den Besuchen des Vaters, der uns mit Geschenken überhäuft hat, von den herrlichen Wanderungen in der unberührten Natur, von den aufmerksamen Kellnern, von den reizenden Kurkonzerten, von dem himmlischen Essen und den sagenhaften Preisen. Ich könnte kotzen vor Wut. Das falsche Luder lügt wie gedruckt. Aber mir macht es nichts aus, denn zum erstenmal im Leben spüre ich eine Männerhand im Nacken, die mich meinetwegen, nicht Edith zuliebe, streichelt. So, dann wollen wir noch einen schmettern! ruft Onkel Arnold, und ich befürchte schon, daß er zum Frühschoppen gehen will, wie es bei Robert der Brauch gewesen war. Aber der Onkel ist ein Mann von anderem Schlag. Er setzt sich ans Klavier, winkt mich heran und spielt eine leise, zärtliche Melodie, ohne die Zigarette aus dem Mund zu nehmen. Ich bewundere ihn und blicke gebannt auf die dahingleitenden Finger, die jede Taste, ob weiß oder schwarz, nur zu überfliegen, nicht zu berühren scheinen. Als die Asche von der Zigarette zu fallen droht, halte ich einen Blechteller darunter, und Onkel Arnold strahlt übers ganze Gesicht, während er weiterspielt. Sei du mein Vater, wenigstens bis die Schule anfängt, bitte ich ihn stumm. Du würdest mich nicht so behandeln wie der Entfernungsschätzer im Riesengebirge. Du würdest mit mir Mühle spielen und mich auch mal gewinnen lassen. Du würdest mein Fahrrad aus dem Keller holen. Du würdest mir beibringen, wie ich mit den Kindern im Hof reden soll. Du würdest nicht dulden, was mir deine Schwester antut. Du würdest diesem Rabenaas die Leviten lesen. Du würdest ihr das braune Kleid mit den weißen Punkten in den Rachen stopfen, bis sie daran erstickt. Du würdest ihr zeigen, wer der Herr im Hause ist. Du würdest alle ins Bockshorn jagen, Oswin Kutarsky, den Kognakdoktor und den Schrankenwärter! brülle ich lautlos beim letzten Ton. Das war ein Lied ohne Worte von Mendelssohn-Bartholdy, sagt Onkel Arnold und erkundigt sich, ob es mir gefallen hat. Ich umarme ihn und spüre die Bartstoppeln an meiner Wange. So schön wie du möchte ich auch spielen können! rufe ich, und die Großmutter zwinkert mir zu, als wisse sie längst, wonach ich mich sehne. Doch ich bringe es nicht über die Lippen. Ein Engel fliegt durchs Zimmer. Ich spüre seinen Flügelschlag. Ein Zittern überläuft mich. Onkel Arnold und Tante Adele verbeißen sich ein Lächeln. Edith spitzt den Mund und sieht mir argwöhnisch in die Augen. Louise stemmt die Ellbogen auf den Tisch und faltet die Hände, wie zum Gebet. Frag deinen Onkel doch mal, ob du bei ihm Klavierspielen lernen darfst! stachelt sie mich an. Mir stockt der Atem. Ich glühe am ganzen Leib und sehe zu Onkel Arnold hin. Das ist kein Zuckerlecken, da muß man fleißig üben, brummt er mit seinem abgrundtiefen Baß. Ich glaube, für den Jungen ist es noch zu früh, sagt Edith nach einer Weile. Nein! widerspreche ich und sehe, daß der Onkel den Kopf schüttelt. Als du so alt wie dein Sohn warst, habe ich dich auch ans Klavier gesetzt, stimmt's, Edith? fragt er grob. Die Mutter nickt, und während Onkel Arnold in seinem Notizbuch blättert, zischt sie mir zu: Aber wehe, wenn du deswegen deine Fibel vernachlässigst! Ich bin im siebten Himmel. Wie wäre es donnerstags zwischen zwei und drei? fragt Tante Adele. Onkel Arnold wirft einen Blick in die Kladde und ist einverstanden. Mein Gott, ich konnte euch gar nichts anbieten, jammert Edith, als wir in den Korridor treten. Euer Essen steht auf der Kommode, laßt es euch gut schmekken, wünscht Onkel Arnold. Bis Donnerstag! rufe ich ihm und Tante Adele durchs Treppenhaus nach, sorglos und glücklich wie noch nie.

4

Schon am Morgen ist es heiß in der Kammer. Durch die Ritzen neben dem Schnapprollo fallen schmale Sonnenstreifen auf die Glasplatte des Schreibtisches, und ich sehe ihren Widerschein auf der Tapete. Außer mir ist noch niemand wach. Nur die Spatzen zwitschern, und über die Laderampe der Heringsräucherei rumpelt ein Faß auf die Straße. Ich dehne und strecke mich wohlig. Seit heute bin ich sieben Jahre alt, und keiner darf mich mehr ›du Rotznase‹ oder ›du Dreikäsehoch‹ nennen. Was wird mir die Mutter zum Geburtstag schenken? Einen Ball oder einen Federbusch, wie ihn die Indianer tragen? Ein Schießgewehr oder einen Flitzbogen? Oder erlaubt mir Edith, mein Fahrrad aus dem Keller zu holen, damit ich endlich wieder durch den Triftweg sausen kann oder vielleicht sogar zum ›Tivoli‹? Ich schiebe die Finger zusammen und gratuliere mir selber zum Geburtstag. Ein Flugzeug fliegt so niedrig übers Haus, daß die Fensterscheiben klirren. Dann ist es wieder still. Die Sonnenstreifen wandern bis zur Schreibtischkante und landen auf dem Bettvorleger. Schritte huschen über die Dielen, machen halt vor der Kammer, und mir ist, als flüstere jemand. Nun aber hopp, hopp, ich muß ins Büro, sonst wird Oswin fuchsteufelswild, drängelt die Mutter und klappert mit den Absätzen. Ich sehe, wie die Klinke heruntergedrückt wird, springe aus dem Bett, und die Tür öffnet sich. Hoch soll er leben, hoch soll er leben, dreimal hoch! singen die beiden Frauen, schnappen nach meinen Händen, beglückwünschen und küssen mich. Doch Ediths schiefer Mund kündigt eine Enttäuschung an. Darauf kann ich schwören. Louise hat es auch begriffen. Leider mußt du auf deine Geschenke bis zum Mittagessen warten, weil ich furchtbar in Eile bin, aber nachher wirst du dich maßlos freuen, verspricht die Mutter, gibt mir noch einen Kuß, und die Korridortür knallt hinter ihr ins Schloß. Ich warte, bis Edith verschwunden ist, und setze mich an den Schreibtisch. Mir spritzen die Tränen aus den Augen. Dieses Luder, dieses verdammte Luder, denke ich, wische die Glasplatte mit den Hemdsärmeln trocken und sehe mich an, wie im Spiegel. Das bin ich, sage ich zu mir, nehme die Schiefertafel aus dem Schubfach und schreibe immer wieder meinen Namen darauf, als müsse ich mich an ihm festhalten. Nach einer Weile bringt die Großmutter das Frühstück und fragt, ob sie mich waschen und anziehen soll. Nein, das mache ich ab heute selber! fauche ich ihr ins Gesicht, und sie trollt sich kopfschüttelnd. Während ich esse und trinke, zähle ich ununterbrochen jeden Bissen und jeden Schluck. Dann schleiche ich ins Bad, wasche mich, streife mir ein Hemd über und schlüpfe in die alte Lederhose. Louise rumort mit Tassen und Tellern, als wolle sie vor Wut das Geschirr zertrümmern. Ich öffne die Wohnzimmertür, trete ans Klavier und stemme den schweren Deckel hoch. Wie lange muß ich noch warten, bis Onkel Arnold kommt? Warum bin ich kein Zauberer, der die Zeit verkürzen kann? Ich drücke behutsam eine Taste, doch das Klavier bleibt stumm. Ich schlage stärker auf. Jetzt schwingt mir der Ton in den Ohren, und es hört sich so an, als spiele Onkel Arnold das Lied ohne Worte. Ich schließe den Deckel und gehe in die Kammer zurück, um noch ein paar Zeilen aus der Schulfibel abzuschreiben. Aber die Sätze sind mir zu albern. Der Hund sagt wauwau, der Vogel sagt piep, und die Katze sagt miau. Blödsinn. Plötzlich höre ich zwei Stimmen vom Hof heraufschallen. Die eine muß die Stimme eines Mädchens sein, die andere die eines Jungen. Ich sehe was, was du nicht siehst, und das ist blau! ruft das Mädchen. Der Fleck dahinten? fragt der Junge, und an dem krähenden Gelächter erkenne ich Hella Reichwein. Jetzt hält es mich nicht länger in der Kammer. Ich flitze in die Küche und öffne das Fenster. Olaf steht neben seiner Schwester vor der Aschengrube und blickt zu mir herauf. Kommst du bald runter? fragt er, als seien wir verabredet. Gleich! rufe ich und renne Louise beinah über den Haufen. Benimm dich anständig! trompetet sie hinter mir her. Ich bin längst weg. Vor der Hoftür packt mich ein Grausen. Mir ist, als müsse ich in eiskaltes Wasser springen und ertrinken. Soll ich umkehren? Soll ich in meine Kammer zurückgehen und die idiotischen Sätze aus der Schulfibel abschreiben? Nein. Wo bleibst du denn? höre ich die Reichweingeschwister rufen und trete auf den Hof. Olaf und Hella begrüßen mich mit Handschlag, wie einen Erwachsenen. Also gut, sage ich, macht weiter mit eurem ›Ich sehe was, was du nicht siehst‹. Aber dazu haben beide keine Lust mehr. Sie sind neugierig. Sie wollen wissen, wo ich gewesen bin, und ich erzähle es ihnen. Sie lachen sich halbkrank darüber, wie ich mit meinem Spazierstock die Wiese vor der Freudenschloßbaude abgemessen habe. Dann erkundigen sie sich, wieviel Taschengeld ich pro Woche kriege, und nun muß ich schwindeln. Fünfzig Pfennig, behaupte ich, und Olaf fallen vor Staunen die Augen aus dem Kopf. Nanu, da bist du ja wieder! höre ich jemand rufen, drehe mich um und sehe Frau Reichwein mit einem leeren Wäschekorb herankommen. Meine Beine brennen, aber ich halte es aus, obwohl ich fast verglühe. Schön braun bist du geworden, lobt sie und streicht mir durchs Haar, als sei nichts gewesen, weder beim Mikado noch in der Badewanne. Ich lerne jetzt Klavier spielen, sage ich zu Frau Reichwein, und sie strahlt übers ganze Gesicht. Für dich ist Post da! ruft die Großmutter aus dem Küchenfenster und winkt mir zu. So ein Käse, brummt Olaf. Kommst du bald wieder? fragt Hella. Klar, antworte ich und höre die Sirene der Zuckerraffinerie heulen, während ich die Treppe hinaufspringe. Es ist nur eine Ansichtskarte aus dem Riesengebirge. Die spinnebeinigen Buchstaben sind mir ein Rätsel. Louise setzt die Brille auf und braucht eine Weile, um die krakelige Schrift zu entziffern. Dann liest sie: Mein lieber Junge, ich wünsche Dir alles erdenklich Gute zur Vollendung Deines siebten Lebensjahres. Sei immerdar strebsam und tüchtig, damit Du in der Schule vorankommst! Demnächst sende ich Dir einige Briefmarken mit Sonderstempel. Bleibe gesund! Von Herzen grüßt Dich Dein Vater. Bei zwei Worten hake ich ein. Was heißt ›erdenklich‹? will ich wissen. Hm! schnaubt Louise durch die Nase und sagt: Robert hat's bestimmt gut gemeint. Und was bedeutet, ›immerdar‹? quengele ich. Dazu habe ich jetzt keine Zeit, schnauzt die Großmutter, hebt eine Schokoladentorte mit einer glasierten Sieben vom Büfett und trägt sie hinaus. Ich will

Louise folgen, doch sie verbietet es, und weil mir die Geschenke wichtiger sind als die Torte, bleibe ich am Küchenfenster stehen. An den Wäscheleinen hängen Laken und Bettbezüge, Nachthemden und Handtücher. Die Großmutter kehrt zurück und stellt den Suppentopf auf den Gasherd. Ich beobachte die Kinder im Hof. Die kleinen Mädchen spielen Himmel und Hölle, die kleinen Jungen rollern über den Asphalt, und dort, wo die Grasnarbe anfängt, bauen die größeren Jungen ein Zelt aus Latten und Kartoffelsäcken. Louise schlürft ihre Suppe Löffel um Löffel. Ich rühre nichts an. Ein blonder Junge in meinem Alter geht über den Hof. Er holt eine zerbrochene Wäschestange aus dem Schuppen, legt sie auf die Aschengrube und schneidet die Bruchstellen mit dem Fuchsschwanz weg. Ein dunkelhaariger Junge tritt zu dem Blonden, und neidisch sehe ich mit an, wie sie die Holzstücke ins Zelt schleppen. Komm endlich zum Essen, Herbert, sonst knallt's! ruft eine Frau mit überschnappender Stimme von irgendwoher. Der große blonde Junge schiebt die Kartoffelsäcke beiseite und droht mit solcher Wucht zu einem Fenster hinauf, daß die Zeltstangen wakkeln. Laß mich zufrieden! ruft er. Na warte, du Schlawiner! höre ich die Frau brüllen und sehe, wie sich der Schwarzhaarige im Nachbarhaus verdrückt. Herbert bleibt mit gekreuzten Armen vor dem Wigwam stehen. Ich bewundere seinen Mut. Dich schlage ich windelweich, du Lümmel! schreit die Frau, als sie ihren Sohn erreicht hat. Hau doch zu! brüllt Herbert zurück. Was seine Mutter antwortet, ist nicht zu verstehen. Sie redet pausenlos, doch Herbert schüttelt nur den Kopf. Nach einer Weile gibt die Frau auf und verschwindet. Ich erschrecke, als mir jemand in den Nacken bläst, und drehe mich um. Jetzt darfst du dir deine Geschenke angucken, sagen Edith und Louise wie aus einem Mund. Au ja! jubele ich und stürme ihnen voran ins Wohnzimmer. Kein Indianerkostüm. Kein Ball. Kein Flitzbogen. Nur die Schokoladentorte mit der glasierten Sieben und eine schmale Schachtel, in der, seit ich denken kann, silberne Teelöffel liegen. Schau's dir wenigstens mal an, ermuntert mich Louise. Ich hebe den Deckel ab und sehe eine Armbanduhr zwischen der Watte. Nein, nein, nein, stammele ich ungläubig und merke, daß mir schwindlig wird. Es ist noch etwas drin, sagt Edith, doch durch meine Tränen erkenne ich nur einen Streifen Blech, der sich allmählich in ein blinkendes Klappmesser verwandelt. Ich fliege der Mutter um den Hals und schluchze vor Freude, während sie mir die Uhr ans Handgelenk schnallt. Solche teuren Geschenke kriegen Jungen in deinem Alter normalerweise nicht, sagt Louise und zwinkert Edith zu. Ich tanze und singe. Ich habe eine Armbanduhr und ein Klappmesser! jauchzt mein Herz. Dann setzen wir uns zu Tisch, und bevor Edith die Torte anschneidet, legt sie mir die glasierte Sieben auf den Teller. Ich mag keinen Puderzucker, doch der Mutter zuliebe schlucke ich die zerbröckelte Zahl mit dem Kakao herunter. Was hältst du denn von einem kleinen Mittagsschläfchen? fragt Edith. Ich schüttele den Kopf. Und wenn wir anschließend die Noten für deine Klavierstunde kaufen, dann auch nicht? fragt die Mutter lächelnd. Das ist was anderes, sage ich leise und folge ihr durch den Korridor ins Schlafzimmer. Am Fußende der Betten bleibe ich stehen und werfe mir vor, daß ich jetzt nicht bei Herbert bin. Zu zweit hätten wir bestimmt mein Fahrrad aus dem Keller holen können. Mach es dir schon gemütlich, sagt die Mutter und zieht das Schnapprollo herunter. Ich schlüpfe aus den Schuhen und setze mich auf die Bettkante. Mir ist irgendwie unheimlich, ich weiß nicht, warum. Die Mutter steht vor dem Spiegel, wirft die Haarklemmen auf die Marmorplatte, knöpft das Kleid auf und läßt es über die Hüften rutschen. Jetzt gehe ich weg und renne zu Onkel Arnold, schwöre ich mir. Das ist leicht gesagt. Wo wohnt er überhaupt? Ich könnte Louise fragen, aber sie würde mich verpetzen, Geburtstag hin oder her. Hilfst du mir mal mit diesem dämlichen Ding? fragt die Mutter zappelig. Ich schiebe die Hand unter den Büstenhalter und öffne die Schließe. Mein Gott, sind deine Finger kalt, sagt Edith seufzend und verlangt, daß ich mich umdrehe. Ich setze mich wieder auf die Bettkante und starre gegen die rosige Deckenlampe. Die Mutter nimmt eine Dose aus dem Schubfach der Frisierkommode und schmiert sich Creme auf die Haut. Es ist ein glitschiges, seifiges, ekliges Geräusch. Mir wird schlecht davon. Du hast dich ja immer noch nicht hingelegt, was ist los? staunt die Mutter. Ich strecke mich auf dem Laken aus und betrachte meine Armbanduhr. Als die Sprungfedern quietschen, wälze ich mich auf die Seite. Warum rückst du von mir weg? fragt Edith flüsternd. Weil es hier zu heiß ist, lüge ich und schlage die Beine übereinander. Die Mutter atmet tief ein und aus. Dann legt sie den Arm um mich und fängt an zu schnarchen.

5

Ungefähr eine Stunde später schlendert die Mutter mit mir bis zur Ecke und scheint zu überlegen, ob wir nach links oder rechts abbiegen sollen. Ich ahne, warum sie zögert. Einerseits hat sie Angst davor, den Schrankenwärter zu treffen; andererseits ist sie zu faul, den weiten Weg um die Schultheißbrauerei herumzulaufen, damit ich zu meinen Noten komme. Ich sehe auf die Armbanduhr. Es ist Viertel drei. Ediths Faulheit siegt. Oder ihre Neugier. Oder ihre Sehnsucht nach der blauen Uniform mit den blitzenden Knöpfen. Wir gehen stumm auf den Bahndamm zu. Als sich die Schranken senken, klopft mir das Herz im Hals. Der Zug donnert heran. Das Pflaster zittert. Der Löwenmäulchenzüchter dreht die Kurbel. Alles ist ganz unwirklich, ganz fremd. Na, junge Frau, auch mal wieder im Lande? fragt der Schrankenwärter. Edith grinst wie ein Mondkalb und ruckelt ihren Büstenhalter zurecht. Hinter dem Zaun hoppeln weiße Kaninchen und stoßen die roten Nasen gegen den Maschendraht. Heute habe ich's ziemlich eilig, aber bei Gelegenheit, warum nicht? höre ich die Mutter sagen und folge ihr über die Gleise. Wir gehen durch den Siegfriedsgang bis zum Akazienwäldchen. Du Miststück, du Ratte, du Drecksau, denke ich bei jedem Schritt. Aber stimmt denn das? überlege ich. Wer hat mir die schöne neue Uhr geschenkt? Wer das Klappmesser? Wer begleitet mich in die Stadt, damit ich Klavier spielen lerne? Wem verdanke ich das alles? Mir zerreißt die Brust. Ich hake mich bei Edith ein. Du bist ein richtiger Schwerenöter, sagt sie und schlingt meinen Arm um ihre Taille. Im Schloßgarten, gegenüber der Orangerie mit dem Kentaur und der nackten Bronzefrau, setzen wir uns eine Weile hin. Edith zieht die Pumps aus, weil ihr die Füße schmerzen, und knackst mit den Zehen. Ich denke an Louises achtzigsten Geburtstag und an die vielen Gäste, die damals Spalier standen. Ich sehe auf die Armbanduhr. Mir bleibt das Herz stehen. Ich kann es nicht glauben. Es ist immer noch Viertel drei. Die Mutter hat den Kopf in den Nacken gelegt und sonnt sich. Wie spät ist es eigentlich? frage ich. Du hast doch selber eine Uhr, antwortet Edith und scheucht die Fliegen weg, ehe sie das Gesicht wieder in die Sonne hält. Ich muß dir was zeigen, sage ich. Jetzt nicht, laß mich mal ein paar Minuten ausruhen, du Quälgeist! bellt die Mutter und strafft die Stirn dabei. Ich stupse die Schuhspitzen in den Sand. Ich koche vor Wut. Was giftet mich diese Dreckschleuder dauernd an? Was habe ich ihr getan? Frauen mit Kinderwagen, Männer in hellen Jacketts und Pimpfe mit schwarzem Halstuch traben über die Wege. Es ist immer noch Viertel drei, flüstere ich. Ja und? fragt Edith gähnend. Ich ertrage es nicht länger. Als wir von zu Hause weggegangen sind, ist es nämlich auch schon Viertel drei gewesen, erkläre ich ihr und merke, wie mir der Schweiß über den Rücken rinnt. Die Mutter biegt sich vor Lachen und schlüpft in die Pumps. Anscheinend hast du was vergessen, sagt sie höhnisch. Ich stehe starr. Dann fällt es mir ein. Mein Gott, ich habe sie nicht aufgezogen! rufe ich erlöst, drehe das Rädchen zwischen den Fingern und drücke die tickende Uhr ans Ohr, bis wir den Schloßpark verlassen. Die Musikalienhandlung in der Straße des 30. Januar hat wegen Betriebsausflug geschlossen, doch das Türschild weist uns zu einem Geschäft in der Nähe des Rathauses. Es ist nicht weit. Trotzdem werden mir unterwegs die Füße lahm. Etwa deshalb, weil ich im Schloßgarten versäumt habe, die Uhrzeiger richtig einzustellen? Nein. Mich wurmt etwas anderes. Wer hat mir bloß die Idee eingeblasen, Klavier spielen zu lernen? Wann finde ich noch Zeit zum Schreiben und zum Radfahren? Im Schaufenster liegen Blockflöten und kleine Trommeln, Gitarren und Trompeten. Hier sind wir falsch, warne ich die Mutter, doch sie hört nicht auf mich, und wir treten ein. In dem großen Regal liegen Noten über Noten, Hunderte oder Tausende. Mir wird elend. Wie soll ich das alles jemals spielen, selbst wenn Onkel Arnold nicht nur donnerstags, sondern von morgens bis abends mit mir übt? Edith räuspert sich. Ich will auf die Armbanduhr sehen, doch jetzt kommt ein grauhaariger alter Herr an den Tresen und zwinkert mir freundlich zu, während er sich nach den Wünschen der Mutter erkundigt. Ich weiß nicht, was mir an ihm gefällt. Es ist wie ein Wetterumschlag. Meine Angst vor den Noten verfliegt. Gehst du schon zur Schule? fragt er lächelnd. Es dauert noch ein Weilchen, antworte ich fröhlich. Edith sagt dies und das. Ich habe nur Augen für den freundlichen alten Herrn, nur Ohren für seine dunkle Stimme und möchte ihm am liebsten helfen, als er die Klavierschulen für Anfänger vor uns ausbreitet. Das ist Beethoven, sage ich und zeige auf den Umschlag mit dem Struwwelkopf. Donnerwetter, du bist ein kluger Junge, woher kennst du ihn denn? fragt mich der alte Herr, während Edith die Heftseiten durchblättert. Der hängt bei meinem Onkel Franz, antworte ich stolz und spüre, wie mir das Herz im Hals schlägt. Gut, das nehmen wir, sagt Edith, läßt die Noten mit einem Gummiring einrollen, und der alte Herr öffnet die Tür. Viel Glück! ruft er uns hinterher, doch mir ist, als habe er nur mich gemeint. Nach wenigen Schritten bleibt die Mutter vor einem Schaufenster stehen, zupft sich in der spiegelnden Scheibe die Frisur zurecht und prüft den Sitz der Strumpfnähte. Ich lege den Kopf in den Nacken und blicke hoch zu dem mächtigen Turm des Rathauses, um den die Schwalben fliegen. Auf der großen Uhr mit den goldenen Strichen ist es fast halb fünf. Auf meiner Armbanduhr ist es immer noch Viertel drei. Mir bricht der kalte Schweiß aus. Mir stockt der Atem. Ich schnappe nach Luft und zittere, als müsse ich sterben. Etwas in mir zerreißt. Du hast mich belogen! platze ich heraus, binde die Uhr ab und halte sie der Mutter vor die Nase. Ihre Augen sind klein und stechend. Was soll denn das heißen? faucht sie mich an. Ich will die Uhr nicht mehr, sage ich. Du undankbarer Patron, dir werde ich gleich ein paar Backpfeifen geben! keift Edith, und am Zucken der Mundwinkel merke ich, daß sie es ernst meint. Wehe, wenn du mich verhaust, ich erzähle alles Onkel Arnold! drohe ich ihr. Vom Rathausturm erklingen zwei Glockenschläge. Eine Weile bleibt es still. Die Mutter beißt sich auf die Lippen, steckt die Armbanduhr in die Handtasche und ist plötzlich ganz freundlich. Wahrscheinlich müssen wir diesen dämlichen Wecker mal reparieren lassen, weil du dauernd daran rumgefummelt hast, sagt sie schmunzelnd. Nein, widerspreche ich und sehe Edith so lange ins Gesicht, bis sie knallrot wird. Mir ist wie dem treuen Heinrich, dem die eisernen Bande von der Brust springen. Mein Herz wird leicht und frei. Mir kribbeln die Fingerspitzen. Mir juckt die Nase. Ich spüre die Notenrolle unterm Arm und bin selig. Manchmal will ich langsamer gehen, weil mir die Augen flimmern, aber die Mutter zieht mich weiter, und erst an der Kavalierstraße machen wir halt.

6

Im Schloßgarten schräg gegenüber wird die große Fontäne aufgedreht, und mir ist, als wehe der Wind die Tropfen heran. Möchtest du nach Hause, oder wollen wir noch ein bißchen bummeln? fragt Edith, während der Verkehr an uns vorbeirollt. Ich traue ihr nicht. Vielleicht hat sie außer der kaputten Uhr noch eine andere Gemeinheit auf Lager. Am liebsten würde ich mal mit der Straßenbahn fahren, antworte ich und erwarte ein Stirnrunzeln oder Naserümpfen. Doch ein Wunder geschieht. Das kommt ganz zuletzt, wenn wir den Einkauf hinter uns haben, sagt sie heiter und hakt sich bei mir ein. Was willst du eigentlich kaufen? erkundige ich mich neugierig. Ach, wenn ich schon in der Stadt bin, kann ich auch ein paar Besorgungen erledigen, sagt die Mutter obenhin, aber ihrer Stimme höre ich an, daß es sich um etwas Besonderes handeln muß. Edith kennt jedes Geschäft zwischen dem Alten Theater und dem Museum. Sie weiß die Namen aller Ärzte und Apotheker, aller Rechtsanwälte und Fabrikanten, aller Schauspieler und Opernsänger, die hier wohnen. Doch sie selber wird von niemand gegrüßt. Ein Ladenschwengel zwinkert ihr zu, während er die Markise hochkurbelt. Ein Soldat legt den Zeigefinger ans Käppi und wackelt mit der Zungenspitze. Ich schäme mich ein bißchen für Edith, aber schließlich ist es ihre Sache, nicht meine. Wir biegen in die Askanische Straße ein und schlendern zur Konditorei Mrozek. Auf der Terrasse stehen Tische und Stühle unter den Sonnenschirmen, und es gelingt mir, zwei freie Plätze zu ergattern. Du bist ein Pfiffikus, lobt mich die Mutter, streckt die Füße aus, als wolle sie ihre Pumps abstreifen, und bestellt mir einen Eisbecher mit Sahne. Du wolltest doch noch etwas besorgen? frage ich nach einer Weile. Mein Gott, das hätte ich beinahe verschwitzt, antwortet Edith und ruckelt den Stuhl in die Sonne, damit ich nicht merke, daß ihr Gesicht flammendrot geworden ist. Ein Herr am Nachbartisch schneidet eine Kerbe in seine Zigarre, hält ein brennendes Streichholz unter die Spitze und raucht. Die Mutter klappt die Handtasche auf, pudert sich die Nase und fragt schelmisch: Kann ich dich einen Augenblick allein lassen, oder rennst du gleich weg? Ich bleibe hier, verspreche ich ihr, und sie verschwindet im Gewühl der Passanten. Ich löffele genießerisch den Becher leer und sehe dabei zum

Askanischen Platz hinüber, wo das arme Schneiderlein mit seiner geblümten Frau wohnt. Daran denke ich ungern zurück. Ich falte lieber die Papierserviette, bis sie zwei Flügel hat und wie ein Segelflugzeug zwischen den Tischen landet. Ich bin allein, aber mir fehlt niemand. Der einzige Mensch, nach dem ich mich sehne, ist Herbert, der blonde Junge mit dem Fuchsschwanz und dem Indianerzelt, der seiner Mutter mit der Faust droht, wenn sie ihn zum Essen ruft. Das ist ein Kerl. An Herbert werde ich mich halten. Auf Edith kann ich verzichten. Den Nachhauseweg durch die Bismarckstraße und den Siegfriedsgang kenne ich Schritt für Schritt. Ich weiß nur nicht, womit ich das Eis bezahlen soll, doch zur Not wird mir irgend jemand aus der Patsche helfen. Vielleicht der Herr mit der Zigarre dort drüben oder die Witwe mit den beiden Eheringen am Finger? Mir kann nichts passieren. Ich schlage mich schon durch. Mut macht alles gut. Ich hab's geschafft! höre ich Edith rufen und sehe, wie sie eine prallgefüllte Tüte schwenkt. Ich klemme die Noten unter den Arm und laufe ihr entgegen. Die Mutter wehrt jede Frage ab, ehe sie sich an den Tisch setzt. Dann öffnet sie die Tüte, zieht einen nagelneuen Schulranzen heraus und schluchzt ohne Tränen: Jetzt hast du endlich dein richtiges Geburtstagsgeschenk, mein Junge. Ich bin baff. Mir dreht sich der Kopf. Ich glaube nicht, was ich sehe. Es ist ein Traum. Freust du dich wenigstens ein bißchen, du Strick? fragt die Mutter mit schiefem Mund. Ja, danke sehr, antworte ich, obwohl es mich wurmt, daß ich mir den Ranzen nicht selber aussuchen durfte. Ach, ich bin so glücklich, weil es doch noch geklappt hat, sagt Edith ein ums andere Mal, während ich die Notenrolle in den Ranzen lege, den Deckel schließe und die Tragriemen über die Schulter schnalle. Nun weiß ich, er gehört mir, und bald werde ich mit meiner Zuckertüte zwischen den ABC-Schützen auf dem Schulhof stehen. Vielen, vielen Dank, flüstere ich Edith ins Ohr, umarme sie und lasse mich abküssen, bis mir die Luft wegbleibt. Der Herr am Nachbartisch und die Witwe mit den doppelten Eheringen lächeln freundlich herüber. Möchtest du zur Feier des Tages noch eine Eiswaffel? erkundigt sich die Mutter und winkt die Serviererin zu sich. Ja, gern, aber dann fahren wir Straßenbahn, wie du versprochen hast, fordere ich, und Edith gibt achselzuckend nach. Es sind bloß zwei Stationen, erklärt sie mir unterwegs. Das macht nichts, antworte ich mit vollem Mund, zermalme die Waffel und gehe Edith voraus bis zur Haltestelle. Wir müssen warten. Ich fische mit der Zunge nach den Bröseln und blicke auf die schnurgeraden Gleise. Bist du müde? fragt die Mutter. Nein, überhaupt nicht, prahle ich trotzig und möchte mich am liebsten auf die Bordsteinkante setzen, weil mir mulmig wird. Du siehst aus wie Braunbier mit Spucke, reiß dich mal ein bißchen zusammen, stichelt Edith, als die Bahn kommt. Wir steigen ein. Der Schaffner reißt an einer Leine. Die Räder rollen. Die Häuser fahren weg. Mir wird schlecht, aber wegen des Ranzens kann ich mich nicht zurücklehnen. Ich sehe das erbrochene Eis über meine Kniestrümpfe sickern. Ediths Augen werden starr und stechend. Bleib still sitzen, sonst haue ich dich windelweich, zischt sie durch die Zähne und zerrt mich an der ersten Station vom Trittbrett. Ich spüre ihre Finger wie Vogelkrallen im Genick. Wenn ich torkele, schlingt sie die Hand um die Tragriemen und stößt mich vorwärts. Ich sehe den Schornstein der Zuckerraffinerie, und mir ist, als heule die Sirene in meinen Ohren. Vor dem Bahndamm bleibt die Mutter stehen und hält Ausschau nach dem weit entfernten Schrankenwärterhäuschen unterhalb des

›Tivoli‹. Vielleicht möchte sie am liebsten über die Schwellen zu ihrem Löwenmäulchenzüchter laufen, das Luder. Hast du dich einigermaßen gerappelt? fragt Edith, während sie mir mit dem Taschentuch die Knie abwischt. Ich nicke und merke im Weitergehen, wie sich das Pflaster zu drehen beginnt, mal linksrum, mal rechtsrum, mal so, mal so. Das kommt davon, wenn man zuviel Eis in sich reinwürgt, sagt die Mutter vorwurfsvoll und läßt mich an ihrem Kölnisch Wasser riechen, bis die Steine wieder nebeneinanderliegen. Ich stupse mich an der endlosen Mauer der Schultheißbrauerei entlang und summe das Lied von dem Soldaten, der sich nach einem Engel sehnt, weil der liebe Gott ihn vergessen hat. Das ist die Papierfabrik, und dort geht's zur Schule, sagt die Mutter, ehe wir in die Elisabethstraße einbiegen. Meine Schritte werden länger. Ich trabe wie mit Siebenmeilenstiefeln. Nicht so schnell, warnt Edith, als ich vorausrennen will. Doch in der Zimmerstraße gibt sie mir einen Schubs, und ruft: Na los, Tempo! Ich springe. Ich fliege. Ich sause die Treppe hoch und drücke die Klingel. Niemand rührt sich. Nur Ediths Pumps klappern durch den Hausflur. Eine Weile wird mir schwarz vor Augen. Ist das etwa dein neuer Schulranzen? höre ich die Großmutter fragen, während Edith langsam die Stufen heraufkommt. Mir ist, als verliere ich den Verstand. Woher weiß Louise, daß mir Edith einen Schulranzen kaufen wollte? Mich schüttelt es. Hat diese alte augenzwinkernde Hexe schon vor dem Mittagschläfchen Bescheid gewußt? Ich klammere mich zitternd an das Geländer, und plötzlich leuchtet mir ein, daß mich die Großmutter an meinem eigenen Geburtstag ebenso betrogen hat wie die Mutter. Ein Abgrund tut sich auf. Ich stürze ins Bodenlose und schlage um mich, bis mir die beiden Weiber Ohrfeigen androhen. Jetzt bin ich still.

Jetzt ist alles aus und vorbei. Jetzt setze ich mich sogar an den Küchentisch und trinke stumm eine Tasse Pfefferminztee. Edith nickt verlegen, als ich sie frage, ob ich in die Kammer gehen darf. Ich nehme den Ranzen unter den Arm und verschwinde.

7

Am anderen Morgen, gleich nach dem Frühstück, gehe ich in den Keller und suche mein Fahrrad zwischen den Verschlägen. Es ist staubig geworden mit den Jahren. In den Speichen hängen Spinnweben. Ich drücke den Dynamo gegen den Reifen, sehe das blakige Licht über den Ziegelboden huschen und wieder erlöschen. Hier möchte ich bleiben, wenigstens bis morgen, bis Onkel Arnold kommt und mir die erste Klavierstunde gibt. Ich brauche kein Fahrrad. Wozu soll ich die Schläuche aufpumpen und die Kette ölen? Wohin soll ich denn fahren? Die beiden Weiber würden sofort die Polizei auf mich hetzen. Nein, hier ist es am besten. Niemand stört mich. Nur ein bißchen wärmer könnte es sein, denn nach einer Weile dringt mir der naßkalte Hauch unters Hemd und in die Hosenbeine. Ich halte es nicht länger aus. Ich schultere mein Fahrrad, steige die Treppe hinauf und blinzele in die Sonne. Was hast du da unten gemacht? höre ich einen Jungen fragen, während ich das Rad an die Hauswand lehne. Ich weiß nicht, was ich darauf antworten soll. Ich reibe mir die Augen und blicke dabei durch die Finger. Deswegen brauchst du doch nicht gleich zu heulen, sagt ein sommersprossiges Mädchen. Ich wende mich von ihr ab und schlendere zu Herrn Reichweins Tomatenbeet. Endlich bin ich wieder allein. Ich will niemand sehen. Mir genügt es, auf die grünen Stauden mit den roten Früchten zu starren. Morgen kommt Onkel Arnold und bringt mir das Klavierspielen bei. Dann wird alles gut. Jetzt geht's los! höre ich Herbert rufen und sehe die Kinder in den schattigen Hofwinkel laufen. Ein Mann in blauer Montur zieht eine zweirädrige Pumpe hinter sich her, und ich folge ihm mit einigem Abstand. Mensch, das stinkt ja wie die Pest! schreien die Kinder, als der Mann den eisernen Dekkel anhebt und ein Rohr in die Jauchengrube schiebt. Ich trete näher und beuge mich über das Loch. Mir wird schlecht von dem Gestank. Herbert winkt mich beiseite, und wir gehen zu meinem Fahrrad. Er schnipst den Daumen gegen die Klingel und lächelt. Ich möchte ihm sagen, daß ich ihn bewundere, weil er so groß und stark ist, aber ich bin zu feige. Ich bringe kein Wort über die Lippen. Na ja, jetzt muß ich mich mal wieder um das Zelt kümmern, sagt Herbert gähnend, und durch meine Tränen sehe ich ihn hinter den Kartoffelsäcken verschwinden. Nach einer Weile läuft mir Olaf Reichwein über den Weg und verkündet mir freudestrahlend, daß er mein Fahrrad geputzt hat. Ich schäme mich. Ich bin ein Stiesel. Ich kann nicht einmal danke sagen. Ich schleppe das Rad in den Keller und bleibe dort sitzen, bis die Sirene der Zuckerfabrik pfeift.

8

Heute ist Donnerstag. Heute darf ich nicht auf den Hof. Heute kommt Onkel Arnold, und ich muß Louise beim Plätzchenbacken helfen. Als sie das Blech in den Herd geschoben hat, stelle ich mich ans Fenster. Von hier habe ich die beste Aussicht und höre alles mit, was die Kinder reden. Nach und nach merke ich mir sogar die Namen. Das sommersprossige Mädchen heißt Jutta. Der schwarzhaarige Junge mit dem stechenden Blick heißt Fridolin. Der Blonde, der neben Herbert vor dem Zelt Wache hält, heißt Jürgen, und die rothaarige Göre mit den blauen Turnschuhen heißt Renate. Louise geht mit mir ins Wohnzimmer und deckt den Kaffeetisch für vier Personen. Das ist nicht nötig, Onkel Arnold und ich brauchen keine Teller, erkläre ich der Großmutter. Weißt du überhaupt, wem du die Klavierstunde verdankst? fragt sie und streicht die Falten aus dem Tuch. Ich zucke die Achseln. Mir, sagt sie bissig, mir ganz allein, aber das ist dir ja schnuppe, du Herumtreiber. Laß mich in Frieden, bitte ich. Ja, ja, an der Jauchengrube fühlst du dich wohler, stimmt's? fragt die Großmutter. Na und? murmele ich. Wenn du so weitermachst, nimmt es ein schlimmes Ende mit dir, droht die Hexe und fuchtelt mit dem krummen Zeigefinger vor meiner Nase. Ich blicke zur Uhr auf dem Büfett. Es ist halb eins. Denk mal darüber nach, sagt Louise, führt mich in die Küche und zieht das Blech aus dem Herd, bevor sie die Suppe aufsetzt. Ich trete wieder ans Fenster. Die Kinder im Hof spielen ein Spiel, das ich nicht kenne. Jürgen zieht mit Kreide einen großen Kreis auf den Asphalt, Renate verbindet ihm die Augen, und die übrigen Kinder drehen Jutta immerzu herum. Blindekuh, Blindekuh! kreischen sie, aber ich weiß nicht, was es bedeutet. Ich spüre nur, daß mir schwindlig wird, und höre die Mutter im Bad poltern. Gibt's bald Essen? ruft sie. Noch 'ne Viertelstunde, antwortet Louise und schiebt mir ein warmes Plätzchen in den Mund. Ich habe keinen Hunger. Ich habe keinen Durst. Wo bleibt Onkel Arnold? frage ich mich zum tausendstenmal, schleiche in die Kammer, nehme die Noten aus dem Ranzen und trage sie zum Klavier. Der Deckel ist offen. Ich drücke eine schwarze Taste und stemme zugleich den Fuß auf das rechte Pedal. Der Ton klingt wie eine Glocke. Mein Herz zittert vor Seligkeit. Aber dann höre ich die Mutter mit ihren hochhackigen Absätzen durch den Korridor gehen, lege die Noten beiseite und schließe den Deckel. Nach der Suppe fragt das Luder, ob ich ihr beim Mittagsschläfchen Gesellschaft leisten möchte. Nein, erwidere ich klipp und klar. Dann scher dich hin, wo der Pfeffer wächst, meckert sie, und ich höre die Sprungfeder ächzen. Es ist zwanzig Minuten vor zwei. Aber die Großmutter bleibt ganz ruhig, taucht meine Hände ins Abwaschwasser und putzt mir die Fingernägel. Ich sehe auf den Hof hinunter. Fridolin, der arme Kerl, steht mit verbundenen Augen im Kreis. Doch jetzt klingelt es endlich. Die Mutter ist die erste an der Tür, und nun erscheint Onkel Arnold. Er ist verdutzt, als er die beiden Weiber sieht, läßt sich aber von ihnen umarmen, legt mir die Hand in den Nacken und fragt spöttisch: Habt ihr heute etwa auch Klavierstunde? Ach Bruderherz, wir möchten wenigstens beim erstenmal dabeisein, jammert Edith, und Louise zeigt auf den gedeckten Tisch. Warum macht ihr solche Umstände? erkundigt sich Onkel Arnold, während die Mutter den Kaffee einschenkt. Pst, nicht so laut, warne ich, und der Onkel lächelt mir zu, als er merkt, daß die Großmutter ihren Dutt gegen das Sofakissen lehnt. Eine Weile ist es ganz still. Louises Schnarchen ist wie ein Zirpen. Worauf wartet ihr denn noch? fragt Edith. Ja, das ist eine gute Klavierschule für Anfänger, übersichtlich, nicht zu schwer und mit praktischen Beispielen, sagt Onkel Arnold, während er ein Plätzchen kaut, am Kaffee nippt, endlich neben mir Platz nimmt und die erste Seite betrachtet. Ich wage mich nicht zu rühren. Ich starre auf die Tasten, die mir wie ein riesiges Gebiß mit schwarzen Plomben vorkommen. Na, wollen wir ein bißchen üben? fragt Onkel Arnold schelmisch. Ich nicke. Das ist ein ›c‹, das ist ein ›e‹, das ist ein ›g‹, brummt er mit seinem tiefen Baß und tippt meinen Daumen, meinen Mittelfinger und meinen kleinen Finger auf die drei Tasten. Jetzt versuch mal, ob du es schon allein kannst, ermuntert er mich. Es gelingt. Und rückwärts? fragt Onkel Arnold. Ich haue daneben. Ich schäme mich. Der erste Patzer, meckert die Mutter. Sogar Louises Zirpen ist nicht mehr zu hören. Onkel Arnold zündet sich eine Zigarette an und bläst den Rauch gegen das Richard-Wagner-Bild. Wenn du nicht die Klappe hältst, muß ich den Unterricht leider abbrechen, Edith, droht Onkel Arnold bärbeißig und plinkert mir zu. Entschuldige bitte, höre ich die Mutter antworten und spüre mein Herz im Halse schlagen. Ich möchte Onkel Arnold die Hände küssen. Spiel's noch mal, sagt er, und ich wiederhole den Dreiklang so laut, daß der Aschenbecher scheppert. Onkel Arnold haut sich vor Freude auf die Schenkel und donnert mir zuliebe den Dessauer Marsch. In unserer Familie konnte jeder mit sieben Jahren Klavier spielen, und du wirst keine Ausnahme machen, gratuliert er mir schmunzelnd. Ich zucke verlegen die Achseln. Ein bißchen lesen kannst du doch, nicht wahr? fragt er und tippt auf die Wörter zwischen den Notenlinien. ›Summ, summ, summ, Bienchen summ herum‹, antworte ich stolz. Und wie steht's mit dem Singen? erkundigt er sich freundlich, drückt eine weiße Taste, und ich singe den Ton nach, bis mir der Schweiß ausbricht. Willst du's selber mal probieren? fragt Onkel Arnold. Ich nicke, drücke aber nicht stark genug auf die Tasten, und statt zu singen, brumme ich nur. Edith räuspert sich. Ruhe im Parkett, für heute ist Feierabend! ruft er und kerbt den Daumennagel in den Notenrand, damit er weiß, wo wir aufgehört haben. Spiel noch etwas, bettele ich.

Etwa ›Fritze Bollmann‹, den Barbier aus Brandenburg? fragt er lächelnd. Ich nicke. Mir ist alles recht, nur die Drossel im grünen Wald mit dem totgeschossenen Reh kann ich nicht ausstehen. Ich glaube, zu der Hitze heute paßt besser die ›Petersburger Schlittenfahrt‹, sagt Onkel Arnold, und ich schmiege mich an die Wand, damit er genug Platz für die ruckenden Ellbogen und die springenden Hände hat. Wunderschön! jubeln die beiden Vogelscheuchen, und nach kurzem Hickhack erlaubt mir Edith, Onkel Arnold zur Ecke zu begleiten. Manchmal hast du so traurige Augen, woher kommt denn das? fragt er mich beim Abschied. Keine Ahnung, antworte ich leise und sehe ihm hinterher, bis seine Glatze verschwindet.

9

Es ist früh am Morgen. Die Mutter ist schon bei Kutarsky. Louise sitzt in der Küche, entkernt Kirschen und legt Einweckringe auf die Gläser. Ich zittere. Ich will weg von hier. Ich will nicht dauernd am Fenster stehen. Ich will raus aus diesem Loch, auch wenn es Wackersteine regnet und Hufnägel schneit. Mir ist, als würde ich verrückt. Ich rase die Treppe hinunter. Ich brauche keine Hand, die mich führt. Ich hole mein Rad aus dem Keller. Mir brennen die Beine. Aber ich gehe Schritt für Schritt auf Herbert zu, und während ich die Klingel drücke, sagt er, ohne mit der Wimper zu zucken: Setz dich her, Jürgen wird auch gleich hier sein. Ich denke, ich höre nicht recht. Meine Zehen, meine Fußsohlen, mein Bauch und meine Arme fangen an zu kribbeln. Mir schießt das Blut in die Ohren, und trotzdem spüre ich eine wohlige Gänsehaut auf dem Rücken. Wie heißt du eigentlich? fragt Herbert.

Ich sage ihm meinen Namen. Jetzt tritt Jürgen zu uns. Er hat auch ein Fahrrad, kein neues wie ich, aber an der Lenkstange ist ein Rückspiegel befestigt. Wer will, kann sich bei mir umsonst rasieren lassen, pflaumt er, und zum erstenmal seit langer Zeit lache ich schallend. Also, was ist, machen wir ein Radrennen? fragt Jürgen und blickt sich um. Mich könnt ihr sowieso nicht gebrauchen, ihr Lackaffen, schimpft Herbert und will ins Zelt kriechen. Nein, dann bleibe ich hier, verspreche ich ihm. Meine Güte, fahrt doch zweimal, und ich passe inzwischen auf eure Kartoffelsäcke auf! ruft Jutta. Wir haben uns bald geeinigt: Zuerst fahren Jürgen und ich bis zum Triftweg und wieder zurück, und anschließend fahren Herbert und Jürgen dieselbe Tour. Aber wie kommen wir mit den Rädern durch den Hausflur? frage ich. Das ist eure Sache, bestimmt Jutta. Mir wird schwummerig, als ich mein Rad aus dem schattigen Flur auf die flimmernde Straße schiebe. Ich sehe die Schlaglöcher und spüre meine Knie zittern. Jürgen stemmt den Fuß auf das Pedal. Es gibt kein Zurück mehr. Mir trieft der Schweiß über den Nakken. Achtung, fertig los! höre ich Herbert rufen und schwinge mich in den Sattel. Ich strampele, was das Zeug hält. Der Fahrtwind weht mir ins Gesicht. Meine Brust weitet sich. Am liebsten möchte ich singen. Das Vorderrad wackelt, doch ich bewahre das Gleichgewicht und weiche den Schlaglöchern aus. Nach einer Weile merke ich, daß zu wenig Luft im Reifen ist und sehe, wie Jürgen am Triftweg kehrtmacht, während ich noch an der roten Mauer entlangpresche. Er dreht eine Kurve und winkt mir zu, als ich vor Kutarskys blauem Fabriktor wende. Ich kann Jürgen nicht mehr einholen. Er wartet auf mich an der Haustür. Das hätte ich dir nie im Leben zugetraut, sagt er anerkennend und legt mir die Hand auf die Schulter, als wir die Räder im Hof absetzen. Nun ruht euch mal ein bißchen aus, sagt Fridolin, hakt eine Feldflasche vom Gürtel und gibt zuerst seiner kleinen Schwester einen Schluck, ehe wir an die Reihe kommen. Noch nie hat mir Leitungswasser so gut geschmeckt wie heute. Danke, sage ich und gebe die Flasche an Jutta weiter. Ich weiß nicht, wie mir ist. Ich schwebe. Ich wachse. Ich pumpe den Reifen auf. Ich öle die Kette. Ich helfe Herbert und Jürgen durch den Hausflur auf die Straße. Ich sehe die beiden zum Triftweg strampeln. Herbert wird Sieger. Ich gönne es ihm. Wir setzen uns auf die Kartoffelsäcke und blinzeln in die Sonne. Ich überhöre Ediths Geschrei aus dem Küchenfenster. Erst als sie mir Dresche androht, mache ich mich auf den Weg.

10

Nun rast die Zeit, und die Tage verschwimmen. Ich brenne darauf, der ganzen Welt zu zeigen, wie gut ich radfahren kann. Was hältst du davon, wenn wir einen Ausflug zum ›Tivoli‹ machen? fragt die Mutter. Ich bin sofort Feuer und Flamme. Wir fahren durch die Elisabethstraße, lassen den Schrankenwärter links liegen und überqueren die Gleise. Nicht zu schnell, mahnt die Mutter, während ich mein Rad an der Bordsteinkante entlang bergauf schiebe. Aus der Gastwirtschaft dröhnt Blasmusik. Die Kellner in den grünen Westen schleppen Bier zu den Tischen. Ich stelle mich eine Weile vor das Kasperletheater, aber der Totenkopf kann mir nicht mehr imponieren. Bist du zufrieden? fragt Edith, als mein Eisbecher leer ist. Vielen, vielen Dank, antworte ich und verspreche der Mutter, ihr ein Kunststück vorzuführen. Sie bezahlt die

Rechnung, und ich schwinge mich in den Sattel. Paß auf! brüllt Edith hinter mir her. Ich lache. Ich nehme die Füße von den Pedalen und sause auf der Bordsteinkante abwärts. Juhu! schreie ich vor Freude, merke noch, wie mir ein paar Spaziergänger entgegenkommen, greife nach der Bremse und stürze auf das Pflaster. Die Blasmusik dröhnt weiter. Mir gellen die Ohren von den Paukenschlägen. Ich spüre einen schrinnenden Schmerz an Händen und Knien. Ich sehe einen roten Faden über das rechte Schienbein sickern. Mir steht das Wasser in den Augen, aber ich heule nicht. Tut's sehr weh? fragt Edith, während sie mir mit dem Taschentuch die Blutstropfen abtupft. Ach was, lüge ich stolz und schiebe mein Rad zum Bahndamm.

11

Es ist heiß in der Kammer. Am liebsten würde ich spazierenfahren, irgendwohin, auf gut Glück. Aber als Edith verspricht, mir eine Schultüte zu kaufen, wenn ich fleißig Schönschreiben übe, pfeife ich auf die Radpartie. Die Großmutter bringt ein Schälchen Wasser für den Schwamm und schleicht ins Turmzimmer. Ich nehme die Fibel aus dem Ranzen. ›Schultüte‹ will ich als erstes Wort schreiben, doch der Griffel verrutscht, und der Schwamm wischt die angefangene Zeile aus. Ich reibe die Tafel trokken und suche ein anderes Wort, doch auf geheimnisvolle Weise erscheint noch einmal ›Schultüte‹. Es ist wie verhext. Ich lasse das Schnapprollo hochsausen, öffne einen Fensterflügel und blicke über das schräge Teerdach. Nichts rührt sich. Kein Hauch. Ich setze mich an den Schreibtisch und lege die Stirn auf die kühle Glasplatte.

12

Heute ist Donnerstag. Ich freue mich auf die Klavierstunde, weil ich daran denke, daß mir Onkel Arnold zum Abschluß wieder die ›Petersburger Schlittenfahrt‹ vorspielen wird. Als es endlich klingelt, stürme ich ihm entgegen und umarme ihn. Nachdem er die Mutter begrüßt hat, nehmen wir beide am Klavier Platz. Weißt du, wo wir letztes Mal stehengeblieben sind? fragt er lächelnd. Ich tippe auf den Abdruck seines Daumennagels am Notenrand und höre, wie sich Edith in den Ofensessel setzt. Wenn du Lust hast, können wir die C-Dur-Tonleiter üben, sagt Onkel Arnold lächelnd und streicht mir zärtlich durchs Haar. Mein Gott, das bringt der Junge nie fertig, mault Edith, aber Onkel Arnold gibt ihr Saures. Misch dich nicht ein, kümmere dich um deinen eigenen Kram, knurrt er und erklärt mir, wie ich an der schwierigsten Stelle, wo der Daumen unter die Hand gebogen wird, besonders achtgeben soll. Vorsicht, mahnt er freundlich. Ich will mich nicht blamieren. Ich will es unbedingt schaffen, aber ich haue immer wieder daneben. Ach du grüne Neune, so ein Tolpatsch! höre ich die Mutter lästern und merke, wie mir der Schweiß über den Rücken läuft. Onkel Arnold bleibt stumm, doch auf seiner Stirn schwillt eine Ader an. Du machst den Jungen noch verrückt, das lasse ich mir nicht länger bieten, scher dich raus, du dumme Pute!

13

Es ist der Abend vor dem ersten Schultag. Ich packe meinen Ranzen und stelle ihn in die Kammer. Nach dem Essen setzt sich die Mutter mit ihrer ›Box‹ neben mich, und während ich beobachte, wie der Film eingelegt wird, erklärt sie mir, daß ich morgen nicht zu den ABC-Schützen, sondern gleich in die zweite Klasse komme. Ich bin wie vom Donner gerührt. Ich verstehe es nicht. Warum? frage ich. Weil du so gut lesen und schreiben gelernt hast, antwortet Edith lächelnd. Aber wo bleibt meine Schultüte? brülle ich und trampele auf die Dielen. Du wirst doch wohl bis morgen warten können, sagt sie und gibt mir einen Gute-Nacht-Kuß.

14

Die Sonne überglänzt das Teerdach. Edith stellt die ›Box‹ auf das Fensterbrett meiner Kammer, und Louise schiebt mir die Schultüte unter den Arm. Schon nach dem ersten Schritt begreife ich, daß mich die beiden betrogen haben. Am Giebel der Heringsräucherei bleibe ich stehen und öffne die leere Tüte. Ist doch bloß zur Erinnerung! rufen Edith und Louise wie aus einem Mund.

Klick, macht es.